海堂尊

コロナ狂騒録

COVID-19
CRAZINESS

宝島社

Contents［目次］コロナ狂騒録

第1部 酒と薔薇の日々

第2部 バリアント・第4波

桜宮市・東城大学医学部付属病院パート

田口公平(たぐち・こうへい)……不定愁訴外来担当兼新型コロナウイルス対策本部長
高階権太(たかしな・ごんた)……東城大学学長
佐藤伸一(さとう・しんいち)……ＩＣＵ病棟部長
如月翔子(きさらぎ・しょうこ)……小児科総合治療センター看護師長
若月奈緒(わかつき・なお)……黎明棟(ホスピス・コロナ軽症者病棟)師長
彦根新吾(ひこね・しんご)……房総救命救急センター病理医長
藤原真琴(ふじわら・まこと)……元不定愁訴外来専任看護師・喫茶「スリジエ」店主代理
天馬大吉(てんま・だいきち)……元ニューヨーク・マウントサイナイ大学病院・病理医
冷泉深雪(れいせん・みゆき)……崇徳大学・公衆衛生学教室講師
別宮葉子(べっく・ようこ)……「時風新報」社会部副編集長、「地方紙ゲリラ連合」統領
終田千粒(ついた・せんりゅう)……2020年上半期ミリオンセラー「コロナ伝」著者

浪速パート

浪速梁山泊

村雨弘毅(むらさめ・ひろき)……政策集団「梁山泊」総帥。元浪速府知事
白鳥圭輔(しらとり・けいすけ)……厚労省大臣官房秘書課付技官
喜国忠義(きくに・ただよし)……浪速大学付属疫学センター所長
菊間祥一(きくま・しょういち)……菊間総合病院院長、浪速府医師会会長
朝比奈春菜(あさひな・はるな)……菊間総合病院事務員
宗像壮史朗(むなかた・そうしろう)……日本学術会議委員。歴史家
宇賀神義治(うがじん・よしはる)……浪速大学ワクチンセンター二代目総長
鳩村誠一(はとむら・せいいち)……浪速大学ワクチンセンター開発研究局主任研究員

浪速白虎党

鵜飼昇(うかい・のぼる)……浪速府知事
皿井照明(さらい・てるあき)……浪速市長・白虎党党首
横須賀守(よこすか・まもる)……テレビコメンテーター。白虎党創設者
三木正隆(みき・まさたか)……「エンゼル創薬」創立者・浪速大ゲノム創成治療学講座教授

霞が関パート・自由保守党

安保宰三(あぼ・さいぞう)……第98代内閣総理大臣
酸ヶ湯儀平(すかゆ・ぎへい)……第99代内閣総理大臣
煮貝厚男(にがい・あつお)……自保党幹事長
豪間太郎(ごうま・たろう)……ワクチン担当大臣
泉谷弥助(いずみや・やすけ)……首相補佐官
本田苗子(ほんだ・みつこ)……厚労省・大臣官房審議官・内閣府首相補佐官次官兼務
出山美樹(でやま・みき)……首相広報官
泥川丸代(どろかわ・まるよ)……五輪担当大臣
橋広厚子(はしびろ・あつこ)……ＪＯＣ委員長
近江俊彦(おうみ・としひこ)……政府コロナ感染対策文科会会長・厚生労働省
新型コロナウイルス感染症対策アドバイザリーボード座長

コロナ狂騒録

装幀　菊池　祐

第1部 酒と薔薇の日々

新型コロナウイルスＳＡＲＳ-ＣｏＶ-２感染について。
潜伏期は５日。感染期間は、発症２日前から発症後９日まで。
発症２日前からＰＣＲ陽性になり
２週間で３割、４週間で９割が陰性化する。
抗体は発症10日以後に陽性になる。

1章　紅茶の美味しい喫茶店

二〇二〇年九月八日
桜宮・蓮っ葉通り・喫茶「スリジエ」

夕方五時、通常業務が終わり、手持ち無沙汰にしていると扉が開き、待ち人が現れた。約束の時間ぴったりだ。純白の不織布のマスクを着けたロマンスグレーの男性は、マスクの下で微笑を浮かべた。

「お待たせしました。では、参りましょうか、田口《たぐち》先生」

東城《とうじょう》大学医学部付属病院の元院長、それから東城大学医学部理事、理事長を経て、現在は東城大学学長になった、俺の直属の上司、高階《たかしな》先生だ。

部屋を出ると、夕焼けに染まる空に、薄紫の雲がたなびいている。その空を黒い点がよぎる。カラスか、ムクドリだろう。九月になり、暑さは衰え、過ごしやすくなった。

病院の玄関に黒い公用車が待っていた。俺は高階学長に続いて車に乗り込んだ。

助手席に花束が置いてあった。色とりどりの薔薇《ばら》の花束だ。俺はむっとした。

「それって反則ですよ。招待状にはお祝いの品は御遠慮しますと書いてあったんですから」

「問題はありませんよ。どうせ私は招待されていませんから。たまたま藤原《ふじわら》さんが喫茶店を開店するとウワサに聞いたので、個人的にお祝いを持って行くだけです」

棘《とげ》のある言い方だ。明らかに拗《す》ねている。

俺は藤原さんに、約束だった「永久特待カード」をもらい、そこに開店の挨拶状が入っていただけだ。

拗ねている高階学長を横目でみながら、でもこの展開はいつもよりマシかな、と思う。

いつもは学長室に呼び出され、いきなり無理難題を丸投げされていたからだ。

いつそうなるかもしれないので、びくついた俺は、車内でも無理に四方山話《よもやま》をする。

「しかし、安保《あぼ》首相が突然、政権を投げ出したのは驚きましたね」

八月末、憲政史上最長の在位期間を達成した安保宰三《さいぞう》首相は、突然の辞意を発表した。

持病の潰瘍性大腸炎の悪化が理由だった。

「私は想定してました。一次政権と同じ辞め方ですから。そもそも彼は潰瘍性大腸炎だと言われていますが、医療団が正式にそう発表したことは一度もないんですよ」

「つまり詐病だと？」と俺は驚いて訊《たず》ねると、高階学長はうっすら笑って答えなかった。

「政権を投げ出した無責任な政治家のことなんかより、問題は自由保守党《じゆうほしゅ》の総裁選です。党首に立候補した人たちがテレビで論争していますが、奇妙だと思いませんか？」

「確かに最近は連日連夜、ワイドショーやニュース番組に党首候補が出て、自分の主張を訴えかけていますけど、それって必要なことなのでは？」

「我々があの主張を聞いても役に立たないんです。投票権は自保党員にしかなくて、一般市民は投票できないんですから。それなら七月の都知事選や、前回の参議院選で、党首討論会を放送すべきでした。でもそれはせず、自保党の主張だけは垂れ流す。これは自保党による、メディアを使った情報コントロールなんですよ」と言われて俺は、なるほど、と納得する。

車は病院坂を下り、二十分ほどで駅近の繁華街「蓮《はす》っ葉《ぱ》通り」に入った。

商店街の入口で高階学長は車を降りた。

「ここで結構です。ありがとうございました」と運転手に言うと、助手席の花束を手にした。

薔薇の花束が似合う老年の男性なんて、日本では稀有《けう》な存在だろう。だがそんな粋な姿は、今の蓮っ葉通りには似合わない。過疎化する地方都市の常として、バブル時代は派手だった通りも、今はシャッター街になっている。ただし、街にはかすかな希望の光が差していた。

店子《たなこ》が撤退し大家が家賃を下げると尖《とが》った店が現れ、このコロナ禍の中でも元気な一画が生まれていた。無国籍料理、ネパール料理、ジビエ料理など多様な店に、馴染《なじ》み客が通っている。

再生の兆しが見え始めた街の片隅に、我等がヒロイン、藤原さんが喫茶店を開いたのだ。

俺は不定愁訴外来の担当者で、藤原さんは定年退職後、俺の助手をしてくれていた。

だが今年五月、コロナの非常事態宣言が解除された時、藤原さんは俺の助手を辞めた。

その時に昔の友だちと一緒に、紅茶専門の喫茶店をやりたいと言っていた。

わずか三ヵ月で開店にこぎつけるとは、さすが藤原さんだ。

実はその前に、ちょっとした確執があった。一年ほど前、高階学長が、病院福祉の一環として「不定愁訴喫茶」をやるように、という無茶なオーダーを出した。

俺はその無理難題を藤原さんに丸投げした。藤原さんは、紅茶中心の喫茶店を立ち上げようとして張り切っていたが、準備万端整い、いざ「不定愁訴喫茶」のテスト開店という段になり、職員の予約が殺到したのをみて、病院上層部が怖《お》じ気づいて企画は中止された。

職員の隠された不満が、その喫茶店に集積するのではないか、と怖れたのだ。

かくして開店前閉店という、前代未聞の事態に直面した藤原さんの失望は大きかった。

それが藤原さんが病院の助手を辞め、喫茶店を始めるきっかけになったのは間違いない。

思い出したぞ。「愚痴喫茶」を潰された藤原さんは、高階学長を恨んでいたんだっけ。

ハーフミラーの扉に自分の姿を映し、身だしなみを整えている高階学長は、自ら地雷原に足を踏み入れようとしていることに気づいていない。

うくく。

高階学長は花束を持ち直すと、言った。

「ではいざ、新装開店の喫茶店にお邪魔しましょう」

高階学長が扉を押し開けると、からん、とドアベルが鳴った。

ふわり、と紅茶の香りが漂ってくる。煉瓦《れんが》の壁で穴蔵のようなのに、四つあるテーブルには、高窓から光が差していて、本を読むのにちょうどいい明るさだ。

俺が学生時代、隠れて本を読んでいた物置き部屋は、今は不定愁訴外来になっているが、その雰囲気を思い出させた。つまり今の俺の根城と似ているのだ。

大きい丸テーブルに六脚の椅子がぐるりと置かれ、手前には小さなテーブルと椅子が向かい合わせに二脚。右手に白木のカウンターがあり、椅子が四脚、並べられている。

カウンターの奥からエプロン姿の藤原さんが出てきた。マスクはカラフルな花柄だ。

「田口先生、ようこそ。あら、高階先生まで。まあ、素敵な薔薇ですね。ありがとうございます。シネマのヒロインになった気分ね」

藤原さんはいともあっさりと、高階先生から花束を受け取った。俺はあわてて言う。

「私は開店祝いを持ってきませんでした。すいません、気が利かなくて」

「お気になさらないで。田口先生は名誉会員としてご招待したのですもの。それに花束だらけになっても困りますし」

「一緒にお店をやろうというお友だちは、どちらにいらっしゃるんですか？」

「一緒に準備していたんですけど、先日体調を崩したので、あたしが店長代理をしてるんです」

とりあえず今、ここは藤原さんの城になっているわけだ。それなら気楽だ。

俺と高階先生は、窓際のテーブルに座り、マスクを外す。メニューには紅茶が十種類、裏に茶菓子が五品ある。俺はアールグレイ、紅茶マスターの秘書さんがいる高階先生はシッキムという、聞き慣れない品を注文した。

五分ほどしてティーポットとカップが運ばれてきた。小さな砂時計が添えられている。

俺は徹底した珈琲《コーヒー》党で、紅茶はあまり飲まなかった。だが不定愁訴喫茶が開店前閉店した時に、憂さ晴らしで藤原さんが紅茶ばかり淹《い》れた時期があり、それ以後、紅茶も嗜《たしな》むようになった。

藤原さんが辞めて三ヵ月、ようやく俺は、自分で珈琲を淹れる習慣を身につけた。

初めの頃は患者の診察が終わるとつい、「藤原さん、珈琲を」と言ってしまった。

藤原さんの不在に適応できるようになったのはここ一ヵ月だ。

そんなことを考えながら、カップ二杯分あるポットの紅茶を飲んでいたら、空になった。

藤原さんが俺のお代わりの紅茶と自分用の紅茶ポットを持って、テーブルにやってきた。

「田口先生、あたしがいなくなって淋《さび》しいでしょ?」

「ええ、胸にぽっかり穴が開いたようです」と、俺は素直にうなずいた。

まさかそんな素直な答えが返ってくると思わなかったらしく、藤原さんはそわそわした。

「田口先生はお世辞が達者になったんですね。でもあたしの代わりに来た、若い看護師さんと仲良くやってらっしゃるんでしょ」

「藤原さんの後任は来ていません。東城大が新型コロナの重症感染患者の受け入れ病院になったせいで、看護師さんが不足しているようです」

ＩＣＵは重症患者で常に満床だった。慢性的な人手不足で、俺のところのような不要不急の部署への人員の補充は後回しにされていた。加えて不定愁訴外来の患者も減っていた。

医師にゆとりがなくなり、来院患者も激減していたせいだ。

医療現場では、患者が来るとコロナでなくてもコロナ扱いを前提に、患者をむやみに接触させない対応をしていた。それには経済的にも労力的にも、余計な手間がかかった。

コロナ患者を受け入れると外来患者が来なくなり、収益も減るという悪循環になってしまう。三船《みふね》事務長の眉間に皺《しわ》が寄ることが増えたのも、そのしわ寄せのせいだろう。

もともと東城大はスキャンダルの巣窟で、常に危機的な状況にあった。トラブルが起こる度に病院長、理事長、学長と、出世魚のように肩書きを変えていった高階学長が騙《だま》し騙し、何とか運営してきたのが実情だった。だがそこにコロナの負担がかかり、今度こそ本当にヤバそうだ。

そんなことを考えていたら、からん、とドアベルが鳴った。

「藤原さん、喫茶店の開店、おめでとうございます」

華やかな声と共に店に入ってきたのは、時風《ときかぜ》新報の別宮《べつく》葉子《ようこ》記者だった。

彼女は半年前、コロナ患者に対応する東城大の取り組みを特集記事にした。特集は第三弾まで掲載され、東城大の声価を高めてくれた。

今は小康状態になっているが、近々また取材させてほしい、という依頼を内々に受けていた。

「あら、田口先生。あらまあ、高階学長まで。東城大のコロナ対策本部のツートップを呼ぶなんて、さすが藤原さんの政治力は凄《すご》いですね」

「そうではなくて田口先生に永代会員証を差し上げる約束をしていて、高階先生はええと……」

「私は田口先生のおまけです」と高階学長が自嘲《じちょう》気味に言う。

「そうですか。実は今日は藤原さんに、特別なお客様をお連れしたんです。びっくりしますよ」

扉を開くと、ドアの外に立っていたのは冴《さ》えない中年男性だった。マスクはブラック。

上等な布地のジャケットだが袖がほつれ、ズボンの膝には小さな穴が開いている。

「『コロナ伝』の作者、終田千粒《ついたせんりゅう》先生です」

その言葉を聞いた藤原さんは、驚いて立ち上がる。

「まあ、ようこそ。お目に掛かれて光栄です。いつも連載を読ませていただいていました」

「コロナ伝」は今年を代表する大ベストセラーだ。だが書店の店頭ではほとんど見ない。

それはたぶん、コロナ対策に右往左往する政権を強烈にこきおろした内容だったからだ。

延期した東京五輪を開催するかどうかをめぐり都知事選寸前に出版され、「五輪か都民か」という惹句《じゃっく》で話題になった。聖女なら五輪中止、魔女なら五輪断行するだろう、という、予言の書めいた小説だった、らしい。

結果、小日向《こひなた》知事は、聖女ではなく魔女の顔となった。つまり五輪の中止表明をせずに再選を果たした。正確に言うと五輪は都知事選の争点にならなかった。

高階学長が言ったように、メディアは都知事候補の主張をほとんど報道せず、候補者同士の論戦も報じなかった。それは五輪中止を訴えた野党候補がいたせいだったのかもしれない。

「コロナ伝」は電子書籍で三百円という価格設定にして、百万ダウンロードを達成したという。

俺もダウンロードはしていたが、未読だった。

藤原さんは本当のファンらしく、終田作品についてあれこれ言い、作家はご満悦だ。そこでやめればいいのに、「こちらのドクターも作家さんなんですよ」などと、余計なひと言を言う。

すると終田氏の目がきらりと光った。

「こんなところでご同業とお目に掛かるとは奇遇だな。君のデビュー作は何という作品かね」

「ウェブサイトでエッセイの連載を一本持っていただけなので、作家だなんて……」

俺が藤原さんを横目で睨《にら》みながらそう答えると、終田氏は両手を広げた。

「これはまた、ご謙遜を。出版不況の今日、ウェブ連載は高嶺の花、よほどの文才がないと無理だ。因《ちな》みに連載のタイトルはなんというのかな？」

俺が口ごもり、高階学長が含み笑いをする隣で、藤原さんがあっさり答えてしまう。

「『イケメン内科医の健康万歳』という連載なんですよ」

終田氏は、がたりと立ち上がる。

「なんと、帝国経済《ていこくけいざい》新聞の健康サイトで唐突に始まったアレか。実は儂《わし》もあのサイトで連載しているので、密《ひそ》かに注目していたのだ」

「『健康くそったれ』ですね。楽しく読ませていただいていますわ」と藤原さんが言う。

確かに外来で、楽しそうにその文章を読んでいる姿は、時々見ていた。

「儂の看板連載に対抗する、挑発的なタイトルなので注目していたんだが、二回で中断しているな。続きは書かんのか？　なんと、もったいない。あの文章は天才の成せる技だ。前半と後半が完全に乖離《かいり》して、まるで別人格が憑依《ひょうい》したかのようだ。前半は伝統的な文学的文章だが、情緒に走りすぎて中身は薄い。後半は情緒のかけらもない粗雑な文章だが、論理は堅固に確立されている。そんな相矛盾する文体を統合するなど、常人には不可能で、まさしく才能の賜物《たまもの》だ。その当人とお目に掛かるとは、なんたる奇遇。握手をさせてくれたまえ」

「そんな御大層な者ではないですし、感染防止もありますので」と言い俺は、さりげなく手を引っ込める。

だが終田氏の分析の適切さには驚かされた。

あの文章は前半を藤原さん、後半を厚労省の問題児が分担執筆し、俺は名義貸しをしただけで、まさに「別人格が憑依」したものだったからだ。それでも終田氏は諦めず、質問を重ねる。

「ところでおぬしは、創作は書かないのか？」

「ええ、私など小石のような才能のかけらを磨くので精一杯でして」と、少し気取って文学めいた謙遜をしたのがいけなかった。途端に終田氏が食いついてきた。

「それはいかん。物書きは創作を書いて初めて作家と呼べるのだ。あのような特異な才能があるなら、作家のフィールドにチャレンジしなくてはいかん。そうだ、ちょうどいい。儂に来た依頼をおぬしに譲って進ぜよう。うん、それがいい、そうしよう」

「いや、私はエッセイを二本書いただけですので、先生の代役など、とても……」

「謙遜も遠慮もする必要はない。後輩を育成するのも作家の大切な任務なのだ。それにこの仕事はおぬしが新人であることも考慮している。おぬしに依頼したいのはショートショートで、枚数は原稿用紙一枚以上、五枚以下だ。どうだ、それくらいなら書けそうだろう？」

その言葉に、迂闊《うかつ》にも俺の気持ちは揺らいだ。

「お？　今、やれそうだ、と思ったな？　よろしい。では担当者に連絡しておく。因みにお題は『怖い話』、つまり怪談だ。速筆の儂であればこんな依頼、サラのラーで一息で書けるのだが、これから世紀の大作に取りかからなければならんのだ。儂の名代、しかと頼んだぞ」

その言葉を聞いた別宮記者がすかさず言う。

「大きなお仕事の依頼があったのは結構ですが、その前に『続・コロナ伝』を書いてくださいね。今年前半のコロナと政府の動きをまとめたレポートを、間もなくお届けしますので」

別宮記者の言葉に、「お、おう」と生返事をした終田氏は、一瞬、視線を左右に彷徨《さまよ》わせた。それから壁の掛け時計を見上げて言う。

「お、もうこんな時間か。今夜は某所で寄り合いがあるので、これで失礼する」

そう言い残すと終田氏は、つむじ風のように姿を消した。

気がつくと俺の手元には、初の創作作品の執筆依頼という、無理難題が残されていた。

隣で高階学長が、くすくす笑っている。

「本当に田口先生は、災難を呼び込む体質ですねえ」

俺は、自分が招いた事態に愕然《がくぜん》としながら、冷めた紅茶をすすった。

今回は珍しく、高階学長からの丸投げ案件の依頼がなかったのに、なんたることだ。

俺のバカ。

しばらく歓談していると別宮記者が、日を改めて開店パーティをしませんか、と提案した。

「実は今日はサプライズ・ゲストをお連れしようと思ったんですけど、先方の都合がつかなくて来られなかったんです。ですので十日後の夕方、閉店後の六時にここに集合ということで」

別宮記者が強引に日時を指定し、その日は散会となった。

喫茶「スリジエ」の名誉特別会員第二号に公認された高階学長は、無料会員証を手にして、いたくご機嫌だった。

ちなみに今回、新たな俺のキャリアを拓いてくれた終田千粒氏は、ダジャレ川柳をツイートしたらバズり、それにあやかって「ついた・せんりゅう（ツイッター川柳）」という当て字をペンネームにしたという話を藤原さんから聞いて、思い切り脱力したのだった。

2章　怪談談義

二〇二〇年九月十八日
桜宮・蓮っ葉通り・喫茶「スリジエ」

十日後の夕方、俺と高階学長は、喫茶「スリジエ」を再訪した。

今回は移動にタクシーを使った。最近、公用車の使い方を見直すことにしたらしい。

車中の話題は、二日前に酸ヶ湯《すかゆ》前官房長官が、第九十九代総理大臣に就任したことだった。

「頭をすげ替えただけで、閣僚の顔ぶれも政策の中身も変わらないのに、支持率が三割ぎりぎりから七割オーバーに跳ね上がるなんて、おかしいと思いませんか」

「おっしゃる通りですけど、それって日本人のご祝儀的な気持ちなんじゃないんですか」

「そんなことをするから、政治家が責任を取らなくなるんです。安保前首相も、酸ヶ湯首相も、『責任を痛感する』がお得意のフレーズです。痛感しても、『責任を取らない』のだからいい気なものです。医療事故を起こした医者が、同じことを言ったら、メディアは袋だたきするでしょう。でも今のメディアは政府に大甘です。だから政府が増長するんです」

「そういえば三ヵ月前、政府ベッタリで有名な大手テレビ局と、連動する新聞社が、内閣支持率のアンケートの数字をでっち上げていたことが暴露され、内閣支持率は十パーセントくらい上乗せされていたということが、スクープされていましたね」

「あれは画期的な暴露でした。今、その二社は世論調査のアンケートを自粛中ですが、本来であればメディア世界では二度と支持率調査をしてはならない、永久退場の処分をしても当然です。

安保前政権の支持率が三割あるか、二割しかないかによって、印象はがらりと変わりますからね。それと、開示不要な、官房機密費という得体の知れない巨額予算があって、そこから内閣支持率をアップさせるために、費用を出しているというウワサもあります。ですから、もはやあんな数字には何の意味もないんです」

　高階学長は、辛辣なことを、怒るでもなく淡々と言った。やがて、車は蓮っ葉通りに入った。「スリジエ」に到着すると、別宮さんは同行予定のゲストの都合で三十分遅れるという。

　大きな丸テーブルを取り巻いて椅子を配置し、中央には先日、高階学長が持参した薔薇の花束が飾られていた。

　藤原さんと四方山話をしていると、喫茶店の名前の由来が話題になった。

　なぜかわからないが、高階学長にはフランス語で「桜」を意味する店の名前に、引っかかりを感じているらしい。

「こんなところで、スリジエという言葉を突きつけられるとは思いませんでした。長く生きていると、思わぬ目に遭うものです」

「まあ、この名前にすれば魔除《まよ》けになるかな、なんて思って」

　藤原さんが含み笑いをする。

「ずいぶんな言われようですね。私は魔物ですか」

「冗談ですよ。あの件はあたしも共犯ですから。追悼と追慕の気持ちです」

　藤原さんの意味ありげな微笑に、高階学長は黙り込んでしまう。

　だが難題に苦吟していた俺は、それどころではなかった。二人の話題をぶち切るように、会話に割り込んだ。

「実は先週、終田先生に頼まれた『怖い話』のショートショートが書けなくて、困っているんです。以前、健康サイトのエッセイでやってくれたみたいに、ちゃちゃっと代筆してくれませんか、藤原さん」

「あら、あたしは文学的な香りが漂う文章を書けるだけで、物語は書けないそうなので、それは無理だわ。そこはイケメン内科医作家の田口先生が頑張らないと」

藤原さんが冷たく突き放した。先週の終田氏の寸評を根に持っているようだ。

参ったなあ、と思っていると、ドアベルがからんころん、と鳴った。

別宮さんかな、と思って見ると、男性がせかせかと店に入ってきた。

彼は、右手をしゅたっと上げ、にこやかに言った。

「ハロー、エブリバディ」

その姿を見た俺と高階学長は、思わず固まってしまった。次の瞬間、俺はようやく言った。

「な、な、なんであんたが、こんなところに来るんですか」

それは俺にとっての、いや、全世界的に全方位的に関係諸団体にとっての疫病神、厚生労働省の異形官僚、白鳥圭輔《しらとりけいすけ》技官だった。

真夏の青空のような背広に、鮮やかなマンダリンイエローのシャツ、そして真っ赤なネクタイを締めている。そのネクタイの上に、打ち上げ花火のように、真っ赤なマスクをしている。

よく見ればそれは、今爆発的大流行の人気アニメ「仏滅《ぶつめつ》の剣《つるぎ》」の「炎」のロゴ入りだ。

その真っ赤なマスクを外しながら、俺の前の席に座った白鳥技官は、滔々《とうとう》と喋《しゃべ》り始める。

「『なんであんたがこんなところに』とは、ずいぶんなご挨拶だね、田口センセ。それって師匠に言う言葉じゃないよ。ちょっと見ないと、すぐに初心を忘れるのが、田口センセのいけないところだよ。それにしても相変わらず無駄な質問をするね。僕がここにいるのは、開店パーティに招かれたからに決まっているでしょ」

そう言った白鳥技官は、背中に回していた左手を前に回した。するとそこには、色とりどりの薔薇の花束が現れた。

「開店おめでとうございます、藤原さん。藤原さんが淹れてくれる珈琲を無料で飲めなくなったのは残念だけど、有料で紅茶を飲めるならギリセーフかな」

高階学長が顔をしかめたのは、自分と同じ対応を見て、その気障《きざ》さ加減を突きつけられたからだろう。続いてドアベルが鳴り、今度こそ別宮さんかと思ったら、またも外れだった。

銀縁眼鏡にヘッドホンをした男性のマスクはグリーンで双葉のロゴ。俺の学生時代からの悪友で、雀荘すずめに入り浸っていた「すずめ四天王」の一人、彦根新吾《ひこねしんご》だ。

彼は房総《ぼうそう》救命救急センターに属しながら、限りなくフリーに近い病理医をしている。

なんでこう次々と俺の疫病神たちが集結するのだろう。

ここは魔界か。

彦根がマスクを外しながら言う。

「店の外で別宮さんを待っていたんですが、白鳥さんが好き勝手なことを言っているので、真相を説明しなきゃ、と思って。今回は僕に来た別宮さんのお誘いメールを、たまたま白鳥さんが目撃して、いきなり自分も行くと言い出したんですよ」

「藤原さんは、多忙な僕に忖度《そんたく》して招待しなかったんだと察したから、こうして自分から足を運んだんだよ」と白鳥技官は胸を張る。

「別にあたしは白鳥さんをお誘いするなんて気持ちは、これっぽっちも……」

藤原さんがそう言いかけると、皆まで言わせず白鳥技官が続けざまに言う。

「それに彦根センセへの招待状には、同伴者三名までOKと書いてあったでしょ」

「そうでしたっけ」

彦根は怪訝《けげん》そうに言い、スマホでメールチェックをしようとした。そんな彦根を押しとどめ、白鳥技官は彦根を席に座らせる。

「まあまあ、そんな細かいことはどうだっていいじゃない。気の利かない彦根センセの代わりに、こうしてお祝いの花束を持ってきたんだし」

「お祝いは遠慮しますと、メールに書いてあったので」

そんな彦根と白鳥のやりとりは、まるで十日前のデジャブのようで、俺と高階学長は同時に顔をしかめた。

「あ、僕と同じようにセンスのいいお客さんがいるみたいだね。この店の客筋はよさげだね」

白鳥がテーブルの上の花を見て言うと、藤原さんが「それはね」と言いかけた。

それを遮るように、高階学長が言う。

「ああ、そうだ、ほら、田口先生は白鳥さんにお願いしたいことがあったのではありませんか？怪談のショートショートを書かなくちゃいけないんでしょう？」

おお、そうだった。疫病神のいきなりの登場で、すっかり忘れていた。

俺は高階学長のナイス・アシストに乗って、これまでの経緯を説明した。

「というわけで、突然執筆依頼をいただいてしまって。できれば例のエッセイの調子で原稿用紙一枚のショートショートを書いてくれませんか」

すると白鳥は速攻で拒否した。

「僕にはムリだね。お題が悪すぎるよ。『怖い話』って『怖いこと』がなければ書けないけど、僕ってほら、怖い物知らずだから」

自分で言うか、と思いつつ、その答えに納得させられてしまう。白鳥は滔々と続ける。

「田口センセって、創作ってものを全然わかってないみたいだね。ショートショートは短いから楽チンだなんて思ったら大間違いだよ、むしろものすごく大変で、とっても効率の悪いジャンルなんだよ」

「でも千枚の大河小説より、一枚のショートショートの方が楽なのは確かでしょう」

俺は、俺を勝手に作家デビューさせた産みの親に反駁《はんばく》する。すると白鳥技官は人差し指を立て、「ちっちっち」と言いながら左右に振った。

「冗談ポイ、創作で大変なのは『起承転結』の『起』と『結』なんだ。物語をこしらえるってのは飛行機の操縦みたいなもので、すると作家はパイロットさ。離陸と着陸は大変だけど、飛行中はキャビン・アテンダントさんといちゃついていても、問題ないんだ。だから長編作家は横着者で、ショートショート作家はものすごい才能が必要なんだ。ショートショートを量産した星新一《ほししんいち》先生なんて、タッチ&ゴーを繰り返したようなものだから、操縦士としての技量はピカイチで、たぶん日本で一番才能がある作家さんなんだよ」

「私は星さんは読んだことがなくて」

「へえ、それじゃあ、田口センセは誰のファンなの？」

「筒井康隆《つついやすたか》先生ですかね。学生時代はほぼ全作読みました。断筆宣言されたのが残念です」

「ああ、『てんかん』の描写を巡るトラブルで、表現の自由について『てんかん協会』と揉《も》めた時だよね。でも、数年後に断筆宣言を撤回して、また書き始めたじゃない」

「そうだったんですか。それは知らなかったです」

「そんなことを知らないなんて、弟子としていかがなものかな」

「別に私は筒井先生に弟子入りなんてしてません。ただのファンだっただけです」

俺の言葉を、白鳥は聞いちゃいなくて、滔々と続けた。

「筒井さんはショートショートから大長編までなんでもござれの大天才さ。シェークスピアが文学の土台を作り、アガサ・クリスティがミステリの設定を作り、筒井さんから現代日本文学が派生した。そんな筒井さんの弟子が、一枚のショートショートに苦吟するなんて恥ずかしいよ。それにしても終田さんもトッポいなあ。ショートショートは短い割に労力は長編と同様、原稿料は長編の百分の一。そんな割の悪い仕事を初心者の後輩に押しつけるなんてさあ」

だから、弟子じゃないんだってば、と思いつつ俺は、怒濤《どとう》の白鳥の暴露に、愕然とする。

そうだったのか。おのれ、終田め。

すると隣で俺たちの会話を傍受していた彦根が、助け船を出してくれた。

「できない子を叱るだけでは、その子は育ちません。こういう時はどうしたら書けるようになるか、一緒に考えてあげましょうよ。『怖い話』を書くためには、自分の怖いものを思い出して物語に膨らませればいいいんです。田口先生の怖いものってなんですか？」

「改めて言われてみると、俺は怖いものはあまりないかもしれない」

「さすがわが弟子、師匠のぼくと同じ体質だね」と白鳥技官が手を叩《たた》いた。

俺は顔をしかめ、隣の高階学長はにんまり笑う。

俺が「怖い物知らず」になったのは、高階学長や白鳥技官のせいでもある。丸投げされた目前のトラブルの回避や解決に全力を傾注していたら、恐怖心など感じるヒマなどない。

そうか、恐怖とはゆとりの賜物だったのか、と妙に自分で納得してしまう。

「それなら田口先生は子どもの頃は、何が怖かったですか？」と彦根が更に言う。

少し考えて俺は、「『家庭の医学』かな」と答えた。

一家に一冊あった、常備薬のようなその本は子どもの頃の愛読書だった。といっても好んで読んだわけではなくて、赤痢、天然痘、ジフテリア、百日咳《ぜき》などの病状がおどろおどろしく書かれていて、その記載から目が離せず、つい何度も読み返してしまったのだ。梅雨空の薄暗い部屋で読んだあの時の湿った感覚こそ、俺の恐怖の原点に違いない。すると白鳥が言った。

「その感覚はお医者さんになった今はないだろうけど、確かに物語を書くヒントにはなりそうだね。つまり恐怖の裏側には無知があるのさ。彦根は怪談の『霊魂』なんて信じないだろ？」

「当たり前ですよ。病理医は深夜に呼び出されて、ひとりで腑分《ふわ》けをするんですよ。霊を信じていたらできませんよ」

話がおかしな方向に向かっているので、俺はあわてて言った。

「あの、それで、一体どうすればこのショートショートが書けるようになるんでしょうか」

一同は沈黙した。あっさり結論を出したのは白鳥だった。

「作品を書くのは作家の仕事だから、自分でなんとかすべきだね」

白鳥に突き放された俺を慰めるように、彦根が言う。

「要は無知な輩《やから》に委託して恐怖心を煽《あお》ればいいんです。『これは人から聞いた話である』という、定番の枕を使えるように、田口先生のためみなさんの怖いもののネタを出し合いましょうよ」

「それは無駄だよ。医療関係者は死ぬことにはあまり恐怖心を持ってないし、言い伝えの類いは理屈で判断してしまうからね」と白鳥が言う。

すると、藤原さんは首を横に振った。

「そんなことないですよ。高階先生なんてゴキブリが怖いそうですから。今もそうでしょ?」

「藤原さん、それは口外しない約束だったのでは……」

「あれは先生が東城大に赴任された頃の密約ですから、とっくに有効期限切れですよ。で結局、どうしてゴキブリが怖くなってしまったんでしたっけ?」

高階先生は諦め顔で告白する。

「幼い頃、窓から飛んできたゴキブリが、私の足から身体に這《は》い上がって、首筋に抜けて行ったということがあって、それがトラウマになっているんです」

その場にいた人たちは一斉に、ぶるりと震えた。その恐怖体験は一瞬で共有されたようだ。

白鳥だけがきょとんとしている。

「なんでそれが怖いの？　ゴキブリって可愛《かわい》いのに。あれはコオロギの遠縁だから、鈴虫を愛《め》でる日本人ならゴキブリを愛でたっていいはずだよ」

初めて会った時、俺がコイツをゴキブリと誤認したことを、未だにコイツは気づいていないらしい。そして高階学長が白鳥が苦手な理由も、俺は初めて納得した。

「そういう藤原さんは、何が怖いんですか」と高階学長が逆に質問する。

「そうですねえ、あたしはヒトが怖いかな。何をしでかすか、わからないんですもの」

地雷原と呼ばれた女傑にしては、しおらしいことを言う。

てか、あんたが一番、何をしでかすかわからない、恐怖の大王だったんですけど。

「つまりゴキブリのような人間が、無限に増殖して世界に満ちあふれ、めいめいが勝手なことをしでかし始める、というのが怖い話の筋書きになりそうですね」と彦根がまとめる。

その言葉を聞いた人々は一斉に顔をしかめた。

白鳥が満員電車にぎゅうぎゅう詰めになって、ひとりひとりが理屈っぽいことを言い立てて、しかも他のどの白鳥も、お互いの言うことを全く気にしていない、という光景が、みんなの頭の中に浮かんだに違いない。

なんという地獄絵図。確かにそれは背筋も凍るような、おぞましいホラーだった。

だが、俺のヤワな筆では、とても描けそうにない。いや、書きたくない。

「それはやめておこう」と言った俺に、異論を唱える者はいなかった。

だが、これらはとてもありがたいアドバイスだった。つまり自分の恐怖心の原点をたどればいいのだ。たぶん、そんな原初的な感情を凝縮したのが、日本昔話や言い伝えなのだろう。

とりあえず話題が落ち着いたのを見計らったかのように、ドアベルがからん、と鳴った。

そこに現れたのは今度こそ、この会の主催者の別宮葉子だった。

そして彼女の後ろには、一組の男女が立っていた。

「お久しぶりです」と言った、白い不織布のマスクの二人は、かつて東城大最大の危機の時の協力者、ラッキー・ペガサスこと天馬《てんま》大吉《だいきち》とその相棒、ツイン・シニョンの冷泉《れいせん》深雪《みゆき》だった。

十年前、天馬大吉は留年を繰り返していた劣等生だったが、桜宮《さくらのみや》Ａｉセンター倒壊事件の時には、母校を守るため奔走してくれた。

その後、ひっそりと大学を卒業し、医師国家試験に合格したところまでは知っていたが、以後の消息はふっつり途絶えていたのだった。

3章　NY帰りのラッキー・ペガサス

二〇二〇年九月十八日
桜宮・蓮っ葉通り・喫茶「スリジエ」

「天馬君とは八年ぶりかな。今まで、どこでどうしていたんだい？」と俺は尋ねた。

三十代半ばの天馬君は、胸に大学の丸いロゴが入った、オレンジ色のウインドブレーカーにブルージーンズという軽装で、二十代にも見える。

「まあ、いろいろありまして、五年前に渡米しニューヨークのマウントサイナイ大学に在籍して病理医になりました。セントラルパークの真向かいにあって、立地は最高で研究も盛んでした。ぼくは教室では癌《がん》遺伝子の解析を課題にしてたんです」

なるほど、NY帰りなら、こうした服装も納得ができる。俺はボストンにしか行ったことはないが、東海岸だから雰囲気は似ているはずだ。

「するとそのロゴはマウントサイナイ大学のものなんだね」と彦根が言う。

天馬は「そうです」とうなずいて、続けた。

「ところが、春先からのコロナの大流行のせいで、NYは戦場でした。しかもそこにレイシスト（人種差別主義者）のトランペット大統領の煽動《せんどう》による、アジア系住民に対する暴力行為が続発したので、身の危険を感じて、帰国したんです」

俺は、天馬君の右の眉の外側に、真新しい傷跡があることに気がついた。

「ひょっとして、その眉の傷は、襲われた時のものかい？」

「そうなんです」と天馬はその傷を指先でなぞる。

最近、ニューヨークでアジア系の住民が襲撃され、死者も出ている、というニュースをテレビで見たことを思い出した。

すると別宮が憮然《ぶぜん》とした口調で言う。

「あたしには全然音沙汰がなくて、すごく心配していたのに、この前、突然メールを寄越して、先月、帰国したって言うんですもの。もうびっくりしちゃって」

「それで別宮さんから、天馬君に日本で病理医の就職口についてアドバイスしてほしい、と連絡があったので、それならスリジエの開店祝いと天馬君の帰国祝いを一緒にやったらどうですか、と提案したんです。白鳥さんに嗅ぎつけられたのは痛恨の極みでしたが」

彦根の言葉に、白鳥が反撃したのは当然だろう。

「『痛恨の極み』ってのは、なんて言い草だよ。まあ、天馬君が病理医なら、彦根センセに相談するのは悪くないとは思うけど。でもどうして冷泉さんまで一緒に来たのかな。ひょっとして、二人はお付き合いしているの？」

「まさか、違いますよ。天馬君にメールしたら勝手に来ちゃったんです」と、なぜか別宮記者が憤然とした口調で言うと、冷泉さんは頰を膨らませた。

「この帰国祝賀宴会に私が参加するのは当然ですよ。だってニューヨークにいた頃から天馬先輩とはメールで連絡を取り合っていて、今回の帰国だって私が勧めたんですから。二ヵ月後の大統領選でトランペットが再選したら、外国人排斥に拍車が掛かるに決まってます。そうなったら、日本人はもっと激しい攻撃の的にされてしまいますから」

天馬君はうなずいた。

「トランペット大統領は新型コロナを『武漢《ぶかん》ウイルス』と呼んで、アジア蔑視を丸出しにしてますから、冷泉のアドバイスは胸に響きました」

天馬君の言葉に、「ほらね、どう?」と言わんばかりの得意げな顔をした冷泉さんに、別宮記者は黙り込む。

下馬評ではトランペット大統領再選は危ぶまれていた。だがそうなったら彼が何をしでかすか、という恐怖心を全世界に呼び起こしていた。

日本でもネトウヨ界隈にはトランペット大統領の熱烈な信奉者がいて、彼の勝利を微塵《みじん》も疑っていない。だが幸い、トランペット大統領のペットだった安保宰三首相は、先月末に政権を投げ出していた。

「冷泉さんは今は、どうしているの?」と白鳥技官が訊ねる。

「崇徳《すとく》大の公衆衛生学教室の講師で、『原発事故後の放射線の海洋における影響調査』が研究テーマで、スキューバで海の生物を観察しながら研究してます」

「公衆衛生学を選んだのは、学生時代の実習の影響かい?」と彦根が訊ねる。

「そうです。彦根先生のご紹介で浪速《なにわ》大に見学に行ったのが、きっかけです。天馬先輩が病理医になったのも、彦根先生の影響らしいですよ」

すると天馬君は「いえ、それはちょっと違うんですけど」と、もごもご言う。

それを聞いた白鳥技官が、ぶつぶつ独り言を言う。

「崇徳大の公衆衛生学教室には、知り合いがいたような気がするけど、思い出せないな。なんかものすごい負のパワーを感じるんだけど」

こうした会話を聞いていた俺は、改めてこの珍妙な祝宴について考える。

この会は招待客とオマケのペアによる、企画外の代物だ。

藤原さんがお手伝いをしている喫茶店の開業祝いに、俺が招かれた。

俺に高階学長がくっついてきたのは、煙ったいけれども、やむを得ない。

別宮記者が、幼なじみの天馬君の帰国パーティをくっつけた。

これも文句はないし、冷泉さんの同伴は、俺の関知するところではない。

別宮記者は天馬君の就職斡旋のため、彦根に声を掛けた。これはナチュラルだ。

問題はそこに白鳥技官がへばりついてきたことか、と俺はこの祝宴の問題の本質を把握した。

「しかし、天馬君はさすがラッキー・ペガサスだね。このタイミングでなければ、こんな大人数の宴会は開けなかったからね」

確かに、白鳥技官の言う通りだった。

この開店祝い兼帰国祝賀宴会は七名の大人数だったので、医療衛生学的観点からすれば、非難されて当然のものだった。だが、酸ヶ湯新政権は、旅行業者のために「Ｇｏｔｏトラベル」を、飲食業者のために「Ｇｏｔｏイート」という経済振興策を、強引に打ち出している。

第2波を無視した蛮行なので、緊急事態宣言時の緊張感は緩みきっていた。

だがラッキーガイが、ＮＹでアジア人狩りにあったりするだろうか、と俺は少々、異を唱えたくもなった。

すると彦根がさらりと話題を変える。

「今年の前半のニューヨークの状況は、かなり酷《ひど》かったらしいね」

天馬は、眉の傷を撫《な》でながらうなずく。

「ええ、それはもう大変な騒ぎでした。でも、行政のコロナ対応は素早かったです」

「でもトランペット大統領は、コロナはただの風邪だから、対応は不要で経済を回せ、と言っていたんじゃなかったっけ？」

「トランペットはダメダメですけど、ファウル所長がいたのが救いでした。著名な免疫学者で、一九八四年から米国アレルギー・感染症研究所所長を務め、六代にわたる大統領に物を申してきた重鎮で、国民の支持も高いですから、トランペットも無下にできなかったんです。早々に新型コロナ・パンデミックに対応する、ホワイトハウス・コロナウイルス・タスクフォースの主要メンバーになっていたのが幸いでした。そしてファウル所長の言葉を、ＮＹ州知事が積極的に採用したので、ＮＹではコロナ対策は万全だったんです」

「なるほど、そういう背景があったんだね」と彦根がうなずくと、天馬は続けた。

「だからＮＹ州の対応は迅速でした。三月一日、ＮＹで新型コロナ感染患者第一号が発見されると、州知事は緊急対策として医療関係者の人員と器材確保のため四千万ドルの歳出法案に署名し、州内で毎日一千人分のＰＣＲ検査ができるようにしたんです」

「日本とは真逆の対応だね。日本では厚労省と政府がＰＣＲ検査を抑制したんだよ」

「その話は冷泉から聞きました。日本は何をしているんだって、同僚は呆《あき》れてました」

　冷泉さんがスマホの画面を見ながらＮＹの状況を説明した。

「私は天馬先輩からのメールで、米国の公衆衛生学的な状況をフォローして、まとめてあります。三月五日にワシントンで五人の患者が発生すると緊急事態宣言が出されて、トランペット大統領が八十三億ドルの巨額の新型コロナウイルス対策予算法に署名しました。でもニューヨーク・タイムズは社説で『中国の感染対策は大袈裟《おおげさ》だ』と貶《けな》していました。世界的にはコロナ対策は大々的に行なわれていて、三月十日にＷＨＯがパンデミック宣言を出し、ＮＹ州で百七十三名の感染が確認された頃には、韓国は一日二万件のPCRを実施し、自己隔離で医療崩壊を防いで、世界から賞賛されていました。それなのに日本では、韓国がPCR検査の大規模実施のせいで医療崩壊したと、嘘《うそ》っぱちの報道がされていたんです」

「日本では、今もPCR抑制論者が幅を利かせているんだよ」

彦根が補足すると、白鳥技官が昔語りの口調で呟《つぶや》く。

「日本のコロナ対策本部に、本田《ほんだ》審議官という痴《し》れ者がおってだな」

天馬君は、冷泉さんの説明を引き取って、続けた。

「三月十三日に国家非常事態宣言が出ると、ブロードウエイのミュージカルも、国連本部の見学ツアーも一切が停止されました。街角には消毒薬が置かれ、買いだめで食料品棚は空っぽになりました。その時、ニューヨーク・タイムスは『検査と制限は早いほど有効だ』という、一週間前と正反対の趣旨の記事を出し、宗旨替えをしました。NY市当局は全企業で百パーセント自宅待機するよう指示しました。セントラルパークに人道支援団体が野戦病院を設置し、ERも野戦病院のようになり、大量の遺体を保存するために大型保冷トラックが病棟に横付けされるという状況でした。『これは医療の敗北だ』と気丈なナンシーが泣きじゃくっていたくらいです」

「ナンシーって誰ですか」と冷泉さんの口調がいきなり尖った。

天馬君はしどろもどろで言う。

「ええと、マウントサイナイ病院のERの女医で、研究の検体提供に協力してもらったんだよ。バリバリの救命救急医なんだけど、ナンシーは毎日、人工呼吸器の調達で走り回っていた。救急の専門家が、物資の調達に対応しなければならないほど、現場は混乱していた。まさに戦場だよ」

そう言った天馬君は遠い目をした。

「ナンシーは、本来なら一回で使い捨てるN95マスクを、丸一日装着し続けていた。いつ在庫が枯渇するか、わからないからだ。あれは強く装着されるから、耳が切れてしまうんだ」

「ふうん、天馬君は、ナンシーさんとかいう女医さんの耳たぶに見とれていたわけね」

別宮さんの冷ややかな口調に、「いや、切れそうだったのは耳たぶではなくて、つけねだったんだけど」と言った天馬君は睨まれて、怯《おび》えた目をする。

「あっちではゾーニングはどうなっていたの？」と、話題を逸《そ》らすように、彦根が訊ねる。

「発熱や咳の患者は隔離しましたが、熱はないけど胸部痛を訴える患者が大勢いて、CT撮影したら酷い肺炎像を呈していました。新型コロナは症状が多彩だけど、怖いのは密やかに間質性肺炎が忍び寄ってきて、呼吸不全に陥ってしまうことですね」

春、東城大に一時帰還した救命救急の虎、速水晃一《はやみこういち》が不顕性感染だったことを思い出す。北海道では相変わらず感染者は多いが、速水は獅子《しし》奮迅の働きをしているようだ。

天馬君は確か、速水とは面識がないはずだ。東城大の次世代の人材である天馬君は続ける。

「NYでは、基礎疾患も喫煙歴もない健康な三十代から五十代が重症になり、米海軍の病院船が派遣され、全米オープンの会場に野戦病院を設置し、陸軍は千床の野戦病院テントを設置しました。それでも医療従事者は、エクスポーズ（暴露）しているとわかっていても、熱や咳がなければそのまま働き続けました。その程度で隔離してたら現場がもたないんです。ナンシーはコロナに罹《かか》るより、同僚に迷惑を掛けるのがイヤだと言って泣いていました。ERの患者は全員コロナ感染者で、行き場のない遺体を集団埋葬したり、とにかく異常事態でした」

天馬君の言葉に熱が籠もると、冷泉さんが言う。

「でも米国って不思議な国ですね。そんな風に医学的に冷静な対処を大々的にやっているかと思えば、コロナには消毒薬を注射すればいい、だなんていうトンデモ情報を発信し、忠実な支持者を死なせたトランペット大統領の支持率が未だに高い、というんですから」

「トランペットは国民を分断し、自分の支配力を高めようとしているんです。メキシコとの国境に壁を作ると宣言しているけど、南部経済はメキシコ移民の安い労働力なしでは成立しないし、人的交流も米国独立戦争時代から続いているから、途絶なんてできっこないくらい複雑に絡み合っているのに。そんな現状にはお構いなしですから、米国内の心ある人たちは呆れています。警官による黒人射殺事件が契機になって起こったブラック・ライブズ・マター（BLM）だって、レイシストのトランペットの姿勢への反発が表に出たものです。本当はNYに残りたかったんですけど、あれ以上留まるのは危険でした」

そう言って天馬君は、Tシャツの裾をめくり上げた。

胸部から腹部にかけて、抜糸したての生々しい大きな傷があった。

「病院へ向かう途中、ゴロツキに襲われたんです。幸い、同僚が通りかかり、そいつらは逃げたんですが、危うく命を落とすところでした。ぼくはもう少しNYで頑張りたかったんですが、傷の手当をしてくれたエマ、テンマはいったん日本に帰った方がいい、死んでしまったら何にもならない、と泣きながら説得されたので、決心したんです」

「え？　天馬先輩は、私の勧めで帰国したんじゃなかったんですか？」

途端に冷泉さんが反応すると、別宮記者も、厳しい指摘をする。

「エマって誰？　胸部の外傷なら、普通はさっきのERの女医さんが治療するんじゃない？」

「女医はナンシーさんですよ」と、すかさず冷泉さんが補足する。

天馬君はしどろもどろになって、言う。

「う、あ、いや、エマは救急外来のナースで、もちろん、帰国を決めた一番の理由は冷泉のアドバイスのおかげで……」

どうしてコイツは地雷を踏みまくるのだろう、と思い、そう言えばコイツは昔から女難の相があったんだっけ、と思い出す。桜宮すみれとも昔、ややこしいことになっていた記憶がある。

「復帰に当たり、母校の東城大に戻るという選択肢はなかったんですか」

高階学長がしれっと尋ねると、天馬君は一瞬、逡巡《しゅんじゅん》した後で、堂々と答える。

「ええ。東城大の基礎系教室は、あまり評判がよくなかったので」

東城大にとって、病理部門は鬼門だった。

病理学教室のエースと目された鳴海《なるみ》准教授の退任後、しばらくは牛崎《うしざき》講師が頑張っていた。だが不祥事で大学病院の病理検査室は閉鎖され、その後はブランチになり、外注になっている。

天馬君は東城大のOBだが、東城大の仇敵《きゅうてき》である碧翠《へきすい》院・桜宮病院にシンパシーを感じているので、心情的にはアンチ東城大のはずだ。高階学長はそんな背後事情をご存じの上で、さらりと尋ねるのだから全く恐れ入る。さすが、腹黒ダヌキと呼ばれるだけのことはある。

それにしても、天馬君が病理医になったことは感慨深い。

彼は碧翠院の因縁の継承者だ。

桜宮巌《いわお》院長に薫陶され、すみれと小百合の双子姉妹に初期医学研修の手ほどきを受けていた。

桜宮病院は桜宮市の解剖を一手に引き受け、桜宮の闇を担当してきた。

だから病理医になるのは、碧翠院の直系の選択だ。

一方で別宮記者が彦根を紹介したのも、その一択だろう。

別宮記者と彦根は「梁山泊《りょうざんぱく》」なる集団で、安保政権への抵抗運動をしていたらしく、旧知の仲だと聞く。天馬君を取り巻く因縁は、かくのごとく複雑に絡み合っている。

「アメリカ帰りの病理医の就職活動は大変そうだね。でも医療現場はコロナでボロボロだから、今なら引く手あまたかもね。いや、でも新規雇用はやっぱ厳しいのかな」

「別にぼくは、就職は急いでいません。一年くらいバイトをしながら、ぷらぷらしようと思っていますから」と天馬君はむっとして言う。

「それで彦根のフリー病理医のデジタル病理診断の真似っこで、苦境を凌《しの》ごうというわけか」

彦根は房総《ぼうそう》救命救急センターの病理医だが、その診断には画像遠隔診断を駆使していたので、病院に縛り付けられず自由自在に働け、神出鬼没の行動を可能にしていた。

「それもいいんですが、拠点を作った方が仕事はしやすいから、どこかを紹介しようと思って、検討している最中なんですけど……」

彦根が言いかけた途中で、白鳥技官が、しゅたっと右手を上げた。

「ちょっと待った。それなら僕が今、すごくいいことを思いついちゃったんですけど」

居合わせた全員が顔をしかめた。白鳥技官の「いいこと」とは彼にとって「都合のいいこと」だということを、祝宴の参加者七名は七様に感じていたからだ。

だが驚いたことに、今回の白鳥技官の「いいこと」は、確かに彼にとって「都合のいいこと」であったけれど、それは天馬君にとっても「いいこと」だった。

それは滅多にない奇跡的なことだった。さすがラッキー・ペガサス、と俺はしみじみ感心した。

白鳥技官は天馬君に浪速行きを提案したのだ。

「それは日本を救う重大な極秘ミッションなんだよ。浪速では白虎党《びゃっこ》が二度目の住民投票で都構想を強行しようとしている。だから村雨《むらさめ》さんはその動きを潰そうと決意したんだ」

「それって本当ですか」と彦根が反応する。

「あれ、彦根センセは聞いてなかったの？　まあ、梁山泊を解散して三月も経《た》たないうちに復活させるなんて、かっこ悪くて言い出せなかったのかな。でもとうとう浪速の風雲児・村雨さんの堪忍袋の緒が切れて、鵜飼《うかい》府知事、皿井《さらい》市長をひとまとめにぶっ潰すため、単身乗り込むことにしたんだそうだよ。孤立無援の英雄をラッキー・ペガサスにサポートしてもらいたいんだ」

「待ってください。そんな大役を、事情を知らない門外漢にやらせるなんて、無茶です」

「だよね。だから当然、彦根センセが対応するのは織り込み済みさ。つまり天馬君には、彦根センセの手足となって働いてほしいんだ」

「本人である僕が、まだ承諾していないのに、そんな勝手な……」

「それじゃあ彦根センセは、村雨さんのお手伝いするのを止める？　今さらそんなことできないでしょ？　もう彦根センセは浪速に行くしかないんだよ」

「でも、村雨さんが、それを望んでいるのかどうかは……」

「あのヒトはカッコつけだから、彦根センセには頼まないよ。でもセンセが自分から手伝いたいと言えば、拒否するような偏屈親父《おやじ》ではないと思うよ」

白鳥に断言され、彦根は黙りこむ。白鳥技官の思うがままになるのが我慢ならないようだ。

その気持ちはよくわかるので、彦根に助け船を出すつもりで、白鳥技官に質問した。

「村雨さんはなぜ突然、そんなことをしようと思ったんですか」

「実は僕が焚《た》きつけたのさ。製造者責任を取るべきでしょ、ってね。だって鵜飼府知事は半年前、『エンゼル創薬』が浪速府民全員に国産ワクチンを、秋までに供給すると威勢良く打ち上げたけど、その後一向に音沙汰がない。製薬会社も問題だけど浪速府の責任はもっと重い。そこを糺《ただ》さなければ問題は解決しないでしょ、と現状を教えて煽ったら、村雨さんも激怒しちゃって、先週から浪速入りしているんだ」

「迅速なワクチン開発は、日本では無理です。今、米国ではワクチンの開発競争の真っ只中ですが、国家を挙げての『タイムワープ・プロジェクト』は巨大製薬会社と一体化した共同作業です。日本の様子は冷泉から聞いていますけど、とても敵いっこないです」

天馬君がそう言うと、白鳥技官も同意する。

「その通り。大体、医療音痴の白虎党にワクチン開発なんて、高度な医学研究開発は無理だよ。鵜飼府知事はポピドンうがい薬がコロナウイルス増殖を抑止するなんて非常識なことを言って『ウガイ知事』と呼ばれてるし、皿井市長は感染予防着の代わりに雨合羽の寄付をお願いしてる。二人ともとんちんかんでポピドン鵜飼にアマガッパ皿井の『ナニワ・ガバナーズ』なんて呼ばれてる。浪速発のワクチンなんて夢のまた夢、もろフェイクだよ」

「あ、その話は聞いたことあるわ。白虎党を支援しているお笑い芸人総合商社の押本《おしもと》笑劇団は、芸人の祭典・Ｍ１に絶大な影響力があるから、二人が出場したら優勝間違いナシだそうです」

別宮記者の発言を聞いた白鳥技官が、どん、と拳でテーブルを叩いた。

「そしたら、連中は政界引退後も悠々自適じゃん。そんなこと、絶対に許せないぞ」

どうも昔から思っていたことだが、コイツの怒りは、どこかお門違いでとんちんかんのような部分があるような気がしてならない。彦根がぽつりと言う。

「村雨さんの原点は、ナニワの医療を樹立することだから我慢ならないでしょうね。インフルエンザ・キャメルの時は感染抑止の失敗後に、ワクチン騒動になりました。あの時の繰り返しは許せません。わかりました。天馬君、僕と一緒にナニワに行こう」

「それなら私も行きます。昔、大学の公衆衛生実習で、天馬先輩と一緒に浪速に行った仲ですから。それにワクチン行政は教室の重要課題のひとつですし、うちは長期休暇《サバティカル》制度があるので、それを使えばバッチリです」と冷泉さんが言うと、負けじと別宮記者も言う。

「浪速白虎党は問題だらけで安保政権のミニチュアと言われているし、地方紙連合の特集を組めるかも。あたしも行ってみようかな」

自分をおいてけぼりにして、勝手に進む集団移住計画に、天馬君は目を白黒させている。

「解散して半年しか経っていませんが、梁山泊を再起動しましょう。ところで白鳥さんも行くつもりですか」

おそるおそる訊ねた彦根に、白鳥技官は首を傾げて言う。

「僕はナニワって苦手なんだよね。だから彦根センセと別宮さんの別働隊にお任せするよ。僕は首都圏で早急にやらないといけない案件があるんだ。酸ヶ湯さんが首相になったせいで、更迭寸前だった泉谷《いずみや》補佐官が息を吹き返し、今川《いまがわ》さんが飛ばされちゃった。おかげで、干されていた本田が審議官に成り上がりやがった。あの不倫カップルがワクチン調達の責任者になっちゃったもんだから、もうしっちゃかめっちゃかでさ。ほんと、はた迷惑な話だよ。安保さんも、酸ヶ湯さんの側近をきちんと始末してから、禅譲すればよかったのに」

そう言った白鳥は一瞬、遠い目をした。それからはっしと手を叩く。

「思い出したぞ、本田って昔は崇徳大の公衆衛生学教室の講師をやってたんだ。冷泉さんには、素晴らしい先輩がいるんだよ」

すると天馬君が、冷泉さんを肘でつついた。

「本田先生って浪速大でレクチャーしてくれた、公衆衛生学の講師じゃなかったっけ」

「え？　あの浪速大の本田講師が、厚労省の審議官と同一人物だったのかい？」

驚愕する彦根をスルーして、白鳥は、ころりと話題を変える。

「そういえば思い出したけど、他にもとんでもないことがたくさんあるんだよ。たとえば毎日発表されている『新型コロナ感染者数』は医療統計的にとんでもないものなんだ。東京都の感染者数は、検査実施日から都に届け出がされるまで二、三日かかる。今日は六百人と発表されると、二日前に検査を受けた人が五割前後で、前日と三日前に検査を受けた人がそれぞれ二割くらいなんだ。つまり東京都の本日の感染者数って三日前から前日までの三日間の累計数なんだよ」

「それじゃあ陽性率なんて出せっこないですね」と天馬君が言う。

「しかも都道府県ごとに『集計』と『発表』のルールが違う。東京は前日朝九時から当日朝九時までの二十四時間の発生届を十五時に発表するけど、浪速では前日二十四時から当日零時までの二十四時間の感染者数を十七時に公表している。月曜日の新規感染数が少ないのは、医療機関や保健所は土日休みで、東京都で木曜日に感染者が多いのは、週明けに検査を受ける人が多いからなんだよ」

「そういうのって医療統計の総元締めの厚労省が音頭を取って、統一すべきなのでは」

彦根がそう言うと、白鳥技官はぶち切れたように吠《ほ》えた。

「そんな道理が通るような組織だったら、この僕がとっくにやってるに決まってるだろ」

火が点いた白鳥技官の滔々とした毒舌は止まるところを知らず、その後も延々と厚生労働省の問題点を一人語りで話し続けた。だがその怒濤のスピーチは、日本を離れていた天馬君だけではなく、日本にいる俺たちにも、日本の現状に関するいいレクチャーになった。

4章　コロナ、跋扈《ばっこ》す

二〇二〇年九月
「別宮レポート5」

「スリジエ」を出た別宮はその足で編集部に戻り、書きかけのレポートをまとめた。終田に続編を書かせるための基礎資料をまとめているうち、次第に腹立たしくなってきた。

二時間後、別宮は書き上げた「別宮レポート」を確認のため、声に出して再読した。

＊

【別宮レポート5】：コロナ関連3　作成二〇二〇年九月十八日

◇　東城大微生物学教室・池上《いけがみ》教授より聞き書き。

コロナウイルスはニドウイルス目に分類される、エンベロープを有するRNAウイルスである。エンベロープをもたないウイルスと違いアルコールが効くため、ウイルス学的には取り扱いやすいと言われる。直径〇・一ミクロン、マトリックス蛋白《たんぱく》（M蛋白）、エンベロープ蛋白（E蛋白）が被膜を形成し、三量体のスパイク蛋白（S蛋白）が突き刺さるような形で飛び出る。この様子が太陽のコロナに似ているので命名された。粒子内に遺伝情報でウイルス本体のRNAとヌクレオカプシド蛋白（N蛋白）がある。RNAは細長い紐状でN蛋白に巻き付いて存在している。

二〇一九年の国際ウイルス分類委員会の大幅改訂でコロナウイルスはオルトコロナウイルス亜科に分類された。オルトコロナウイルス亜科はアルファ、ベータ、ガンマ、デルタの四属に細分されSARS−1、SARS−2（＝新型コロナウイルス）、MERSはベータコロナウイルス属に分類された。ウイルスの正式名称は「SARS−CoV−2」で、新型コロナウイルス感染症は「COVID−19」とWHOが命名した。因みに二〇一五年以降、新型感染症の命名においてWHOは、特定の国名や地域名、動物名などを呼称にすることを禁じている。「武漢ウイルス」の呼称はグローバル・スタンダードに反するので使用すべきでない、とのこと。

「SARS−CoV−2」の遺伝設計情報（ゲノム）は三万塩基。アミノ酸は千五百程度で、変異が起こりやすいといわれている。それはワクチン戦略に支障をきたす可能性がある。

◇　地方紙ゲリラ連合特集「コロナと世界」より抜粋。

二〇一九年十二月十一日、新型コロナウイルスCOVID−19が出現。中国湖南《こなん》省・武漢の華《か》南《なん》海鮮市場が初確認地。

十二月二十七日、武漢中心に奇妙な肺炎症状の患者が多発、武漢中心病院の何秀医師がラボに検査を発注。これによりSARSが確定し上司に報告。

十二月三十一日、中国CDC本部は専門家チームを武漢に派遣し武漢保険局は注意喚起した。

二〇二〇年一月一日、華南海鮮市場全面閉鎖。新型コロナウイルスSARS−CoV−2による感染症COVID−19の存在を告知。

一月十四日、WHOは「新型肺炎はヒト＝ヒト感染の可能性は低い」とコメント。

一月二十三日、中国政府は武漢をロックダウン（都市封鎖）。

一月二十五日、欧州初のフランスの三例、二十八日にはドイツで一例を報告。

一月二十九日、ＷＨＯは一転、ヒト＝ヒト感染の可能性を認める。

翌一月三十日、ＷＨＯは世界的健康危機状態を宣言するが、渡航制限までは踏み込まず。

二月三日、横浜《よこはま》港にダイヤモンド・ダスト号着岸。一ヵ月で七〇三例のＰＣＲ陽性例を認め、無症状者は四一〇名。一ヵ月後、全員が下船時、死者一三名、致死率一・八パーセント。

二月十一日、ＷＨＯは新型コロナウイルス感染症を「ＣＯＶＩＤ-19」と命名。

二月二十六日、南米ブラジルで初感染症例発見。

三月十三日、米国で非常事態宣言発出。米国の感染者数は一二六四人。

三月二十六日、ＮＹ市の感染者は一万二千人を超え世界の六パーセントに達した。

四月二日、全世界の感染者は一七一ヵ国で累計百万人を超えた。

四月六日、全米感染者は三十三万七千人、死者は九千六百人に達する。

四月七日、日本で緊急事態宣言が発出。感染者三千九百人、中国で八万三千人、米国では三十三万三千人、全世界では百三十二万人を超えた。

四月十日、抗ウイルス薬レムデシビルの使用例報告。後に中等度の有効性が認められる。

五月二十五日、緊急事態宣言解除、安保首相は日本モデルを自画自賛コメント発信。

曰《いわ》く「わが国では、人口当たりの感染者数や死亡者数をＧ7、主要先進国の中でも、圧倒的に少なく抑え込んでいます。これまでの私たちの取り組みは確実に成果を上げており、世界の期待と注目を集めています」。

しかしながら科学的根拠は皆無。専門者会議の議事録を開示請求クラスタが情報開示を試みるとほとんど黒塗り。「世界の期待と注目を集める取り組み」が黒塗りで内容がわからないという、ブラックジョークのような事態。

現在の国際情勢の一端。コロナ軽視グループ。米国のトランペット大統領の岩盤支持層の内陸諸州はノー・マスクと気勢を上げている。トランペット親衛隊のブラジルのボロボロナ大統領はまったく感染症対策を取らず。

◇喜国忠義《きくにただよし》氏（蝦夷《えぞ》大学感染症研究所准教授）からの聞き書きメモ。
人類は二〇〇二年のＳＡＲＳ、その後のＭＥＲＳでコロナウイルス感染症を潜伏期における移動制限という手段で封じ込めた。その経験がある中国と台湾、ニュージーランドはコロナ蔓延《まんえん》を防いだ。

二〇二〇年九月現在、全世界で四千万人が罹患し百十一万人が死亡している。

感染率は全世界で〇・五パーセントで、二パーセントを超えた国はチリ、ペルー、ブラジル、米国、スペイン、アルゼンチン等、死亡率の高い国はメキシコ、イタリア、英国、エジプト等。

集団免疫を目指したスウェーデンの死亡率は五パーセント超。

これは喜国准教授が提唱した、感染を放置し抗体を獲得させるという「レッセ・フェール」対策は、新型コロナに関しては不適切だったということを示している。

抑え込みに成功した国の共通点は当初、厳しい移動制限を含めた積極的な介入をしたこと。

ＳＡＲＳを経験した中国、台湾、ベトナムは厳しい移動制限で、韓国は移動制限よりＰＣＲの広範な実施と接触者追跡によって、驚異的な好成績を収めた。

計算によれば東京の実効再生産数は２・５。一人の感染者が平均して２・５人にコロナをうつしている状況。

先進諸国と比し日本ではＰＣＲ検査体制の遅れが顕著。

世界では大恐慌になるという警告に留意しつつ多くの国がロックダウンを選択。

日本も「人と人との接触を八割削減」を目標に行動を制限しようとした。喜国准教授はこれを、「ほぼ家族とだけ接触するのが八割削減」と明確に定義。一方で安保首相率いる政府首脳は気休めの弥《び》縫策《ほうさく》を繰り返す。感染症の実態に対し、正確な情報を出さないという卑劣な手法。

◇　彦根新吾氏（房総救命救急センター病理医長）談。
日本の感染死亡者数は七月、千人に達した。欧米の数万〜十数万人より少ないが人口千人あたりの死者数は東アジアの台湾、中国、韓国より多い。

日本の死因究明制度の不備で新型コロナ感染による死者が低く見積もられている可能性。

東京都の三月〜五月の三ヵ月死者数平均は二〇二〇年は五百人多く、新型コロナ感染死が考えられる。東京都監察医務院は死因不明の浮浪者にＰＣＲを実施。不審死の解剖前にコロナ検査をしたいという要望による。法医学者の死因究明は警察組織のためで市民への情報提供は二の次の上、厚労省が渡航歴の有無でＰＣＲ実施を選別し、市民がＰＣＲを受けられない状況のため市民の理解得られず。Ａｉ（オートプシー・イメージング＝死亡時画像診断）は有効。

コロナ死の本態の間質性肺炎はＡｉで検出可。その後ＰＣＲ実施で合理的診断シーケンスが確立できるが政府は対応せず。コロナ死者数を過小に見せたいためとの説。

◇　地方紙ゲリラ連合の特集記事より抜粋・五輪関連。
二月末、感染拡大が顕著になり始めた頃が移動制限する強い政策を打ち出すタイミング。だが、五輪開催に固執した安保政権が引き延ばし、三月一四日「五輪は予定通り開催する」と会見。中国がロックダウンした春節でも観光客来日を規制しなかった安保政権は、欧州や東南アジアから入国制限をせず。

世界の世論は「五輪延期」で、五輪開催に固執したのは安保政権とIOC上層部のみ。三月二四日、安保首相は「完全な形での五輪を実施するため」とし一年延期を宣言。「非常事態宣言」を発出するが法的根拠はなく、市民は行動制限を「自粛」として受け入れた。

◇　地方紙ゲリラ連合の特集記事より抜粋・政府の経済対策。

四月七日、緊急事態宣言当日、「新型コロナ感染症緊急経済対策」のため十七兆円の補正予算案を閣議決定。「Ｇｏｔｏキャンペーン」の始まり。「コロナ感染症流行収束後に国内における人流と町のにぎわいを創出し、地域を再活性化する需要を喚起させる」のが目的。甚大なダメージを受けた観光・運輸業・飲食業を対象に期間限定での官民一体型のキャンペーン。運営は自由保守党の煮貝《にがい》幹事長が会長を務める日本旅行産業会に委託され、大手旅行代理店が参加している「ツーリズム産業共同提案体」も柱を担う。これは酸ヶ湯が主導した「インバウンド政策」の柱石を担った団体で、どちらも五輪特需を当て込んでいた。

「税金の無駄遣い」との批判が相次いだ「アボノマスク」は一次補正予算で五百億円弱を投じたが、医療現場の喫緊の人工呼吸器確保二百五十億、ワクチンや治療薬開発費二百五十億を合算したものと同額。一億二千万枚を全戸配布し終えたのは六月二十日で、マスク不足解消後の調査では、「アボノマスク」使用と答えたのは三パーセントで、「アボノマスク」を着用している市民の姿を巷《ちまた》で目にすることはなし。官邸スタッフも「一部が突っ走った失敗だった」と証言。

大手新聞の文化部で「アボノマスク」に「ゴミ」や「ムシ」が混入しているとスクープすると、同社の政治部記者は「しかるべき所から抗議が来るぞ」と恫喝《どうかつ》。社内で肩で風を切る政治部記者と司法記者の内実は政権ヨイショ、検察ヨイショの親衛隊であると露呈。

五月末、第1波が収まり非常事態宣言は解除されたが、医療は深刻なダメージを蒙《こうむ》った。補正予算ではコロナ襲来で脆弱《ぜいじゃく》さを露呈した検査体制と、ダメージを受けた医療現場へ最優先に手当すべきだったが、政府は五輪延期で損害を蒙った利益団体への補填を優先した。

「Ｇｏｔｏトラベル」は七月二十二日から宿泊代の割引をする形で強行された。

東京都知事選は小日向美湖《みこ》が圧勝し再選を果たした。だから、その直後の、「Ｇｏｔｏトラベル」の開始は感染が収束していないので時期尚早ではないか、という、小日向知事の発言は、かなりのダメージになった。

酸ヶ湯は負けじと「Ｇｏｔｏトラベル」の対象地域から東京を外して、意趣返しをした。非常事態宣言を解除して二ヵ月弱のその頃、再び感染者数が増加しつつあり、「第2波」と言われていた。だが政府は頑なに否定したため、「幻の第2波」と呼ばれるようになる。

七月、東京都の新型コロナ対策用の二千床のベッドの九割が埋まり、都内の基幹病院では院内クラスターが発生していた。コロナ対策ベッドは病院の自己申請で形式的であり、実体を伴わない病床もあり、水増しされた数字だと指摘される。第2波は国民の自粛的行動で下火になった。政府は公式には第2波を認めず、後に襲来する感染拡大を非公式に第3波と呼び始めた。

八月二十五日、安保宰三首相辞任。後継者は安保政権の大番頭、酸ヶ湯儀平《ぎへい》。

酸ヶ湯政権は「Ｇｏｔｏイート」を連動させ、十月一日から旅行代金の十五パーセント相当を、宿泊地の都道府県と周辺で利用できる地域共通クーポンとして配布予定。

対象外だった東京都内への旅行及び東京都在住者による旅行も、今回は割引対象とした。

これは煮貝幹事長が仲介した、酸ヶ湯と小日向の手打ちと見られる。

この政策は執行予算が無くなった時点で終了するため、予算の枯渇前に恩恵にあずかろうと予約が殺到した。旅行や会食に税金で補助金を出す、税金蚕食システムは「令和ええじゃないか騒動」の誘因になり、節度を持って対応していた国民は、政府のお墨付きでコロナ制限は解除されたと考え、日本国中を旅行している。

だが、医療現場の状況は日に日に悪化し、逼迫しつつある。

以上が二〇二〇年、令和二年九月の現状である。

＊

書き終えたレポートを読み返した別宮は、暗い窓の外を見た。

この続報を書くことにならなければよいが、と思ったが、それが空しい希望になるであろうという予感に震えた。

5章　酸ヶ湯政権、船出す

二〇二〇年十月
東京・永田町界隈

「第九十九代日本国総理大臣に、酸ヶ湯儀平君が選出されました」

衆議院議長が投票結果を発表すると、酸ヶ湯は立ち上がり、深々と一礼した。

ちょうど一ヵ月前、酸ヶ湯は政界の頂点に到達した。そして、栄光の日が始まった。


酸ヶ湯は苦労人だと言われた。これまでの宰相は、政治家の家系の二代目や三代目が続いたので、久々に平民宰相の登場だ、とメディアは言祝《ことほ》いだ。だが世間の反応は鈍かった。それは酸ヶ湯が「鉄壁の酸ヶ湯」と呼ばれ、官房長官として防御的な答弁に終始していたからだ。

「お答えは差し控える」とか、「仮定の問題にはお答えしかねる」という返答は、不要な攻撃を防ぐという点では秀逸な対応だった。

「〜ではないでしょうか」というのも、得意のフレーズだ。何も断定的に言わずに、うやむやにごまかすという姿勢の表れだ。番犬の官房長官ならば、その真意は意志決定者の首相の意向について自分は語る任にない、という言い訳と共に、確かに鉄壁の防御線になった。

だが国民から見れば、酸ヶ湯が発信する情報は、ほぼ皆無に等しかったので、まったく親しみが持てなかったのだ。

それは「鉄壁」というよりも、「氷壁」と表現した方が適切だったのかもしれない。

だからメディアが、「貧農の出でパフェ好きの庶民派」と持ち上げても、ウケなかった。

しかもそれすらも欺瞞《ぎまん》で、貧乏な東北の農家出身の苦労人、というのは作られた評伝だった。

彼は確かに農家出身だったが、地元では有数の大規模農家で裕福だった。

勉強嫌いの酸ヶ湯は学生時代から政治家の秘書として働いた。政治家事務所で今の妻と出会い、家庭を持ち地盤を譲られた。選挙は弱く何度か落選の憂き目も見ている。

酸ヶ湯は、人の気持ちを摑《つか》むのが下手だった。

だが安保政権で官房長官を任されて、芽が出た。

彼は内閣府に内閣人事局を創設、上級官僚の人事権を握るというホームラン級の業績を挙げた。

ゆっくり時間を掛け、自分に反抗する不満分子を排除し、自分に阿《おもね》る茶坊主を要職に就けた。

そして七年半の長期政権の間に官僚機構を自分の色に染め上げた。

酸ヶ湯官房長官は、いわば独裁者の身内だった。

その彼が自分に相応しい地位に就いたのだ。黄金時代の幕開け、のはずだった。

だが酸ヶ湯には、決定的に欠落していたものがあった。

それは「教養」と「和合精神」だ。

実は酸ヶ湯は、無教養という点では、安保と同レベルの似た者同士だった。

云々を「でんでん」と読んだり、内閣総理大臣は立法府の長だ、などと中学生でも間違えないようなことを平然と口にして、恥じるところがなかった。

だが、安保と酸ヶ湯には、決定的な違いがあった。それは、「我の強さ」だった。

ボンボン育ちの安保は、自分のプライドが傷つかない限りは、腹心の言を容れた。その結果、合議制の体裁になり、異論が検討される余地が残った。酸ヶ湯も腹心のひとりだった。

安保前首相は独裁と言われたが、それは首相周辺のお友だちによる合議制的独裁で、安保自身はその象徴的存在だった。

一方、酸ヶ湯は自分の言い分を通すことに固執し、異論は徹底的に排除した。

それは、二人の口癖に象徴されているかもしれない。

安保前首相は「僕はねえ」と言い、酸ヶ湯現首相は「俺が俺が」と言った。

その違いが、やがて酸ヶ湯政権を袋小路に押しやることになる。


酸ヶ湯の権力の礎石は二〇一四年、第二次安保内閣の官房長官の時代に築かれ始めた。

内閣府に人事局を設置し、六百人以上の省庁幹部級人事を握った。「政府の政策に異を唱える官僚には退場願う」と公言し、官僚を思うがままに操る手法を確立した。

首相になるとそれは「自分に逆らう者は粛清する」という意味に変質する。

過去に出した本では「政策に従わない官僚は飛ばす」と堂々と本音を公言し、異論を認めない酸ヶ湯の体質を露わにしていた。

酸ヶ湯が官房長官時代からとり続けた対応を、メディアは「鉄壁答弁」だと褒めそやしたが、台本通りの質疑応答なのだから、それは単なる出来レースである。

そんな酸ヶ湯は首相就任演説で「国民のために働く内閣」を打ち上げた。就任直後の内閣支持率は七十五パーセントという、ご祝儀相場としても驚異的な数字を叩きだした。

だが前政権を支えた官房長官が後継し、閣僚の顔ぶれもほぼ留任なのに、内閣支持率がいきなり三割も上がることなど、論理的にあり得ない。

それは開示の必要がない、魔法の資金である官房機密費をメディアに流したからだ、と反酸ヶ湯陣営の間では囁《ささや》かれていた。酸ヶ湯は官房長官時代から、九十億円もの官房機密費を、領収書や開示義務のない「政策推進費」としてじゃぶじゃぶと使いまくっていた。

内閣支持率の数字はでっちあげられるということが、すでに暴露されていた。そのために内閣べったりの新聞社とテレビ局は現在、世論調査を自粛している。

もはや、メディアによる内閣支持率は信頼をなくしていた。

その数字は市民の肌感覚から乖離していて視聴者は呆れ、スポンサーも離れ、経費が掛けられなくなり、番組は劣化の一途を辿《たど》る。まさに「貧すれば鈍する」である。

酸ヶ湯を「パフェおじさん」なる愛称で呼び、酸ヶ湯に媚《こ》びた。年齢的には「パフェじい」なのだが、メディアの校正システムは機能不全に陥っていた。

そんなハリボテ支持率だということを忘れた酸ヶ湯は、調子に乗ってミスを重ねた。

第一が「Ｇｏｔｏ」の強行と、その開始直後にじわりと上昇したコロナ感染者の増加について、医療専門家が警告を発したのを、無視したことだ。

第二が首相就任演説で打ち出した酸ヶ湯政権の方針「自助、共助、公助」という謳《うた》い文句だ。

酸ヶ湯は「最悪、生活保護というセイフティ・ネットがある」という大失言をしてしまう。

第三は日本学術会議の新委員の数名を、任命拒否したことだ。

委員推薦を拒否したのは、安保前政権の方針に異論を唱えた学者ばかりだった。

そのひとりは学術界の重鎮、宗像壮史朗《むなかたそうしろう》博士だった。博士は国際法学者かつ明治史研究家で、明治天皇の治世を敬慕し現在の政権を貶《おとし》めた。正確には史実と現在の政治を厳正に比較しただけだった。だが、酸ヶ湯から見れば貶されたのと同じことだ。

宗像博士の反論は淡々としていた分、却《かえ》って強烈に響いた。

「政治は学問に介入してはならないのです。心地よい言葉だけ聞き、都合よく国民に発信した連中が、太平洋戦争の敗色濃厚な状況を隠し、ヒロシマとナガサキの民の大量虐殺へ招いたのです。それを拡声器で拡散した戦前のメディアは終戦後、GHQの意向を垂れ流し、形を変えずに存続した。つまり今のメディアは、戦前の大本営発表の体質を自己変革せずに来たわけで、前例打破を主張されるならば『隗《かい》より始めよ』で、メディア改革から着手すべきです」

日本学術会議は科学者の代表機関で、「学者の国会」と呼ばれ、センターや研究所の設立を政府へ勧告し、原子力研究三原則を提唱するなど活発に活動してきた。平和的復興、人類の福祉に貢献し、世界の学会と提携し学術の進歩に寄与を謳い、高度の自主性が与えられている。

日米戦争の時、政府寄りで戦争推進に走ったことを反省し過去三回、軍事研究に反対する声明を出している。自衛隊を軍隊にしたいと希う自保党の改憲勢力には目障りな存在なので、政府は会員の任命拒否によって政府のいいなりの組織にしようとした。

安保政権下の二〇一六年には、政府は会議側の推薦案に同意せず欠員が生じた。二〇一八年にも日本学術会議側の推薦案に難を示し、補充を見送った。酸ヶ湯は、その前例を踏襲しただけだ。だが日本学術会議の候補者百五名の名簿が提出された八月三十一日は、安保前首相が辞意を表明し、政権交代が決定したが後任は未決定という、権力の空白期だった。

九月十六日、任命対象者名簿で内閣府は六人を除外し、政府の内部文書が公表された。

安全保障関連法案や特定秘密保護法、米軍基地移設問題などで政府の方針に異議を唱えた学者六人を外す指示をしたのは、それらの法案通過に尽力した官房副長官だった。これが批判の集中砲火を浴びた。酸ヶ湯は任命権が自分にあると顕示し、「慣行破壊・前例打破」とぶち上げ、異論を押し潰そうとした。酸ヶ湯は首相就任後、初の臨時国会を終えた時に「任命拒否問題がこれほど反発が広がると思っていたか」と記者に質問されると、薄ら笑いを浮かべて答えた。

「私はかなり『大きく』なるのではないかな、と思っていました。現在の学術会議は肥大化して『既得権益』になっているので、抜本的な組織改革が必要だと考えています」

だが、政府の政策への反対者が「既得権益者」になることは、普通はあり得ない。

半世紀前、自党の総裁が「形だけの推薦制で学会の推薦者は拒否せず、形だけの任命をする」と国会で述べた約束を反故にし、従来の法解釈に反する任命拒否をしたことについては、酸ヶ湯は整合性ある説明をせず、「お答えを差し控える」と紋切り型の回答を繰り返した。

二〇〇四年の総務省の法案審査資料では「日本学術会議から推薦された候補者につき、内閣総理大臣が任命を拒否することは想定されていない」と明記されていた。なので今回の決定は日本学術会議法の解釈変更であることは明白で、まさに安保政権下の「前例踏襲」だった。

こうした点を突かれると、酸ヶ湯は説明を二転三転させた。

初めは「総合的・俯瞰《ふかん》的な活動を確保する観点から判断した」と説明したがその後、「民間出身者や若手が少なく、出身や大学に偏りが見られることを踏まえ、多様性が大事ということを念頭に私が判断した」と述べ、「個々人の問題にお答えすることは差し控える」と答えた。

だが排除された六人はむしろ多彩で、酸ヶ湯の排除で却って多様性に欠けることになった。

日本学術会議の背骨は学問の軍事転用を抑止するものだ。政権が不満を抱くということは、戦前の軍部の思想に近づいていることでもある。その証拠に酸ヶ湯政権の科学技術相は騒動の最中の十一月、「デュアルユース（軍民両用）」研究を検討するよう学術会議に伝えていた。

国会の初論戦で「仏滅の剣」という超人気アニメの決め台詞「全放念」を引用して得意満面の酸ヶ湯には、学術会議の存在意義を再検討するなどという、殊勝な気持ちはなかった。

読書習慣のない酸ヶ湯は、孫娘に教わったアニメのセリフくらいしか引用ネタがなかったのだ。

だがこの件で味噌を付けた酸ヶ湯人気は陰りを見せ、たちまち内閣支持率は急落した。

その様子を見た安保前首相が、返り咲きを狙い、ちらちらと色目を使い出した。

安保の病名は難病の「潰瘍性大腸炎」とされたが、公表された正式病名は「機能性胃腸障害」、つまりストレス性胃腸障害だ。

それは第一次政権を投げ出す時に、主治医が記者会見を開いた時の正式なものだった。

だがそれがいつの間にか「潰瘍性大腸炎」になっていた。

世の人々は難病を抱えた者を責めるなど、とんでもないと考えた。

メディアの目は節穴で、国民は能天気なお人好しだった。

その証拠に、八月末に政権を投げ出した翌週には、ステーキ会食を完食したと伝えられた。

潰瘍性大腸炎が悪化したなら、とうていあり得ないエピソードだった。

そこで、はしゃぎ始めた前首相を抑え込むために、やむなく酸ヶ湯は奥の手を使った。

中断していた「満開の桜を愛でる会」問題の捜査を進めさせたのだ。

これで安保前首相はおとなしくなった。

そして、酸ヶ湯は人気取り政策として「Ｇｏｔｏキャンペーン」を本格始動した。

それは自分を首相の座に押し上げてくれた恩人、日本旅行産業会会長を務める自保党幹事長の煮貝厚男《あつお》の恩義に応えるためだった。

このはりぼて政策のせいで、コロナ第３波が醸成されつつあった。

酸ヶ湯の政策に理念や哲学などを求めるのは、空しいことだった。

たとえば政権発足当初の首相事務秘書官人事からして問題があった。

官房長官時代の事務秘書官を、気心が知れているからという安直な理由で、首相秘書官に格上げして起用した。

だが霞が関の主要省庁の外務、経産、財務、防衛と警察庁から起用する五人の首相事務秘書官は局長級が慣習だ。酸ヶ湯はそこに厚生労働省出身者を加えた六名体制を取った。各秘書官は自分の出身省庁と政策調整を各々の官房長と行ない、個別政策上の調整は局長と行なう。

酸ヶ湯が登用した首相秘書官は九十年代入省者の課長級で、格上の本省の官房長や局長に対して、「指示」するのは難しかった。このため官邸と各省庁と調整機能が働かず、酸ヶ湯の指示は思うように実現しなくなった。結果、二ヵ月後に首相事務秘書官交代という不手際を晒《さら》した。

遅まきながら酸ヶ湯が首相秘書官人事の誤りを認めたのだ。説明せず高圧的に自分の意を通し、逆らうものは排除するという酸ヶ湯の手法は、徐々に破綻しつつあった。

そんな酸ヶ湯には、任免拒否した宗像博士の一連の発言で、妙に記憶に残った言葉があった。

それは、「中国の易経に『亢龍《こうりゆう》悔いあり』という卦《け》がある」というものだった。

すべての筮竹《ぜいちく》が陽を示すもので、登り詰めた龍には後悔しかない、という意味だった。

その言葉を思い浮かべては、酸ヶ湯は「俺はまだ登り詰めていないから、関係ない」と自分に言い聞かせた。

そんな中、五輪開催に向け、ＩＯＣのカルト・バッカ会長の来日が予定されていた。

酸ヶ湯はそのスケジュールをにらみつつ、歓迎ムードを醸成するために腐心していた。

６章　浪速府医師会会長・菊間祥一

二〇二〇年十月
浪速・天目区・菊間総合病院

西下する新幹線の車中に「座席を回転させて、ボックス席にするのは控えてください」というアナウンスが流れていた。車中はガラガラで、車両は四人の貸し切り状態だった。

そこで、右側の二人掛けの席の前後に冷泉と別宮が、隣の三人掛けの席に天馬と彦根が前後に座り、前後二列で四人で仮想ボックス席にした。

「日本でＰＣＲ検査の全数実施をしないのは、なぜなんですか。『検査と隔離』が感染症対策の基本だなんて、衛生学の常識でしょう」

天馬の質問に対し、彦根が説明する。

「東京五輪をやりたくて仕方がない政府が、コロナ感染者を少なく見せかけたくて、全数検査をしないよう制度設計したというのが白鳥技官の説なんだ。信じられないけど、情報を総合するとあながち穿《うが》ち過ぎとも言えないいんだ」

「医療従事者は、反論しなかったんですか」

「もちろんＰＣＲによる全数調査の必要性を訴える人はいたよ。日本医師会も当然、主張した。だがここで『イクラ』というトンデモ医学を標榜《ひょうぼう》する連中が登場したんだ」

「『イクラ』だなんて、何だか寿司ネタみたいですね」

「そんな美味な連中じゃない。医師免許を持ちながらコロナ感染に関してフェイク情報を垂れ流している『医療クラスター』の略で、元厚生労働省の森村《もりむら》モナコもその一人だよ。最近では米国感染研究所（ＮＩＨ）の一員と名乗る、ベビーフェイスの坊ヶ崎《ぼうがさき》なんていう、得体の知れない人物が、あちこちのテレビ番組に出まくって『ＰＣＲの確定診断率は三割から七割程度だ』と吹聴《ふいちょう》している。まったく、困ったもんだよ」

「そっか、ということは『イクラ』は寿司ネタじゃなくて、国民的人気アニメの赤ちゃんキャラの『イクラちゃん』の方だったんですね」

アニメに詳しそうな冷泉が言うと、みんなの脳裏に「イクラちゃん」の唯一の台詞「バブウ」という言葉がよぎった。天馬が言う。

「坊ヶ崎って先生の名前は、米国では聞いたことがないんですけど。ＮＩＨならファウル所長のお膝元だから、そんな暴言を黙認するはずがないんですけど」

彦根は座席で伸びをすると、言った。

「あのトランペット大統領にさえ、衛生学的な正論を主張するファウル所長なら、絶対にそうだね。だから僕は、坊ヶ崎がＮＩＨのポスドクというのも、下っ端なんじゃないかと思ってる。なのに『イクラ』連の常で、トンデモ医学本を出し、仲間内のツイッターで褒め合って、肥大した承認欲求を満たしているんだ。ところが困ったことに医師会もコロナに関しては統一見解が取れていない部分もあって、越後県医師会では坊ヶ崎を呼んで、コロナに関する講演会もさせている。免疫学の基礎部分だけは正しいから、講演を聞いた開業医の中には、コロリと騙される人たちも出ているんだよ。そんなところにメディアが持ち上げれば、一般人が騙されるのも宜《むべ》なるかな、だよね」

「メディアの情報発信のやり方も、気をつけないといけませんね」と別宮が言う。

「トンデモ医学が蔓延しているのは、アメリカでも同じです。トランペット大統領の地盤の内陸部は、コロナは中国の陰謀だと言ってマスクはしないわ、集会はバンバンやるわ、旧約聖書に描かれた背徳の街、ソドムとゴモラみたいでした」

「天馬先輩はトランペット大統領の悪口になると、容赦ないですね。ところで彦根先生は浪速と縁が深かったんですよね」

冷泉が話題を変えると、彦根は遠い目をして、窓の外を眺めながら言う。

「村雨さんが府知事の頃だから十年以上前になるかな。あの頃僕は、『日本三分の計』という政策を提唱していて、村雨さんと一緒に医療共和国を樹立しようとしたんだ」

「『梁山泊』が成立する遙か以前から、村雨さんと一緒に活動されていたんですね」

別宮が感慨深げに言う。すると冷泉が負けじと言う。

「私は知っていました。私と天馬先輩は東城大の公衆衛生実習で、彦根先生にアドバイスされて浪速大の公衆衛生学教室に行きましたから。そこでお話を伺ったのが当時の国見教授と、講師の本田准教授でした。その本田さんが厚労省に入省して、PCR抑制という間違えた衛生学的な方針を打ち出して、未だに変えようとしないなんて、どうしちゃったのかしら」

「本田講師はキャメル騒動の時にお手合わせしたけど、なかなか手強《てごわ》かった。その時僕は浪速で、国見教授と同期だった喜国先生と一緒に防戦していたんだよ」と彦根が言う。

「『八割パパ』の喜国教授ですか。今は蝦夷大の感染症研究所の准教授なんですよね。彦根先生の人脈って、公衆衛生学の分野でも凄いんですね」と冷泉が感心する。

「あと彦根先生は大富豪の御曹司で、世界を股に掛けて、お嫁さん探しの旅に出ているのよ」

別宮にぼそりと言われ、まだそんな古いジョークを覚えていたのか、と彦根は苦笑する。

「梁山泊」設立資金を調達した時、「モンテカルロのエトワール」から供与された資金を流用したことを別宮には教えたが、その時に誤解され、未だにそのままのようだ。

車中に「終点、新浪速です」とアナウンスが流れた。冷泉が思いついたように訊ねる。

「そういえば彦根先生、今夜のホテルは予約しているんですか？」

「まだだよ。これから伺う病院の院長は、浪速府医師会会長で顔が広いから、そこで紹介してもらおうかな、と思ってね」

そう言うと、彦根たちは立ち上がり、降車の支度を始めた。


新浪速駅で新幹線を降り、環状線に乗り換えて、五つ目の駅で降りる。

天目区《てんもく》は、万博誘致で再開発が盛んな中心部と違い、時の流れから取り残されている。昔ながらの家並みが、少しずつ朽ち果てていく。そんな印象の街だ。

寂れたアーケードを行くと、周囲とちぐはぐなモダンな白い五階建ての建物が、アーケードを突き抜けて、にょっきりと現れる。「菊間《きくま》総合病院」という看板が目を引く。

広く綺麗《きれい》な病院だが閑散としていた。受付で取り次ぎを頼むと、二階の応接室に通された。ややあって扉が開くと、白髪交じりの白衣姿の男性が姿を現した。

「ご無沙汰してます、菊間先生」と彦根が立ち上がり、一礼した。

「お久しぶりです。十年ぶりでしょうか。彦根先生が浪速でなにかをしようとしていると聞いて、わくわくしています。私は彦根先生の弟子ですから、なんでも遠慮なくお申し付けください」

「菊間先生が弟子だなんて、とんでもない。今や浪速の医療界の重鎮ですから。そういえばお父さまの徳衛先生はお亡くなりになったそうですね。もう一度、お目に掛かりたかったです」

「ええ、五年前の朝、床の中で亡くなっていました。米寿目前でしたが死に顔は安らかでした。まあ、大往生で、息子としては、ほっとしました。でも、父が開院した『浪速診療所』を総合病院にしたことには、ずっと文句を言い続けた頑固親父でしたね。ところで彦根先生は、今回はどんな悪だくみを考えているんですか」

「十年前の雪辱です。村雨さんも同様のお考えで、既に浪速で活動を開始しています。浪速の医療が滅茶苦茶にした元凶の、浪速白虎党の打倒を考えています」

するとき菊間院長は、彦根をじっと見つめた。

「それは素晴らしい。十年前の村雨さんの失脚は無念でした。その後、横須賀《よこすか》が白虎党を立ち上げたんですが、横須賀が知事職を放り出し市長に立候補した時から、浪速府民は横須賀マジックに掛かってしまったんです。でも、私はすぐにトンデモな政党だと見抜きました。府知事なのに市長に代わろうなんて発想は、詐欺師のものですから」と、菊間院長は唇を歪《ゆが》めた。

彦根は苦笑する。それは彦根が村雨に勧めた戦略で、村雨が拒否して実現しなかったからだ。横須賀は、彦根の邪道の戦略だけ採用し、大切な根幹を切り捨てたのだ。

「私が浪速府医師会会長に就任したのは、鵜飼市長と皿井知事がダブル当選した頃です。連中は異論を唱える者を既得権益の受益者とひとくくりにして批判し、正論は紋切り型の非難の前では無力でした。関西では白虎党の応援団の押本笑劇団の芸人が朝から晩まで、テレビで鵜飼と皿井を褒めまくるので、テレビを見ている人たちは、白虎党すごい、となるわけです」

村雨元府知事が掲げた「機上八策」は次のようなものだった。

一　医療最優先の行政システムの構築　……（医療立国の原則）

一　経済収支の整合性の達成　……（経済計画の整合性の維持）
一　市民プライバシーの徹底保護　……（市民社会の基本原則の確立）
一　中立性、透明性を有したメディア報道の確立　……（不当な意見誘導の排除）
一　禁忌なき自由闊達《かったつ》な議論による政策の構築　……（言論の自由の確保）
一　未来社会を支える子どもたちの生育のための援助体制の確立　……（教育立国の原則）
一　犯罪撲滅のための治安体制の確立　……（社会安寧の基本方針）
一　市民が笑顔で暮らせる街の実現　……（すべてはこの目的に集約される）

村雨が最も重視していた第一項「医療立国の原則」を、浪速白虎党は反故にしたわけだ。それは許し難い背信行為だった。彦根は、深々と吐息をつく。

「新型コロナでは十年前のインフルエンザ・キャメルの時と同じミスを繰り返しています。あの時のアナロジーで考えれば、春の第1波の次はワクチン戦争になる。でも致死率八〇パーセントのエボラ出血熱や、致死率六〇パーセントのＳＡＲＳ（重症急性呼吸器症候群）と違い、致死率〇・〇〇二パーセントのキャメルにはワクチンもありました。今回のコロナは致死率二パーセントと強毒性で、ワクチンはありませんから、あの時よりも、はるかに分が悪いんです」

「ワクチンと言えば鵜飼知事が三月、国産ワクチンを九月までに府民全員に接種すると打ち上げましたが、あの発言を真に受けている医療関係者は、浪速には一人もいませんよ」

「実はぼくは、それを潰すために浪速に来たんです。『エンゼル創薬』も今回のターゲットです」

「そういうことでしたら、浪速府医師会は喜んで全面協力させていただきます。ところで今晩の宿泊先は決めているんですか」

「実は菊間先生に、お勧めの宿を紹介してもらおうと思っていまして」

「それなら裏手の職員寮に空きがあるので、そちらに宿泊したらいかがですか」

「それはありがたい。是非お願いします」

そう言って、彦根はふと思い出した、というように言った。

「そういえば、話に夢中になって、同行したニュー・フェイスの紹介がまだでしたね。彼らは僕の協力者で、天馬君はアメリカ帰りの病理医、冷泉さんは崇徳大学公衆衛生学教室の講師、そして別宮さんは時風新報の桜宮支社の記者さんです」

「頼もしそうなメンバーですね。浪速をよろしくお願いします」と菊間院長は頭を下げた。

こうして彦根一行の四人はあっさり、素晴らしい拠点を手に入れたのだった。


その晩、四人は病院の近くの店で夕食をご馳走になった。アーケード街の南端の「かんざし」という小料理屋は、浪速市医師会の例会が開かれる菊間の馴染の店で、魚と酒が旨いという。

菊間院長は浪速の現状について、憤懣《ふんまん》やるかたないという口調で言う。

「白虎党のダンゴ三兄弟、横須賀元党首と皿井現党首、鵜飼現副党首の三人は、浪速府知事と浪速市長のポジションをシャッフルして、府民の目を欺いてきたんです」

「その辺り、ややこしいですよね。整理して教えてもらえますか?」と彦根が言う。

「確かに、浪速市民でないと、わかりにくいでしょうね。まず、親玉の横須賀は弁護士で、人気テレビ番組『注文が多い法律事務所』出演で知名度を上げ、二〇〇八年に第十七代浪速府知事になり、二〇一〇年に白虎党を結党して、代表に就任しています。二〇一一年に浪速都構想を掲げて府知事を辞任し、浪速市長選に立候補、第十九代浪速市長に当選しました。その年の第一回の住民投票で都構想が否決されると任期満了で浪速市長を退任、白虎党も離れて、政界を引退しました。今はワイドショーのコメンテーターとして羽振りがよさそうです」

「確かに悪目立ちしてますね。その主張は一貫せず、何か発言すると過去のツイッターでの発言を上げられ、矛盾を指摘されることが多いようですし。次は次男の皿井ですね」

「皿井は白虎党の幹事長で、横須賀が市長に立候補した時に府知事に立候補し、第十八代浪速府知事になっています。二〇一九年には公迷党が都構想の二度目の住民投票に反対したのを受けて、府知事を辞任して浪速市長選に打って出て、第二十一代の浪速市長に就任しました」

「横須賀さんと同じパターンですね。九月末に都構想に対する二度目の住民投票が確定したので、否決された場合は任期満了の二年後に政界を引退すると宣言しているようですが、それも横須賀さんとまったく同じです。まあ、住民投票では負けないと思っているんでしょうが。では最近、やたらメディアが持ち上げているダンゴ三兄弟の三男、鵜飼府知事はどうなんですか」

「弁護士上がりの鵜飼は、浪速市議会議員を経て、二〇一四年に衆議院選挙で白虎党から出馬し、比例近畿ブロックで当選しています。でも一年も経たないうちに議員辞職し、横須賀辞任の際に浪速市長に立候補して当選、第二十代浪速市長になり、皿井が府知事を辞任すると、今度は浪速府知事に立候補し、第二十代浪速府知事になっています」

「つまり、構図はワンパターンなんですね。都構想を実現したくて信を問うとして、横須賀さんが府知事を降りて市長になり皿井さんが府知事になり、白虎党で浪速の行政を牛耳った。都構想が住民投票で否決されると横須賀さんは政界を引退し、皿井府知事＝鵜飼市長体制で白虎党独占を続け、第二回の住民投票を実施するために信を問うとし、皿井府知事と鵜飼市長をシャッフルして、府民の目を欺いたわけですね」

「鵜飼知事のメディア・デビューは華々しいものでした。二〇二〇年初めにコロナが日本中に蔓延する直前、鵜飼府知事は政府に先んじる対応と、歯に衣着せぬ発言で注目を集めました。彼は清新な政治家の衣装をまとい颯爽《さっそう》と登場し、たちまち茶の間の人気者になりました。今年の三月十九日、『明日からの三連休、浪速・兵庫間で不要不急の往来を控えてほしい』とテレビ番組で呼び掛けたんですが、まったくの独断先行で、府庁の幹部はあわてて調整を始め、直後の囲み取材には報道陣が殺到したそうです。これは具体策を発信した初のケースで、コロナ第1波が襲来した三月三十日には、感染経路不明者が急増したら『国は緊急事態宣言を出すべき』と言い、発令に消極的だった安保前政権との違いを鮮明にしたんです」

そう言うと、菊間院長は苦々しげに、その後の鵜飼府知事の行動を総括した。

四月七日、七都府県に宣言が発令されると特別措置法に基づき民間施設の休業・時短営業要請を始めた。だが対策が軌道に乗ると早々に「出口戦略として浪速モデルを決定する」と表明し、休業・時短営業の要請を解除する独自基準を策定、五月十六日に要請を緩和した。

政府の宣言解除の一歩先を行くリーダーシップが高く評価され、緊急事態宣言が解除されると経済対策で還元キャンペーンを始めた。だがこれは時期尚早だった。

六月後半「夜の街」のクラスターが発生すると一転、八月上旬の約二週間「ミナミ」限定で飲食店に時短営業を要請した。「ミナミだけの自粛は不公平だ」と不満が醸成され、時短営業要請を解除すると飲食店の利用客にポイント還元を始め、ミナミで上乗せした。だが府内の感染者は十月下旬から増加し、警戒モードに切り替える。そして十一月十日に「『第3波』に入った」と宣言し、三たび飲食店への時短営業要請に踏み切り、以後も対象エリアの拡大と縮小を繰り返しつつ全面解除はせず、半年間も営業時間の制約を続けた。要するに鵜飼府知事は、振り子のように「規制」と「緩和」を行き来する方針転換で、府民を韜晦《とうかい》し続けたのだ。

ここで菊間院長は、ここ十年で浪速白虎党が医療に対してやったことを説明し始めた。

それは傷心の彦根が雌伏していた時期と、ぴたりと重なっていた。

「二〇一一年四月、連中は医療を削減し始めました。万博救命救急センターの年三億円の補助金を廃止し、皿井が府知事になり二〇一四年に市民病院を『地方独立行政法人浪速市民病院機構』にして補助金を打ち切り、低予算で合理的に研究をしていた『浪速バイオサイエンス研究所』を解体しました。水質や大気検査をする『浪速府公衆衛生研究所』や『浪速市立環境科学研究所』も餌食になりました。それは浪速都構想の一環なのに、都構想が否決された二〇一七年に国が早々に独法化の認可を出しました。白虎党と安保前内閣は共犯関係で、教育、医療など福祉の経費を削るのが連中の常套手段です。二〇一八年には浪速南部の地域医療を広くカバーしていた浪速市立住吉市民病院を、同じ府立病院が半径二キロ内にあるのは不合理だという屁理屈で廃止しました。これも『二重行政』解消の一環という、馬鹿の一つ覚えの主張によるものでした。更に保健所も整理統合し、広大な浪速市にたったひとつしかなくなってしまったんです」

「それは酸ヶ湯官房長官と皿井市長のつながりがあったからできたことでしょうね。村雨さんが浪速から手を引いた後でこんな酷い状態になったとは知りませんでした。白虎党は既得権益破壊、前例主義打破だと主張して、医療破壊を正当化し続けたわけですね」

彦根がそう言うと、公衆衛生学者の冷泉が追加する。

「浪速だけでなく、日本全体で一様に公衆衛生領域に対する縮減がされて、保健所を整理縮小したところにコロナが襲来して、保健所の業務が拡大したから、壊滅的になるわけです。そんな中では、三層構造を持つ日本医師会の意義は高くなりますね」

「三層構造ってどういうこと？」と天馬が訊ねると、菊間院長が答えた。

「日本医師会は一番下が地域密着の郡市区医師会、その上に都道府県医師会、最上位に中央の日本医師会があります。この三層構造は日本社会の基本で全国展開する組織は同じ仕組みです。中央の日本医師会になると政治に関わり、医療現場の前線からは、だいぶ離れてしまいます」

「僕は五年ぶりに帰国したんですが、医師会に入会した方がいいんでしょうか」

「就業していないと入会は難しいですが、若手には参加してほしいです。日本医師会は開業医の利益団体だと思われていますが、医療を守れば、開業医の保護にもつながるんです」

「冷泉は医師会に入っているの？」と、天馬が訊ねると冷泉はうなずく。

「もちろんですよ。大学の公衆衛生学教室に所属していたら、当然です」

「日本医師会は世界医師会が認定する日本唯一の医師の専門組織ですから、いい加減な情報発信は、医師会に是正してほしいですね」と呟くように言った彦根は、そこで話を変えた。

「ところで天馬君は病理認定医の資格は取っているの？」

「二年前に一時帰国した時、タイミングが合ったので、ついでに取っておきました」

するとと菊間院長がすかさず言う。

「でしたら、うちの病院に籍を置いて、浪速市全体の病理診断業務をやっていただけませんか。浪速では病理診断はブランチ化しているんです」

「それは願ったり叶《かな》ったりです。是非、お願いします」

そう答えた天馬に、彦根が微笑して言う。

「さすがラッキー・ペガサス、あっという間に就職が決まったようだね」

「ええ、これも彦根先生のおかげです」

「あら、あたしにお礼はないわけ？」

「あ、もちろんハコのおかげでもある」

「ふうん、先輩は私には恩義を感じてないいんですか」

「いや、そんなことはないよ。冷泉の情報のおかげで病理認定医も取れたわけだし」

右顧左眄《うこさべん》でうろたえる天馬を見て、相変わらず女難の相だなと、彦根は微笑する。

「そうしたら、とりあえず浪速市医師会に所属した方がいいですね」

「急ぐ必要はありません。入会前に外から医師会を見て決めてください。医師会を盲信しないでほしいんです。医師会も、素晴らしいことばかりではありませんので」

「菊間先生がそんなことをおっしゃるなんて、何かあったんですか？」と彦根が訊ねる。

するとと菊間院長は、うんざりした顔をして言った。

「医師会にも医学的に間違った医療情報を発信し、社会を混乱させている都道府県医師会もあるんです。ＰＣＲをやると医療崩壊になるという馬鹿げた意見がありますが、あの情報の発信源は湘南《しょうなん》県医師会ホームページ上での『新型コロナ伝言板』だったんです」

その言葉に、行きの新幹線の車中で、「イクラ」連中の暴論の発信源を話題にしていた彦根と天馬は、顔を見合わせた。ここでこんな風に話がつながったのも、ラッキー・ペガサスのなせる業かもしれない、と彦根は思った。

7章　ＰＣＲ抑制論発信源・湘南県医師会

二〇二〇年十月
浪速・小料理屋「かんざし」

「実はずっと不思議だったんです。『イクラ』みたいに実績が乏しく承認欲求が強い連中が騒ぐからには、どこかに医学的根拠があるはずで、一体どこの権威筋がそんなバカなことを言っているのか、わからなくて。『イクラ』連中は『疫学の偉い先生』とか『医療現場の有識者』とか、出典をあやふやにしてきたんですが、その根拠が湘南県医師会の論説だったとは思いもしませんでした。黒幕が湘南県医師会だったなんて、びっくりです」

彦根がそう言うと、菊間会長は肩をすくめた。

「根拠を追えないのも、仕方がないです。連中は自分たちの痕跡を消してしまっていますから。そもそもは湘南県医師会が、『不安をあおるメディア』に対する『お願い』メッセージとして、医療現場の実情と、繰り返されるテレビ報道への疑義を呈した記事が発端だったんです。そこで『ＰＣＲの実施により医療崩壊になる』としたＨＰの記事を、メディアが引用したんです。ただしその記事は今は削除されて、跡形もありませんが」

そう言った菊間会長は鞄から、印刷した資料を取り出した。

「不安をあおるメディアに対し、コロナに対応している医療現場からの切実なお願い」という、ホームページのプリントアウトだった。

それを受け取った天馬が、読み上げ始める。

――未知の新型コロナウイルスには専門家がいない。テレビ報道では専門家でないコメンテーターが同じ主張を繰り返し、視聴者の不安を煽る。一線の医師は現場対応に追われテレビに出る時間はない。出演している医療関係者は長時間メディアに出る時間があれば、第一線の医療現場に戻り医療従事者と一緒に奮闘すべきだと思う。

「確かに医療従事者としての一家言ではありますね」と、冒頭の一文を聞いた彦根が言う。

「ええ、この部分だけなら、ね。問題は次の一節なんです」と、菊間会長が答えた。

二人のやりとりを聞きながら、天馬は朗読を続ける。

――メディアはＰＣＲ検査を知らない。検査の精度を見極める指標が「感度」と「特異度」だ。「感度」とは検査で陽性と判定される人の割合で、ＰＣＲ検査の感度（注：感染者に陽性の検査結果が出る割合）は七〇パーセント程度とされる。つまりコロナ感染者が百人いると、七十人が陽性と判定され、本当は感染しているのに陰性と判定され、感染を見逃される人が三〇パーセントもいるわけだ。検査をすり抜けた感染者が必ずいて、これが「偽陰性」である。

「ＰＣＲの『感度』や『特異度』などの学術用語を持ち出しておいて『ＰＣＲの精度が悪い』とか『検査は無意味』などと間違った結論を導き出すなんて酷いです。ＣＯＶＩＤ-19の確定診断にＰＣＲが用いられているから『感度七〇パーセント』と『偽陰性』という用語は両立せず、論理破綻していますと、朗読を中断した天馬が、呆れ声で言う。

「ややこしくて、よくわかんないんだけど」

別宮がそう言うと、天馬がかみ砕いて説明する。

「ＰＣＲ検査はＣＯＶＩＤ-19の確定診断になるから、感度は百パーセントなんだよ」

「つまりＰＣＲ陽性者をコロナ感染者と定義するから、『偽陰性』がいるはずがないわけね」

「簡単に言えばそうなるのか」

天馬はぶつぶつ言うと、彦根が続きを引き取る。

「厚労省、政府専門家会議、関連学会のスクラム体制の『ＰＣＲ無用論者』はクラスター追跡戦略に固執し、『検査数を増やすと医療崩壊する』という摩訶不思議《まかふしぎ》な理屈を世に広げ、一般人に『ＰＣＲ検査は無意味』だと洗脳しました。検査拡充を訴えた医療界の声を無視した政府と厚労省は、有症者の検査アクセスを制限し、重症者や死亡者の数を増やした戦犯です。安保前政権は支持母体のネトウヨ軍団も投入して、『ＰＣＲ医療崩壊論』を展開したんです」

「海外では『検査は意味がない』なんて論文はひとつもありません。最新論文は『検査と隔離』が感染症抑制対策の要諦だと強調するものばかりですし、日本疫学会でもＰＣＲの感度に関しては『一概に感度は何パーセントと言い切れないのが実情』として、『偽陰性』は検体の採取法や操作上や運用上のエラーの可能性を示唆しています」

「まあ、そんなのは衛生学の常識だよね」と天馬が言うと、冷泉はうなずく。

「そんな衛生学的に滅茶苦茶な論を展開した本家本元が崇徳大の公衆衛生学教室の先輩で、かつて浪速大で私に公衆衛生学の手ほどきをしてくれた、本田審議官だったただなんてショックです。政府はともかく、なぜ厚労省がそんなことをしたのかしら」

一途な冷泉が憤然とした口調で言うと、彦根が冷静に説明した。

「厚労省の連中は、最初に決めた方針を変更するのは恥だと思っているんだ。前例踏襲が彼らの金科玉条なんだ。例外的な官僚もいるけど、冷や飯を食わされているんだよ」

「あ、あたし、その人が誰か、わかる気がする」

別宮がぼそりと呟くと、冷泉が首を横に振る。

「そんな間違った医学の説がばらまかれるなんて、私には耐えられません」

「つまり、そんな主張をする『イクラ』の連中は叩き潰せ、と、言いたいわけね」と別宮が言う。

「いや、ぼくはそこまでは……」と口ごもる天馬の隣で、冷泉がきっぱりと言う。

「おっしゃる通りです。別宮さんって思ったよりスマートなんですね」

「冷泉さんてば、いちいち棘がある言い方をするわね」と別宮がやんわりと言い返す。

はらはらした様子の天馬は話題を変えようと、湘南県医師会の資料の続きを読み上げる。

——「PCR検査拡大論者」の口車に乗せられ、車に乗ったまま検体採取する「ドライブスルー方式」を導入する自治体もある。ドライブスルー方式で何百人も毎日検査し続けるのは難しい。この方式では二次感染を避けるために、一人の検査を終えたらマスク・ゴーグル・保護服を脱いで破棄する。レントゲン検査やCTでは、患者の二次感染を防ぐために換気して、装置の消毒作業に一時間近くかける必要がある。しかもアルコールも不足している。

「完全な誤情報ですね。ドライブスルー方式は、いちいち防護服を交換しなくて済むのが一番のウリなのに、そこを根拠なく否定するなんて、医師としてはトンデモな態度です」

啞然《あぜん》とした冷泉の発言には、もはやコメントせずに天馬は朗読を続ける。

――「『微熱が続いています。新型コロナではないですか?』『大丈夫。落ち着いてお薬を飲み、また気になったら来てください』となだめても『検査できないんですか?』と泣いて帰る患者もいる。報道は『近くに感染者がいるかもしれない』と不安を煽る。『落ち着きましょう。不安かもしれませんが冷静に考えてください』と言ってほしい。『なぜ検査できない』『対応が追いついていない』と現場の医療人を後ろから叩き重荷を背負わせないではほしい。現場の人間だけでは解決できない。物資の壁、制度の壁、縦割り行政の壁、医療者だけでは社会の壁を打ち破れない。それは報道の人は知っているはずだ。軽症者は自宅や宿泊施設で静養してもらい、新型コロナ感染症の人のため病院のベッドを空けるなど素早い行動が必要だ。新型コロナ感染者の治療が終わり社会復帰しても良いというときこそ素早くPCR検査で確認し、ベッドを空けねばならない。コロナ感染者の増加を少しでも緩やかなカーブにしなければ、医療は崩壊してしまう。

「もう滅茶苦茶だわ。患者さんの不安に答えていないし、軽症者はコロナ感染者じゃないみたい。湘南県医師会はなぜ、こんな馬鹿げた文章を公表したのかしら」と冷泉が憤然と言う。

「湘南県医師会会長は自保党の地区会長で、フェイスブックに安保前首相とのツーショット写真を上げているくらいの、安保政権の熱烈な支持者なんです。当時政府は、PCR検査数を抑制したがっていました。以上から、その理由は自明でしょう」

菊間会長が冷ややかに言うと、スマホでHPをチェックしていた彦根が言う。

「湘南県医師会は確信犯ですね。今、確認してみたら、HPの言い訳ページは、二度目は開かない仕組みになっています。謝罪や訂正する気なんて、さらさらなさそうです」

「そこまで腐っていましたか」と菊間会長は吐息をついた。
ここまで来たら最後まで読み通そうと決意したのか、天馬は淡々と朗読を続けた。

──コメンテーターは感情的な主張を繰り返し、間違ったとわかっても訂正せず別の話を続ける。だから県医師会メンバーに呼びかけて情報を集めて、『コロナ伝言板』を始めた。情報確認に時間がかかり発信が遅れたが、このままでは医療崩壊と医療者は精神的に崩壊してしまうと懸念した。現場の医療者の対応への批判は構わないが、常に検証し先日の発言は間違いだったとか、訂正してくれれば現場の医療者は戸惑わずに済む。メディアは言いっぱなしで終わらないでほしい。

「自分たちも間違えた記述を消して『言いっぱなし』でトンズラしたんだから、同じ穴のムジナだね」と彦根が笑う。天馬は、もはやフェイクの朗読を楽しんでいるようにすら見えた。

──今この時も医療関係者はコロナ感染の恐怖の中で戦い、子供がバイキンといじめられるという悲しみとも戦っている。誰もが感染者になる。そのとき偏見や差別を受けたらどんな思いをするか、考えてほしい。地域の医療機関の活動が、差別意識で妨げられてはならない。安易に外出しないでほしい。あなたの行動が新しい患者を作るかもしれない。私たち医療従事者もストレスや恐怖に我慢して戦っている。皆さんはぜひ我慢してください。

「ここはそれなりに感動的ですけど、その前の問題点があるから、素直には受け取れないです。所謂『おまゆう』、『お前が言うか』ですね」という冷泉の言葉に皆がうなずいた。

天馬の朗読はようやく最終節に到達した。

――湘南県は『ダイヤモンド・ダスト号』の停泊地で、初期から新型コロナの対応を迫られた。県医師会員も『JMAT』の隊員として出動している。三千六百人の乗員乗客に対応する際にコメンテーターは『下船させろ。なぜクルーズ船に閉じ込めておくのだ』と言った。だが何千人を収容し隔離できる医療施設や宿泊施設はなかった。『ゾーンを分けろ』と叱られたが、船内は航行中に乗員乗客が動き回ったからゾーン分けは無意味だ。感染者と非感染者に分けて消毒を徹底しゾーニングしても、無症状の潜伏期の患者がいたらイタチごっこになるだけだ。

「徹頭徹尾、滅茶苦茶ですね。たとえ『無症状の潜伏期の患者』がいたとしても、ゾーニングをやらない理由にはなりませんから」と、冷泉は頬を膨らませた。

「そうよ。東城大は完璧なゾーニングを徹底して、コロナ病棟の二次感染をゼロに抑え込んだのよ」と東城大のコロナ受け入れ体制の特集記事を書いた別宮が、きっぱりと言う。

「『クラスター戦略』に固執した政府と厚労省は、PCRをすればコロナ患者の蔓延が発覚するから、感染者数を少なく見せるためPCRをしなかった。それに追随したのが湘南県医師会です」

菊間会長が懺悔《ざんげ》するような口調で言うと、彦根が大きくうなずいた。

「でも旗色が悪くなったら関連記事を全削除するなんて極めて悪質です。彼らは『何をどう間違えたのか』とか『どうしてそんな誤りを犯したのか』といった説明や解析を一切しないままです。それは彼らが批判したメディアとまったく同じ姿勢です。それを医師がやったという罪は重い。それは市民の医療に対する信頼を悪用した詐欺行為のようなものですから」と彦根が総括する。

「これで湘南県医師会の『コロナ伝言板』が、フェイク医学情報の発生源だということは確定ですね。フェイクニュース拡散の観点からは興味深いので、今後の研究課題にしてみようかな」

タフな冷泉は元気いっぱいだ。

「一日も早く論文にしてください。そうしないと湘南県医師会がやったことがうやむやになり、『PCR不要論』という、恥晒しでいかがわしい医学知識が大手を振ってまかり通ってしまいます。それを防げるのは冷泉さんがこれから書く、論文だけなのかもしれませんね」

彦根は指導教官のようなコメントをした。

実際に十年前、彦根は、公衆衛生学の実習で、天馬と冷泉の指導教官の役をしている。

彦根の言葉に、浪速の夜のことを思い出した冷泉は、天馬の表情をちらりと盗み見た。

「湘南県医師会がここまで政権べったりなのは、不思議です。この県医師会長の文章からすると、そこまで深い策謀はできそうに思えません。裏に隠れブレインがいそうな感じがするんですが」

彦根がぽつんと言うと、菊間会長が杯を干しながら言う。

「そうだとしたら、それは恐らく国立感染症研究所の所長を歴任し、酸ヶ湯内閣で内閣官房参与も務めているアドバイザリーボードの大岡弘《おおおかひろし》・湘南健康安全研究所所長でしょうね」

彦根の眉がぴくり、と上がる。その名はコロナが蔓延し始めた頃から、メディアでちらちらと目にしていたからだ。

「近江俊彦《おうみとしひこ》先生と二枚看板になる方ですね。近江先生は政府のコロナ感染症対策分科会の会長で、厚生労働省の新型コロナウイルス感染症対策アドバイザリーボードの座長も兼任している、政府のコロナ対策の中心人物ですから。でもそのお二人は政権の代弁者になっていて、医師の立場から発言しているとは思えません。医師会でなんとかできないんですか」

「まあ、医師会の上層部も、意向をやんわりとお伝えしているようですが、反応は鈍いそうです。もともと政府は感染症対策分科会や厚労省のアドバイザリーボードを、都合のいい諮問機関だと考えて、アリバイに使おうとしていますから、何を言っても無駄でしょうね。それに近江さんも、あめ玉をしゃぶらされていますしね」

「といいますと?」

「近江さんが理事長を務める医療法人に、莫大なコロナ対策費用がつけられているんです。しかも実際にはコロナ患者にはほとんど対応していませんが、そのことを容認されています。ですから近江さんは安保前首相に頭が上がらないんです」

「つまり『アボ友』なんですね。でも酸ヶ湯さんと安保さんの間には微妙な確執が見え隠れしているから、うまくやればなんとかなるかな」と彦根は途中から独り言のように呟く。

「そういうことなら、近江さんと大岡さんの軋轢《あつれき》が使えるかもしれません。厚労省に在籍し、米国留学帰りで、WHOで役職を務め、国立感染症研究所の所長も務めたこともあるという、ほぼ同じ経歴を持つライバル同士ですからね。実は二人が会話を交わしている場面は、ほとんど見たことがない、というウワサです」

その言葉を聞いて彦根の目がうっすら光を放った。菊間会長は続ける。

「湘南県医師会の無責任HPの件は、医師会が三層構造で地方ごとに独立性がある面が悪く出てしまいました。でも医師会会長が自保党べったりの横槍《よこやり》会長から、武闘派の川中《かわなか》さんに代わったおかげで少し楽になりました。横槍会長の時は、政治関連は細かく指図され大変でしたから。ところで、新型コロナウイルスについての最新の正しい情報はご存じですか」

その問いに、天馬が答えた。

「ＮＹの最新情報では、新型コロナウイルス感染で、症状発現の時系列と感染力の関係が明らかになったようです。潜伏期は五日、他者への感染可能期間は発症の二日前から発症後九日までで、ここから二週間の隔離期間が決められました。発症二日前からＰＣＲ陽性となり、二週間で三割、三週間で七割、四週間で九割が陰性化します。抗体は発症十日以後に陽性になるそうです」

「すると『三十七度五分以上の発熱が四日以上続いた場合に受診せよ』という、厚労省が最初に公表したガイドラインは、医学的には完全に間違っていたわけですね」

菊間会長が憤然としてそう言うと、彦根はうなずいた。

「百歩譲って、未知の病原菌だから最初に間違えても仕方ないとしても、新しい知見で修正しなかったのは致命的です。それどころか当時の厚労大臣が『そんなことは言った覚えはない』と居直ったのですから、国の通達を律儀に守って亡くなった人は浮かばれません。しかもそんな人物が、政府の顔役の官房長官に成り上がっているのですから、目も当てられません。湘南県医師会が反省していないのは国と同じ姿勢です。絶望的ですが、問題がはっきりすれば対策は打てます。今のような正確な医学情報を発信し続けて、常識にしていくことしかありません」

彦根の言葉で、暗く沈んだ場に、明るい光が差し掛かった。

菊間会長が「今夜は、そろそろお開きにしましょう」と言った。

普段なら、夜はまだこれからという時間だが、アーケード街に灯りが点っている店はない。

五人はほろ酔い気分で、菊間総合病院の寮に戻った。

新たな戦いに赴く五人の勇姿を、中天高く輝いた満月が、煌々と照らしていた。

8章 「ワクセン」の海坊主

二〇二〇年十月
浪速・中央区・宇賀神邸

翌日、彦根は十年ぶりに浪速大学ワクチンセンターの元総長、宇賀神義治《うがじんよしはる》と会うために、彼の自宅を訪ねた。菊間会長が連絡先を教えてくれたのだ。

浪速大学ワクチンセンター、通称「ワクセン」の本拠地は四国の極楽寺《ごくらくじ》にあり、その主業務はインフルエンザワクチンの生産だ。終戦直後の一九四〇年代、浪速大学医学部付属微生物研究所を創設した宗像修三《しゅうぞう》博士は、発疹チフスのワクチン作製を目指した。

やがて微生物研究所は研究部門とワクチン部門に分離され、前者は浪速大学の傘下に収まり、後者はワクチン製造するため、良質な有精卵を得られる産地の極楽寺に生産拠点を移した。

以後、ワクセンは浪速大医学部の主流から外れてしまう。

だが、国立大学が独法化した機を捉えて、独立を宣言した。その立役者が、これから訪問する相手、浪速大ワクチンセンター二代目総長・宇賀神義治だ。

独立したワクセンは、国から独占受注した収益を、更に良質なワクチン作りの仕組み作りに投資した。このためワクセンのワクチンは高品質だと評判が高まった。

五年前、宇賀神が総長職を辞した時、樋口《ひぐち》新総長の意向で、ワクセンの研究部門を浪速大のラボに再編入した。

だからワクセンの研究部門は現在、浪速大に置かれている。

この五年でワクセンは凋落《ちょうらく》著しいと囁かれていた。それが安保前内閣が断行した研究予算削減によるワクチン開発研究部門の縮小だということは、宇賀神の話で彦根は初めて知った。そこに浪速白虎党の医学研究関連費の削減が加わっていることは白虎党の予備調査でわかっていた。

つまり浪速ワクセンは経済的に、二重のダメージを蒙っていたのだ。

禿頭《とくとう》の海坊主、宇賀神は齢《よわい》八十を過ぎても意気軒昂《いきけんこう》だった。マスクは黄色で、タマゴのロゴが白く染め抜かれている。そのマスクを見て、別宮が「かわいい」と小さく呟いた。

天馬、冷泉、別宮の三人を宇賀神にさらりと紹介した彦根は、何食わぬ顔で訊ねた。

「ワクセンでは、新型コロナに対するワクチン開発はしていないんですか」

「もちろん、やってたさ。RNAワクチンの開発は進んでいて治験段階の一歩手前まで来ていた。研究の主力は加賀《かが》のプチエッグ・ナナミのスタッフだった鳩村《はとむら》だよ」

「鳩村君かあ、懐かしいな。彼はお元気ですか?」

「おお、元気だとも。鳩村はコロナワクチン開発では日本トップでコロナのMERSワクチンの開発をほぼ終えていたんだが、感染が流行しておらず、大規模治験ができなかった。詰めの実験があと少しだったんだが、安保の野郎が研究費の予算をぶち切って悪名高い門倉《かどくら》学園に付け替えやがった。だから儂は辞表を叩きつけたんだ。研究予算を大幅にカットされ、ワクチン開発部門も縮小されたが、鳩村はめげずにコツコツと研究を続けた。だが浪速大に寄付講座を立ち上げた教授が、実績もないくせに新型コロナに対するワクチン開発をする、などと言い出しおった。その『実績なき教授』が立ち上げたのが『エンゼル創薬』で、サンザシ製薬がバックアップしている。あそこで鳩村のワクチン研究部門に支援していれば、すぐにワクチンが開発できたんだ」

有罪《ギルティ》、と彦根は呟く。

サンザシ製薬は中堅の製薬会社で、コロナ特効薬として今春、話題になった「アボガン」を開発した。その薬は、宰相・安保にあやかって命名されたもので、サンザシ製薬の会長と時の宰相との親密な関係が囁かれていた。

春から夏にかけて彦根は、政策集団「梁山泊」で安保政権打倒、東京五輪中止を目指して活動していた。安保政権の守護神・黒原《くろはら》東京高検検事長が検事総長に就任するのを阻止したところで「梁山泊」は解散した。

その三ヵ月後、安保宰三首相は持病の悪化を理由に政権を投げ出したため、「梁山泊」の目標のひとつは達成された。

こうして八月の一ヵ月間、彦根は珍しく精神的な休暇を過ごしていた。

だが安保政権は終わったが、東京五輪は一年延期の形で継続していた。一年延期した決め手は、「世界がコロナに打ち勝った証しの五輪」というフレーズだった。五輪を招致した時の謳い文句の「原発災害からの復興五輪」を、酸ヶ湯内閣は完全に削除した。

日本ではコロナが小康状態になったため、現政権は五輪をやる気満々だ。

五輪中止を副目的に据えた「梁山泊」の早々の解散は、時期尚早だったかもしれない。

そんなことをぼんやり考えていたら、宇賀神がにやりと笑う。

「昔から彦根君は、話の最中に白日夢を見るクセがあったな。今は何を考えていたんだ?」

「医療の精神にもとる『エンゼル創薬』をどうやって退場させようか、みたいなことです」

「素晴らしい。そういうことなら喜んで、協力させてもらおうか」

「いずれご登場願いますが、まずはコロナについて簡単にレクチャーしてもらえませんか」

「もちろん、いいぞ。新型コロナウイルスはRNAウイルスで、名称はSARS-CoV-2。遺伝設計情報（ゲノム）は三万塩基で、発見直後にゲノム解読が終わりPCR診断が可能になった。ウイルス表面に突出するスパイク蛋白（S蛋白）が鼻腔《びこう》、肺、消化管の上皮細胞のACE2レセプターに取りついて内部に侵入して、細胞に感染する。感染症としての名称はCOVID-19だ。主症状は取りつく部位によって変わり、咳、肺炎、下痢や嘔吐《おうと》の消化器症状などになる。嗅覚異常は鼻腔にとりついた場合だ。新型コロナは死亡二パーセント、重症五パーセントで軽症六〇パーセントだが、重症と軽症者は重篤な後遺症が残り、基礎疾患があると致死率が跳ね上がる。先進国では総感染の一パーセントが死亡する。感染効率がいいから流行制御しないと感染爆発が起こり、医療崩壊する。インフルエンザは季節性があるが、コロナは年中流行しおる。軽症や無症状も多いが突然重症化し、死亡率が高くなる。弱毒性と強毒性という、ふたつの顔を持ち合わせた、かなりタチの悪いウイルスだよ」

宇賀神の説明を、アメリカ帰りの天馬が補足する。

「重症化の病態は二系統あって、ひとつは重症肺炎からARDSになるというもの。これは肺の感染領域の急激な拡大と免疫の異常な活性化があり、呼吸不全を呈すもので、血栓もできやすく、重篤です。もうひとつは免疫反応の異常活性化が全身に起こっているサイトカイン・ストームで、これも血栓を引き起こすためと言われています。あとT細胞の著明減少が認められるそうです」

「免疫暴走なのに、司令塔のT細胞が減少するとは、矛盾しているのではないか？」

「残存したT細胞の活性がすごく上がっているそうです。つまりT細胞が働きすぎて自滅しているらしいです。免疫過剰による血栓形成が主病態と言われ、心・血管の炎症も観察され、自己免疫疾患の川崎病に似た症状も認められています」

「ちょっと待って。素人にはチンプンカンプンよ。できれば免疫学の基礎から教えて。あたしの背後には一億人の、医学知識に乏しい一般市民が控えているんですからね」と別宮が言う。

さすがに一億人は大袈裟だろうと思いつつも、天馬は別宮の要請に応じた。

「免疫系には二系統ある。ひとつは自然免疫、もうひとつは獲得免疫だ。自然免疫を担当する細胞にはマクロファージ、樹状細胞、NK（ナチュラルキラー）細胞があり、病原菌の抗原パターンを認識して貪食し、免疫の前線部隊を担っている。樹状細胞はマクロファージの仲間だけど、自然免疫だけで感染を防御できない場合は病原微生物を貪食して、別系統の獲得免疫という防御実働部隊のリンパ球に伝える。ここまではわかった？」

「マクロファージというのとリンパ球というのは聞いたことがあるわ。T細胞とB細胞も聞いたことがある。T細胞ってティーチャー（先生）細胞で、B細胞はボーイズ（生徒）細胞でしょ」

「どこでそんなデタラメを……。T細胞は胸腺（Thymus）で成熟するからその頭文字でT細胞と呼ぶ。B細胞は鶏《とり》のファブリキウス嚢《のう》が主要な産生部位と思われ、そこをブルザ（Bursa）と呼んだことからつけられた。『ティーチャー』と『ボーイズ』というのは、偶然だけど関係性としては間違っていない。リンパ球は免疫の主力部隊で、コロナ抗原を認識して免疫記憶をする。リンパ球は抗体を産生するB細胞と、樹状細胞が提示するウイルス蛋白の断片ペプチドを記憶するT細胞があり、T細胞はCD8のキラーT細胞とCD4のヘルパーT細胞の二種類があるんだ」

怒濤の天馬の説明に、別宮が焦って言う。

「待って。だんだんこんがらがってきちゃった。CDって何なの？」

「『Cluster of Defferentiation』の略で抗原のナンバリングのことだよ」

「待って待って。情報が怒濤すぎるわ。もっと簡単に教えて」

「抗原を認識したT細胞がサイトカインを出し、白血球を集めて炎症を引き起こすんだ」

「確かにパンピーには難しすぎるでしょうから、別宮さんのために、崇徳大学公衆衛生学講師の私が、懇切丁寧にかみ砕いて説明して差し上げましょう」

仰々しい前振りに、別宮はむっとした表情になるが、拝聴するしかない。冷泉は続けた。

「外敵が体内に侵入すると、マクロファージや樹状細胞などの前線部隊が戦い、敵の残骸を体内に取り込んで、樹状細胞は外敵のあらゆる抗原をツノみたいに頭にぴょこんと飛び出させる。これを抗原提示というの。それを見たリンパ球のキラーT細胞が感染した細胞を壊す。軍隊に喩《たと》えると樹状細胞が司令官で、キラーT細胞は特殊訓練された狙撃兵。ヘルパーT細胞はキラーT細胞のサポート役の参謀で、兵卒のB細胞が中和抗体を産生して感染阻止に励むわけです」

「ふうん、なんだかほんとに軍隊みたい」

別宮が言うと、冷泉は続ける。

「提示された抗原に対して、兵卒B細胞が中和抗体を産生し感染阻止する。細胞内に入れなければウイルスは増殖できないの。T細胞は、サイトカインという液性物質を出し炎症系の細胞に招集をかけ局所の炎症反応を起こす。制御性T細胞は過剰な免疫反応を抑え、行きすぎた炎症による組織破壊を防ぐので、憲兵に相当するわね。免疫細胞が外敵を退治したら、キラーT細胞もB細胞も姿を消すんだけど、メモリー細胞という抗原記憶を持つリンパ球が残る。これがいれば次に同じ外敵が侵入した時、迅速に防御線を敷ける。これを免疫学的記憶が成立している状態と呼ぶんだけど、自然免疫がしっかりしてなければ獲得免疫は機能しないの」

「すごく悔しいけど、とってもよくわかったわ」と別宮が言う。

「『悔しいけど』ってのは余計じゃないですか？」と冷泉が至極もっともなコメントをする。

「ハコがそこまで理解したなら、もう少し積み上げておこうか。抗体は蛋白質や糖鎖抗原表面を認識するんだけど、T細胞は、樹状細胞に取り込まれて、消化された後にその細胞表面にあるヒト白血球抗原の上に提示されたペプチド断片や、感染した有核細胞の細胞膜上にあるヒト白血球抗原上に提示されたペプチド抗原を認識するんだ。コロナウイルス属は一般的に変異が起こりやすく表面抗原がころころ変異する。S蛋白の抗体は半減期140日で、S蛋白メモリーB細胞は8ヵ月間減衰しないといわれている。コロナ特異CD4＝ヘルパーT細胞の半減期は125日で、コロナ特異CD8＝キラーT細胞の半減期は94日だ。つまりワクチンで免疫ができても持続期間は半年以内で、追加接種が必要になる可能性がある」

「一度打っても免疫は短期間しか保たないなんて、絶望的じゃない？」

打ちひしがれたように、別宮が言う。

「ハシカみたいに、一度打てば終生免疫が獲得できるのとは違うけど、インフルエンザワクチンと同じだと考えればいいんだ。でも朗報もあって、コロナから回復した患者の血清にはS蛋白に結合する中和抗体ができているとわかったんだ」

「そうだとしたら、ひょっとしてコロナが治った患者さんの血清を注射すれば、コロナ退治ができるんじゃない？」

別宮の発言に、天馬と冷泉が顔を見合わせる。

「別宮さんて医学的な教養は乏しそうだけど、理解力と推測力は大したものですね。それは患者血清療法といって、昔からある手法なんですよ。北里柴三郎博士が破傷風で、その共同研究者のノーベル賞受賞医師のベーリング博士がジフテリアで、それぞれ血清療法を樹立した時には、馬を使い血清を大量に作製したんです。動物に感染させて血清を作る研究は今も続けられていて、最近ではダチョウを使ってコロナ血清を作製しようとしている研究者もいるの」

「ダチョウなんて面白そう。そういえばダチョウ免疫を施したマスクが売り出されていたわね。ちょっと深掘りして、記事にしてみようかな」

別宮はさらさらとメモすると、彦根が言う。

「ここまできたら、ついでにワクチンの基本を、宇賀神総長に教えてもらっておいた方がいいかもしれないね。ワクチン総論としてインフルエンザワクチンの概略の教えを請うには、やはりこの人が一番だからね」

「この老いぼれに、気遣いは無用だぞ」

そう言いながらも宇賀神は、どことなく嬉《うれ》しそうだ。

「インフルエンザワクチンは『不活化ワクチン』だ。その作り方は、少量のウイルス株を孵化《ふか》前の鶏卵に接種する。受精後十日目にウイルスを注射し、数日後ウイルスが最大量に達した時に、卵を割りウイルスを集める。このタイミングが遅くなると、ヒヨコ自身の免疫が発動するため、ウイルス量が激減してしまう。そうして集めたウイルスをホルマリンで不活化して一丁上がりだ。通常は卵一個で一人分のワクチンができる」

「それって、同じ方法でコロナのワクチンはできないんですか？」

別宮の質問は常にシンプルで本質を突いている。だが宇賀神は首を横に振った。

「鳩村によると、残念ながら、孵化鶏卵を使ったシステムではどうも、コロナウイルスはうまく産生できないらしい」

「とてもよくわかりました。では次にコロナのワクチンの最先端の技術、特にｍＲＮＡワクチンの基本について、米国帰りの天馬博士にご教示願おうか」と、彦根が仕切る。

「ぼくはマウントサイナイ大の病理医だったので、ワクチンについては聞きかじりなんですが」と前置きをしてから、天馬は続けた。

「コロナワクチンの製作法はインフルエンザワクチンとは根本的に違って、DNAプリンターという機械にアップロードしたデータをDNA分子に変換して、少量のDNAを出力後に様々な過程を経てRNAを生成します。COVID-19の場合は、ブループリントはスパイク蛋白の遺伝子のRNAに設定されているそうです。これまでのmRNAワクチンは、体内に入ると自己免疫で排除されてしまって実用化できなかったんですが、塩基のU（ウラシル）がリボース環に結合したヌクレオシドの一種ウリジンを、自然界に存在しないΨ（シュードウラシル）という、修飾ヌクレオチドに変換したところ、自己の自然免疫での破壊から逃れるという大発見がされました。この『ウラシル転換』の発見者のカタリン・カリコ博士は、ハンガリー移民で、米国でmRNAの研究者になり、今はドイツのビオンテック社の副社長で、ノーベル医学賞の最有力候補です。そのmRNAを脂質ナノ粒子でコーティングして注射するんだそうです」

「『脂質ナノ粒子』ってどんなものなの？」と別宮が質問する。

「脂質と界面活性剤からできている、直径〇・〇一～一ミクロンのミニカプセルだ。その中に封入されているワクチン本体のmRNAが、ヒト細胞に導入されるんだ」

「なるほど、よくわかったわ」と別宮はうなずく。彼女は、いずれ読者にこうした情報を正確に届けなければならない、という使命を感じているのだろう。

　すると、感心しきりの宇賀神が言う。

「まさに分子生物学の粋を集めた手法というわけだな。だがちょっと待ってくれ。こんな貴重な話をロートルの儂だけが聞くのは、あまりにももったいなさすぎる。せっかくだから浪速ワクセンの研究開発局の研究員の前で話してくれ。ここから徒歩五分の所にあるし、この時間なら主任研究員の鳩村もいるはずだ」

「それは素晴らしい提案です。そうすれば鳩村君からワクチンの最新知見を伺えるし、天馬君と知識の交流もできますからね。宇賀神総帥のオープン・マインドは、齢を重ねても、ちっとも衰えませんね。それでいいよね、天馬君」と彦根は言う。

「もちろんです。ぼくも是非、お願いしたいです」

「グッド。だがその前にひとつ訂正しておく。儂は総帥ではなく元総帥だ。そんなことを言ったら、今の総帥の樋口がいじけてしまう。それでは早速、レッツ・ゴーだ」

宇賀神は拳を振り上げ、元気よく言った。

彼の禿頭が光った。

9章　浪速ワクチンセンター研究開発局主任研究員・鳩村誠一

二〇二〇年十月
浪速・浪速大学
ワクチンセンター研究開発局

浪速ワクチンセンターは白虎党と相性が悪く、経済的な支援は削減される一方だった。そのせいか到着した浪速ワクチンセンター研究開発局は、立派な名称とはうらはらに、二階建ての、小さく粗末なバラックだった。

そんな風に彦根に言われないように、宇賀神は予防線を張るように言った。

「しょぼい建物だと思っているんだろうが、ドイツのコッホ研究所でノーベル賞級の業績を挙げて帰国した北里柴三郎博士も、こんな粗末なバラックの研究所から日本での研究を始めたんだ。力添えをした福沢諭吉《ふくざわゆきち》先生は、とりあえず形だけでも作っておくことが重要だと強調したそうだ。そのことは知り合いの歴史学者が教えてくれたんだ」

すると彦根は真顔で首を横に振る。

「とんでもない。立派な施設だと思います。僕がやっていることなんて、バラックすらありませんから」

建物の内部に入ると、ホールからガラス張りの研究室が見通せた。

長身の青年が、白衣にマスク姿で試薬調製をしていた。青年は顔を上げ、宇賀神の姿を認めると、実験操作に区切りつけて立ち上がる。通常エリアとの間のエア・ジェットで乱れた髪を整えながら部屋を出てくると、宇賀神の隣にいる彦根を見て、目を丸くする。

「誰かと思ったら、彦根先生じゃないですか。お久しぶりです」

実験室用のマスクを外した下から端正な顔立ちが現れると、なぜか女性陣は頬を赤らめた。

彦根が微笑しながら言う。

「ほんとに久しぶりだね。加賀には顔出ししているの？」

「いえ、最近はご無沙汰です。まあ、プチエッグ・ナナミは順風満帆で、まどかは双子を産んで、社長業と子育てで大忙しみたいですけど」

「それはよかった。彼女たちも苦労したからね。柴田も相変わらず、真砂《まさご》エクスプレスで働いているの？」

鳩村はうなずく。真砂エクスプレスとは、加賀のプチエッグ・ナナミで生産した有精卵を、四国の極楽寺の浪速ワクセンに運送することに特化した運送会社で、社長の真砂達也《たつや》は名波《ななみ》まどか嬢と結婚している。そして加賀大の大学院で、名波、真砂、鳩村の三人が、有精卵プロジェクトを立ち上げた時、その依頼をしたのが彦根だという、古い縁があった。

彦根が言う。

「確か別宮さんとは面識があったよね。他の二人は天馬大吉君と冷泉深雪さんで、東城大学医学部のOBで僕の後輩だ。天馬君は先月までニューヨークのマウントサイナイ大学病院で病理医をしていた。冷泉さんは崇徳大学の公衆衛生学教室の講師で、二人とも鳩村君と同世代だよ」

「うわあ、すごい先生方ですね。ぼくは加賀大学の獣医学部出身の鳩村誠一《せいいち》です。宇賀神元総長に鍛えられ、今は研究室を任されて、細々と新型コロナのワクチン開発の研究をしてます」

「ビビることはないぞ、鳩村。お前のワクチン開発研究の成果を、どんどん教えてやれ」

「ご希望ならば喜んで。最初に何か質問はありますか」

　すると、別宮がすかさず言う。

「あの、ワクチンについて少し聞いたんですが、よくわからない部分がまだたくさんあります。特に、ｍＲＮＡワクチンっていうのがどんなものなのか、イメージがつかめなくて」

「そうでしょうね。ぼくが聞いた一番わかりやすい説明は、コンピューターとのアナロジーで理解するやり方です。遺伝情報を司るＲＮＡは作業記憶で、コンピューターで言えばＲＡＭです。コンピューターは二進法で０と１がデジタルコードですが、遺伝子のＤＮＡではＡ、Ｃ、Ｇ、Ｔの四種の塩基が基本になり、ＲＮＡではＴの代わりにＵが使われます。またコンピューターでは８ビットを１バイトと呼びますが、ゲノムでは３塩基が１コドンという基本単位になります」

「なんだか遺伝学が、これまでと全然違う見え方がしてきました」と冷泉が言う。

「ワクチンは『発病させずに免疫系に病原体との戦い方を教える』戦術で、従来は弱毒化、無毒化した病原体を使い、免疫効果を高めるアジュバンドを追加していました。アジュバンドは体内に注入した弱毒・無毒化病原菌の分解を遅らせ、抗原提示を長期化させる効果がある物質です。コロナワクチンのｍＲＮＡワクチンも『免疫系の学習を促す』という点は同じですが、スパイク蛋白だけを作り、ウイルスとしては機能しないので、安全なんです。更にＵをΨに置換すると、自分の免疫系を逃れることができる上に、細胞内ではＵとして機能するんです」

「なるほど、これまで聞いたことが、少しつながった気がします」と別宮が言う。

「それはよかった。ぼくの方も聞きたいことがあります。天馬先生はマウントサイナイ大学病院に勤めていらしたそうですね。研究分野で時々名前を聞くんですが、どんな病院なんですか」

「十九世紀半ばに開設され、評価の高い大学病院です。一九九八年にニューヨーク大学医療センターと統合し、マウントサイナイ・ニューヨーク医療センター・ヘルスシステムが設立されて、二〇一〇年に独立しました。『質の高い教育、患者ケア、研究、コミュニティサービス』という四つのミッションは『科学に奉仕するコミットメント』に沿い、学生は何らかのコミュニティ・サービスに参加し、少数民族が二割、女性が五割と、多様性にも力を入れています」

　天馬は誇らしげにすらすらと、病院の沿革を述べた。

「なるほど。ところでマウントサイナイ大では今、最先端のワクチン開発研究が進んでいる、というウワサがありますけど、本当ですか？」

「あまり詳しくはないんですが、それは本当です。ぼくは四年間、細胞株を使った癌遺伝子の研究をしていたんですが、二月以後は病院も研究部門もコロナ一色で、手伝いにかり出されました。下っ端の使い走りでしたが、病院の目の前のセントラルパークに野戦病院ができて、毎日惨状を見せつけられていたから、やるっきゃない、という気持ちでした。でもトランペット・シンパの人種差別攻撃がどんどん酷くなってきたので、やむなく帰国したんです」

　そう言って、天馬は右眉のところの傷を、人差し指で撫でた。

「すると天馬先生は、米国内のワクチン開発を実体験されていらっしゃるんですね」

「そうです。鳩村先生はご存じだと思いますが、アメリカでは現在、高品質のｍＲＮＡワクチンの開発が終わっていて、大規模治験が行なわれているところです。ファイザー＝ビオンテックとモデルナがツートップで、効率は共に九十五パーセントと好成績だそうです」

「天馬君はＮＹでワクチンを打ってきたの？」と彦根が訊ねる。

「一応医療従事者の端くれなので治験に参加しました。ファイザーは米国では治験が二〇二〇年五月に始まり、ぼくは六月に接種を受けました。数日間、ものすごい倦怠感《けんたいかん》があり、注射した局部の腫脹《しゅちょう》と疼痛《とうつう》がありました。報告では軽度のアナフィラキシーが散発しているようです」

「そうなんですね。ところで先生はファイザーとモデルナの違いはご存じですか？」

「ワクチンの組成の違いですか？」

「違います。ワクチン・プロジェクトの違いです。日本ではふたつとも米国発のワクチンだと思われているんですけど、会社の成り立ちもワクチンの組成も、中身は全然違うんです」

「恥ずかしながらよく知らないので、よければ教えてもらえますか」

「もちろんです。今、欧米の製薬会社が次々にワクチン開発に名乗りを上げています。今年の一月早々、新型コロナウイルスの全塩基配列が中国ＣＤＣから発表された時点で、各社は横一線でワクチン開発競争のスタートを切りました。ファイザーもモデルナも、米国を拠点とした多国籍製薬企業ですが、先頭はドイツの製薬企業ビオンテック社が開発し、ファイザーが製造販売を請け負っている『トジナメラン』、商品名『コミナティ筋注』です」

「そうなんですね。実際のワクチン接種は三週間間隔で二度の接種が必要とされているようです。バイアルに０・45㎖の冷凍ワクチンがあり、１・８㎖の生理的食塩水を加えて希釈していました。０・３㎖用量が五回分ですが、低デットスペースシリンジを使用すれば一回もしくは二回分、余計に採取できるようです」と実際に接種経験がある天馬が言う。

「五回分のバイアルで六回分取れたら、かなりお得だな」と宇賀神が言うと、天馬がうなずく。

「でもそれには特殊なシリンジが必要で、米国や韓国はシリンジ確保に奔走しています」

　彦根が肩をすくめて言う。

「日本政府にそうした動きはまだないね。そのあたりを仕切るのは酸ヶ湯さんの腹心の泉谷さんとペアの本田さんだから、手配もしていなさそうだし。そんな気働きは絶対にしないよ、と白鳥さんならバッサリ断言しそうだ。しかし『ビオンテック＝ファイザー』と併記されているから、てっきりファイザーの子会社だと思っていたよ」

「ビオンテック社は二〇〇八年にトルコ移民のウル・シャヒンと妻のオズレム・テュレジがドイツのマインツで設立した、がん免疫療法やワクチンなど医薬品候補を開発するバイオテクノロジー企業です。二〇二〇年一月、公開された新型コロナウイルスの全塩基配列を一目見てシャヒン代表はスパイク蛋白の構造が浮かび、ワクチン設計図が一瞬ででき、一週間後には二十種のワクチン候補薬をコンピューター上で設計していました。そして新型コロナワクチン開発のために『光速プロジェクト』を設定したそうです。三月にはファイザーと提携し、四月からドイツで、五月から米国で第Ⅰ／Ⅱ相試験を始めています。今月頭に欧米各国で段階的承認申請をしていて、来月には米国でも緊急使用許可が下りるんじゃないかというウワサがあるんです」

「そうだったんですね。モデルナの方はどうなんですか」と天馬が訊ねる
「モデルナもワクチン作成を一月二十五日に発表し、四月に米国研究開発局が五億ドルの援助を割り当て、七月にトランペット大統領が打ち上げた『ワープスピード・オペレーション』でも大黒柱を担っています。米国挙げての国家的プロジェクトの中心です」

「ビオンテックが『光速』だから、負けず嫌いのトランペットは光速を超える『ワープ』なんだ」

彦根が苦笑すると、鳩村も微笑して言う。

「でもビオンテック＝ファイザーは二十億ドルの先行発注を受けていますが、事前購入契約でワクチン納品まで支払いは発生しません。つまりモデルナやアストロゼネカと違い、ワクチン開発や製造支援で連邦資金は受け入れていません。確証はありませんが、シャヒン夫妻がトルコ移民であることと関係しているようです。レイシストのトランペットの援助を受けるのを潔しとしない、ビオンテックの意向らしいです」

鳩村の答えに、宇賀神が割り込んできた。

「ビオンテック＝ファイザーには中国も巨額の出資をしているそうだ。その頃、日本政府が巨額の予算をつけたのが「Ｇｏｔｏキャンペーン」というんだから、情けなくて涙が出るよ。日本は『ワクチン外交』に出遅れ、早晩ワクチン調達で不利益を蒙るのは目に見えておる」

「僕が政権の弁護をするのもおかしな話ですが、欧米と日本ではコロナの蔓延具合が格段に違いますから、現時点でワクチンへの支出が低くなるのは、ある程度はやむを得ないでしょう」

彦根の言葉に、宇賀神は憤懣やるかたない、という様子で天に向かって吠える。

「百歩譲って彦根君の言う通りだとしても、『エンゼル創薬』に投じるなんて税金をドブに捨てるようなものだ。鳩村ラボならビオンテックに匹敵する日本発のワクチンも完成したんだぞ」

「宇賀神総長、そう熱くならないで。確かにその可能性はあったかもしれませんが、この世の中は結果が全てです。なので今は、ぼくはやれることを粛々と続けるだけです」

鳩村の泰然自若ぶりに感心しながら、天馬は言う。

「鳩村さんのコロナワクチン開発は、どんな風に設計したんですか」

「新型コロナウイルスに特徴的なスパイク蛋白（Ｓ蛋白）に対する中和抗体を産生させるため、ウイルス・ミミックのｍＲＮＡを接種します。スパイク蛋白は本体から切り離されると壊れやすくて不安定なんですが、二〇一七年、中東呼吸器症候群（ＭＥＲＳ）ウイルスのスパイク蛋白を合成した論文を書いたマクレラン博士という天才科学者がいて、その論文を応用してワクチンを作ろうとしたんです。『プロリン置換』がベースになっているんですが」

「あの有名な『プロリン置換』ですか。『プロリン置換』をすればスパイク蛋白を支える添え木の役割を果たして安定し、ワクチン作製効果が高まるそうですね。マウントサイナイ大のラボでも話題になっていたんですが、鳩村さんはいち早く注目されていたとは、さすがだなあ」

盛り上がっている天馬と鳩村に、「プロリンって、なんですか」と別宮が訊ねる。

「プロリンはアミノ酸の一種で唯一、環状の二級アミン構造を持ちます。シス、またはトランスのアミド結合の立体配座を誘導し架橋構造を取り、疎水性相互作用で強い結合力になるんです」

「要するに分子がくっつく力が強くなり、壊れにくくなるのね。『プロリン置換』ってなんか、かわいい名前ですね」と別宮に言われて、鳩村は苦笑する。

「『2プロ』の導入でMERSでは安定度が五十倍になったそうです。二〇〇二年のSARS、二〇一二年のMERS以来、コロナウイルス感染はほとんど出現せず注目されませんでしたが、今回、新型コロナウイルスでは、すぐにMERSワクチン作製レベルから始められたんです」

「マウントサイナイ大のラボは、マクレラン博士の研究室のアカウントと相互フォローしていたので、ぼくも招待されZOOMでマクレラン博士の講義を聞きました。彼の研究チームは更に研究を進めていて、近日中に公表できそうだ、と同僚のハンナが教えてくれました」

天馬がそう言うと、鳩村は「それって羨ましいですね」と言って一瞬、遠い目をした。

「二〇一二年のMERS流行時にワクチン開発を考えた、構造生物学者のマクレラン博士の論文によると、細胞内に侵入する役割を果たすウイルス表面のスパイク蛋白は形を変えるそうで、細胞融合プロセスで、チューリップが花開いたような『プレフュージョン』（構造変化前）構造から、チューリップが閉じてドリルのようになる『ポストフュージョン』（構造変化後）構造に変化するんだそうです。そしてプレタイプに対する抗体は効き目が強く、ポストタイプの抗体は効力がないと判明したそうです。しかも標準的技術でワクチンを作ると、効き目の薄いポストタイプのスパイク蛋白になってしまったんだそうです」

「スパイク蛋白が、花開いた構造が閉じてドリル形態に変化するなんて、エヴァの使徒の形態変換みたい。そっか、使徒のモデルはコロナウイルスだったのね」と冷泉が、興奮して言う。

だがそこには「エヴァンゲリオン」などという、流行のアニメとは無縁な者しかいなかった。

鳩村もその比喩がわからず、冷泉の熱狂をスルーして話を続けた。

「その後マクレラン博士は、タンパク質をプレフュージョン構造に止める方法を発見しました。それが、S蛋白内の一千を超す構成単位の二つをプロリンに変えることです。するとプレタイプのチューリップ状の姿を取る確率が高くなり、合成したスパイク蛋白を、マウスに投与すると、MERSコロナウイルスに感染しにくくなった、つまり免疫が誘導されやすくなったそうです。

この合成蛋白を『2P』と呼び、マクレラン博士は特許を申請しましたが、当時は誰も注目しませんでした。MERSが消滅したため、製薬会社もワクチン作製を考えず、世紀の発見は埋もれてしまったのです。SARS以後、新型コロナ以前のコロナ関連による死者の累計が、全世界で千名以下しかいなかったことも影響しました」

「つまり、コロナウイルスに対するワクチンの基礎はすでにできていたわけだ」と彦根が言う。

「そうです。今年初頭に新型コロナが登場した時、がん免疫療法を研究していたビオンテック社の創設者シャヒン代表が参戦し、あっという間にmRNAワクチンを作ったんです。今、欧米で緊急承認されたワクチンはビオンテック＝ファイザー、モデルナ、ジョンソン&ジョンソンの三種あります。モデルナは正式名モデルナCOVID-19ワクチンで米国国立アレルギー感染症研究所（NIAID）、アメリカ生物医学戦端研究開発機構（BARDA）、モデルナの三者で共同開発した米国産RNAワクチンです。2〜8℃の標準的な冷蔵庫で一ヵ月間保存可能で、マイナス80℃保存のビオンテック＝ファイザーワクチンより使い勝手はよさそうです」

「なるほど。他のワクチンの現状はどうなっているんだい？」と彦根が質問する。

「オックスフォード・アストロゼネカの製品は、オックスフォードのジェンナー研究所が、イタリアのワクチン製造会社と協力し開発した『コビシールド』です。チンパンジー由来のアデノウイルスを弱毒化したものに新型コロナのS蛋白遺伝物質を組み込み接種後、ウイルスのS蛋白が体内で形成されます。T細胞免疫を誘導し長期効果と重症化抑制が期待でき、保管や輸送で扱いやすく、五ドルと安価で、一般の冷蔵庫で六ヵ月保存可能などメリットは多そうです。ベクターは細胞内に侵入する効率がいい反面、二度目は効果が弱くなってしまうのが難点です」

「なぜ、わざわざチンパンジーのウイルスを使ったんですか」と冷泉が訊ねる。

「ヒトのアデノウイルスだと皆抗体を持っているからです。でもヒトのアデノウイルスワクチンも無効ではなく、ジョンソン&ジョンソンやロシア製の『スプートニクV』で使われています」

「中国製のワクチンの評判はどうですか？」との彦根の質問に答えたのは宇賀神だ。

「中国のは不活化ワクチンらしい。中国のコロナ対策はSARSの時に感染症対策を仕切った英雄、鍾南山《しょうなんざん》が陣頭指導しているから、日本と違ってまともな対策をしている。独裁国家と悪評高い中国の古今東《こきんとう》主席も、この件では鍾南山に絶対服従だそうだ。コロナ収容の専門病院を建設したり、外出制限を強力に実施して住民の行動を監視、統制するなんて独裁国家だからできることだとワイドショーは揶揄《やゆ》していたが、感染を抑え込むため陽性者を収容、隔離するのは衛生学の常識だから、それを茶化すのは、自分たちの無知を晒すようなものだ。だが連中は恥ずかしいとは思っていないんだろうな」

「でもいずれ日本で感染爆発が起こったら、なぜ全数調査しなかったのか、そして軽症者や無症状者の隔離施設を作らなかったのか、世界中の医学者から不思議に思われるでしょうね」

衛生学者の冷泉が憤然として言うと、それを受けて別宮が続ける。

「その時は、ワイドショーのコメンテーターはきっと、掌返しをするんでしょうね。白虎党元党首の横須賀さんなんて、バリバリのPCR抑制論者だったのに、自分がちょっと体調を崩したらビビってPCR検査を受けたから、口の悪いネット民は『平熱パニックおじさん』なんて呼んでいますし。でも、中国の現状は興味深いお話です。中国の情報をニュートラルに伝えるメディアが日本には乏しいから、実情が正確に伝わりにくいですね」

するると宇賀神がうなずいて、補足した。

「中国ではワクチン接種はアプリ管理の予約制で、予約から接種までスムーズだそうだ。予約日時は週二回更新され、早い時期に予約変更も可能で、予約した病院で本人確認と問診して接種は五分で終了、二回目の予約も同様で、接種後は接種完了の証明がアプリ上で反映されるそうだ。因みにワクチン接種は十六才から五十九才の年代を最初にやり老人は後回しだそうだ」

「働き盛りの人たちを先に接種するのは合理的ですね。日本では、四千五百万人の六十五歳以上の老人の全接種を終えて、次に働き盛りの世代に接種するという計画を立てているみたいですけど、ナンセンスです。政府のアドバイザリーボードの人たちがちゃんと医学に基づいた提言をしてくれるといいんですが」と別宮が言うと、冷泉が首を横に振る。

「さすがに四百八十万人の医療従事者も優先接種するらしいんですけど、老人施設で働く介護職の人たちや、コロナ患者を搬送する救急隊員は後回しです。ほんと、何を考えているのかしら」

「老人優先は、集票絡みだというウワサだね。ロシア製のワクチンの評判はどうなんですか」

すると、彦根のその問いに鳩村が答える。

「ロシア製の『スプートニクV』はアデノウイルスを使うタイプで、一回接種の有効率が九十一パーセントと、まずまずのようです。中国とロシアは、アジアに自国で開発した不活化ワクチンを供与して、影響力を強めようとしていると聞いています」

「政治的な絡みで、中露の情報が偏向してしまうのは、ある程度は仕方がないのかもしれませんが、医学領域まで情報が正確に届かないのは、いかがなものかと思いますね」

別宮がそう言うと宇賀神が、我が意を得たりとばかりに大きくうなずいた。

「そのあたりの事情を詳しく知りたければ、友人を紹介してやるぞ。明治史と現代史を対比研究している歴史家の宗像博士だ。実は博士とは幼なじみで、医学史は博士の大きな関心のひとつで儂もいろいろと聞かれたんだ。明治時代の政策の柱に感染症予防があったからな」

その途端に、別宮の目がキラキラと輝き出した。

「宗像先生って、ひょっとして最近、日本学術会議のメンバーに推薦されたのに、酸ヶ湯首相に任命を拒否された、今、話題騒然の、高名な国際法学者、宗像壮史朗先生のことですか？」

「ん？　そう言えばこの間会った時に、そんなことを言っておった気もするが……」

宇賀神が戸惑いがちにぼそぼそ言うと、別宮が前のめりで言う。

「それって今のあたしの関心時のど真ん中です。行きましょう、今すぐ。何をグズグズしてるんですか。ほら、急いでください」

「お、おう、わかった。そうしよう」と別宮の勢いに気圧《けお》され、宇賀神はうなずいた。

10章　歴史学者・宗像壮史朗

二〇二〇年十月
浪速・手塚山・宗像博士邸

宇賀神の外出姿を見て、彦根以外の三人は絶句した。

モーニングに蝶ネクタイまではいい。だが、その上にシルクハットを被っていたのだ。

今どき、シルクハットなんて滅多にお目にかからない。けれども彦根が平然としているところを見ると、どうやら、宇賀神の普段のお出かけ姿らしい。

鳩村は実験中なので同行しなかった。最近は朝早くから夜遅くまで、ラボに籠もりきりらしい。

銀のステッキを片手に、足取りも軽く出掛けたのは、環状線の三駅目で南海線に乗り換え四駅のお屋敷町、手塚山《てづかやま》だ。

浪速の中でも歴史は古く、由緒正しい高級住宅街といわれている。

そこからさほど遠くない所には、花街で有名な泉野新地がある。

そこは横須賀守《まもる》・元浪速市長兼浪速府知事のホームグラウンドでもある。

途中、菊間総合病院がある天目区を通り過ぎて、手塚山駅に到着する。

「この辺りで宗像家といえば、知らぬ者のない名家だよ」

そう言いながら、宇賀神は豪壮な門構えのお屋敷にすたすたと入っていく。

風情が匂い立つような、枯山水の庭園を眺めながら飛び石を伝え歩き、玄関に着いた。

宇賀神が呼び鈴を鳴らすと、奥から間延びした声がした。

しばらくして、からりと引き戸の扉が開くと、和装の男性が立っていた。

「おお、誰かと思ったら、よっちゃんやないか」と、二人は肩を叩き合った。

「突然で申し訳ないが、壮ちゃんの話を聞きたいという客人をお連れしたんだ」

宗像はちらりと背後の四人を見て、「どうぞお入りください」とあっさり言った。

長い廊下は磨き込まれていた。通された応接室には大きな柱時計があり、彼らが部屋に入った時にちょうど十一時の鐘を打った。

彦根は部屋を見回す。テーブルとソファが置かれているのは定番だが、何よりも目を惹《ひ》いたのは、立派な書棚だった。そこには「明治期の課税状況」とか「大本営発表録」「日清戦役従軍記」「明治大帝の治世」などといった厳《いか》めしい旧字体の漢字の背表紙で敷き詰められている。

箱入りの本は、今はお目に掛かれない。それは由緒正しい古書店のような趣があった。

彦根がしげしげと書棚を眺めていると、和服姿の宗像が隣に立って言う。

「なかなか熱心だな。この中に興味のある書籍があるのかな。もしあれば、貸してあげるから、遠慮なく持っていきなさい」

「本はその人の財産ですから、迂闊に借りるわけにはいきません」

すると宗像博士は、自分のこめかみを人差し指で、こんこんと叩いて言った。

「それは無用な遠慮だ。その棚に並んでいる本の内容は全て、この頭の中に入っておる。そこに並べているのは、単なる飾りのようなものだ」

それを聞いて彦根は微笑する。

「わかりました。でしたら、時間ができたら拝読したい書籍がいくつかあるので、その節に改めて伺います」

「構わないが、君の興味を引いたのは、どの本かね」

「『医学思想史』と『種痘所の沿革』、あと『戦争論注釈』と『ドイツ参謀本部興亡史』です」

「なるほど、明治時代の衛生学に興味をお持ちのようだな」

宇賀神が不思議そうに尋ねる。

「『医学思想史』と『種痘所の沿革』はわかるが、『ドイツ参謀本部興亡史』や『戦争論注釈』が、なぜ明治時代の衛生学に関係するんだい？」

「明治時代の衛生行政は幕末の蘭学者の種痘導入を始まりとし、内務省衛生局と陸軍軍医寮で進展し、初代衛生局局長の長与専斎《ながよせんさい》、陸軍軍医総監の石黒忠悳《いしぐろただのり》のふたりが切磋琢磨《せっさたくま》した。そうして第二世代の北里柴三郎と森林太郎《もりりんたろう》の双璧によって結実するわけだ。そういうことだろう？」

「ご明察です。恐れ入りました」と彦根はうなずいた。

「その二人なら知ってます。鷗外《おうがい》の『舞姫』は中学校の教科書で読みましたし、北里柴三郎は何年か後に千円札の顔になりますよね」と、物怖じしない別宮が口を挟んだ。

「さっき宇賀神先生がおっしゃった、中和抗体を世界で初めて発見したのが北里柴三郎博士で、論文の共著者ベーリングは第一回ノーベル医学賞を受賞しているんだよ」

すかさず天馬が言うと、宇賀神が二人の会話に割り込んだ。

「おいおい、北里博士が血清学と免疫学の扉を開いたということは間違いはないが、話がかなり脱線しているぞ。儂は、クラウゼヴィッツの『戦争論』が現代の衛生学の流れとなぜ関係するんだ、ということを聞きたいんだが」

「明治衛生学で北里と並ぶ双璧、第八代陸軍軍医総監・森鷗外が、陸軍で衛生学の確立に努めた時に、鉄血宰相ビスマルク率いるドイツ帝国を範とし、『クラウゼヴィッツの戦争論』はその根幹の思想だからだろうな」

宗像博士はそう答えると、彦根を見ながら、続けた。

「だがその視野の広さは、医学史教育が欠落している日本の医学教育の中で育つものではない。君はなぜそんな風に考えるようになったのかね？」

「僕は『日本三分の計』を提唱し、村雨元府知事と連携し、活動していました。その時ベネチアの賢人『エレミータ・ゴンドリエレ』に『旗を捨てよ、国家を砕け。群衆に入り考え続けよ』と教えられたんです。でも国家を砕くには、その成り立ちを知らなければできません。日本の医療を考えた時、土台は明治時代に打ち立てられていると気づいて、調べたんです」

するど宗像博士は、驚いたように目を見開いた。

「ひょっとして、『ゴンドラの隠者』とは、ベネチアの知性、モロシーニ公のことかな？」

「宗像先生はモロシーニ卿をご存じだったんですか」と彦根は驚いて、訊ね返す。

「二十代の頃、オーストリアに留学していた時に知り合った。彼の壮大な発想と深い知見には感服させられたよ。いつも彼が背後にいて、私は彼の視線を気にしながら修学に励んでいた」

彦根はベネチアの夜空に反響した告知《ノーティス》を思い出す。

――旗を掲げたら国家は滅びる。だが国家は旗を掲げなければならない。ならば国家は、いずれは滅びる運命にある。そうであるならば国家たることを止めて、最初から純粋意志の集合体を目指せばよい。

あれから十年、社会は変化し、市民同士の間で、細分化された意思の疎通が可能になった。

ＳＮＳによる個人レベルでの国家情報の共有など、まさにそうした動きだろう。

そんな中で、コロナが襲来し、社会は新しい生活様式を模索している。

だが政治と国家は変化を頑なに拒絶し、従来の形式に固執している。

やはり国家というパラダイムはもう寿命かもしれない、と彦根は昔の考えを思い出す。

宗像博士が続けた。

「明治政府と現政権の背景は似ているが、国家としての方向性は真逆になってしまっている。そもそも明治政府の悲願は、幕府が迂闊に結んだ不平等条約の改正だった。そのため日本が文明国と認識されることが必要で、そのひとつが赤十字会議に参加することだった。日本は国際社会に認められようとして、衛生学に力を入れた」

その言葉は荘重で、大学で名誉教授の特別講義を聴いているような気持ちになった。

宗像博士は、書棚を見遣りながら、続けた。

「だが現政府は米国との日米地位協定の改正など微塵も考えず、世界唯一の被爆国なのに核兵器禁止条約の締結もしようとしない。日本国民としての責務と矜持《きょうじ》をドブに捨てるような行為だ。矜持なき国は亡びる。その意味では現在の政府は亡国政府だと言って差し支えない」

そこで別宮が口を挟む。

「お話が高尚すぎます。先生のような著名な学者に失礼とは思いますが、明治時代の素晴らしさを強調しても、今の市民には響くところは少ないのではないでしょうか」

「私はなにも明治時代が素晴らしい、と言いたいのではない。現代を理解して、改善していくためには、明治時代の研究が有意義だと考えているだけだ。だから私の思索が現在の社会の向上につながってほしい、と思っている。それには常にブラッシュアップしないといかん。したがって批判は大歓迎だよ」

宗像博士の言葉を字面のまま受け取って、恐いもの知らずの別宮が斬り込んだ。

「それではひとつお聞きします。宗像教授は、今回の学術会議の推薦拒否に、現政府への批判が影響していると思いますか？」

「いや、それはないと信じたい。さもないと今の政府は『無知、無理、無茶、無責任』の四無内閣になってしまう。私は年だし、学問領域に政治が介入するのはおかしい、などと声高に言うつもりもない。ただひとつだけ、公文書の破棄は為政者としてやってはならんことだとは思う。だが、それすらも私は直接非難はしない。権力者はそうした横紙破りをやりたがるし、それをやるような人間には何を言っても無駄だからな」

「するとそんな幼稚で未熟な『えばりんぼ』がトップに立てる、民主主義というシステムそのものが間違っている、ということになりませんか」

彦根が、思いをぶつけると、宗像博士は淡々と答える。

「自制できる人物を人々は選んできた。明治時代にも下司《げす》な政治家はいたが、最後の一線は守られていた。トップの明治天皇が、元老を始めとする政治家を御せたからだ。今の象徴天皇にその役割はない。安保君は『責任を痛感する』と言うが、責任は『感じる』ものではなく『取る』ものだ。責任を取らない、無責任で恥知らずな連中が権力を握っているのは残念なことだ」

その言葉には、怒りは感じられず、むしろ諦観を感じさせる。

「私は、残された人生を、明治時代と現代を対比させ、今の問題点をはっきりさせることに費やそうと決めた。面白いものでそんな決意をすると途端に、そうしたことに興味を示す人々が次々にやってくる。君たちもそんな人たちの仲間のようだな」

「ということは、あたしたちの前にも、宗像先生のところに来た人がいたんですね」

別宮が訊ねると、宗像博士はうなずく。

「その通り。彼は今日、ここに来る。迷える子羊のような顔をしていたから道を示したら、弟子入りを願い出てきた。今日は成果を見せてもらうことになっている。お、噂《うわさ》をすればなんとやら、わが弟子が到着したようだ」

どかどかと乱暴な足音がし、「先生、できましたぞ」という大声と共に扉が開いた。

一瞬立ち止まったその人物は、次の瞬間、大声を上げる。

「ど、ど、どうして別宮さんがこんなところにいるのだ」

「あら、それはあたしのセリフですわ、終田先生」

顔を見せたのは作家の終田千粒だった。宗像博士が楽しそうに言った。

「ほう、君たちは知り合いだったのか。この前は詳しく聞かなかったが、この人たちが絡んでいるということは、以前君が書いた作品には、なにやら深い意図があるようだな」

終田は宗像博士に説明するように言った。

「その通りです。『コロナ伝』はコロナ蔓延と安保政権の極悪非道ぶりに怒り、東京五輪の中止を求め小日向都知事を改心させるために書いたものです。しかしながら、小日向都知事は魔女の顔で当選し、安保内閣は酸ヶ湯政権に首をすげ替えただけで、いけしゃあしゃあと、五輪の実施を継続しています。つまり『コロナ伝』は『神』のミッションを果たせず、世紀の駄作になり果ててしまったのです」

今年上半期の大ベストセラーとなった『コロナ伝』は、電子書籍で公称三百万ダウンロードを達成していた。だが紙本の部数は少なく、本屋の店頭でもほとんど見かけないため、今ではかなりのプレミアがついているそうだ。

その作品の執筆の端緒となった場面に、彦根も立ち会っていた。「梁山泊」のプレゼン会議で終田がプレゼンした時、居合わせた別宮が新聞連載を持ちかけたのだ。

「あたしは『続・コロナ伝』をさっさと書いてください、とお願いしましたよね。それならまずあたしに一報するのが出版界の義理というものでしょう」

「も、もちろん執筆の目処《めど》がついたら別宮さんにも報せようと思っていたんだ。だが思いつかないまま日々は過ぎ、焦燥に駆られていたところに、明治の日清戦争の時に後藤新平《ごとうしんぺい》が帰還兵に対し大検疫を遂行したという、史実を扱ったドキュメンタリー番組を見た。感動した儂はその瞬間、後藤男爵がタイムスリップして現代にやってきて、今の政権のコロナ対策に激怒しながら新たな検疫をやり遂げる、という物語のアイディアを思いついたんだ。どうだ、面白そうだろ」

「ええ、とっても」

冷ややかに言った別宮の凝視に耐えきれず、終田は目を泳がせた。

11章　後藤男爵、大検疫で雪冤す

二〇二〇年十月
浪速・手塚山・宗像博士邸

別宮の冷ややかな口調に動揺を隠せないまま、終田は言い訳を続けた。

「新作の執筆を依頼してきた版元に提案したら、編集者は後藤男爵の名前も知らず、企画書を書けないので儂に書けという。考えたら儂も後藤男爵のことをよく知らなんだ。そこで番組を調べ監修の宗像先生にたどりつき、『日清戦争大検疫事業の顛末』なる著書を取り寄せて読んでみたら、あらびっくり、これが滅法面白くてな。後藤男爵のタイムスリップ前の過去パートは、そのままパクれば、いや、引用してオマージュにすれば、一章分ができてしまうぞ、と思ったんだ」

「待ってください。それってやっぱりあたしに相談なく、続編を執筆しようとしていたんじゃないですか」

う、と口ごもった終田だが、すかさず続ける。

「細かいことはさて置き、儂は宗像先生の内諾をいただこうと思い、直接お目に掛かった。そしてご著書のパクり、ではなく引用を快諾してくださった上、後藤男爵の過去パートを監修してくださるという。宗像先生の申し出は、大変ありがたかったので、早速そのパートを書き上げ、先生に誤りを正してもらうために西下した。だからまだ先方には、企画書は出しておらん」

「それはよかったです。帝国経済新聞でやらかした終田先生の文壇追放令は、まだ生きているはずですから、企画書を出したら十中八九、ボツをくらったと思います。やはり、当初お願いした通り、我が社での連載を検討しましょう」

終田は最近の依頼案件を思い出す。大半は電子書き下ろしの新作依頼で、唯一の紙媒体は後輩作家の田口に譲った「怖い話」のアンソロジーだ。だがあれは三十人の執筆者のひとりだ。

通常印税は一割で、文庫の定価は六百円で初版一万部だから総額六十万円、均等割の三十分の一だと実入りはたった二万円。つまり今の自分の儲けはその程度か、と思い愕然とする。

だが終田は、そんなネガティブな気持ちを振り払い、断固として言う。

「だが別宮さんと組んだら、またこの前の作品みたいに、もっと短くしろというんだろ。ああいうことは、もう二度とやりたくないのだ」

「あたしは無理やり、短くしろなんて言ったつもりはありません。ただ単純に、ムダを削ってほしい、と申し上げただけです。でもそのおかげで『コロナ伝』は三百万ＤＬ、トリプルミリオンを達成できたのではありませんか。そもそも後藤男爵の話は、今の社会とどう関係するんですか。現代の読者の興味を惹くような話にできるんですか」

終田は胸を張って、うなずいた。

「その点は絶対的な自信がある。後藤男爵は明治の政治家で、満州鉄道総裁などを歴任した大物だ。だが彼の前身は医者で、内務省衛生局の局長まで務めた。後藤は日清戦争の終了後、清国で大流行していたコレラが日本に入らないよう、二十三万人の帰還兵の徹底的な防疫という、大偉業を成し遂げた。それは現政府が、コロナ対策で大失敗しているのと対照的だ。だから後藤男爵の業績を深く知ることは、今の時代に必要なんだ。日本では過去に、そうしたことをきちんとやれたんだからな」

「そういうことなら確かに今、読者のニーズはありそうですね」と別宮は譲歩した。

すかさず終田は懐から原稿用紙の束を取り出し、机の上に置いた。

「そういうことですので、宗像先生に監修を願った後で、別宮さんに原稿を見てもらいたい。宗像先生、今日は原稿を置いて行きますので、お時間がある時にお目通しを願います」

「ちょっと待って。連載するなら、そんな悠長なことは言っていられません。学者先生の時空間は現代の時の流れとは違う、異次元空間です。学者先生の世界に吸い込まれてしまい、二度と浮上しなかった過去の原稿は山とあります。ですから期限をきちんと指定して、その日時までに上げてもらいたいです」

別宮の言葉を聞いて、宇賀神元総長は、むっとした口調で言う。

「そこの小娘は、壮ちゃんのことをろくに知らないくせに、思い切り無礼なことを言いおるな。壮ちゃんは、学術界のアイルトン・セナと呼ばれておったくらい、速筆だったんだ。そんじょそこらの雑魚学者と一緒にするな」

すると宗像博士は微笑して言う。

「あだ名はともかく、私は戻しは早いぞ。そうでなければ多くの著作を出せなかったからな。だが今の話を聞くと、今回はトップスピードモードで対応した方がよさそうだ。終田君が仕上げてきた原稿は何枚ある？　原稿用紙で十枚か。ならばここで読み上げなさい」

「え？　今ここで、ですか」と、終田はぎょっとして言う。

「それが業界最速のセナ対応だ。史実に関しておかしいと思ったら、私が指摘する。文学上の問題点はその女史が対応すればよい」

「おお、それはいい退屈しのぎになりそうだ。後藤新平の検疫事業の感染予防による観点は儂が引き受けた。当時はコレラが標的だが、今はコロナと一字違いだからぴったりだ」

宇賀神が身を乗り出してきた。別宮がすかさず指摘する。

「お言葉ですが、『コレラ』と『コロナ』は一文字違いなんですけど」

「編集者というのは、つまらぬところにこだわる人種だな。『コレラ』は昔、『コロリ』とも呼ばれていたんだ。それなら一文字違いだろう」と答えた宇賀神はカチン、ときたようだ。

隣でそのやりとりを聞いていた彦根は、負けず嫌いなのは変わらないなと苦笑しつつ言う。

「それなら僕も協力します。タイムスリップしたら現代に来るんでしょうから、その伏線を入れられる場面を指摘しましょう」

「最新医療の実態は、私と天馬先輩が監修します」と冷泉も言う。

あれよあれよの急展開に、終田は呆然《ぼうぜん》として言う。

「何なんだ、これは。よってたかって儂の傑作に口を挟むつもりか」

「何なんだ、ですって？　これは『神のご加護』です。終田先生のミッションは未完だったんです。そして今まさに『続・コロナ伝――後藤男爵の大冒険』がキックオフしたんです」

「ちょっと待て。もうタイトルは決めてある。タイトルこそ、著者の魂魄《こんぱく》、作品の顔であるから、何人たりともそれに触れることはまかりならん」

机の上に置いた初稿の冒頭の一枚には、次のように書かれていた。

――余は如何にして後藤男爵の大事業『日清戦争帰還兵大検疫』を知り本作を書くに至ったか。

「終田先生にはミリオンセラーの作り方をお教えしたのに、綺麗にお忘れになったようですね。『コロナ伝』がヒットしたのは、四百八十二枚を八十二枚に減量し、電子版三百円の価格に設定したからです。終田先生とあたしのタイトル、どっちが売れるかはもうおわかりですね」

別宮に断言されたが、終田は言い返せない。終田はしぶしぶ、朗読を始めた。

——余が後藤男と出会ったのは、とある教養番組の中であった。そんな余のところにある日、丸眼鏡に尖り髭《ひげ》の、後藤男と瓜二つの男が訪ねてきた。名を聞くと後藤新平だという。

彼はある日、目を覚ましたら周りの様子が一変していることに腰を抜かした。だがその時に、天から声が聞こえた。その声は余の邸宅を訪問せよ、というお告げだったのだ。

「ストップ。どう思います、これ?」といきなり冷泉が突っ込む。

「史実として後藤男爵のなりは問題ないので、私は異存ない」と宗像博士は冷静だ。

「というかこれ、SFですよね。それなのに何ですか、この古くさい文体は」

「元本がこういう文体なのだ」と終田は悪びれずに言う。

「私があの本を書いたのは、半世紀前で当時は古くはなかったのだよ」と元本の作者は答える。

「私はなぜいちいち後藤男と性別を書くのか気になります。今はジェンダーに厳しいので、袋叩きにされかねませんよ」とは、いかにも現代女性らしい冷泉の発言だ。

『後藤男』は、『男性』ではなく『男爵』の略だ。昔は手紙でもそういう風に書いたのだ。因みに森鷗外の上司の石黒忠悳は石黒子と書くが、女の子ではなく、石黒子爵の略だ」

それは「船頭多くして船山に上る」という状況に似ていたが、不思議なことに船は丘にあがらず、まっしぐらにゴールに向かっている。これも「神のご加護」なのだろうか。

だが、そんなことには一切、忖度しようとしない別宮は言った。

「こんなやり方では、問題点が拡散してしまいます。ここはまず、ふだん原稿を読み慣れているあたしがざっと目を通し、みなさんに疑問点を投げかけることにします」

返事を待たずに、終田が手にした原稿を取り上げ、ぱらぱらとめくりはじめる。

「『後藤は吠えた』というフレーズの繰り返しが、しつこすぎます。石黒という人が強硬に後藤さんに、陸軍の検疫事業をさせようとした理由も全くわかりません」

「『相馬《そうま》事件』の冤罪《えんざい》で獄に繋《つな》がれた時、尊敬していた長与元衛生局長に切り捨てられたのだ。石黒はそんな後藤を救おうとしたんだ」

「『相馬事件』は日本の司法制度が検視結果を無視して起こった事件だ。あの頃から日本の司法は問題を抱えていたんだ」と、彦根は自分のフィールド、死因究明問題に持ち込み解説する。

「そんな些末《さまつ》な事件、誰も興味を持ちませんよ。でも北里柴三郎博士が出てくるのはキャッチーです。もうじきお札の顔になりますから。それと検疫事業の責任者の児玉源太郎《こだまげんたろう》陸軍次官とのやりとりはかっこいいですね。後藤さんが見積もりを『百万円（現在の一兆円相当）』と答えると児玉さんは『ならば百五十万出そう』と言い、『陸軍に入るのは御免だ』と言うと『新しく組織を作り、そのトップにする』と言い、『俺がトップでは、軍人が云うことを聞かぬ』と言うと『自分が形式上の上司になり軍人を押さえる』。『責任を押しつけられるのは御免だ』と言えば『自分が形式上トップだから全責任は自分が負う』と言う。逃げ道がなくなり後藤は、しぶしぶこの大役を引き受けた、なんてところは、『ああ言えばこう言う』のやりとりがスリリングです」

「うむ。ここで児玉源太郎中将の偉さに触れ、児玉の責任の取り方を際立てた方がいい。衛生は国の事業で、トップがその重要さを認識していたことを、強調できるからな」

「力作なのはわかりますが、検疫の大変さを書いているところは全部削除ですね」

「その記述はほぼ全部、宗像博士の著書の引き写しだ。宗像先生が心血を注いだ、魂魄の記述を削除するなど許されん」と終田は必死に抵抗する。

だが大学者は鷹揚《おうよう》だった。

「時代が変われば情報の価値も変わる。事実をねじまげなければ、好きにしていい」とあっさりしたものだ。その言葉を聞いて別宮は言う。

「最後のエピソードがすごくいいです。児玉さんが木箱を手渡し、『これは貴君の月桂冠だ』と言うところ。『木箱の中に、後藤の悪口を書いた数百通の電報が詰まっていた。自分はこんなに憎まれていたのかと知り、その不平不満を呑《の》み込んでくれた児玉の大度量に心服した。国のため、民のため、周囲の反対を押し切り難事業をやり遂げた後藤にとってそれはまさしく勲章《くんしょう》だった』。うーん、痺《しび》れますね」

その原稿を、隣からのぞき見した彦根が言う。

「僕は別のところに感動したな。『誰に何と言われようと、検疫を厳密に遂行することは絶対必要と信じ一歩も引かなかった。水際防疫を徹底したのは名も無き民草のためだ。コレラが日本に入ったら無辜《むこ》の民草が苦しめられるのだ』というのは、今の政府の連中に読ませたいよ」

「前代未聞の大検疫をやり遂げた後藤男爵の先見性は、その後に面会をした伊藤博文《いとうひろぶみ》首相に、戦傷した兵士を援助する法案を提案したところだろう。富裕層の寄付と、国と自治体の負担と、一般国民への賦課を財源とした『明治恤救基金案《じゆっきゆう》』が成立していたら、その後の日本は変わっていたよ。政治とは選択なのだ。明治の日本にはこんな土性っ骨が座った政治家や軍人がいたことを今想起するのは、重要なことだろう」

宗像博士の厳かな言葉に、場は静まり返る。

咳払いをして、宇賀神が言う。

「衛生学は市民の生命を守る、政治の最重要事項のひとつだ。だが判断は政治家ではなく、医学者がすべきだ。後藤男爵はこの時は衛生学者の立場で指揮し、陸軍の責任者の児玉源太郎次官は後藤の指示に従った。世界を見回せば、あの幼稚なミッキー・トランペット大統領ですら、コロナ対策に関してはＣＤＣ（米国疾病管理センター）のファウル所長に全面的に服従しているし、独裁国家と揶揄されがちな中国も、強大な権限を有し独裁者と呼ばれる古今東主席に命じているのは、ＳＡＲＳパンデミックの時の救国の英雄、鍾南山だ。だが、わが日本は、近江・大岡の『ダブルＯコンビ』という、政治にいいなりの御用学者が仕切っている。日本が亡びる日は、そう遠くないかもしれん」

宇賀神の苛立《いらだ》ちを聞き、別宮が立ち上がる。

「この作品の意義はわかりました。終田先生、今すぐ桜宮に戻りましょう。新幹線の車中でもう少しマシな導入部を書いてください。彦根先生、いくつか思いついたことがあるので、仕事を片付けたら、また戻ってきます」

別宮はそう言うと「儂はたこ焼きを食べたいのだ」とゴネる終田を引っ張って、姿を消した。

「なんともせわしい女性だな」と宗像博士がぽつんと言うと、彦根は含み笑いをした。

「彼女のあだ名は『血塗《ちまみ》れヒイラギ』で、触れる者を全て血塗れにしてしまうんですよ」

その言葉を聞いた天馬は微妙な顔つきになった。

そんな天馬の横顔を、冷泉が横目でちろりと見た。

12章　忘れられた病棟

二〇二〇年十月
桜宮・東城大学医学部

　別宮は、桜宮への帰途の新幹線の車中で終田を説き伏せ、前回の枠組で続編を連載させることを承諾させた。

「儂は別宮さんに感謝はしているんだ。紙媒体追放の目に遭っているのはたぶん事実だ。編集者としての別宮さんの腕も買っている。だがひとつだけ、我慢できないことがある。書き上げた枚数を六分の一にすることと、タイトルを勝手に変更することだ」

「あら、それだと『ひとつだけ』ではなく、『ふたつ』なのでは」

　終田は、ぐむ、という顔をする。

「そ、そんな風にすかさず揚げ足を取るところが、いちいち癪《しゃく》に障るのだ」

「あら、気に入らないことが『みっつ』になってしまいましたね。この際、全部あげつらってみてはいかがですか。十もあったらあたしも、ひとつ、ふたつは直すかもしれませんよ」

「別に十や二十あっても構わん。儂の望みはひとつだけ。タイトルは儂の思うままにしたいということだ。タイトルは作品の顔であり魂魄なのだ。儂は今でもあの『コロナ伝』の真のタイトルは『余が神に命じられたこと』だと思っておるのだあ」

「ええと、今回は『余が後藤男爵の世紀の大事業に感動したわけ』でしたっけ」

「違う。『余は如何にして後藤男爵の世紀の大事業・日清戦争帰還兵大検疫を知り、共鳴し、本作を書くに至ったか』だ」

——いや、どちらも違う。

「なんだか、肥大した自我が前面に押し出されてお腹いっぱいって感じですね。わかりました。連載が始まるまでの検討事項にします」

別宮の顔を見た終田は、『あ、コイツ今、口先だけで対応しとるな』と思ったが、それを指摘したところで何も変わりそうにないので、深い吐息をついて黙った。

新幹線の窓の外にはそんな二人を見守るように、冠雪した富士《ふじ》が堂々たる姿を見せていた。


翌日、別宮は局長に『続・コロナ伝』の連載承諾を取った。「コロナ伝」はトリプルミリオン・ダウンロード作品だから当然、大歓迎された。そして別宮は二本の新企画を、局長に提案した。

一本は「奇跡のコロナ受け入れ病院の現在」で、三月の企画の続編だ。

もう一本は「酸ヶ湯首相のメディア対応」だ。九月に就任した酸ヶ湯首相は、なかなか公式に記者会見を開かないため、首相の記者会見自体をターゲットにしようと考えたのだ。

「記者クラブ主催の首相会見は政権紙芝居と揶揄されるなど、ジャーナリズムの本義から見れば、とんでもないから、俺もいつかやらなければならないと思っていた。やってよし」

別宮は本当は三本にしたかった。有朋《ありとも》学園事件で公文書改竄《かいざん》を命じられたことを苦に自殺した職員、赤星哲夫《あかぼしてつお》氏未亡人の国家賠償請求の民事訴訟を、今も追い続けているからだ。

だがそちらは現在は進展がないので、提案を諦めたのだ。

局長の承諾を得た別宮は、東城大学医学部に向かう。途中で終田をピックアップした。一緒に桜宮に戻った彼は別宮の予定を聞いて、取材に同行したいと言い出したのだ。

先方が承諾すれば、という条件をつけた別宮だが、田口先生なら駄目とは言わないだろうと踏んでいた。仮にもしダメと言われても、医療現場の空気に直接触れることは絶対にプラスになる、と編集者の本能が囁いていた。

久しぶりに不定愁訴外来に顔を出すと、田口は、別宮の後ろにいる終田を見て、ぎょっとした顔をした。そんな田口を見て、終田は自分が依頼したことを思い出した。

「わが弟子よ、『怖い話』のショートショートはできたかな」

「いえ、それがあの、実はあれからずっと考えてはいるのですが、なかなか思いつかなくて。どうすればすらすらと物語を書くことができるのでしょうか」

「それは、自分の体験を元にするのが基本だな。たとえば怖い話を書くとしたら、幼い頃は、人は誰でも無明の闇の中で、恐怖に打ち震えていたはずだ。そんな原初の感情を思い出せ。それは後に作家になり、創作物を書き上げたいと願っているおぬしにとって、大切な創造力の源泉になるであろう」

自分は作家になりたいなんて思ってないんですけど、と思ったが、田口は口にできなかった。たかだか原稿用紙一、二枚のショートショートを書けば、こんなに萎縮せずに済むのにと思うと、締め切りに追われて髪をかきむしる作家の苦悩が、少しだけ理解できた。

「それより終田先生の大作の進捗状況はいかがですか」と田口が問い返したのは、締め切り攻撃のツバメ返しのつもりだった。

だが終田は弟子の造反の芽を、あっさりひと言で葬り去る。

「つい先日、着手した。時風新報で『続・コロナ伝』の連載が決定したところだ。それで今日は編集者同行で、弟子の協力を得て基礎取材に来たわけだ」

隣にいた別宮は、まったくこの親父ときたら、万事自分に都合良く説明するものね、と呆れた。「スリジエ」のパーティの時は、まだ企画ができる前だったくせに、と思いつつ、終田の情報をやんわり訂正する。

「ちょっと違います。今日は『地方紙ゲリラ連合』の企画で『奇跡のコロナ受け入れ病院の現在』の取材をさせていただこうと思ったら、終田さんが同行したいと言いだしたんです。つまり順序が逆なんです。あ、今の言葉は訂正します。『ちょっと』じゃなくて、『全然』違います」

「それはタマゴが先か、ニワトリが先かだから、そんなにムキになることもなかろう」

「この場合は絶対にタマゴが先なんです」と別宮はきっぱり言い返す。

ふたりのやりとりに苦笑した田口は、院内ＰＨＳを取り出した。

「わかりました。前回の企画の続きなら学長の承諾を改めて得る必要はなく、私が許可します。私はまだ『東城大学新型コロナウイルス対策本部委員長』のままなので。ただし取材は、現場の責任者の如月《きさらぎ》師長と若月《わかつき》師長の承諾が必要です。今、確認を取りますので少しお待ちを」

「取材がこんなにスムーズなのは、終田先生の威光じゃなくて田口先生の人望の賜物ですから、そこのところは誤解しないでくださいね」と、エレベーター内で別宮は釘《くぎ》を刺した。

五階に到着すると、エレベーターホールで二人を待っていた白衣姿の女性が「別宮さん、お久しぶりです」と挨拶する。

「半年ぶりですかね。その節はお世話になりました。またお邪魔することになりました。現在のコロナ病棟について、取材させてください。それとこちらは、『コロナ伝』の作者の終田千粒先生です。今日はあたしの取材に同行して、新作の取材をしたいと言うのでお連れしました」

「初めまして。コロナ軽症患者の受け入れ施設、黎明棟《れいめい》の看護師長、若月です。『コロナ伝』は楽しく拝読していました」

そつなく言った若月に、別宮が声を掛ける。

「以前より少し落ち着いたようですね、若月師長」

「まあ、そこそこで、恙《つつが》なくやっています」

そう答えた若月師長の言葉には、どことなく不穏な響きがあった。

彼女は二人をナースステーションに案内した。

そこでは二人の若い看護師が働いていたが、一人は宇宙服のような防護服を着ていた。見るからに重苦しそうだ。

「和辻《わつじ》さん、何かあったの？」

防護服を着た、若い看護師が言う。

「高島《たかしま》さんが、部屋から出たいと言って騒いでいて、いくら言いきかせても言うことを聞いてくれません。今から病棟内に入るのですが、どうしたらいいですか」

「困ったわね。高島さんはとりあえず熱は下がったので、二、三日様子を見て判断します、と伝えて頂戴。もう少ししたら私が話をしにいくから、もう少し、なだめてみて」

わかりました、と答えた和辻看護師は病棟に向かう。若月師長は吐息をついた。

「普通の患者さんなら、今みたいなことは全く問題にならないんですけどね」

若月師長はナースステーションを出て、別宮と終田を病棟に案内した。

その部屋は空室で、四人部屋がパーティションで仕切られ、個室になっていた。

「黎明棟は基本は軽症患者病棟です。それでも患者に接する看護師は病棟内に防護服を着て入ります。防護服は使い捨てなので、一度中に入ったら、できるだけ業務をこなすようにしています。そこで内部の患者対応と、外部からの物資供給の二手に分けて対応しています。そうすれば、防護服を無駄にすることが少なくなるからです。ここは今は空室ですが、元は一般病棟の病室を区分けしたもので、重症患者がオレンジ新棟から溢《あふ》れた時にも対応することになっています。病室占有率は今は三割前後です。ただ最近、少しずつ増え始めていますけど」

「ということは、ここは隔離棟、昔で言えば避病院になるわけだな。うむ、作品のイメージが固まってきたぞ。しかしこんなガラガラでは、病院が潰れてしまうのではないか」

ぶしつけに終田が言うと、若月師長はうなずく。

「東城大は名村《なむら》先生の徹底指導のおかげで、シンコロの必要最小限で合理的な防疫体制が確立されました。でもコロナ対応は国や自治体から支援がないので対応は大変です。でも誰かがやらなければならないんです」

「だからこそ今、地方紙ゲリラ連合で取り上げないといけないんだと思います。感染者数は減り、一見、下火になっているようにも見えますが、今もコロナ患者はいるんです」と別宮が言う。

三人がナースステーションに戻る途中で、急ぎ足の白衣姿の医師がすれ違った。防護服を着て、台車に乗せた機械を運んでいる。

「あれは心電図の測定器です。誰か、急変でもしたのかしら」

ナースステーションでは、先ほど残った看護師が錠剤の整理をしていた。話を聞くと、先ほど文句を言っている、と話題になった高島という患者が不整脈の発作を起こしたのだという。

「普通ならどうということのない検査でも、コロナ病棟でやるのは大変なんです」

若月師長が呟くようにして説明する。

終田は、部屋から戻る道すがら、廊下に白い紙が貼られて壁を埋め尽くし、びっしりと書き込みがされているのに気がついた。そのゴールはナースステーション近くの壁まで達している。よく見るとそれは細かい字のメモ書きで、延々と続いていた。

「これは何ですか。まるで写経のようだが」

「『クロノロジー』です。感染対策は、毎日少しずつ変わります。初めの頃はホワイトボードに書いていたんですが、スペースが足りなくなったのでライティングシートを廊下に貼り、そこに書き出していきました。毎朝、毎夕の感染対策会議の決定事項や、看護部ミーティングでの内容、業務内容の変更事項や、桜宮市の感染状況など、変化する情報を書き出し、情報共有しているんです」

「ううむ、これを見ると、看護師さんたちのご苦労が偲ばれる。年表か業務日誌の巻物のようだ。これがないと、何もなかった平穏な病棟にしか見えないぞ」と終田はしみじみと言った。

「そちらは患者さんのPCRの結果表か。初期はダイヤモンド・ダスト号の感染患者を受け入れた頃の日付けだが、この大山晴美《おおやまはるみ》さんという方が、最初の死者だったのか」

「そうです。大山さんが亡くなった時のことは、今も忘れられません。クルーズ船の下船者で、当院での最初のコロナ死亡例でした。あれから八ヵ月しか経っていないなんて信じられません。そちらは、感染予防のレクチャーをしてくれた蝦夷大学の名村先生のお話がメモしてあります」

「これは『コロナ曼荼羅《まんだら》』だ。一瞥《いちべつ》で東城大の苦闘の跡が見て取れる。これを見ることができただけでも、ここに来た甲斐があったというものだ」と終田は呟いた。

黎明棟の見学を一通り終えた三人は、一階までエレベーターで降り、黎明棟がある旧病院から外に出た。

そして小径《こみち》を通り雑木林を抜け、重症病棟があるオレンジ新棟に向かう。

冬が近い空は、青く高かった。名も知らない小鳥が、ちち、と鳴きながら空をよぎる。

梢《こずえ》は落葉しきっていて、梢は透かし彫りのように入り組んでいる。

やがて遠目に、オレンジシャーベットのような、上階部分が半球形をした建物が見えてきた。

一階に足を踏み入れると、途端に殺伐とした空気が流れ出してくる。若月師長がセンター長室の扉を開けると、壁面にモニターが並んでいた。

背を向けて黒い革椅子に座った人物が、矢継ぎ早に指示を出している。

「第八ベッドの田村《たむら》さんのO2サチュが下がっているから酸素の流量を上げて。前田《まえだ》先生に胸部レントゲンを撮ってもらって佐藤《さとう》部長に報告。第十ベッドの高崎《たかさき》さんはPCRの結果を待って、黎明棟への移動を検討するわ」

人の気配を感じたらしく、その人物は黒椅子をくるりと回し、三人と相対した。腕組みをして椅子に座っていたのは、白衣姿の女性だった。

オレンジ新棟の看護師長、如月翔子《しょうこ》は、椅子から立ち上がると別宮に抱きついた。

「別宮さん、お久しぶり。元気だった？」

「こちらは相変わらずです。如月さんは大活躍ですね」

「やだ、全然大したことないわ。佐藤部長の代理でモニタ役をしているだけなんだから」

「でも、モニタ役が見落としたら大変でしょう？」

「まあね、でもICUでは普通のことだから」

さらりと言った如月師長は、隣の終田に視線を投げる。別宮がすぐに紹介する。

「こちらは、時風新報で『コロナ伝』を連載していた終田千粒先生です。今回は続編で明治の検疫を成功させた後藤男爵が現代にタイムスリップするという、SF兼社会派作品を書こうとして、東城大の取材を希望されたので、お連れしたんです」

「あの終田千粒先生ですか？　わあ、お目に掛かれて光栄です」

そう言った如月師長は、ディスポの手袋をした右手で拳を作り、突き出した。

は？　と怪訝そうに見た終田に、如月師長が言う。

「は？　じゃないです。ほら、グータッチってヤツですよ。ここでは握手は禁止なので」

終田は渋々、右手の拳をぶつけた。

「実はこの病院をモデルにして、連載小説を執筆しようと考えておる。若月師長にもご登場願おうと思っていたところだ」

「若月師長は出すのに、あたしは出してくれないんですか。そんなの依怙贔屓《えこひいき》すぎます」

「あ、いや、もちろんあなたも、ええと如月さんとおっしゃったかな、出演してもらうよ」

「絶対出してくださいね。約束ですよ。それが映像化されたら、あたしの役の女優さんに丁寧に演技指導してあげます。きっと美人女優ですよね、うわあ、楽しみだなあ」

勝手に暴走する如月師長の隣で別宮が「映像化は、たぶんあり得ないんだけど」と呟く。

だが如月師長がはしゃいでいたのは、そこまでだった。

モニタの向こうからひっきりなしに、O2サチュレーション低下のアラームが鳴り響く。

指示を出す如月師長の口調はどんどん厳しくなっていく。

そこへ白衣姿の男性が姿を現した。

「病院運営会議の最中だったんだよ。いきなり呼び出すとは、翔子ちゃんは相変わらず人使いが荒いな」

「高崎さんが、O2濃度を上げても反応しなくなっています。ECMO適用だと思います」

ICUの佐藤部長は、経過表を一瞥してうなずいた。

「適切な判断だ。またスタッフが取られるな。勤務表は組めそうかい」

「田代《たしろ》さんが辞めて定員の三名減になったので、かなり厳しいです。二十人のナースでICUもどきのコロナ重症ベッドを五床維持するのは無理があります」

「田代さんが……」と佐藤部長は絶句する。だがすぐに気を取り直したように言う。

「嘆いてもしょうがない。ECMOを準備しよう。人工心肺チームを呼んでくれ。俺は先に、プラネタリウム室に行ってる」と言うと、佐藤部長は大股で部屋を出て行った。

「おお、噂に聞くECMOか。できれば直に見たいのだが」と終田が貪欲に言う。

「それはダメ。でもモニタは見てていいです。若月師長、モニタ室をお願いね」

彼女の口調は、さっきまでとがらりと変わった。そんな風にオンとオフを切り替えないと、過酷な職場では保たないのだろう、と終田は思った。

如月師長は白衣の裾をひるがえし、佐藤部長の後を追って部屋を出て行く。

その後ろ姿を見ながら、若月師長が言う。

「感染対策は、オレンジでも黎明棟でも、患者対応は蝦夷大学感染症研究所の名村教授の直伝なんですけど、基本は『スタンダード・プリコーション』です。CDCが推奨する、感染症予防策なんです」

「CDCというと、トランペット大統領の隣でしかめ面をしている、ファウル所長が親分だな」

若月師長は、くすり、と笑う。

「そうです。感染のあるなしにかかわらず、全ての患者が感染しているとみなし、感染源になりうる血液や排泄物《はいせつぶつ》、接触したものを処理するということが基本です。その対応には膨大な手間が掛かります。そうなるとゴミ処理も通常の経路では無理で、患者が退院すると部屋の消毒も手間は通常の二倍です。おまけに出入りの清掃業者は、コロナ関連の清掃は引き受けてくれないので、看護師が掃除をしています。防護服は一度脱いだら廃棄するので、できるだけ長時間の連続勤務をします。お手洗いにも行けず、おしめをするスタッフもいます。さっきの田代さんも辞める時、申し訳ないと泣いてました。小学生のお子さんが学校でいじめられるんですって」

若月師長の言葉に、別宮がつけ加える。

「日本には医療機関が七千六百ありますが、コロナ患者を受け入れる病院は三割で、人工呼吸器を使い対応している病院は七パーセントです。更にコロナ患者を受け入れると、普通の患者さんが受診控えをして売り上げが落ち、病棟スタッフを取られます。一生懸命対応すればするほど、コロナ対応病院は経済的にダメージを受けてしまうという悪循環になっているんです」

「ならば全ての医療機関で対応すればいいだろう」と終田が憮然とした口調で言う。

「それはナンセンスです。癌も胃潰瘍も骨折の患者もいるので、医療資源をコロナに集中したら、通常の医療が回らなくなります。コロナは一ヵ所に集めて集中的に対応するしかないんです」

「そんなことをしたら、ここにいるみなさんが苦しいだけではないか」

「誰かがやらなければならないんです。でも『Ｇｏｔｏトラベル』や『Ｇｏｔｏイート』だと楽しそうで、みんなコロナはなくなったと思っているみたい。私たちは置き忘れられた荷物みたいな気持ちになります。ここみたいなコロナ専門病棟を作り、そこに患者さんを集めることは間違っていません。でもそれなら過重な業務にならないよう、人員を手厚くし手当もしてほしいです。

スタッフも人間です。休んだり、気晴らしをしないと心が折れてしまいます」

「ならば病院上層部に掛け合って……」と言いかけた終田の言葉を遮るようにアラームが鳴る。

モニタの向こう側から、防護服で完全武装した如月師長の声がした。

「若月さん、野本《のもと》さんのＯ２サチュが下がってる。担当の金村《かねむら》さんは新人だからサポートして」

わかりました、と答えた若月師長は立ち上がりながら、言う。

「冬のボーナスは、例年の五十パーセントだそうです。仕事は五倍で給料は半分なんて、おかしいです。これって誰が悪いんでしょうか。そして私たちは誰に抗議すればいいんでしょうか」

若月師長が姿を消すと、終田は黙り込む。

自分が過ごしている平穏な世界から、薄皮一枚隔てたここは戦場で、戦士たちは疲弊して、今にも倒れそうになりながらも、必死に戦線を支えてくれているということを、初めて実感した。

それは、たとえどれほど憎まれようとも、日清戦争の帰還兵たちの検疫を遂行することで、兵士と市民をコレラ蔓延から守り抜こうとした、後藤男爵の心意気と同じだった。

終田はモニタの中、防護服の重装備姿の佐藤部長と如月師長が、阿吽《あうん》の呼吸でＥＣＭＯ導入の作業をしている様を目に焼き付けた。

周囲の数人のスタッフが精密機械を動かしている。

その時、終田は、ＥＣＭＯは大勢の人の手で維持される、生命維持装置なのだ、と理解した。

そしてそれは、全ての医療行為に通底する真実だということが、初めてわかったのだった。

13章　梁山泊、再始動

二〇二〇年十月
帝山ホテル・料亭「荒波」

三日後、浪速に戻った別宮は、彦根に桜宮の状況を伝えた。

「終田先生の連載企画は、無事に通りました。『コロナ伝』と同形式で来年一月から連載です。その後に東城大に顔出ししてみたら、コロナは落ち着いているのに、コロナ拠点病院では患者がひっきりなし、重症病床はかろうじて確保できてるけれどスタッフ不足で、看護師さんの離職が多いそうです。病棟の清掃も看護師さんが対応しています。そんな状況を『地方紙ゲリラ連合』の企画に上げてきました」

「地方紙ゲリラ連合」は、全国紙に匹敵する新しい枠組みだ。

地方紙は各都道府県に一紙か二紙あり地方の占有率は高い。一千万部の全国紙は四十七都道府県だと一県あたり二十万部強になる。それなら二十万部の地方紙はその地域では拮抗できる。

全国紙は、記者クラブへの援助という形で寄付をもらっているので、政権などに忖度があるが、「地方紙ゲリラ連合」はそんなしがらみから自由で、地域に根ざした独自情報も発信できるので、今ではSNSと並んで、民意をよく反映する仕組みとして評価されていた。

別宮はその仕組みを積極活用した。

「地方紙ゲリラ連合」の合同企画で、時風新報と地方紙十五紙の一面トップの「東城大、院内感染者ゼロの奇跡」という記事で「コロナ関連キャンペーン」を立ち上げて、巷の声をＬＩＮＥのアンケートで吸い上げて、記事にしていた。だがコロナ感染が下火になり、安保首相が辞任したあたりからターゲットが不明瞭になり、活動休止状態になっていた。

米国ではトランペット大統領が大統領選で劣勢という調査結果が出て、負けてもホワイトハウスに居座るのではないか、という前代未聞の事態が噂されていた。だが「地方紙ゲリラ連合」ではさすがにカテゴリー・エラーで、取り上げることはできなかった。

別宮が浪速に戻ると、梁山泊では十一月一日予定の浪速都構想の二度目の住民投票で否決するという、方針が決まっていた。標的が明確になった時の彦根の集中力は瞠目《どうもく》すべきものがある。

彦根は天馬と冷泉を手足のように、自由自在に活用していた。

「実は、浪速白虎党がこの半年でやったコロナ対策を調べたら、もう腹が立っちゃって……」

冷泉のレポートの内容は、確かに噴飯物だった。ことの起こりは四月十四日、鵜飼浪速府知事と皿井浪速市長が開いた共同記者会見だ。彼らは浪速の製薬ベンチャー「エンゼル創薬」と協定を締結、「オール浪速でワクチン開発を進める」と打ち上げた。「エンゼル創薬」の創立者は浪速大ゲノム創成治療学講座の三木《みき》正隆《まさたか》教授。実はサンザシ製薬の寄付講座だ。

寄付講座というものは、多額の寄付をすれば大学に講座を持てる、つまり、見方によっては、金で教授の肩書きを買える、というシステムだ。

三木教授は浪速大教授の肩書きで、二〇一三年頃から内閣府の「岩盤規制矯正委員会」に任命され、「健康衛生戦略会議」の参与も務めていた。つまり安保政権の医療ブレーンだ。

「相当いかがわしいですね。でもどうやって浪速で白虎党と結びついたのかしら」

「安保つながりのようです。加えて白虎党の『浪速府・市統合本部医療戦略会議』や『浪速万博基本構想戦略委員会』にも名を連ねていますね」と冷泉が解説する。

「浪速の医療を滅茶苦茶にした連中のブレインだったのね」と別宮が顔をしかめた。

「僕の失態です。浪速が騒がしくなったと、聞いてはいたんですが、四月は安保政権を攻撃中で浪速まで目が届きませんでした。でも三木教授については天馬君が詳しく知っていて助かりました。三木教授は分子生物学の領域ではかなり胡散《うさん》臭い人物だったそうです」

彦根が言うと、天馬がうなずく。

「昔、三木教授の論文盗用事件が問題になりました。サンザシ製薬の降圧剤のデータを不正に扱い、サンザシ薬品から多額の寄付を受けています。その後の経過はどうなったか知りませんが、こんなところであの先生の名前を見るとは思いませんでした。あの騒動を生き残るなんて、相当したたかな先生ですね」

「七月から治験開始、九月に実用化し年内に二十万単位のワクチンを府民に投与する計画だったのに、九月で治験がしょぼしょぼ始まったレベルだ。いずれ日本では予算がつかないから国際競争に負けたなんて言い出すよ。おそらく既に相当額の国家の援助金は手にしているはずさ。安保首相のお友だちなら、税金を引っ張るなんて、得意技だもの。しかも政権の利になる振る舞いもわかっているから政権も金を流す。で、開発ができない言い訳をしておしまい。楽なものさ」

彦根が怒りを漂わせたのは、Ａｉ（オートプシー・イメージング＝死亡時画像診断）の社会導入に国費の援助がつかなかったのが、官僚や政権への利益誘導に欠けていたせいだと身に染みていたからだ。

だからこうした税金の無駄遣いには人一倍、怒りが強いのだろう。

「『エンゼル創薬』方面の深掘りは、ぼくがやりましょうか？」と天馬が言う。

「そうしてもらえると助かるな。ところで浪速市医師会の病理診断ブランチの業務の方はどんな具合だい？」

「順調です。彦根先生に教わった遠隔診断を混ぜた報告システムを提案したら、すぐ導入してくれました。菊間会長は医師会での信頼も高いようです」

「それはよかった。自慢じゃないけど、僕は人を見る目には自信があるんだ。十年前のワクチン騒動の時、お若かった菊間先生に着目し協力をお願いした、あの頃の僕を褒めてやりたいよ」

彦根の妙な自画自賛だったが、聞いている者たちは、誰もイヤな気持ちにならなかった。

別宮が言う。

「具体的には、どうやって浪速白虎党を叩くおつもりですか？」

「それを考えるため今宵、別宮さんが帰還した祝宴を張ることにした」

「たった三日、しかも桜宮に行って戻ってきただけですよ。祝宴なんて大袈裟です」

「もちろんそれは口実だよ。主賓は梁山泊の統領だからね」

「ついに村雨さんとお目に掛かれるんですね」と別宮の声のトーンが上がった。


貪欲な別宮は会食前に、菊間会長に浪速の医療の現状と医師会の活動について取材をした。

「識者は、開業医がコロナ患者に対応すべきだと言いますが、それより開業医が要望したいのは、徹底したＰＣＲ検査、軽症者の施設隔離、そして重症者病院の専門施設の三段構えで、コロナ疑いの患者を検査できるＰＣＲの広範囲実施と、コロナ患者の大規模収容施設の設置です。医師会から提言しているんですが、市も府も国も提言は無視し、特に浪速は感染防止がうまくいっているの一点張りで、これまで通り医療施設の廃止や縮小統合を続けているんです」

「冷泉さんの話では、国全体で保健所も縮小し続けているそうですが」

「おっしゃる通りです。三百万都市の浪速市で保健所が一ヵ所しかないだなんて、信じられますか？　白虎党の連中は、四ヵ所あった保健所を縮小統合してしまったんです。まあ、それは国の意向もあったようですが。ああ、つい熱くなってしまいました。そろそろ時間です。では、浪速の医療の黄金時代を作った名知事と再会するため、出掛けましょうか」

激した温厚な菊間会長は、はっと気がついたように、穏やかな表情に戻って言う。

一行はタクシー二台に分乗した。

一台目に彦根と菊間会長、二台目に天馬、別宮、冷泉の三人が乗った。

コロナ対策で助手席に乗れないので、後部座席に乗り込んだ天馬は、助けを求めるように彦根を見た。

「両手に花だね、天馬君、羨ましいよ」

彦根がそう言うと、恨みがましそうな視線に変わった。

先発した一台目のタクシーの車中で、彦根と菊間会長がしみじみと話す。

「彦根先生と初めてお目に掛かったのも、これから向かう『荒波《あらなみ》』でしたね。もうあれから十年経つとは、早いものですねえ」

「そうでした。あの時は浪速府医師会の主要メンバーに集まっていただいたんでしたね」

それは十年前、浪速をインフルエンザ・キャメルが襲い、半年後のワクチン戦争を予見した彦根が、先手を打つため中央の日本医師会を通じ設定した会合だ。

「まさか自分が高森《たかもり》会長の後釜に座るなんて、思いもしませんでした。あの頃の浪速府医師会は妖怪の溜まり場で、それを思うと小ぶりになった気がします」

「いえ、清潔になったというべきでしょう」と彦根がフォローする。

「コウモリ」と呼ばれた高森会長は、かつて浪速府医師会に棲息《せいそく》していた妖怪の一人だ。

その頃、二台目のタクシーでは、別宮と冷泉に挟まれた天馬が、身を縮めていた。

「別宮さんは相変わらずおきれいですね」

冷泉がオープニングブローを放つと、別宮はさらりと受け流す。

「そんなことないわ。貧乏暇なし、記者クラブに色気なし、だし、特にこの半年は、それどころじゃなかったもの。それより冷泉さんも十年前と比べたら女の子らしくなったわね」

「わたしも、もうアラサー後半、アラフォー移行期ですから女の子だなんて。おまけに医療現場は殺伐としてるし。それでも公衆衛生学教室は基礎系なのでまだ穏やかですけど」

「そんな方がこんな得体の知れないことに頭を突っ込んで長期間、職場を離れていいのかしら」

「サバティカルで一ヵ月お休みがもらえたんです。天馬先輩が帰国したから、ちょうどいいかなと思って。きっかけがないと、こういうのってなかなか取れませんから」

「私も春先からの活動の続きで出張が認められたの。お互い理解があるボスでよかったわね」

両手に花だったが、二人の当てつけ合戦に挟まれた天馬は青息吐息だ。

「そう言えば、浪速ワクチンセンターの鳩村さんって、素敵な人ですね」と冷泉が言う。

「あら、冷泉さんって、ああいうタイプの人が好みなの？」

「好み云々の前に、ハンサムじゃないですか」

「ふうん、残念ね。鳩村さんは学生時代から、ワクセンの秘書さんに首ったけで、それで加賀からわざわざ四国の極楽寺に就職したくらいですからね。その美人秘書さんを無事射止めて、今もラブラブだそうよ」

別宮はかつて取材で鳩村の話を聞いていただけあって、内部事情に詳しかった。

「そんなつもりはありません」と冷泉は言ったけれど、その声に微《かす》かな落胆の色が浮かんでいた。

冷泉と別宮は、左右から同時に天馬の横顔を見た。

やがてタクシーの窓に、帝山《ていざん》ホテルの偉容が映り込んだ。

前後して二台のタクシーは続いて、帝山ホテルのエントランスに滑り込んだ。


エレベーターで二階に上がると、料亭「荒波」の門構えが現れた。玄関には岩場を流れる小さな滝がアレンジされていた。雅楽が流れ、正月のような印象を与えている。

緋毛氈《ひもうせん》の絨毯《じゆうたん》の廊下を通り、案内された部屋は掘り炬燵《ごたつ》風の設えに座卓が置かれ、床の間には水墨の山水画の掛け軸が掛かっていた。

窓際に佇んで、窓の外を眺めていた男性が、振り返る。

スカイブルーのマスクには、金の星が光っている。

背筋が伸び、若々しい雰囲気を漂わせた男性は、低いバリトンで言う。

「彦根先生と別宮さんは半年ぶり、菊間先生とはインフルエンザ・キャメル騒動以来ですから、十年ぶりですか。そちらの若いお二人は初めてですね。初めまして。元浪速府知事の村雨です」

天馬がぺこりと頭を下げる。

「天馬大吉です。ＮＹで病理医をしていて、今は菊間病院にお世話になっています。彦根先生は東城大の先輩です」

「わたしは天馬先輩の後輩で、崇徳大学の公衆衛生学教室講師の冷泉です」

「お二人は東城大の卒業生なんですか。実は私は、桜宮と縁が深くてね。彦根先生ともそのご縁で知り合ったんです」

村雨はちらりと彦根を見た。それからぐるりと周囲を見回して言う。

「実はこのホテルは、験の悪い場所でしてね。十年前、乾坤一擲《けんこんいってき》の勝負を賭《か》けた『日本独立党』の旗揚げをしたんですが、その直後に失墜した場所です。『昇龍の間』の金屏風《きんびょうぶ》の前で、私は一敗地に塗れたんです」

村雨がそう言うと、彦根はあっさり言う。

「そんなこともありましたね。でもそれは過去のこと、これから臥竜《がりゅう》は昇龍になるんです」

そこに仲居が料理を運んできたので、一同は着座して会食を始めた。

進行係の彦根が言う。

「早速ですが、本会にて『梁山泊』の再開としたいと思います。よろしいでしょうか」

「異議なし」と別宮が言う。

「『梁山泊』とは、何なんですか」と菊間会長が口を挟むと、彦根が説明する。

「村雨さんに共鳴した人々の集まりで、有朋学園事件の公文書毀棄問題で自殺した赤星さんの敵討ちが目的でしたが、一段落ついて解散しました。必要なら再結成するという約束だったんです」

「そんな立派な会に、わたしたちみたいな若輩者も参加できるんですか」と冷泉が言う。

「問題ありません。むしろお願いしたいくらいです。梁山泊メンバーは他薦システムですので、僕と別宮さんの推薦という形にします。菊間先生にもご参加いただきたいのですが」

「昔は村雨知事と浪速府医師会は対立していましたが、今振り返ると村雨知事の時代、まだ医療は守られていました。後継の横須賀が府知事になり、医療を削減縮減廃止の嵐で、浪速府医師会は白虎党と全面的に戦わざるを得ない。お役に立てるのなら喜んで参加します」

「とりあえず十一月一日の都構想住民投票の否決を目標にしますが、投票まで残り三週間、かなり出遅れています。でもまだ逆転の目はあります」と彦根が言う。

「ぼくは先月帰国するまで五年ほどNYに滞在していたので、日本の事情がよくわからないのですが、都構想って浪速府が浪速都になるだけですよね？　それの何が、問題なんですか？」

天馬が訊ねると、村雨が首を横に振る。

「それは全然違うんです。都構想が住民投票で可決されても浪速府は浪速都になりません。浪速市が消滅する、ただそれだけです。そして今、浪速市の下にある区が府に直轄になるんです」

「そんなバカな。都構想と言いながら都にならず、市がなくなるだけだなんて、詐欺みたいなものじゃないですか。浪速市民はそのことを知っているんですか」

「ほとんどの市民は知りません。だからまずいんです。好き勝手にやられ、浪速の医療の土台が崩壊し、その影響があらゆる領域に及びます。それにこのコロナ禍で二度目の住民投票を企てるなんて、正気の沙汰ではありません。都構想の住民投票は、なんとしても阻止しないといけないんです。でもテレビは白虎党贔屓で、押本笑劇団の芸人総出で鵜飼知事と皿井市長のヨイショするばかりですから、市民を目覚めさせるのは相当難儀です」

彦根はうなずいてから、言う。

「でも手はあります。目には目を、歯には歯を。情報には情報を。『真実の情報で虚報を撃つ』という、クラウゼヴィッツの戦争論を応用し、天馬君と冷泉さんが調査してくれた基礎情報を基にして、別宮さんの『地方紙ゲリラ連合』の特集記事にアップする、というのが基本戦略です。虚を実に、実を虚にする、僕の『空蟬《うつせみ》の術』と、別宮さんの『地方紙ゲリラ連合』の機動力とを連動させます。そこで地元情報の不足部分を、菊間先生に提供していただきたいのです」

「この十年で白虎党がやった医療に対する乱暴狼藉《ろうぜき》なら、山のようにあるのでいくらでも協力できますし、医師会の会員からも情報を集められます」と菊間会長はうなずく。

「この活動には大義名分が必須です。否決でお終いでは無責任なので、村雨さんに政治家に復帰していただき、首長となって、かつて提唱した『機上八策』の展開を目指してください」

　彦根の言葉に、村雨は驚いたように目を見開いた。

「まさか、彦根先生からそんな提案をされるとは、夢にも思っていませんでした。今さら私が府知事に返り咲くなんて不可能です。とりあえず今回の浪速の住民投票で、白虎党の都構想を潰すことで精一杯なんですから」

「今度は府知事ではなく市長になっていただきます。皿井市長は住民投票に敗れたら引退すると公言しています。彼なりに背水の陣を敷いたつもりでしょうが、背水の陣とは、絶地の敗軍の陣と言われたのを、漢の名将・韓信《かんしん》が逆手に取った奇策で本来、正規軍が取る戦法ではありません。その無教養さが狙い目です。彼らは白虎党が負けても他に選択肢がないから、政権を継続できると高をくくっている。そこに『浪速の風雲児』が復帰宣言をしたら連中はうろたえます。そこで白虎党の問題を白日の下に晒し、一気に権力の座から引きずり下ろす。全てはそこからです。今、即座に『機上八策』の全てを一気に回復させるのは困難でしょうから、一番大切な第一条の回復を目指します。『医療最優先の行政システムの構築』、つまり『医療立国の原則』の樹立です。白虎党によって失われた十年の失地回復を目指すんです」

　彦根の言葉に、菊間会長もうなずいた。

「それでしたら、浪速府医師会が全面協力すべきだという理由を、会員に説明できます」

「しかし敗軍の将の私などが……」となおも渋る村雨に、別宮が鋭く言い放つ。

「なにをグズグズおっしゃっているんですか。あたしは梁山泊ではまだ、新参者の一兵卒ですけど、村雨さんが指揮を執るなら、巷に潜む良識のある人たちの力を集めてみせます。今、白虎党を倒せるのは村雨さんしかいません。浪速の市民はみんな、助けを求めています。でもその声がテレビの芸人たちの声でかき消されてしまうんです。その声を今、すくい上げることができるのは、村雨さんだけです。それなのに尻込みするなんて、臆病すぎます」

村雨は腕組みをして目を閉じる。過去のさまざまなシーンが、脳裏を去来する。

村雨は目を開けた。

「別宮さんの言葉で目が覚めました。一敗地に塗れ、戦線を離脱した敗軍の将ですが、意志まで折られたわけではありません。わかりました。私は白虎党の都構想の住民投票を否決させ、その後に浪速市の市長に名乗りを上げることにします」

彦根は立ち上がると、村雨の前に立ち、右手を差し伸べる。

「そのお言葉を待っていました。これで、『日本三分の計』は蘇生《そせい》しました」

「村雨さんの広報部隊として、全力を尽くします」と別宮が二人の手に、自分の手を重ねた。

「私は浪速の医師会をまとめます」と菊間会長もその上に手を重ねる。

「なんだかよくわからないけど、僕たちも微力ながらお手伝いさせてもらいます」

天馬と冷泉が、菊間会長の上に手を重ねると、その手の上に村雨が左手を置いた。

「みなさんの信頼と期待を、裏切らないことを誓います」

そう言うと両手に力を込めてから、手をほどく。彦根が言う。

「政党名は『浪速梁山泊』です。梁山泊は前途洋々で、宇賀神元浪速ワクチンセンター総長と、国際法学者の宗像壮四郎博士の協力も得られます。『エンゼル創薬』を叩き潰し、返す刃で浪速ワクセンを復権させ国産ワクチン開発をする。この布陣で白虎党をひっくり返しましょう」

「ならば私からも条件があります。全ては今回の都構想の住民投票が否決されたら、というのが前提です。もし都構想が住民投票で可決されたら、為す術《すべ》はなくなるでしょう。それともう一点。市長選に名乗りを上げる時期は私が決定します。よろしいでしょうか」

「異存ありません。浪速市各地で展開する都構想の反対勢力を結集しましょう」

村雨の言葉に、彦根はうなずく。かくして、政策集団「梁山泊」が蘇《よみがえ》ったのだった。


久々に村雨と再会した別宮は、別れ際に村雨が、赤星夫人の民事訴訟について訊ねてきたことに感動していた。

村雨は、別宮がこの問題に強い関わりを持っていることを忘れていなかった。

そして村雨が、赤星事件は梁山泊を結成した一番のモチベーションだった、と言っていたことは本当だったと、はっきりした。

新たに報告できる進展はなかったが、知子夫人は、淡々と損害賠償の民事訴訟を続けていた。

金目当てだろう、という心ない非難にも「哲夫さんが亡くならなければならなかった理由を知りたいだけなのです」と、まっすぐな気持ちを訴え続けた。

村雨は「私にできることがありましたら、遠慮なく申しつけてください」と言った。

「その言葉はきっと、赤星夫人にとって何よりの励ましになると思います」と別宮が答えると、村雨は微笑して、夜の闇の中に姿を消した。

14章　開示請求クラスタの佐保姫

二〇二〇年十月
浪速・天目区・菊間総合病院

帝山ホテルで村雨と会合を持ったその翌日、彦根、天馬、別宮、冷泉の四人は、菊間総合病院のカンファレンスルームで、昨晩の打ち合わせで提案された事項を、整理していた。

まず、ここまでの浪速白虎党の、新型コロナウイルスに関連する事柄をまとめてみた。

横須賀前白虎党党首と、皿井現党首、そして鵜飼副党首の関係性は、ややこしかったけれど、菊間会長が教えてくれて、少しはわかりやすくなった。要するに、第一回の都構想の住民投票をやるために、白虎党の党首と副党首で、浪速府知事と浪速市長だった横須賀と皿井が、立場を入れ替える同時選を行なった。そして住民投票の結果、都構想が否決されると横須賀は政界を引退、府知事に皿井が就任した。そして二度目の都構想住民投票を実施するため、今度は、白虎党の党首と副党首で、浪速府知事と浪速市長だった皿井と鵜飼が、立場を入れ替える同時選を行なった。つまり「知事と市長の首長ポジション入れ替え」という、見世物の再現だ。そして入れ替え戦は白虎党は二戦二勝。それが白虎党の浪速覇権の力の源泉だ。

都構想は、五年後に開催が決定している浪速万博に対するシフトだと言われている。

だがそんな浪速をコロナ禍が襲った。すると二〇二〇年四月十四日、鵜飼府知事と皿井市長が共同記者会見で「オール浪速でワクチン開発を進める」と派手に発表した。

ところがその後、ふたりの首長は立て続けに、笑いものになるような発言をした。

まず皿井が、浪速市の病院では感染防護服が不足していると聞いて、お笑い総合商社の押本笑劇団とタイアップして「家に眠る雨合羽を市役所に寄付して防護服代わりに使ってもらおう」というキャンペーンをぶち上げた。

こうした動きに医療現場は反応しなかったが、それは市長がジョークで、荒《すさ》んだ空気を和ませようとしたのだろうと思ったからだ。

だが実際に市役所に雨合羽が届き、ホールに山と積まれ、皿井市長が得意げにメディアに言いふらす様を見て医療人は、市長は本気なのだと気づいて愕然とした。

家の隅に転がっていたビニールの雨合羽が、医療現場で防護服として使えるはずがない。

皿井市長は医療現場のことを、爪の先ほども理解していなかったのだ。

彼は目抜き通りをライトアップしたが、一銭も税金は使わないと言いながら、親族の電飾会社に税金から費用を流し込んでいた。一事が万事この調子で無責任体質の浪速白虎党は、既得権益と名指しした相手を仮想敵にして正義面を振りかざし、利益誘導政策を強引に続けた。

党首の皿井に負けず劣らず無責任なのが、舎弟の鵜飼知事だ。発言内容は二転三転四当五落で七転八倒のくせに、メディアはなぜか彼をやたら持ち上げ、褒めそやした。その様子はアイドル親衛隊のようだった。だが鵜飼は信念がなく、発言に一貫性はない。彼の望みは自分が常にテレビ画面に映ることだけだ。だから無批判なメディアと共棲関係を保てたのだ。

鵜飼知事も、医療絡みだとしばしば地雷を踏み、落とし穴に落ちた。だが次の瞬間には、全くダメージを感じさせない、つるんとした顔でけろりと画面に映る様から、一部では鵜飼知事は人工知能を搭載し忘れた、できの悪いロボットなのではないか、と噂されていた。

そんな鵜飼知事が踏んだ盛大な地雷が、あだ名にもなった「ポピドンヨード騒動」だ。

ポピドンヨードうがい薬でうがいをすると、唾液の中の新型コロナウイルスのＰＣＲ陽性率が激減したという実験結果を押し出し「うがい薬で唾液中のコロナウイルスが減少した」とテレビの生放送で大々的にぶち上げたのだ。この時「嘘のような本当の話です」ともったいをつけて、カメラ目線で話を始めた。なので影響は大きく、その日の薬局の店頭からうがい薬が消えた。うがい薬を販売するサンザシ製薬の株はたちまちストップ高となり、後にインサイダー取引まで疑われた。

だがすぐに医療現場から反論が上がった。

消毒薬で消毒すればウイルスが減少するのは当然で、それは治療効果ではない。

それは常識だ。「嘘のような本当の話」の中身は「嘘」だった。

この時、白虎党の発表の後ろ盾になった研究を実施した高松《たかまつ》博士という人物は、経歴があまりにもお粗末すぎた。二〇一五年に再生医療ベンチャー企業を設立し、売り上げ五億を目指すと大々的に発表するもそれ以後、続報はなかった。おまけにこの非上場企業の株式会社の登記上の本社所在地は空き地だというのだから、怪しさ満載だ。

そのポピドンヨードうがい液がコロナ抑制に有効だという発表があった八月には、本当であれば「エンゼル創薬」がコロナ・ワクチンを完成させている頃だった。

だが、鵜飼知事はそのことには言及を避けた。

そこで冷泉が「エンゼル創薬」を製薬企業という観点から分析し、天馬が分子生物学の研究分野の知見と合わせた。このようにして、二人は「エンゼル創薬」を丸裸にした。

するとポピドンヨード事件の高松博士と、驚くほど経歴が似ていた。

「エンゼル創薬」の創業者、三木正隆博士は、投資家からは酷評されている。

それは当然で、「エンゼル創薬」は上場して十八年、一度も黒字にならず、毎年経常利益の赤字を更新しているという会社だったからだ。開業以来、開発薬剤は一品しかなく、それも薬効が謳い文句通りでないのに存続しているという、「奇跡の会社」だった。

そんなペーパー製薬会社は増資を繰り返して上場を維持し、投資家は「本業・株券印刷会社」と揶揄した。そんな曰く付きのベンチャーが、「ナニワ・ガバナーズ」と組み国産ワクチン開発をすると発表すると、同社の株価は十倍に跳ね上がった。

天馬が調査結果を説明する。

「三木教授は、わずか二十日でＤＮＡワクチンを製作したのは世界最速だ、と自慢していますが、『エンゼル創薬』の独自技術だと吹聴している『ＤＮＡプラスミド製造技術』は、分子生物学をやっている大学の研究室ならどこでもでき、ワクチンぽいものを三十人分作るのは五万円、ヒトに投与するためクオリティの高いものでも五十万円でできます。つまり、ハッタリなのです」

公衆衛生学者・冷泉が冷ややかに後を引き取る。

「なのに五月に国立研究開発機構から二十億円、八月に厚労省から九十四億円と計百十億円もの巨額の助成を受けて、投資界隈では『ワクチンわらしべ長者』と『絶賛』されています。華々しい企画で話題を振りまき株価を上げ、研究資金を国から引っ張り実績を出さずにフェイドアウトするなんて、悪質なペーパー・カンパニーそっくりです」

「この短時間で、よくそこまで調べ上げたわね。さすがだわ」

珍しく別宮が素直に賞賛すると、天馬がうなずいた。

「浪速の医療については、菊間会長のデータが整っていたんだよ。『エンゼル創薬』の調査は、公衆衛生学教室ではわりとオーソドックスな調査範囲なので、冷泉が調べてくれたんだ」

「なるほど。つまり情報源が一級品だったわけね。でもこれだと、ちょっと弱いかなあ。今回は『エンゼル創薬』の告発が目的ではなく、浪速市民に白虎党の酷さをわかってもらって、都構想の住民投票を否決に持っていくためだから、もう少し下世話な情報がいいんだけど」

「それならぴったりの情報があります。菊間病院の医療事務をしている女性とお茶をしたんですけど、その人の話が面白かったです。皿井市長が公用車でホテルのサウナに出入りしてるとか、鵜飼知事のポピドンヨード会見が発表前日の夜にいきなり自分がやると言いだし、担当の役人が大変な目にあって体調を崩して入院しちゃったとか、そんな話をたくさん聞きました」

「それよ、それそれ、そういうのが欲しいの。そんなニッチな情報、その人はどうやって見つけたのかしら」と別宮は身を乗り出した。

「その人の友だちに、情報開示請求をするのが趣味という、少し変わっている人がいて、その人から聞いたそうです」

「情報公開法に基づき、都道府県や国の公文書の開示請求ができるっていう、アレね。あたしも一回やったことがあるけど、お役所の書類がそのまま開示されるから読むのが大変で、その中から有益な情報を引っ張り出して、つなぎ合わせるのはかなり面倒な作業よ。そういうことが楽しいなんて、その友だちは相当変わってるわ」

「その友だちが鵜飼知事の、ポピドン研究発表の裏話を見つけ出したんだそうです」

別宮は驚いたように、目を瞠《みは》った。

「ちょっと待って。その友だちって、ひょっとしたら『開示請求クラスタの佐保姫《さほひめ》』と呼ばれている人かもしれないわ。本名非公開で、ミステリアスな存在だけど、ネット世界ではちょっとした有名人よ。あたし、その人を探してたの。なんとしてもお目に掛かってみたいわ」

「その人と友だちの事務の人はこの病院にお勤めだから、とりあえず、直接話をしてみたらどうですか。あと一時間で閉院ですから」

冷泉の提案に、別宮はうなずいた。


業務時間が終わり事務室に入ると冷泉は、奥の机で書類の処理をしている、三つ編みの黒縁眼鏡の女性に歩み寄った。

「地味」が服を着て歩いているような女性で、別宮と冷泉というヴィヴィドで生命力が溢れている、二人の女性を前にするとその対照が殊更に際立った。

乱れ咲きの薔薇園の傍らに咲いている蒲公英《たんぽぽ》という感じがした。

「朝比奈《あさひな》さん、こちらの方は別宮さんといって、時風新報の記者さんなんだけど、少しあなたとお話をしたいんですって。もしよろしければ近くの喫茶店でお茶でもしませんか」

朝比奈は、「今日は予定がありませんから、いいですよ」と言って立ち上がった。

菊間総合病院の向かいに、前世紀からやっているという風情の、小さな喫茶店があったので、そこに入った。店に入るやいなや、別宮はいきなり本題に入る。

「あたしは桜宮市の時風新報の別宮葉子といいます。冷泉さんからお聞きしましたが、どうやら朝比奈さんのお友だちは『開示請求クラスタの佐保姫』と呼ばれる有名人のようなんです。是非、紹介していただけませんか」

朝比奈は少し考えて、首を振る。

「ごめんなさい。友人は『開示請求クラスタ』だということは、周囲に言っていないんです。身バレしたらどんな嫌がらせをされるか、わからないから怖いんだそうです」

「その方は本物ね。ますますお目に掛かりたくなったわ。実は急いでいるの。二週間後に浪速で行なわれる都構想の住民投票を潰したいと思っていて、特集記事の材料を探しているの。できれば協力してほしいのよね」

食いついた別宮を、隣で冷泉が呆れ顔で見ている。

初対面の人に対して、なんて強引なのかしら、と考えているのがありありとわかる。

黙り込んでしまった朝比奈に、別宮は角度を変えて尋ねる。

「それじゃあ質問を変えます。あなたのお友だちは、なぜ皿井市長の仕事ぶりを情報開示請求で調べてみようなんて思ったのか、その話は聞いていますか」

すると朝比奈はほっとしたような表情になって言う。

「それは教えられます。鵜飼府知事は、言うことがいつもころころ変わるということをみんなに報せたかったんですけど、浪速のテレビは鵜飼知事をヨイショするばかりでどうしようもありませんでした」

「それって先輩譲りよね。前党首の横須賀さんはワイドショーのコメンテーターをしてて、すごくいいことも言うんだけど、横須賀さんの言動をウオッチしている人たちがすぐに、一年前にはツイッターで真逆のことを言っていますよね、といちいち指摘してる。皿井市長も鵜飼府知事も、そうしたところだけはきちんと模倣しますもんね」

「そうなんです。あんな調子では浪速の医療は滅茶苦茶にされてしまいます。だから、ポピドンうがい薬がコロナ治療に有効だなんて記者会見を見て、私はものすごく怒ったんです。そうしたら友人が、鵜飼知事の失言を証明するため情報開示請求を思いついたんです。友だちは資料整理が得意なのでウェブに上げたら、評判になったんです」

「そしたらあなたも共犯じゃない。今の話から類推すると、お友だちは浪速市役所にお勤めの事務員あたりかしら」

「カマをかけてもムダです。友人の情報は漏らしませんから」

「そんなつもりはなかったんだけど、取材のクセかしら。イヤな女ね、わたしって」

隣で冷泉がこくこくと何度もうなずいた。

「あなたのお友だちがやっていることはとっても有意義なことなの。差し支えなかったら今すぐ、『地方紙ゲリラ連合』に参加して手伝ってくれないか、聞いてもらえないかしら」

「ほんと、強引ですね」

「浪速都構想の住民投票前に、白虎党が何をしでかしているか、それを見過ごすとどんな酷いことになるのか、ひとりでも多くの市民に早く伝えたいだけなのよ」

朝比奈は少し考え「メールで聞いてみます」と言うと、スマホで文章を打ち、メールした。

紅茶をひと口飲んで息を整えた別宮は、改めて朝比奈に訊ねた。

「ところで朝比奈さんは、菊間総合病院にお勤めして、どれくらいになるんですか」

「もう十年近くになります。幼い頃に父を亡くし、この病院で薬剤師をしていた母が女手ひとつで育ててくれたんです。東京の大学に通わせてくれたんですけど、十年前は就職氷河期で、母の伝手《つて》でこの病院の事務員に雇ってもらい、働きながら医療事務の学校に通わせてもらいました。菊間先生には感謝しかありません。白虎党が浪速の医療を滅茶苦茶にしてしまったのをこの十年、見続けてきて、今回の都構想の住民投票も絶対反対したいと思っていたので、友だちが協力できるかどうかは別にして、わたしもできることはお手伝いします」

さっきからやたら熱く語るじゃない、と思った別宮だが、そこはつっこまなかった。

巣穴から顔を出した臆病なフェレットは、最初は遠くからそっと眺める程度にしないと、大きな物音に驚いて、巣穴の奥に引っ込んでしまうだろう。

別宮はそろりそろりと会話を続ける。

「浪速市に住んでいる人の協力が得られるのは心強いわ。東京の大学では何学部だったの？」

すると朝比奈は、はにかんだ表情で、小声で答えた。

「文学部で、ゼミでは平家物語の研究をしていました。古文書をつなぎあわせて、何かを見つけるのが好きだったんです。平家物語を読み解いても、今の社会には直接役に立たないでしょう？　でもそういう、無意味に思えるようなことが好きなんです」

そう言った時、テーブルの上に置いた朝比奈のスマホが震えた。

朝比奈はスマホを取り上げ、メールを読んで別宮に言う。

「友人から、協力してもいい、という返事をもらいました。ただし直接お目に掛かるのはNGで、わたしが間に入るなら、というのが条件です。それと、自分が興味のあることを調べるだけというスタンスを変えるつもりはない、と言っています。どうしますか」

「もちろん、それでOKです。よろしくお願いします、とお伝えください」

朝比奈がメールを打つと、すぐに返信が返ってきた。

「こちらこそ、だそうです」

「それじゃあ感謝の気持ちを込めてここのお茶代は持たせてくださいね。それと、もしよければ今から軽くお食事をしませんか」

朝比奈は少し考え、「それなら友人の代理として、ご馳走になります」と言って微笑した。

そして閉店する午後八時まで、三人の女子トークは大いに盛り上がった。

こうして「地方紙ゲリラ連合」の統領は、「開示請求クラスタの佐保姫」という、まだ見ぬ麗しき狙撃手と、その友人のナニワ娘を仲間に引き入れたのだった。

15章　酸ヶ湯、右往左往す

二〇二〇年十一月
東京・永田町

「ねえ、宰ちゃん、お腹の調子もいいみたいだから、そろそろ現場復帰したらどうかしら？」

愛妻の明菜《あきな》に言われ、前内閣総理大臣の安保宰三はうなずく。

「さすがアッキーナだね。実はこの前、経済界の友だちからも、僕がいなくなったら、不景気になっちゃったから、早く戻って来て、と言われたところだったんだよ」

「それはそうでしょ。スカちゃんは見るからに不景気なご面相してるんだもの。あれじゃあ日本はぱっとしないわ。答弁もうつむいて、原稿をぼそぼそ読むだけだし。宰ちゃんの方がずっと華があったわよ」

そう言われて、宰三も悪い気はしない。

十年前、第一次政権を投げ出して、世間から袋だたきにされた時も、明菜だけは今と変わらず宰三の味方をしてくれた。

——私たちが大切にするべきなのはお友だちだけ。国民みんなによくしてあげるなんて不可能だもの。それならお友だちを大切にしてあげればいいの。そうすれば、あたしも宰ちゃんも、お友だちも、みんな幸せになれるでしょ。

そんな明菜の言葉は、宰三の気持ちを軽くしてくれた。そのおかげで、第二次安保政権は政党政治最長の七年八ヵ月、二千八百二十二日の長きにわたって続いたのだろう。

そんな宰三が総理大臣を辞任したのは、「満開の桜を愛でる会」の不正の追及が避けられそうにならなくなったからだ。

なんといっても黒原東京高検検事長の退場が痛かった。せっかく公務員の定年を延長するという掟破りの荒技のおかげで、黒原検事総長の実現が目前になったのに、SNSでの抗議活動でその法案の通過が難しくなった。そんな最中に「新春砲《しんしゅん》」に狙われた。よりによって、自粛の最中に新聞記者と賭け麻雀をやっていたという不祥事がすっぱ抜かれたのだ。

一瞬にして黒原の首が飛び、宰三は最大の守護神をあっけなく失った。

代わりに検事総長になった林原《はやしばら》は、世論の声もあって、宰三を政治資金規正法で捜査しなくてはならず、そうなると特捜部の事情聴取は避けられない。

だが仮にも現役の首相が特捜部の事情聴取を受けたとなれば末代の恥で、ゴッドマザーと呼ばれる、宰三の母の怒りを買うことは必定だ。

ならば宰相として在位期間最長というレジェンドを手にした今、きっぱりと勇退した方がいい。そうすれば影響力も残せて、お友だちと楽しい生活も続けられるので、明菜も賛同していた。

こうして安保宰三は戦後最長の在任という勲章を胸に、首相を辞任した。

世間の風は生暖かく、安保首相ご苦労さま、という労《ねぎら》いの声が満ちた。だが宰三は不満だった。「問題は多かったけれど長い間であることは確かだから、せめてご苦労様という言葉で、第二の人生を送り出してあげよう」という感じだったからだ。

自分のことを大好きだと信じていた、ネトウヨ連中の反応の薄さも不満だった。

だがそれは仕方がないことだった。彼らは、いざコロナ禍が自分の身に降りかかってみると、宰三の政策は自分たち下流階級を見捨てる冷たいものだということに気づいてしまったのだ。

宰三から見ると、後継者の酸ヶ湯は粗だらけだった。

もともと酸ヶ湯に対する評価は低かった。

メディアを高圧的に恫喝し、木で鼻をくくったような答え方をしても不自然でない図々しさと厚顔を備えていたので、便利な番犬というだけの存在だった。

おまけに酸ヶ湯の右腕の泉谷補佐官は部下と不倫関係にあった。明菜一筋の宰三は、不倫するような輩を嫌った。しかもその部下が厚生労働省技官で、コロナ対策の初動を仕切り、後で轟々《ごうごう》たる非難を浴びる政策を提案した張本人だったから、いよいよ不快になった。

ところが総理の座に就いた酸ヶ湯は真っ先に、宰三のお気に入りの今川補佐官を更迭した。

忠犬の番犬は猛犬ではなかったが、その分鬱屈した恨みを、貧相な仮面の裏側に滾《たぎ》らせていたのだ。

酸ヶ湯が世間から「パフェおじさん」などと呼ばれ、ちやほやされているのを見ると、めらめらと嫉妬の炎が燃え上がる。「ボクはモンブランが好きなんだけどな」などとひとり呟いてみても、誰も相手にしてくれない。

そんなある日、宰三は久々にインタビューを受けた。

その頃、宰三はしきりに、僕だったら今の外交はこうするんだけどな、と周囲に吹聴したので、内閣府に残っていたかつての部下の小役人が、気を利かせてセッティングしたのだ。

「大統領選で、国民の高い支持があるミッキー・トランペット大統領が負けるはずがないから、選挙が終わったら真っ先に、ご挨拶のための訪米日程を決めておくべきだよ」

その記事は、ほどなくしてネットに掲載された。それを読んだ酸ヶ湯は激怒した。

——あんたはまだ、俺のことを目下の使用人だと思っているのか。

腹の虫が治まらない酸ヶ湯は、小煩《こうるさ》い過去の上司を沈めるべく、禁断の一手を発動した。

それが「満開の桜を愛でる会」の前夜に開催された「励ます会」が、政治資金規正法違反に抵触するという告発状を提出した、市民団体の訴えを受理させることだった。

それを見てメディアは、本当に権力者が交替したのを悟り、一斉に宰三を詰《なじ》り始めた。

この蒸し返しは、宰三に大きなダメージを与えた。宰三の表舞台での発言は減った。

野党は、宰三が国会答弁で百十八回も虚偽答弁をしたと攻撃した。宰三の発言が嘘と事実認定されたことがそれだけあったことは、国会の信頼性を揺るがす大問題だった。

それを境に、酸ヶ湯にも逆風が吹き始める。

やり玉に挙げられたのが不誠実な答弁姿勢だ。

酸ヶ湯は首相に就任して一ヵ月以上も正式な記者会見を開かず、一方的に自分の言い分だけを話す、ビデオ懇談会のような形でごまかし続けた。

酸ヶ湯は対話が苦手だった。

準国営放送THKのインタビューで、キャスターが日本学術会議委員の任命問題に関する質問を繰り返すと「答えられることと答えられないことがあるのではないでしょうか」と激怒した。

官房長官時代から質問に答えず、疑問形で返すクセが身に染みついていた。

その他にも「その問題に対する答えは差し控える」とか「仮定の問題にはお答えしかねる」という、とりつく島のない言葉と共に活用し、鉄壁の答弁と賞賛された。

それがなぜ急にうまくいかなくなったのか、酸ヶ湯には謎だった。

酸ヶ湯は直ちに首相広報官の出山美樹《でやまみき》に、THKにクレームを入れさせた。

「予定外の質問をしたルール違反に、首相はご立腹です」と伝えさせると「新春砲」に漏れた。

出山は単に、以前の首相広報官と同じ様に仕事をしただけだったのだが、今回は酸ヶ湯首相に対する不満分子が情報をリークしたのだ。

造反分子は直ちに粛清するのが酸ヶ湯流強権政治の基本だったが、リーク犯の目星はつかず、やむなくTHK幹部に、小生意気なキャスターを更迭するように指示した。

キャスター交代が確約され、酸ヶ湯は溜飲を下げた。

だが一難去ってまた一難、今度は安保政権の置き土産である「Ｇｏｔｏキャンペーン」が疫病神になった。

それは自分を首相に押し上げてくれた煮貝厚男・自保党幹事長への恩返しだった。

煮貝は私大を卒業後、国会議員秘書を務め、出身地の県議を二期、四十四才で衆院選で当選すると以後、連続当選十二回、選挙は一度も負けなしである。

一九九〇年代の政界再編時代、非自保時代が十年に及んだ。

二十一世紀になると少人数の弱小政党や少数グループに身を置き、三十年以上、小が大を飲み込む政界再編の渦中にいた。

現都知事の小日向美湖と行動を共にしていた時期もある。

二〇〇九年の衆院選で自保党は野党に転落した時には、派閥で当選したのは煮貝だけだった。

このため煮貝の派閥は、わずか三名という党内最弱グループになってしまった。

だが、その時に勧誘された大派閥のボスに気に入られて、派閥の運営を任された。

こうして弱小グループながら、大派閥を自在に動かすという、稀有《けう》の立場に成り上がった。

その後は大泉《おおいずみ》内閣から四代の内閣を通じてずっと、自保党の要職を務め続けて二〇一六年、ついに幹事長に就任した。以後、自保党を牛耳る存在になった。

煮貝は「にかい」と澄んだ風に読まれると怒り、俺は「にがい」と濁っているんだと言って胸を張った。そして「白河の澄んだ流れに魚棲まず　泥の田沼の昔懐かし」という江戸時代の狂歌を口にしては、周りを煙《けむ》に巻いた。

安保政権では裏方の党運営に専念したが、安保が退場すると前面に出るようになった。

それは本意ではなかったが、だからといって煮貝が表舞台で物怖じすることもなかった。

自分の権力を最大限に活用する術に長けた彼の目の前に、次々に権力の階段が現れた。煮貝は強運の持ち主だった。権力の源泉はカネである、ということを熟知していた彼は、権力の頂点に立ちたいという欲こそなかったが、使える力を最大限に活用するため、幹事長の座には固執した。

安保が繰り返した党内の有力なライバル潰しによって、自保党の人材は枯渇し、老獪《ろうかい》な煮貝に逆らえる人材は払底した。酸ヶ湯首相を決定したのは実質的に煮貝だった。

だから酸ヶ湯は煮貝に逆らえなかった。

煮貝は、安保と酸ヶ湯の諍《いさか》いを傍観した。その時、煮貝は、もはや安保の復権はないという見通しと、酸ヶ湯の賞味期限の見極め、酸ヶ湯の次を誰にするか、ということを考えていた。

お気に入りの女性議員を当て馬にしてみたが、彼女は女性議員に人望がなさすぎたので、すぐに擁立を放棄した。ダメなものを切り捨てる速度こそ、煮貝の真骨頂だ。

そんな煮貝の機嫌を損なわないよう、酸ヶ湯は戦々恐々としていた。

十一月、煮貝の肝いりの「Ｇｏｔｏキャンペーン」が再起動した。

今回は煮貝の斡旋で、小日向美湖都知事と酸ヶ湯首相の間で手打ちがされた。

こうして東京も含めた、新たなステージが始まったのだった。

＊

だがここで大番狂わせが起こった。浪速の盟友、皿井の大勝負、浪速都構想の住民投票が、僅差で二度目の否決をされてしまったのだ。それは党内基盤の弱い酸ヶ湯には割のいいギャンブルに思えた。盟友が勝てば関西に自分の「派閥」ができ、追い風に乗れる。だから酸ヶ湯は、白虎党と対立していた浪速市の自保党の抗議を無視することで、盟友皿井を暗黙に支持したのだ。

だが結果は想定外の否決だった。

酸ヶ湯は皿井にホットラインを掛け、珍しく語気を荒らげ経緯を説明せよ、と詰問した。

しかし酸ヶ湯の焦燥はまったく伝わらず、皿井はあっけらかんと言う。

「心配いらんで、スカちゃん。住民投票で否決され浪速都は実現しなくなったけど、年度末にそろっと『二重行政』を解消する一元化条例を通そうと考えとる。そうすれば浪速市の財源を浪速府で流用するという目的は果たせて、浪速万博も安泰、万々歳ちうわけや」

酸ヶ湯は腹を立てた。彼には今、この瞬間の勝利が必要だった。だが田舎者の市長を詰っても意味がない。彼は絞り出すようにして労いの言葉を投げると、力なく受話器を置いた。

ひょっとして「民意」とやらが動いたのか、と気付いた酸ヶ湯は首筋が寒くなる。

その蠢動《しゅんどう》で黒原検事総長の芽が潰され、安保前首相の退任につながったのだ。

「民意」というヤツはきっちり追跡しておかなければ、と酸ヶ湯は気を引き締めた。

「都構想住民投票」が否決されたのは、まさに「民意」の発露だった。住民投票直前の一週間でツイッター情報が怒濤のように流されたのだ。

都構想反対派の住民は、SNSで二つの事実だけを、徹底して伝え続けた。

「都構想で浪速府は浪速都にならない」と「単に浪速市がなくなるだけ」ということだ。

これは大多数の浪速市民には、寝耳に水だった。浪速都構想というネーミングは、浪速府知事から浪速市長に転身した、横須賀守前党首の傑作の置き土産だった。

その詐術は、こうした市民による地道な草の根運動の前に、砂上の楼閣《ろうかく》のように崩れ去った。

一番衝撃を受けたのは、ワイドショーのコメンテーターの座に就いていた横須賀だった。

それは彼が樹立した大衆洗脳の瓦解を意味した。浪速で絶大な人気を誇る押本笑劇団とタッグを組んで白虎党の賞賛を垂れ流し、潜在意識に植え付けるという手法が崩壊したのだから。

彼は震え声で「既得権益層の巻き返しに敗れた」とお得意のお題目を言い続けた。

二週間前「地方紙ゲリラ連合」の特集記事で浪速市役所内から都構想の欺瞞について告発記事が出た。そこには都構想とは「浪速府が浪速都になるわけではなく、浪速市がなくなるだけ」で「白虎党が巨額の市の予算を気ままに使えるようにすることが目的だ」という、横須賀が隠蔽し続けた「真実」が、市役所の内部文書と共に掲載されていた。

横須賀は皿井に命じてその報道を潰し、テレビで否定ニュースを繰り返し流させた。

対策は盤石だったはずだ。だが結果は二度目の否決に終わった。

皿井市長は、白虎党党首を辞任すると口走ったが、市長の職は辞任しなかった。

その晩、沸いていた浪速で、別宮と冷泉、朝比奈の三人はこの前の喫茶店で祝杯を上げた。

「別宮さんが記事で、告発を取り上げてくれたおかげで、都構想の住民投票が否決できました」

「それは違うわ。あの記事は後押しにはなっただろうけど、それだけではとても無理だったもの。底流に浪速市民の草の根運動があったから、ギリギリで否決に持ち込めたのよ」

草の根活動をしていた市民連は、押本笑劇団とテレビのごり押しの前に、絶望的になりながら「親戚や友だち、隣の人に二つの事実を伝えて、このままだと浪速市は白虎党に食い殺されるで」と悲鳴のようなツイートやメールを発信し続けた。それが最後の大逆転につながったのだ。

「これは、日本の住民運動が政治を動かした、数少ない事件のひとつになるわ。これまでほとんどなかったけど、これからは当たり前になるような気がする」

別宮が、店の外で祝賀行列をしている人たちを眺めて言う。

「これで、ひとりでも多くの市民が、白虎党の欺瞞に気づいてくれるといいんですけど」

朝比奈がぽつんと、呟いた。

＊

白虎党の都構想が一敗地に塗れた三日後、米国ではミッキー・トランペット大統領がマーク・ガーデン候補に大統領選で大敗した。だがそれを番狂わせと報道するメディアは少なかった。

そもそもの躓《つまず》きは選挙戦真っ只中の十月初旬、自身が新型コロナウイルスに感染して、国家を上げての治療を受けたことだ。治療薬のレムデシビルとデキサメサゾンに加え、治験段階の抗体カクテル療法も適用されたとウワサされた。

これで、コロナなど怖るるに足らず、と吠えていたトランペット大統領の虚飾が剝がれた。

現地時間の十一月三日、開票が始まったが、劣勢を察したトランペットは不正投票だと主張した。だが現地時間の十一月八日未明に当確が打たれ、十一月十三日、開票結果が確定すると不正選挙の訴訟を連発したが尽《ことごと》く却下された。こうして十二月初旬には、トランペット大統領の敗北は確定し、二十八年ぶりとなる、現役大統領の落選となった。

日本のテレビはスーパーチューズデイの前日の十一月二日から、米国大統領選について日本の衆議院選挙以上に詳細に報じ、トランペット大統領の敗戦の可能性に多くの時間を費やした。

それは日本が米国の属国であることを示していた。ふだんならメディアもそこまで熱を入れない。日本がかの国の属国であることは、形式上は隠す必要があったからだ。だがこの時のなりふり構わぬ報道ぶりは、それ以上に隠したいことがあるかのようだった。

そんな垂れ流しの報道を眺める人々の中で、浪速市民だけは強い違和感を覚えていた。

都構想の住民投票前は、全国ネットでも大々的に報じられていたのに、否決後は小さく扱われ、浪速市民がようやくたどりついた「浪速府は浪速都にならず、浪速市がなくなるだけ」という真実を明快に報じるメディアは皆無だった。

浪速市民、特に反対票を投じた市民は、ここに覚醒した。日本中のメディアが、白虎党の欺瞞を知りつつ、その隠蔽に手を貸していた、ということに気づいてしまったのだ。

その覚醒は、大いなる第一歩だった。だが、まだ手放しで喜ぶわけにはいかなかった。

否決は僅差、ということは残り半分の浪速市民は、未だに惰眠を貪っていたからだ。

だがそれは真っ暗闇のディストピアに射し込んだ、一条の光だった。

16章　新型コロナウイルス感染症対策アドバイザリーボード座長・近江俊彦

二〇二〇年十二月
東京・霞が関
合同庁舎5号館

その日、浪速梁山泊本部の菊間総合病院の二階を、着流し姿の男性が訪れた。

「今日は先ほど宗像博士に相談に伺ったので、別宮殿にも相談しようと思ったのでござる」

「別宮殿、とか、ござる、とかの言葉遣い、いきなりどうしちゃったんですか？」

「大ヒット上映中の映画『虎狼《ころう》に剣陣』の影響でござるよ」

「ほんとに影響されやすい人ですねえ。まあ、いいです。で、ご用件は？」

「『後藤男爵のコロナ退治伝』で新しい構想が浮かんだので、まず別宮殿の忌憚《きたん》のない意見を伺いたいのでござる。題して『病原菌円卓会議の巻』でござる」

終田は懐から数枚の原稿用紙を取り出し、朗読を始めた。


——天然痘は目を閉じた。完全に包囲された。我等一族は滅亡する。だが我が藩には勇者がいる。天然痘は一筆記すと、側に侍《はべ》る白鳥の首に文を結んだ。ゆけ、白鳥丸、軍団に我が遺志を伝えよ。

一九七七年十月三十一日。ソマリアの病院職員のマーラン（二十四才）が天然痘から完治した。三年後の一九八〇年五月八日、WHOは天然痘根絶宣言を発した。病原菌藩は盟主を失った。最後の天然痘患者は五十九才で死亡するまで、ポリオワクチン接種活動に従事した。

「ちょっと待って。これって誰視点なんです？　読者を誰に感情移入させたいんですか？」

別宮が矢継ぎ早に突っ込むと、冷泉が言う。

「これは大ヒットしたコミックのアニメ化作品『働け、サイボウ』のパクリですね」

「小娘、控えろ。これはパクリではない。オマージュだ」と言うと、終田は二枚目を朗読する。

それは「天然痘城が落城し、殿、自刃してござる」という言葉で始まっていた。

またしても別宮が原稿を取り上げ、ぱらぱらと目を通す。

「なんですか、これ。院布留円座（インフルエンザ）だの虎列剌（コレラ）、血伏酢（チフス）、屁巣砥（ペスト）、微侮裏汚（ビブリオ）なんて当て字、格好いいと思ってるんですか。おまけに『虎露菜（コロナ）殿、あなたのような若武者がいてくださるのは心強い』だなんて、どういう神経をしたら、こんなくだらない文章を書けるんですか」

すると今度は冷泉が原稿を奪い取ると、やはりざっと目を通して言う。

「あら、でもこれ、そんなに酷くありませんよ。終田先生は細菌学の基礎は理解されています。古参病原菌は明治時代に猖獗《しょうけつ》を極めたものの、今は抑え込まれていますから」

「そこは苦労したでござるよ。この後、ここに後藤男爵が攻め込んでくるのでござる」

「ええ？　これって仮想空間のファンタジーですよね。そこにリアル世界の人物がそのまま入り込んでくるなんて、ルール違反でしょう」

別宮の言葉に、冷泉が挑発的に言う。

「これは異世界転生モノのナチュラルコースで、今の読者は導かれるまま無批判に読む人が圧倒的多数で、作者が提示した世界に流されるから大丈夫ですよ」

「冷泉さんって、やけにラノベ文学の作法に詳しいですね。ひょっとして隠れオタ？」

「実は私、MIYUという名義でネットの、『作家になろうぜ』サイトに投稿しているんです。

閲覧数五万。そこそこ人気の覆面作家なんですよ」

『顕微鏡のスライドガラスから転生した俺が、世界的ラボの魔王株になっていた件』の作者の

MIYU殿の正体は、あなたでしたか。いや、でごさるか。実はこれは先生の作品をパクって、

いや、オマージュして書いたもので……」と終田はうろたえながら言った。

「やっぱりそうでしたか。私は、公衆衛生の概念をオタクの人たちにも理解してもらいたくて、

アレを書いたので、終田先生のような著名な先生に『引用』していただいて、嬉しいです」

「それなら拙者からもお願いがあるのでごさる。どうすればあのようなキャラ立てができるのか、

MIYU殿にご教示いただきたいのでごさる」

「それは大して難しくないですよ。人を動物や歴史的人物に喩えるのが基本です」

「面白そう。それならお題を出してみるわね。政治家を妖怪に喩えてみてください」と別宮。

「拙者を試そうとは、無礼極まりないでごさる」

「あら、ひょっとして思いつかないとか?」

「ぶ、無礼者。そんなのサララのラーで思いついてやる。まず酸ヶ湯首相は大ボスだからゼウス

ぢゃ。そして目障りな小日向都知事は愛の女神アフロディーテぢゃ。浪速府知事の鵜飼は可愛ら

しい顔をしておるからキューピッドぢゃな」

「エッジが効いてなくて、ちっとも面白くないですね。おまけに妖怪じゃなくてギリシャ神話の

神様に喩えてるし。指示に適切に従えないんですか?」と冷泉が言う。

「おのれ小娘。ちと才能があると思って図に乗りおって。ならば手本を見せてみよ」

「いいですよ。酸ヶ湯首相は『油すまし』で小日向都知事は『砂かけ婆』。このあたりは鉄板で、

皿井市長は『子泣き爺《じじい》』ね。鵜飼府知事は、あたしなら『のっぺらぼう』にするかな」

「『顔がウリ』の鵜飼知事が『のっぺらぼう』とは、これいかに」と別宮が突っ込む。

「『顔だけがウリ』だからよ。これだと空虚で無能で無策な知事の実体が強調されるでしょ」

二人の会話を側で聞いていた彦根と天馬は、笑いをこらえるので必死だった。

「そうだ、それなら終田先生と冷泉さんで合作したらどうかな」と別宮が言う。

「お断りします。あたしは片手間のお遊びで、作家になりたいなんて気はこれっぱかりもないし、面倒が増えるだけっぽいし、何より別宮さんにああだこうだと言われるのは、絶対にイヤ」

「それなら、せめて監修してくれない？」

「細菌について衛生学者として監修するのはいいですけど、そうしたら言うことに百パーセント従ってもらいます。それでよければ考えてもいいですよ」

「それは勘弁でござる。別宮殿が二人になったようなものだから、拙者は天然痘のように撲滅されてしまうでござるよ」

よくわからない回答だが、気持ちだけは百パーセント伝わってきた。

「それなら、お弟子さんと合作したらどうかしら」と冷泉がぽん、と手を打つ。

「終田先生に弟子なんていたかしら？」

「終田先生が仕事を下請けさせた、医師兼作家の田口先生のことですよ」

別宮も、ぽむ、と手を打つ。

「忘れてた。それはナイス・アイディアだわ。ねえ、終田先生、素晴らしい考えですよね」

「あ、いや、それはどうかな。弟子の依存心を強めるのは師匠としての本懐ではないのだが」

歯切れの悪い終田の言葉に、別宮はぴんときた。

「先生、あたしになにか、隠し事をしていますね」

「え？　い、いや、そんなことは決して……」と口ごもった終田は、別宮の凝視に三十秒も保たず、白状した。先日の診療現場の見学後に、ショートショートの件を確認すべく再訪し、その時田口は執筆していた原案を終田に見せた。それが病原菌擬人化の物語だったのだ。

「不肖の弟子は病原菌が撲滅されるという細菌の立場で『怖い話』を書きおった。それは明らかに主題の選択ミスだからボツにし、新作を書き上げるよう指導した。だからそれは日の目を見ない作品だが、発想は面白い。そしてここにその発想を使うことで作品を書ける師匠がいる。ならば廃物利用で拙者が蘇生させればよい、と考えたのでござる」

「それなら田口先生にブラッシュアップしてもらったら？　できない？　なぜ？　わかった。この転用の許可をもらっていないんですね」と一気に言う冷泉に、終田は言い返す。

「たとえそうであっても、師匠の書くものが普遍的な名作として残るなら、弟子も本望だろう、でござる。因みにわが弟子が最初に書いたパートの出来は酷いもので、まだ拙者の作品世界に落とし込んでおらん。それを読めば文学的素養の違いは一発でわかる……でござるよ」

終田はそう言って、田口の習作の朗読を始めた。それを聞いた四人は四者四様、黙り込む。

みんな、脱力していたが、中でも特に、彦根の衝撃は甚大だったようだ。

「田口先生って、正統派の文学青年だと思っていたのに」とぽつんと言った。

「何と言っても、『怖い話』というお題なのに、ちっとも怖くないのが致命的ですね」

冷泉は冷徹に、本質的な欠陥をずばり指摘する。終田がうなずく。

「うむ。これは当然、ボツだろうな。なので医学的に正確なあらすじを弟子に書かせて、拙者が後藤男爵の世界の物語に書き直したのでござる。それで現代パートに橋渡しになるパートを書き上げて、『後藤男爵の冒険』の一章に溶かし込む予定なんだ、なのでござるよ」

「わかりましたから、『拙者』とか『ござる』をつけるのは止めてください。聞きづらいですから。さて、こういう事情だそうですが、みなさんはどう思いますか、これ？」

「あたしは続きを読みたーい」

「ぼくも、この枠組みなら感染症の知識の普及ができそうだから、賛成です」

天馬と冷泉が言うと、彦根がうっすらと笑う。

「『働け、サイボウ』みたいに大ヒットが見込めそうなら、僕も協力しますよ」

「どうやら三対一で、作品に組み込むことは容認されたな」

終田が勝ち誇って宣言すると、別宮は首を横に振る。

「いえ、違います。四対〇です。確かにこれは斬新で面白いです。やりましょう。そして、この作品の輝きを増すため、半端作家で覚悟のないお弟子さんの才能も食い尽くしてやりましょう」

過激な言葉を聞いて、ハコはバリバリの肉食系女子だったっけ、と天馬は昔を思い出す。

打ち合わせが一段落すると、終田がぼそりと言う。

「不謹慎だがこれを書いて、ウイルスの名前がコロナだったのはラッキーかもしれん、と思ったでござる。もしこれがビブリオだのガス壊疽《えそ》なんて名前だったら、毎日その字面が新聞やテレビ画面に躍るんだぞ。で、ござるよ。文字の美学を追究する拙者には、耐えがたい拷問《ごうもん》でござる。クロストリジウム・テタニなんかだったら、新聞連載だとたちまち字数オーバーでござる」

それは確かにコロナ禍の真っ只中では明らかに不謹慎な発言だった。

だがその場にいた皆が、妙に納得させられてしまったのも事実だった。

作家というのは、素っ頓狂なことを考えるものだな、と思いつつ、彦根は立ち上がった。

「さて、そろそろ茶番劇は終わりにしましょうか。僕は今から東京へ行き、梁山泊の土台作りと浪速ワクセン再構築のため必要な人材スカウトと、コロナ対策を政治主導から衛生学的な土台に取り戻すために必要な、ある人物の活性化というふたつの仕事を片付けてきます」

その言葉には久々に、スカラムーシュ（大ボラ吹き）の響きがあった。

「彦根殿は、現代の後藤新平男爵のようでござる」と終田が言う。

「それは買いかぶりです。僕は政治家でも衛生学者でもありません。ただ、ひとりの医師として、後藤男爵の業績はリスペクトしています。でもそれは、医師としては当たり前のことなんです。僕は、『メディカル・ウイング』、つまり『医翼主義者』なんですから」

「その言葉を作中に使わせてもらおう」と終田は、さらさらとメモをした。

「奇遇ですね。実はあたしも霞が関に行く用事があるので、ご一緒します」と別宮が言う。

彦根は「旅の道連れは多い方が楽しいですよね」と、にこやかに言った。

＊

「まったく、僕を都合良く利用しようと考えるなんて、お前くらいだぞ、彦根センセ」

久々に会った開口一番がこれか、と彦根は苦笑して、真っ赤な「仏滅の剣」マスクをしている白鳥技官の顔を眺める。

「それはお互いさまです。それに白鳥さんは今、なーんもしてないわけですし、アドバイザリーボード会議のオブザーバーに僕を押し込むくらい、どうってことないでしょう」

「それはそうなんだけど、彦根センセは厚労省のブラックリストに載っているから、そんなに簡単じゃないんだ。しかも『血塗れヒイラギ』まで随行させるなんて、一体何を企《たくら》んでいるんだよ。まあ、別宮さんはメディアだからオブザーバー登録は簡単だったけど、もう一件の、ついでの依頼の方はかなり手こずったよ。大体さあ、『梁山泊』の連中は人使いが荒すぎるんだよ」

彦根の隣には、別宮葉子がちんまりと控えていた。彦根に便乗して、ダメモトでお願いしてみたら、予想に反して対応してもらえたので、彼女は珍しく心から恐縮していたのだ。

白鳥技官は入口を見て、言う。

「あ、委員が入ってきた。頼むから隅っこで目立たないようにしていてくれよな。実は僕も今、このアドバイザリーボードは出禁を食らっているんだ。本田審議官の意地悪なんだよ」

そう言って、白鳥技官はそそくさと退出した。

彦根が白鳥に頼み込んで潜入させてもらった「アドバイザリーボード」とは、その正式名称を、「新型コロナウイルス感染症対策アドバイザリーボード」という。

新型コロナウイルス感染症の対策を円滑に推進するに当たって必要となる、医療・公衆衛生分野の専門的・技術的事項について、厚労省に対し必要な助言等を行なう機関とされ二〇二〇年、コロナが世界で流行し始めた二月七日に早々に設置された。

だが、二月十日に二回目が開催されて以後、七月まで半年ほど開催されなかった。

その時期は厚労省と政府が一体になって、ＰＣＲ抑制論を展開し、第一回の緊急事態宣言を発出した際、アドバイザリーボードの一員の喜国協力員が、人流の八割削減ということを提唱し、安保前首相の不興を買っていた時期と一致する。

それが七月になって再開されると最初は月二回、そして酸ヶ湯政権になった九月以降は月三回のハイペースで実施されていた。

ややこしいのは、内閣府にも相同の組織が設置されていたことだ。「新型インフルエンザ等対策有識者会議・新型コロナウイルス感染症対策分科会」は内閣総理大臣の諮問機関で、新型インフルエンザ等対策特別措置法に基づいて設置され、七月六日に第一回会合が開催されている。そして主要メンバーはかなり重複していた。

スマホで新型コロナウイルス対策における霞が関の現状をざっと検索した彦根は、「やれやれ、霞が関サティアンの密林は健在か」と吐息をついた。

背広姿のメンバーが次々に入ってくる。その中に、知り合いの顔を見て、彦根は歩み寄る。人の接触を八割削減しないとコロナ感染は抑制できないと主張して、世間から「八割パパ」と呼ばれている、蝦夷大学感染症研究所の喜国忠義准教授だ。

「お久しぶりです、喜国先生。ご活躍ぶりはいつも、陰ながら拝見してます」

「まあ、相変わらず参考人で、蝦夷大学から手弁当での参加ですが、会議で発言させてもらえるだけでも、ありがたいです。彦根先生こそ、今日はオブザーバーですか」

「実は村雨さんと浪速で梁山泊を再開したので、敵情視察と人材スカウトを兼ねて、白鳥さんにアレンジしてもらったんです。紹介してほしい人がいるので、よろしくお願いしますね」

「スカラムーシュが動き出すと、また騒がしくなりそうですね」と喜国は微笑し、座席に向かう。

アドバイザリーボードの委員が顔を揃え、座長が開会を宣言した。

お世辞にも活発とは言い難い議論の後、閉会が宣言され、委員は三々五々離席する。

彦根は喜国のところに行き、何事かささやきかける。喜国が背広姿の細身の男性のところに行くと、その男性は彦根を見た。彦根は男性に歩み寄る。

「初めまして、近江先生。僕は房総救命救急センターの病理医の彦根と言います。少しだけお時間、よろしいですか？」

　近江は腕時計をちらりと見て、「五分だけでしたら」と答えた。近江は、隣に座った彦根に名刺を手渡した。名刺に書かれた山盛りの肩書きを見ながら、彦根は言う。

「安保政権から酸ヶ湯政権の二代にわたり、政府のコロナ感染症対策分科会の会長をお務めになるなんて、ご苦労さまです。僕は、近江先生はてっきり政権のイエスマンだと思っていたんですが、全然違いましたね。今日も報告書の『感染者の伸びが鈍化している』という表現は現状と違うのでミスリードになると、はっきり指摘されていましたからね」

「私は終始一貫して、感染拡大の危険を指摘してきたつもりですが」

「確かに分科会の報告書を読めば、近江先生がそのように発信していることはわかります。でも一般市民が耳にするのは、政権に都合のいい部分だけ切り取った発言です。ですから先生は政府の代弁者だと思われているんです」

「そうなんですか。それなら私はどうすればいいんでしょう」と近江は質問を返してきた。

その反応に彦根は安心した。近江は学者にありがちの、世評に無関心なタイプのようだ。

　衛生学者として基本は守ろうとしているが、お人好しなので酸ヶ湯につけこまれているのだ。医学的に正しい思考法をしているのだから、矯正はさほど難しくない。

「政権べったりのメディアが、近江先生の発言を政権に都合よく切り取って発信しているんです。たとえば先生は帝国経済新聞の座談会で『人々の移動まで止める必要はない。もっと合理的な二十一世紀型の対策があるはずだ』とおっしゃっていますが、あれは本心ですか？」

「え？　私が、そんなことを言ったことになっているんですか？」

彦根がスマホを検索して記事を見せると、近江座長は、「ああ」と嘆息をこぼした。

「今年二月の座談会ですね。確かに言ったかもしれません。でもそれは中国でロックダウンし、欧米でもコロナが流行し始め、日本ではダイヤモンド・ダスト号の問題が収まった頃の話です。確かにあの頃は、得体の知れない感染症に、過大な反応をするのはよくないと考えていました。でもその後、新型コロナウイルスの実体が明らかになってきたので、私も政府の分科会や厚労省のアドバイザリーボードでは発言内容を変えているんですが」

「ところが酸ヶ湯首相は未だに、この時の近江先生の発言を拠り所にして、専門家のアドバイスでは移動は問題にならないとして『Ｇｏ ｔｏトラベル』を強行し続けているんですよ。ご存じなかったんですか」

「政府の分科会では酸ヶ湯首相に直接、『Ｇｏ ｔｏトラベル』は止めた方がいい、と勧告していたので、てっきり話は通じているものだとばかり……」

「このままだと近江先生は、コロナ蔓延の戦犯にされてしまいますよ」

近江座長は吐息をついた。

「それは困ります。私はかつてＷＨＯアジア支局で、感染症対策のトップを務めました。当時は軍事政権下でもあり、勧告無視なんてザラでしたし、命の危険を感じることもありました。いくら力んでも、結局は政府の意向が通ってしまうという無力感もありました。そんな諦めの姿勢が染みついてしまっていたようです」

「でも、医師として、衛生学に基づいた感染症対策をしなければならないとはお考えでしょう?」

「それは当然です。今回のアドバイザリーボードの議論でもはっきり、『Ｇｏ ｔｏトラベル』は百害あって一利なしだと申し上げています」

「それを聞いて安心しました。近江先生は僕が提唱する、『医翼主義』の一員のようです。よろしければ、先生の真意を世の中に伝えるためのお手伝いをさせていただきます」

近江座長は彦根をじっと見つめて言った。

「ありがたい申し出ですが、あなたのことはよく知らないので、即答は控えさせていただきます」

「当然です。取りあえず頂戴したメアドに試案を送らせていただきますので、ご検討ください」

近江座長はうなずくと「では、次の会議がありますので失礼します」と言って立ち上がった。

隣で話を聞いていた喜国協力員が微笑する。

「相変わらず、人の懐に飛び込むのが上手ですね。きっと近江先生も、彦根先生にこき使われることになるんでしょうね。お気の毒に」

「そんな他人事みたいなことは言ってられませんよ。これで上京した目的のひとつを果たしましたが、もうひとつの目的が残っています。喜国先生の新たなるポジションについて、今からご説明させていただきます」

にっと笑った彦根を見て、喜国は怯えたような目をした。

17章　血塗れヒイラギ、首相記者会見に闖入《ちんにゅう》す

二〇二〇年十二月
東京・霞が関・首相官邸

翌日。別宮は師走の東京で、毛むくじゃらの中年男性と一緒にいた。

「勘弁して欲しいっす。こんなことがバレたら、俺、クビですよ」

ガタイがいい割に、小心者ね、と思いながら、別宮は言う。

「大丈夫よ。もしそんなことになったら、あたしの『地方紙ゲリラ連合』で雇ってあげることを保証するわ」

「でもそれって、クビにならないための『保証』じゃなくて、クビになった時の『補償』です。それじゃあ意味がないっす」

「いずれにしても『ほしょう』すればいいんでしょ」と別宮は話し言葉が漢字ではわからないことをいいことに、好き勝手なことを言う。

「それに、これは再始動した『梁山泊』の総帥、村雨さんのご意向で、白鳥さんのバックアップもあるんですからね」

そう言いながら別宮は、ほんとにあの真っ赤っ赤マスク親父は大したもんだわ、と呟く。

今の発言の前半はフライングだが、後半は昨日の交渉した結果だった。

だから兎田《うさぎだ》はそれが嘘か本当か、見分けることができなかった。

彼を「ウサギだ」というのはかなり無理がある。十人中九人は「ウサギじゃなくてカピバラ

だ」と思い、残りひとりは「ウサギじゃなくてヌーだろ」と突っ込むだろう。

別宮が感じた初対面の印象は、何度か会った後も変わらず、むしろ増強されていた。

政策集団『梁山泊』事務所の番頭役でもある彼の本業は「帝国経済新聞」の健康ウェブサイト「死ぬまで生きる」の編集責任者で、無頼派作家・終田の連載企画「健康なんてクソ食らえ」の担当者でもある。また東城大学不定愁訴外来担当兼新型コロナウイルス対策本部長（長い！）の田口公平《こうへい》の「イケメン内科医の健康万歳」という、たった二回で放置されている連載の担当でもあり、彼の伝手で別宮は梁山泊に入山し、新自由主義の牙城、帝国経済新聞本部にも潜入した。

今回はその腐れ縁、もとい、伝手を辿っての無茶ぶりだ。

だが村雨に心酔している兎田に、別宮の申し出を断るという選択肢はなかった。


記者会見に臨む酸ヶ湯は、身震いをしていた。

今日の首相記者会見は、いつもとは意味合いが違っていた。

ここへ来て、酸ヶ湯の政策は破綻し始めていた。

最大の問題は、酸ヶ湯政権の目玉政策「Ｇｏｔｏキャンペーン」に対する逆風が吹き荒れていることだ。そもそも、日本医師会の川中会長が、秋の連休を前に「Ｇｏｔｏキャンペーン」を中止すべきと、踏み込んだ発言をした。川中会長は最終的に政治判断だとしたが、それはここまで言えば自分の提言が通るだろうと考えて、謙抑的な姿勢を取ったのだ。

だが酸ヶ湯は提言を無視し、「Ｇｏｔｏ」強行でコロナ感染はますます拡大していた。

そうしたことが悪影響になったのか、就任当初は七〇パーセントを超えた支持率は、たちまち危険水域の三〇パーセント台に急落してしまった。

なので酸ヶ湯はあわてて記者会見を開こうとしたが、記者の集中砲火を浴びてはたまらないので、完全なシナリオを作り、事前に記者と入念に打ち合わせた。

だがメディア連は独自の報道をしているように見せたがり始めた。週刊新春で黒原検事長との賭け麻雀の特ダネ記事が出た時、世の賞賛が週刊新春に集まると、新聞記者やテレビの報道マンは、そんな報道ができない不甲斐なさを叱責されているように感じ、自尊心が傷ついた。

そのひとつの現れが、THKのキャスターの造反だった。

ここはネジを巻き直さないとマズい、と酸ヶ湯は直感した。

幸い、今の広報官は自分がずっと可愛がってきた子飼いの腹心、出山だ。

人当たりがよく、事務処理能力に長けた彼女を、酸ヶ湯は総務相時代から重用していた。

だが出山にクレームを入れさせた途端、そのことが新春砲にリークされ、清新な女性広報官の評判は一気に地に落ちた。それでも酸ヶ湯は出山に首相会見を一任した。

最初の記者会見で問題が噴出し批判されたため、次こそ完璧な記者会見をしようとした。

そこへ混入してきた不協和音こそ今、官邸に向かいつつあった「地方紙ゲリラ連合」の統領で、「血塗れヒイラギ」こと別宮葉子だった。惨劇の幕が今、上がろうとしていた。


別宮と兎田は、記者会見に参加すべく、首相官邸を訪れた。官邸の前には、大勢の警察官がたむろしている。入口で身分証と入館許可証の提示を求められた。

首相記者会見への参加はネットでの事前登録制で、希望者の中から抽選で決められるが、どうやらそこは白鳥が、裏から手を回してくれたらしい。

門衛という第一関門を通過した兎田は、小声で別宮に言う。

「官邸の記者会見室には記者席が百二十席あったのが、新型コロナウイルス感染対策で三密を避けるという理由で、二〇二〇年四月七日以降、二十九席と四分の一に減らされてしまったんす」

「第一回の緊急事態が発出された時のどさくさ紛れ、というわけね」

別宮の言葉に、兎田はうなずいた。

「その通りっす。大幅に減らされて二十九席になったうち十九席は新聞、テレビ、通信社などの大手マスコミの記者が所属する『内閣記者会』の幹事社の独占指定席で、残り十席を専門新聞、雑誌、外国プレス、インターネットメディア、フリーランスの記者が抽選で争っているっすよ。よくもまあ、そんな激戦区に潜り込めたものですね」

「蛇の道はヘビ、その抽選はアミダクジで、そこで白鳥さんが手心を加えてくれたらしいの」

「あの親父なら、やりかねないすね」と兎田は顔をしかめた。

「最初はフリーランス枠で応募しようとしたんだけど、白鳥さんに忠告されて東都新聞の肩書きに変えたの。確認したら確かにフリーランス枠はとてもムリだったわ」

そこで別宮は、白鳥の声色を使って言う。

「え？　別宮さんはフリーランス枠で登録しようとしてたの？　バカだなあ。そんなのムリムリ。『日本新聞協会加盟社が発行する媒体に署名記事等を提供し、十分な活動実績・実態を有する者』と条件にあるけど、官邸のサイトには詳細が出ていないでしょ。提出書類は山ほどあって、まず『直近三カ月以内に各月一つ以上』掲載された署名記事のコピー。記事の内容も『総理や官邸の動向を報道するものに限る』と『検閲』もどきだから、別宮さんが正直に書いたら一発でアウトだよ。公的身分証明書のコピーの他、寄稿先から『推薦状』をもらって官邸報道室に提出するなんていう理不尽な条件もあるんだよね。……それを聞いて心が折れたわ」

「事前検閲しないと、いろいろ問題があるみたいです。実際の首相記者会見は、事前に質問を提出させ、それに対し官僚が用意した作文を読み上げるだけですから。そのため、記者会見に参加できる記者の数を絞っているっす」

「兎田さんて、首相記者会見のことまでご存じなのね。意外だわ」

「こう見えても、俺も天下の帝国経済新聞の記者ですからね」

兎田が胸を張って言うと、別宮はうなずく。

「兎田さんの同伴は心強いし、白鳥さんがいろいろ教えてくれたのも助かったわ。フリーランスの記者は二〇一二年以前に事前登録が認められた記者が十一人だけで、新規登録者は八年以上、一人もいないそうよ。確かにフリーランス枠の登録は不可能ね」

「そんなことも知らないで首相記者会見の取材をしようだなんて、相変わらず無茶な人っすね」

「それくらいの無茶をしないと、がんじがらめの首相記者会見に風穴なんて開けられないでしょ。そもそも首相はあたしたち有権者が雇っているんだから、報告義務があるはずよ。それにしても『十分な活動実績・実態を有する者』って、かなりのクセモノ条項ね。それって正確に言えば、『政府の活動を支援する十分な活動実績・実態を有する者』でしょ？　しかもフリーランスはクジに外れたら参加できないし、当選しても次の抽選に参加できず、一回休みになるなんて、とんでもない仕組みよね。おまけに質問の機会も与えられないし……」

「フリーランスの記者が質問で挙手しているのに、手を上げていないＴＨＫの記者が指名されたなんていう、伝説のエピソードもあるっす」

「優等生を贔屓する、学校の先生みたい。官邸報道室は、事前に記者に『質問取り』をして、それに対して官僚が作成した想定問答集が総理の演台上に置かれているそうよ。フリーランスの記者は事前の質問取りに応じないから何を聞くかわからないので、当てられない。それに官邸側が『一人一問』という、意味不明のルールを押し付けて、首相の回答が不十分でも再質問はできない仕組みになっている。つまり日本の首相記者会見の実態は『台本朗読記者会見ごっこ』という、お遊戯なのよ」

官邸記者会見室の入口に着くと、参加者リストに名を書きながら、別宮は続けた。

「酸ヶ湯政府はデジタル庁の創設を目玉政策に打ち出しているのに、官邸はリモート技術を活用した記者会見を導入せず、人数制限を続けている。民間に『テレワーク七割』を要請しているのにね。あたしはね、いろいろなものをぶっ壊すために潜り込むのよ」

兎田は肩をすくめ、「俺は先輩の代理っすから、お手柔らかにお願いするっす」と小声で言う。

「心配しないで。兎田さんの身の安全は、あたしが『ほしょう』するから」と微笑して答えた別宮は、「地方紙ゲリラ連合」関係で東京の、東都新聞嘱託の肩書きもあり、そちらで登録した。

部屋の入口で、事前の質問項目のメモが配られていた。

「最後に質疑応答がありますが、そこが唯一のチャンスっす」

兎田は別宮から離れた遠い席に座った。質問項目は六項目。酸ヶ湯首相の売りの携帯電話料金の値下げについて二問が割かれていた。当然、日本学術会議の委員任命についての質問はない。

会見幹事社の担当記者が「首相広報官が入場されます」と言うと場に緊張が走る。

部屋に入ってきた女性は、入口で幹事社の記者と挨拶を交わした。あれがウワサの出山広報官か、と別宮は観察する。小柄で、人当たりの柔らかそうな女性だ。

「みなさまのご配慮により今回も素晴らしい質問を頂戴しました。間もなく酸ヶ湯首相が入場いたします。拍手でお迎えください」と出山広報官が言う。

やがて扉が開くと、小柄な老人が姿を現した。胸を反らし大股でゆっくりと演台に歩み寄る。拍手が起こった。酸ヶ湯が演台に着くと、幹事社の担当者が立ち上がる。

「ご多忙の中、酸ヶ湯首相にお越しいただきました。今一度、盛大な拍手をお願いします」

大きな拍手の音に包まれる中、出山広報官がハンドマイクを持ち、柔らかい声で言う。

「ただいまから首相記者会見を行ないます。では質問をお願いします。それでは最初に、読捨《よみすて》新聞社の加藤《かとう》さんからどうぞ」

指名された男性記者は立ち上がると、紙に書かれた第一問を朗読する。酸ヶ湯は手元の紙片をぼそぼそと朗読する。この記者も、酸ヶ湯の就任直後に「パフェ茶会」に招かれたに違いない、と別宮は白けた目で、できそこないの質疑応答を眺める。

一国の首相が、仲良し記者とパフェをつつきながら、四方山話に耽《ふけ》る。

それは高級老人ホームでのお茶会のように、和気藹々《わきあいあい》としているのだろう。

先進国では首相と記者の会食は不適切な関係が生まれるため、絶対やらないことだ。

「他に質問がありますか」の声に一斉に手が上がる。指名された男性記者は、携帯電話料金の値下げについて質問をした。記者と官邸が事前に準備した問答を再現し、質問するお気に入りの記者が大本営発表を垂れ流す。これでは緊迫感など生まれっこない。

「他にありませんか?　どなたかもうおひとり……」

その言葉に、指名を待たずに別宮が立ち上がる。

「東都新聞嘱託の別宮です。日本学術会議の委員任命の恣意的な排除例について質問です。それが国会の答弁を踏まえたこれまでのルールを踏み越えたものだという批判がありますが、その点について首相の見解をお訊ねします」

「あの、指名を待っていただかないと」と出山がうろたえる。

「あたしは国民を代表して質問しています。想定問答集以外の質問に答えないのは、憲法で保障された国民の知る権利を侵害しています。酸ヶ湯首相、答えてください」

酸ヶ湯の元に出山と取り巻き官僚が集まり、こそこそと話し合う。

やがて出山広報官はファイルから一枚の紙を取り出すと、酸ヶ湯に手渡した。

酸ヶ湯はそれをぼそぼそと棒読みする。

「その件に関しましては、特別職国家公務員である会員の任命責任が首相にあるという点を踏まえまして、日本学術会議の総合的、俯瞰的な活動を確保する観点から判断いたしました。国が支出する予算が十億円ある以上は、会員は公務員の立場になります。従いまして、任命拒否は問題ないと考えます」

すかさず別宮が畳みかける。

「だとしても、任命拒否した六人が『日米安保条約』や、『特定秘密法案』や『共謀罪』など、安保政権が強行した、民主主義の根幹を揺るがす法案に反対した人たちばかりだということになると、学問の中立性を脅かすことになるのではないでしょうか」

すると幹事社の記者が立ち上がった。

「『サラトイ』はルール違反だぞ」と大声で言う。

「『サラトイ』って何ですか?」と別宮がとぼけて訊ねると、出山広報官が説明する。

「『更問い』、つまり質問の答えに対し更に質問することは、首相記者会見では禁止されているんですよ」

ははあ、これが「一人一問」の実体なのか。

別宮は、負けじと声を張り上げる。

「再質問を禁止するなんて、信じられない。それだと質問に答えず、スルーできてしまいます。そんなの、記者会見じゃないわ。決められたやりとりの再現だけなら小学校の学級会みたいなものだわ。ううん、学級会の方が遙かにマシよ。記者クラブのみなさんは、こんなルールを死守し続けるんですか。安保前首相にしゃぶしゃぶを奢ってもらい、酸ヶ湯首相にパフェをご馳走になった恩義ですか？　だとしたらみなさんは、ジャーナリストの一員として、市民の付託を裏切ってます。こうしている間にもコロナ禍で苦しんでいる市民が大勢いるのに、こんな紋切り型の質疑応答をしていて、いいわけがありません」

別宮が怒濤の如く言う。記者たちは、呆然と彼女を見上げるばかりで、誰も止められない。

「今回の酸ヶ湯首相の愚挙は、米国の名門大学からも反対署名が届いています。それでも二週間前と同じ答弁を繰り返す酸ヶ湯政権は自分が決めたことに固執する頑迷政権になります。そのことを追及しない記者クラブのみなさんも同類ですね」

別宮は、政権に阿諛追従《あゆついしょう》している記者たちに矛先を向けた。

「先日、首相は四億円国費を支払っていると説明されましたが、それは会員ひとり年間二十二万で手弁当レベルです。その官邸の意図的なミスリードを指摘しない首相取り巻きジャーナリストの罪は重いです」

さすがに我慢の限界を超えたような声で、出山が言う。

「首相はこの後、ご予定がありますので、首相記者会見は終了させていただきます」

そそくさと部屋を出て行こうとする酸ヶ湯の背に、別宮が一太刀浴びせる。

「『Ｇｏｔｏ』が第3波を引き起こしていると言われている点はどうお考えですか？　お答えい

ただけなければ、首相は問いに逃げるように退出した、と書きますけど」

出山広報官が声を張り上げる。

「自席からの再質問は御遠慮ください」

酸ヶ湯は足を止め、振り返った。

「巷では『Ｇｏｔｏ』が悪者になっているようですが、単なる移動では感染が広がることはないというお答えを、専門家のアドバイザリーボードから頂戴しておりますので、今のご発言は、言い過ぎではないでしょうか」

別宮は、微笑した。

「それは政府のコロナ感染症対策分科会の会長の近江先生のご発言ですね。近江先生がそのようにおっしゃったのは今年の二月、日本ではまだコロナがほとんどなかった頃だそうです。今は『感染が鈍化している』という表現も、ミスディレクションを招くから変更した方がいい、とおっしゃっています。昨日の厚労省のアドバイザリーボードでは、『Ｇｏｔｏトラベル』は中止した方がいい、とおっしゃっていました。首相はお聞きになっていないんですか？」

酸ヶ湯は、目を見開いた。やがて、我に返ったかのようにそそくさと退出した。

別宮が、記者席に向かって言う。

「今の発言は、昨日の厚労省アドバイザリーボードに出席された近江座長から直接伺ったばかりの、ほやほやの話です。本来なら時風新報の特ダネとするところですが、コロナ感染対策において重要で社会的意義があることを考えて、取材内容をみなさんにも提供します。興味がおありの方は私のところまでおいでください」

別宮の言葉に覆い被せるように、出山広報官が大声で言った。

「感染対策のため、出席されたみなさまは、速やかにご退室いただくよう、お願いします」

出席した記者たちは、出山広報官と、起立して対峙している別宮を交互に眺めながら、ぞろぞろと退室して行く。

誰一人、別宮に歩み寄ろうとする記者はいなかった。

勝ち誇ったように微笑した出山広報官は、ちらちらと別宮を見ながら、幹事担当社の記者と話し込み始めた。

別宮は彼らの傍らを通って、悠々と部屋を退出した。


首相官邸を後にして、六本木方面に向かって歩いていると、後ろから声を掛けられた。

「いやあ、やってくれたっすね、別宮さん。今頃、官邸は大騒ぎですよ」

気の小さい兎田は、官邸からここまで離れないと別宮に声を掛けられなかったらしい。

だが、髭むじゃらのその顔には、満面の笑みが浮かんでいた。

「正直、痛快だったっす。さっきの場面は動画で撮ったので、メールで送っておきました」

そう言うと兎田は、クリスマスと「Ｇｏｔｏイート」のおかげで賑わう人混みに姿を消した。

翌日、「首相記者会見に潜入してみた」という別宮の潜入レポートが、兎田が撮影した動画と共に「地方紙ゲリラ連合」のサイトにアップされ、たちまち数万人が閲覧した。

首相官邸から警告文が届いたので、その文章とそれに対する回答を加えて一緒に掲載したら、閲覧数は一気に倍増した。

官邸は、別宮の仕掛けた罠《わな》に、まんまと嵌《は》まってしまったのだ。

その炎上記者会見の三日後、唐突に「Ｇｏｔｏキャンペーン」の停止が発表された。

＊

記者会見に先立つ十二月一日、英国の片田舎で変異株【B．1．1．7】が検出された。伝染率五割増、致死率三割増の英国型変異株、後に「アルファ株」と呼ばれる凶悪ウイルスが、世界に登場した瞬間だった。

これにより酸ヶ湯が思い描いた戦略は、無残に瓦解していくのだった。

18章　東西ワイドショー知事の饗宴

二〇二〇年十二月
東京・浪速

七月の都知事選に大勝した小日向美湖は、得意の絶頂だった。

だがそれは紙一重だった。結果的に他を寄せ付けない大勝になったが、それは野党候補を一本化できなかった敵失のおかげだったことを、美湖自身はよくわかっていた。

だが一番の懸念だった学歴詐称問題では、先方の国に卒業を認めさせたのだから、これ以上の解決はない。

五輪の開催の是非も問題になった。困ったことに終田千粒という三文作家が「魔女か女神か」などというキャッチで「コロナ伝」を書いて選択を問うた。

だが結局、美湖は五輪に触れなかった。

開催の可否を決定する権限は都知事にはない、という正論を楯に取ったのだ。

薄氷の都知事選を勝てたのは、自保党のキングメーカー、煮貝幹事長のおかげでもある。

旅行業界に利権を持つ煮貝は、なりふり構わず五輪を実施しインバウンドを目指していた。

そのために、五輪開催する東京都との連携を必要としていたのだ。

けれども得意絶頂の時期は短かった。八月に坊ちゃん宰相が政権を投げ出してしまったのだ。

これは想定外だった。更に想定外だったのは後継の座に酸ヶ湯が就いたことだ。

美湖と酸ヶ湯は犬猿の仲だった。

酸ヶ湯が首相に就任すると、美湖は煮貝と良好な関係を顕示するように、国政についてあれこれ小言を言い始めた。今はコロナ「第2波」だと主張し、「感染カルタ」や標語をフリップにして記者会見で得意げに発表した。「感染カルタ」の発祥は明治のコレラ流行時、内務省伝染病研究所所長の北里柴三郎らが発案したものだった。医療体制の整備という点では、美湖の対コロナ政策は、明治時代から一ミリも進んでいなかったわけだ。

美湖は口先と小手先で、見映えがよく派手だが、空虚な政策を発表するのを好んだ。ポリシーを自在に変幻させ、一見、好評に見える政策を繰り出す。その自由奔放な様は、頑迷固陋な酸ヶ湯の気に障った。煮貝の肝いり政策「Ｇｏｔｏトラベル」を断行した時も、美湖が物申したので東京の出入り分は除外し、報復した。

これはさすがに美湖も堪えた。バッカＩＯＣ会長の来日前に煮貝に泣きついて、十月一日除外を解除してもらい、十一月十五日の訪日時に「見かけ上」感染爆発していない状況を演出した。

ほら、感染者数は少ないでしょ、国民も旅行を楽しんでいるでしょ、だから心配ないですよ、という前向きのメッセージを発信できた美湖は上機嫌だった。

一方、酸ヶ湯はツイていなかった。

首相就任直後に矢継ぎ早に打ち出した携帯電話値下げも、不妊治療の費用負担の英断も、平時なら絶賛されただろう。だが今はコロナ戦役という非常事態だった。人々が切実に求めていたのはコロナ対策だったのに、そちらは華麗に無視した。

酸ヶ湯は自分に都合の悪いことは答えないか、無視してきた。そうすれば世間は忘れた。

そうやって酸ヶ湯は、安保長期政権を支えてきたのだ。

だから今回もいつものように、人々が切実に求めていたコロナ対策は無視することにした。

だが非常事態は延々と続き、人々はコロナを忘れなかった。いや、忘れられなかった。

そんな酸ヶ湯にとって、心の支えは浪速白虎党で、皿井市長は「心友」だった。

若くハンサムな鵜飼府知事は人気者で、関西で毎日のようにテレビに出まくった。

言うことは支離滅裂、論理破綻していたので、軽薄な政治家だとすぐにわかった。

なので酸ヶ湯は鵜飼府知事を斥候扱いし、取りあえず危なそうな発言を鵜飼にさせてみた。

だが意外にも、どんな無茶苦茶なことも、鵜飼の言動だとワイドショーは好意的に取り上げた。

酸ヶ湯は、鵜飼の言動を徹底的に研究したが、その謎は解けない。

結局はルックスの違いなのか、と思った。

鵜飼の医療政策は場当たり的で、五月に浪速モデルＶｅｒ１を発表するが黄信号になりそうになるとＶｅｒ２に変更し、七月頭にＶｅｒ２で黄信号になる前日Ｖｅｒ３に変更した。

七月末にＶｅｒ４に変更した一週間後の八月頭、「ポピドンヨード会見」をした。

「第3波」で浪速に重症者が増え始めた十一月、強行した住民投票で、都構想が二度目の否決を食らうと、さすがに鵜飼の喋りの勢いは落ちた。

皿井が党首を辞任して鵜飼に禅譲したが、白虎党の内実は変わらない。その時、鵜飼の心を占めていたのは、数年後の「浪速万博」で「空飛ぶ自動車」をお披露目することだった。

彼は夢見るピーターパンだった。

東西のメガロポリスの名物知事は、よく似ていた。

華々しく空虚な政策をぶち上げ、数ヵ月後には触れなくなる。

「やっている感」を押し出す手法は初期は功を奏したが、医療体制整備はちっとも進まない。

二人は一卵性双生児のような存在だった。そのせいか、互いに相手への言及は避けていた。

外部に責任転嫁し身を守る二人が、ガチで嚙《か》み合えば修羅場になる。

二人は本能的にそれを察知していたのかもしれない。

東西のワイドショー御用達《ごようたし》知事だが、酸ヶ湯にとっては、鵜飼の方が断然可愛かった。

言いたい放題して、時に政府批判になっても、親分の皿井が窘《たしな》めると鵜飼は従った。

だが美湖が言いたい放題する時には、煮貝幹事長を後ろ楯に、酸ヶ湯を抑え込もうとする。

鵜飼は酸ヶ湯に恭順を示し、美湖は酸ヶ湯を支配しようとした。

この差は大きすぎる。

酸ヶ湯はことあるごとに感染拡大の責任を、都政が機能していないせいにした。美湖は国の号令がなければ地方の首長の権限では対応に限界があるとし、政府の責任を追及した。

そんな政治家を見て、謙抑的な発言していた医療関係者が、ついに切れた。

日本医師会会長、各都道府県医師会会長が一斉に、政府の感染対策を糾弾したのだ。

酸ヶ湯はあわてて「蔓延防止法」制定に取りかかる。

就任して百日の蜜月期間を、酸ヶ湯はメディア連中との「パフェ茶会」に費やし、安保前首相を真似《まね》て、著名人との会食に励んだ。

党内基盤が脆弱な酸ヶ湯は、高い支持率だけが頼りだった。

だが支持率は、いずれいつかは下がるものだ。

最初の躓きは日本学術会議の新委員の恣意的任命だったが、この件がなくても早晩、他の件で問題が露呈しただろう。

巷では「第3波」と認識されたが、自粛は要請しなかった。

だが酸ヶ湯自身も「Ｇｏｔｏ」継続は無茶か、と思い始めたその頃、政府のコロナ感染症対策分科会の近江座長が突然、叛旗《はんき》を翻し始めた。

それは奇しくも、別宮が首相記者会見に非合法に闖入して武勲を上げた、師走の声を聞いたばかりの頃と一致した。

その頃から、新型コロナの感染者が徐々に増え始め、フェーズが変わりつつあったのだ。

それを見た近江は突如、政府に厳しい制限をせよ、と直接的な勧告をし始めたのだ。

かつては厚労省に所属して、ＷＨＯに勤務していたこともある近江は、アジアの感染症対策の第一人者だったので、政府のコロナ感染症対策分科会の座長や、厚労省の感染症アドバイザリーボードの座長にも任命されていた。近江を任用したのは安保前首相だった。

近江座長は政権に従順だった。酸ヶ湯はもう一枚、湘南健康安全研究所所長の大岡弘という、医療界の人材カードを持っていた。酸ヶ湯は、湘南県に拠点を置く大岡を重用した。裏で糸を引くフィクサータイプで表に出ることを望まなかった大岡の方が、酸ヶ湯の好みだった。

近江と大岡はよく似た経歴とポジショニングだった。二人とも国立感染症研究所の所長を歴任し、ＷＨＯの太平洋事務局で勤務し、政権のご意見番という立場を兼任していた。

だから互いに相手を意識しているように見受けられた。表舞台に立つ「陽の近江」、裏で差配する「陰の大岡」という棲み分けができていた。酸ヶ湯は大岡を内閣官房参与に抜擢《ばってき》した。

そんな近江座長が、酸ヶ湯に刃向かうような言動を見せ始めたのだ。

酸ヶ湯は、飼い犬に手を噛まれた気分だったが、それは思い違いだ。

近江は飼い犬ではなく、淡々と思うところを発信していた学者気質の医師だった。

だからきっかけがあって、自分が医師として信じるところを公表するようになっただけだった。自分が政権のイエスマンだと認識されることは、社会のデメリットになりかねない。二択を迫られた近江は、あえて自分の意見を積極的に口にするという、茨の道を選んだ。すると近江に「新春砲」が炸裂《さくれつ》した。自分が理事長を務める医療法人がコロナ対応していないことがすっぱ抜かれたのだ。それは政府に刃向かったペナルティのように見えた。

近江は、自分が迫撃砲を食らって久しぶりに、昔、出向した戦場の空気を思い出した。

若き日の初志が、近江の胸に鮮やかに蘇ってきた。

かくして近江という暴れ牛が解き放たれ、酸ヶ湯の新たな頭痛の種になった。

だが「Ｇｏｔｏトラベル」は止めるべきだというのは、医療人として当然の提言であり、近江の発言を暴挙と考える酸ヶ湯の方が非常識だった。

そんな近江の提言を無理して受け容れようという姿勢を示したのは、酸ヶ湯の生命線である内閣支持率が六割から三割に急落したためだ。このままではジリ貧になるのは目に見えていた。

初めて煮貝に何の相談もせずに「Ｇｏｔｏ」の停止を独断で決めた。

首相にはそういう権力があるのだ、と自分に言い聞かせた。

だが後ろ盾の大物を裏切ったのに、内閣支持率は微増しただけだった。

怒り心頭の煮貝は酸ヶ湯を「ステーキ会食」に呼び出した。酸ヶ湯自身が、五人以上の夜の会食は控えてほしい、と国民に訴えた直後のことだ。断る度胸のない酸ヶ湯は、おそるおそる出掛けて一時間滞在して辞去したが、それをスクープされた。

酸ヶ湯は多事多難だった。

はしゃいだ前首相にお灸を据えたことに、落とし前をつける必要もあった。

「満開の桜を愛でる会」の政治資金規制法違反は、検察が捜査にかかった以上、何かしらの決着をつけなければならない。だが今、その問題を俎上《そじょう》に載せるのは、危険なギャンブルだった。

酸ヶ湯はとりあえず賭けに勝ったが、最後まで収束しなければ、完全勝利とはいえない。

デリケートな局面は、年末年始のドタバタの際に、一気にケリをつけた。

それは予想以上にうまくいき、検察は安保本人は不起訴とし、安保は古参秘書に責任を押しつけた。古参秘書は辞任したが、安保事務所でこっそり、非公式に勤務を続けた。

法的には事なきを得た宰三だったが、ダメージは本人が予期していた以上に大きかった。

宰三が過去に国会で大見得を切ったことが全て嘘となり、「ゴマカシのマジシャン」は地に墜ちて、「嘘吐き大魔王」として転生した。

宰三は国会で百十八回嘘をついた、と野党に糾弾された。かくして国会で、煩悩の数より十多く嘘をついた首相が、憲政史上最長の宰相になったという、恥ずべき事実が青史に残された。

だが、宰三を暗黙のうちに指弾した酸ヶ湯も、議員辞職までは求めなかった。

酸ヶ湯は、トンズラした元上司が、事態が落ち着いた途端、復権しようとした身勝手さが許せなかっただけだったからだ。

宰三の浮かれグセにお灸を据えてほっとした酸ヶ湯を見て、またぞろしゃしゃり出てきたのが天敵・小日向美湖だ。

彼女は二回目の緊急事態宣言の発出を要請した。裏で煮貝とつながっていると思われる美湖の真意が、酸ヶ湯には読めなかった。それは煮貝の利益とバッティングしていたからだ。

そもそも、年末年始の休みに入る時期に、緊急事態の発出など無理筋だ。

酸ヶ湯はいつもの「無視してスルー」スタイルで、切り抜けようとした。

彼はできる限り、正面切って美湖と対峙することは避けてきた。官房長官時代は、そうすれば安保前首相や煮貝幹事長が、いつの間にか対応してくれていた。

酸ヶ湯が首相になってからも、直接対決はしなかった。

だが年が明けたら、本腰を入れて美湖退治に乗り出そう、と肚を括った。

こうして、新型コロナが席巻した二〇二〇年は暮れていった。

年末恒例の一年を振り返る番組は、コロナ一色だった。

本当なら五輪一色のはずだったのに、と思うと、酸ヶ湯の胸は痛んだ。

だがそんなセンチメンタルな気分に浸れたのは、元旦の一日だけだった。

正月二日、酸ヶ湯にとって驚天動地のニュースが流れた。

酸ヶ湯の天敵の小日向美湖・東京都知事が、首都圏の知事を従えて、政府に対し緊急事態宣言の発出を要請したのだ。

痛烈な奇襲攻撃を報じるテレビ画面に釘付けになった酸ヶ湯は、呆然とした。

その日、英国変異株の感染患者が日本でも発見されたという小さな囲み記事が、一滴落とされた墨汁のように、紙面の片隅にぽつんと小さな黒いシミを作っていた。

第2部

バリアント・第4波

SARS-CoV-2(従来株):3万塩基・1300アミノ酸

【VOC(variant of concern)】

英国型	(α株)	[B.1.1.7]	[N501Y]
南アフリカ型	(β株)	[B.1]	[N501Y]+[E484K]
ブラジル型	(γ株)	[P.1]	[N501Y]+[E484K]
インド型	(δ株)	[B.1.617.2]	[L452R]+[T478K]

【VOC(variant of concern)】

インド型	(κ株)	[B1.617.1]	[L452R]+[E484Q]
ブラジル型	(ζ株)	[P.2]	[E484K]
フィリピン型	(θ株)	[P.3]	[N501Y]+[E484K]
ペルー型	(λ株)	[C37]	[L452Q]
米国型	(ι株)	[B.1.526]	[E484K]
米国型	(ε株)	[B.1.427/B.1.429]	[L452R]
(英国型)	(η株)	[B.1.484]	[E484K]

19章　ワクチン談義新年会

二〇二一年一月四日
浪速・浪速ワクチンセンター研究開発局

二〇二一年の新年になり、ついに運命の五輪イヤーを迎えた。

識者やコロナ対策の最前線の医療従事者は気がついていたが、「Ｇｏｔｏキャンペーン」で浮かれた市民は当時は、五輪との強い紐付《ひもづ》けを認識していなかった。昨秋の浮かれムードはバッカＩＯＣ会長の来日に合わせたものだ。小日向都知事は、バッカ来日が済むと、お得意のフリップ攻撃を繰り返し、緊急事態宣言再発出の要請に舵《かじ》を切った。

だが指図されるのを嫌った酸ヶ湯首相は、緊急事態宣言の発出をぐずぐず先延ばしにした。

そんな中、煮貝幹事長の「ステーキ忘年会」に出席したため批判が集中し、自保党議員が夜の銀座でホステスとよろしくやったのを「新春砲」にすっぱ抜かれ、防戦に追われた。

オイタを叱責するため発動した、安保前首相に対する東京地検特捜部による再捜査開始問題にもケリをつけなければならなかった。日限は御用納めの十二月二十八日と決め、年末年始の休みを使って沈静させるつもりだった。その目論見は成功し、年末に大騒ぎしたメディアも、年明けには綺麗さっぱり忘れた。

だが新年早々、衝撃の事態が酸ヶ湯を襲う。それが正月二日という、政治的空白期を狙い澄ました小日向劇場、首都圏の一都三県知事による、合同緊急事態発出要請だった。

けれどもそれは、単に酸ヶ湯が間抜けなだけだった。

年末まで微増傾向だった東京都の新規感染者数は、大晦日《おおみそか》にいきなり千人の大台に一人欠ける、九百九十九人という、大台寸前のゾロ目、スリーナインにまで爆発していたのだから。

これを受けて小日向知事が迅速に動いただけで、それは酸ヶ湯にもできた選択だった。

更に酸ヶ湯は、官邸に直訴した首都圏知事と面会しないという、狭小な対応をしてしまう。

酸ヶ湯は小日向と同じフレームで写真に写ることを極力避けた。それくらい彼女が嫌いだった。

だが嫌いだから会わないというのでは政治家失格だ。その点、酸ヶ湯の後見人の煮貝幹事長はさすがで、小日向と常にコンタクトを取り、小日向は煮貝を自保党との命綱として活用し続けた。

それは煮貝にとっても、選択の幅を広げる効能があった。まさに「ウィンウィン」である。

その結果、正月の緊急事態宣言の発出要請になったわけだ。

実は東京都の感染者数の増減は小日向知事の手中にあった。検査数の増減と検査対象の制限によって、東京都の新規感染者数は、自在にコントロールできたからだ。

都立病院を受診した三千人から四千人の患者の血液を調べた結果、毎月一・五パーセント前後の抗体陽性者が発見された。昨年十二月の大規模抗原検査では陽性率一・八パーセントで、十月から五割増しになっていたことも判明していた。

東京都の人口は千四百万人だから、単純計算で二百五十万人の潜在的感染者がいることになるわけだ。

だから発表時に千人単位で感染者数を増減させることなど、朝飯前だった。

ＰＣＲの検査数を増やせば、いくらでも感染者数を増やすことができたからだ。

キャスティングボートは、キャッチコピー好きの女性知事に握られていた。

かくして狂瀾《きょうらん》怒濤の二〇二一年は、派手な政治的パフォーマンスで幕が開けた。

＊

三が日明けの正月四日の昼、彦根と天馬、冷泉、別宮の四人は、浪速ワクチンセンターの研究開発局に集まった。冷泉は五年に一度の長期休暇《サバティカル》が終わり、崇徳大学に戻ることになったので、送別会と慰労会を兼ね、更に白虎党と「エンゼル創薬」をどう攻略すべきかという作戦会議も兼ねていた。要するに多目的新年会だった。

昼呑みになったが、正月だからいいだろう、ということにした。

そこには当然、宇賀神元総長と、ワクセンのエース研究者、鳩村誠一も同席した。

その日の鳩村は、のっけから興奮していた。

「去年のクリスマスに、全世界にとって素晴らしいクリスマスプレゼントが贈られてきたんです。『リバースエンジニアリング』で、ビオンテックの新型コロナワクチンが解読されたんです」

「ええと、当然わかっていると思いますけど、さっぱりわかりません」

そう言ったのは当然、別宮だった。鳩村は微笑して説明する。

「簡単に言えばウイルスの塩基配列を読むのと同じ理屈で、ワクチンの塩基配列を読んだんです。つまりmRNAワクチンがどんなものか、組成がわかったんです。それでその中にやっぱり、マクレラン博士が発見した『プロリン置換』が組み込まれていることがわかったんです」

するとと天馬が言った。

「蛋白配列の一部を二つのプロリンに変えて、立体構造の強度を上げる『プロリン置換』を使うのは、鳩村先生の予想通りでしたね。実はぼくのところにも新年早々ビッグニュースが飛び込ん

19章　ワクチン談義新年会

できました。マウントサイナイ大学病院でワクチン作製を研究している昔の仲間が教えてくれたんですが、マクレラン博士が先日、ゲームチェンジャー的な大発見をしたそうです。今のワクチンはプロリン置換が二個ですが、プロリン置換六ヵ所の『ヘキサプロ』を開発し、それを使うとタンパク質の収量と安定性が十倍になり室温保存、三回の凍結融解に耐えたそうです」

「ヘキサ・プロリンですって？　それは本当ですか？」と鳩村は目を見開いた。

「ええ。マクレラン博士は二ヵ所をプロリン置換した『2P』スパイクをワクチンメーカーに渡し、研究を続けました。そして単純に、プロリン置換を増やせば更に効果的なスパイク蛋白を設計できるということを思いついたんだそうです。それで百通りのスパイク蛋白を作製した結果、プロリン六ヵ所変換の『ヘキサプロ』ができたそうです。プロフュージョン・スパイク構造を保持することが電子顕微鏡で確認され、予想通り頑丈な構造で安定し、熱や有害な化学物質にも強いそうです。こうして安定したプレフュージョンSタンパク質の高収率生産が可能になったので、ワクチンや血清診断法の開発が加速しそうです。『6P』なら広範囲で使用できるので、高価な第一世代ワクチンが届かない低・中所得国の世界八十ヵ国の企業と提携し、ロイヤリティーなしに、『6P』を利用できるライセンス契約を用意したそうです」

鳩村は言葉をなくし、口をぱくぱくさせていた。天馬は続ける。

「もっと驚かされたのは、マウントサイナイ大のラボで、ニュータイプのワクチンの開発が進んでいるというニュースです。ラボでは貧しい国が自力で生産できるワクチン作製法を模索していて、鶏卵を使って安くワクチンを作れないかと考えた結果、ヒトに無害なニューカッスル病ウイルスという鳥ウイルスを使い、新たなワクチン製法を見つけたらしいです」

「ほんとですか？　それってどういう設計をしたんですか？」と鳩村が急き込んで訊ねる。

199

「もともとラボでは、エボラ出血熱のワクチン開発で、エボラの遺伝子を加える遺伝子操作した
ウイルスを鶏卵に入れて、エボラタンパク質で覆われたニューカッスル病ウイルスの作製に成功
していました。そこでエボラ蛋白の代わりに新型コロナのスパイク蛋白を使ってトライしようと
したところに、マクレラン博士が『ヘキサプロ』の合成に成功したという情報を知り、使ってみ
たらニューカッスル病ウイルス表面にスパイクタンパク質が密生するプロフュージョン構造がで
きたそうです。ラボでは早速、鶏卵でインフルエンザワクチンを製造しているベトナムの工場に、
数千回分のワクチン生産を委託したそうです」

宇賀神元総長は唇を噛んだ。

「なんと、致死率九割という、あの凶悪なエボラウイルスのワクチンがすでにできていたとは知
らなんだ。だがそれにしても鶏卵を使った大量ワクチン生産とは、わが浪速ワクセンの十八番で
はないか。ウチでも対応できたのに、ベトナムに持って行かれたとは残念無念だ」

「確かに『プロリン置換』の数を増やせば、安定性が劇的に増すから、超低温でなくても保管で
き、配送も簡単になるし、安く作れるので貧しい国でも対応できそうです。でもその単純な発想
はまさにコロンブスの卵で、なかなか常人では思いつきませんよね」と鳩村が言う。

「天才って、一見するとこんがらがって見えるものの本質をあっさり見抜いて、単純にしてしま
う感じがしますね」と天馬もうなずくと、別宮が口をはさんだ。

「天馬君、『6P』ってひょっとして、ホームラン級のワクチン救世主になるんじゃないの」

天馬と鳩村は顔を見合わせる。

おそらく今の専門的な会話をほとんど理解していなさそうなのに、的を射た言葉だった。

ここにも天才がいたか、と二人は同時に思った。

200

「マウントサイナイ大にデータを提供したなら、ワクセンにも提供してくれないかなあ。そうしたらウチで一年以内にワクチンを開発できる自信があるんですが」と鳩村が口を開いた。

「ぼくもそう思って聞いたんですが、外国の場合、供与は国か自治体からの要請が必要だと言われてしまったんです。各国に一ヵ所だけライセンスを供与することにしているんだそうです」

「そんな」と鳩村は天を仰いで絶句する。

「ワクセンは国の施設だから、お願いする資格があるんじゃないんですか？」

　彦根が指摘すると、鳩村の代わりに宇賀神が言う。

「現状では不可能だな。ワクセンは門倉学園問題の時に安保政権に叛旗を翻したから、中央に睨まれている。地方では白虎党とは折り合いが悪い上に、連中が知ったら『エンゼル創薬』に情報を流すだろう。状況は絶望的だよ」

　彦根と天馬が顔を見合わせる。なるほど、確かに状況は袋小路のようだ。

「わかりました。とりあえずこの情報が広まらないよう、注意します」と天馬が言う。

「今の話は米国の新自由主義と逆行する、驚くべき変化です。欧米では一九八〇年代、政府が経済活動に積極介入して所得格差を是正する『大きな政府』は限界になりました。そこで政府の経済・社会政策を縮小し、市場原理に基づく自由競争で経済成長を図る『小さな政府』論が台頭し、先進国のリーダーは市場経済へ回帰しました。一九八一年、レーガン大統領は減税と福祉予算削減、軍事支出増加で規制緩和を盛り込んだ『レーガノミクス』を展開し、日本では中尾根《なかおね》首相が規制緩和と国鉄、電電公社、日本航空を民営化し追随したんですが、それが『新自由主義』の始まりで、欧米はとっくにその弊害から脱していたのに、日本は周回遅れでその流れに身を投じたんです。その下手人は、大泉政権で経済政策をリードした政商、竹輪《ちくわ》元総務相ですよ」

そう言った彦根は遠い目をした。

それは取り返しのつかない日々を眺めやるような視線だった。

そのような「市場原理主義」を、医学研究分野にも導入したのはレーガン政権だった。

一九八〇年の「パイ・ドール法」は、政府補助金で行なわれた基礎研究を「有用な新商品」にし、大学や研究機関と製薬会社の関係を変えた。

助成金を得た研究成果に特許権取得を認め、大学は製薬会社に排他的ライセンスを与え、国立機関が研究成果の製品化をめざす製薬会社との取引も認めた。

大学や研究機関の特許が検査法や新薬として市場に出回り、政治家やロビイストが介入した。自由アクセスできた公費研究の門戸が狭まった。

「パイ・ドール法」で公的投資を私利する制度ができ、研究者は金儲けを考える商人になり、医学部には「技術移転事務局」が設置された。研究者は製薬会社と取引し、製薬会社寄りに結果をねじ曲げた論文報告もした。

政治が加わると研究は歪曲し、患者は置き去りにされた。まさに「エンゼル創薬」の三木正隆寄付講座教授が歩んだ道で、今の日本のコロナワクチン開発で起こっていることでもある。

「日本のワクチン開発の現状は、どうなっているんですか?」と天馬に最新のワクチンについて質問された彦根は、現実に引き戻された。そこで彦根がこれまでの調査結果を総括する。

「共同開発のサンザシ製薬でさえ、『エンゼル創薬』について正式コメントしなくなっている。研究が遅滞した一番の理由は、かつて日本で子宮頸がん予防ワクチンで有害事象が続発し、集団訴訟でワクチンに対する嫌悪感が蔓延したことだ。だから日本のワクチン開発は臨床治験段階で頓挫するというのが大方の医療関係者の見方だった。それを前提にすると、『エンゼル創薬』の動きはわかりやすい。三木代表は安保政権の医療ブレインで中央と太いパイプがあり、国産コロナワクチン作成という大義名分を投げやすく、浪速白虎党とも仲がいい。そして『ＰＣＲ実施は無意味』と主張する所謂『イクラ』連中の根拠になった『ＰＣＲ忌避・ワクチン推進』の政府方針とも合致する。だからたぶん、開発途中でバックれるね。アリバイ工作で一枚嚙んだ中堅製薬会社のサンザシ製薬も『エンゼル創薬』からキックバックが期待できる。つまり名義貸し料だ。その頃には外国製のワクチンが完成されているから輸入できればそれでよし、できなければ再び脚光を浴び更なる援助金がもらえるので、それでもよし、と思っているんだろう」

「うわあ、あくどい。それってハトじゃなくてトビじゃなくてツルじゃなくて、ええと……」

別宮が言い淀むと、冷泉があっさり言う。

「要するにサギって言いたいんですね」

「メディア人としては言いたくても言えないの。最近の名誉毀損裁判はめんどくさいのよ」

むっとした別宮がそう言うと、冷泉はすぱっと言い放つ。

「でも結果が出せなければそれはサギで、その時にいろいろ言うのはサギ師の言い訳です」

「国内にもコロナワクチンの研究に従事し、製品化できる地力のある研究者はいます。でも国はそういう研究者を選ばない。そんな医学者は役人や政治家にキックバックを考えないからです。まあこれはひねくれ者の邪推ですが」

彦根はそう言って、鳩村を見た。すると別宮が言う。

「『エンゼル創薬』代表の三木教授はワクチン開発の渦中の七月、興味深い本を出版しています。『歌と踊りで免疫アゲアゲ！　コロナワクチン設計者の流儀』というタイトルです」

「どうしてああいう連中って同じ手法に行き着くんだろう」と彦根が吐息をつく。

冷泉にあっさり「サギ師だからでしょ」と言われ、彦根は一瞬鼻白んだ。

「そういえば情報開示クラスターの『佐保』さん情報によれば、浪速では六月から半年以上、コロナ対策会議が開かれていないそうです。つまり『ナニワ・ガバナーズ』のコロナ関連の医学情報は、専門家の議論を経ずに発信されていたんだそうです」と冷泉が呆れ声で言う。

「無責任な情報発信と、結果責任を取らない姿勢が『安保→酸ヶ湯マトリョーシカ政権』と浪速白虎党の『ナニワ・ガバナーズ』の共通点だ。『無責任に始まり無責任に終わる』政治家連中は、国民が政治家のやったことを忘れる、ということを前提にしている。だがコロナは勝手が違う。常に国民に問題として突きつけられ続けているから、ゴマカシが利かないんだ」

「つまり『安保政権』の行き当たりばったりのコロナ対策を踏襲した、『酸ヶ湯政権』のコロナ対策が、医学的に優れたものになることはあり得ないんですね」と別宮が絶望的な総括をした。

「秋にＩＯＣのバッカ会長が帰国した翌日、国内新規感染者は二千人を超え、日本医師会の川中会長が『Ｇｏ ｔｏトラベル』が感染爆発のきっかけだったと発言すると、ＴＨＫニュースはその肝心な部分をカットして報じた。ＴＨＫは安保前首相の支離滅裂な国会答弁を『編集』し、まともな答弁に『偽装』し続けた前科がある。政府に阿る今の報道機関の姿は、太平洋戦争末期に大本営発表を垂れ流して国民を破滅させた、軍事政権下の御用メディアの姿と瓜二つだ。医療崩壊する前に、無責任な政治家の姿勢を糺し、正しく情報発信すべきだ。日本医師会の川中会長や浪速府医師会の菊間会長みたいな立場の人たちが、政府のコロナ対策への批判を発信するのは、医療現場の医師として当然であり、賞賛すべき行動だ。今やひとりひとりの医療従事者が、政府のコロナ対策に対するプロテスタント（抗議者）にならなければ、日本は滅亡してしまう」

激した彦根の言葉に、一同は黙り込む。新年早々、みんな暗い気持ちになってしまった。

天馬が、暗くなった空気を変えようと、明るい声で言う。

「でもいいこともありますよ。ミッキー・トランペット大統領が大統領選で敗れたのは、本当に朗報です。たぶん世界中の有識者がそう思っているんじゃないでしょうか」

「だけどトランペット支持者はまだ敗北を認めていない。一月二十日の大統領就任式が素直に行くとは思えない。日本では安保首相が辞めていい塩梅《あんばい》だけど、本質的には何も変わらないし」

その時、彦根の携帯が鳴った。電話に出ると、彦根の声が一層暗くなった。

「ええ、わかりました。今から伺います」と言って電話を切った彦根は、天馬に言った。

「緊急呼び出しだ。天馬君、今から東京へ行くよ」


その直後の米国大統領の交代劇で、彦根の危惧は現実になった。一月六日、トランペット大統領の演説に煽動された支持者たちが暴徒と化し、連邦議会議事堂を襲撃したのだ。

だが肝心のトランペット大統領がビビって、その場から逃げ出し支持者を見殺しにしたため、米国の民主主義を揺るがしかねない暴動は、あっさり鎮定されてしまった。

一月二十日、マーク・ガーデンが、第四十六代米国大統領に就任した。七十八歳での就任は、米国大統領としては史上最高齢だ。前大統領と面談して政権引き継ぎをするのが慣例なのだが、ここでもトランペット大統領は身勝手さを発揮し、ガーデン新大統領との引き継ぎ式を欠席し、ホワイトハウスを退去した。こうして史上最も幼稚な大統領は、歴史の舞台から退場した。

そしてガーデン新大統領就任式で、米国の感染症対策のトップである米国疾病予防管理センター（ＣＤＣ）のファウル所長の、心の底からの笑顔が全世界に配信されたのだった。

20章　火喰い鳥、表舞台に立つ

二〇二一年一月四日
東京・霞が関・合同庁舎5号館

新年早々、厚生労働省の白鳥圭輔技官は、審議官室に呼び出された。

厚労省大臣官房秘書課付技官というのが今の正式なポジションなのだが、他に肩書きがたくさんありすぎて、省内序列は不詳だ。偉いのか、偉くないのかよくわからない彼は、今や省内では完全無欠のアンタッチャブルになっていた。

白鳥技官がノックをすると、「どうぞ」という女性の声がした。

扉を開けると、大きな机に着いた女性が、でん、とふんぞり返っている。

「やあ、本田さん、久しぶりだね。調子はどう？」

「絶好調よ。あんたのおかげであやうく転落するところだったけど、巻き返してここまで登り詰めてやったわ。どう、恐れ入った？」

「うん、参った参った。天は日本を、奈落の底に落とすつもりらしいね」

「ほんと、口が減らないヤツね。いずれにしても、今のあんたはお手上げでしょ」

「まあね。僕の主業務は『厚生労働省新型コロナウイルス対策本部マスク班班員』なんだけど、『アボノマスク』の配布が終わったから仕事がなくて、もうヒマでヒマで」

白鳥の挑発的な発言に、本田はむっとした表情になる。

「あんたみたいに、いつも騒動の中心にいたがる人が干されるなんて、さぞ辛いでしょうね」

すると白鳥は、肩をすくめてへらりと笑う。

「ところが意外にそうでもないんだよね。酸ヶ湯劇場があまりに面白すぎて、毎日ワイドショーを楽しんで見てるからね。それにしてもまさか、天敵の都知事に強制されて緊急事態宣言を発出させせられるなんて、夢にも思わなかったんだろうね。煮崩れした煮豆みたいなご面相が、苦虫を踏み潰しちゃったみたいな顔になっちゃってさ。うくく」

新年早々の一月二日、首都圏の四知事が共同で緊急事態宣言を出すように要請し、それを受けて酸ヶ湯首相は八日、緊急事態宣言を発出させせられた。

ところが後で話を付き合わせてみると、どの知事も、他の知事が賛同していると、小日向都知事に説得されたとわかり、酸ヶ湯は怒り心頭になった。だがそれは、後の祭りだった。

そんな酸ヶ湯首相の怒りが感染したかのように、本田も声を荒らげる。

「首相は毎日大変なのよ。公務員がボスのことを揶揄するなんて許されないわ」

「わかったわかった。でもそんなことより、本田さんは今や厚労省の上層部なんだから、足許を固めた方がいいよ。老健局の連中の緩みっぷりったら見てられないからね。いつか問題を起こすよ、あそこ。老健局の連中は自分たちはコロナと無関係だと思っているみたいだけど本来、まず老人にワクチン接種しようというのが酸ヶ湯首相の戦略でしょ」

「あそこは介護保険を扱う部署だから、コロナは関係ないわ。そんなことより、今あんたがぽろりと言ったけど、あんた、ワクチンの後方支援《ロジスティック》担当をやってみない？」

白鳥はまじまじと本田を見た。

「一体全体、どうしちゃったのさ、本田さん。ワクチンは今喫緊の課題で厚労省の花形業務でしょ。僕を干したがっている本田さんの言葉とは、とても思えないんですけど」

「うるさいわね。遊んでいるヤツを有効活用するのも、上級職の仕事なのよ」

「それにしたってクルーズ船の時は、日の当たらない部署に僕を押し込んだ本田さんの差配とは思えないねえ。アドバイザリーボードも出禁だし。なんで僕なんかを抜擢するのさ」

白鳥技官にじっと凝視され、本田審議官は目をそらした。

「抜擢じゃないわ。コキ使いたいだけよ」

「それじゃあ説得力がないね。ちゃんと事情を説明してくれるなら考えてもいいけど、問答無用でやらせようとしたら、僕だって臍《へそ》を曲げて拒否権を行使しちゃうからね」

それからじっと本田を見て、言う。

「僕を使わざるを得ないってことは、超絶の非常事態なんだね。ひょっとして酸ヶ湯さんから何か無理難題を言われたのかな。でも目立ちたがりの本田さんが自分でしゃしゃり出ないところを見ると、事務手続き上でドジを踏んでそれを僕に収拾させたい、と。うまくいけば自分の手柄、失敗したら僕に責任を押しつける、といったあたりかな。そうするとワクチンの手続きでドジを踏んだから、その後始末をさせる、あたりだろうね」

本田はぐっと唇を噛む。

「バカなこと言わないで。ワクチンの輸入手続きなんて粛々とやっていて、ちゃんとファイザーの言質も取っているわ」

「それはビックリだ。本田さんがそんな有能だったとは知らなかったよ。でもちょっと気になる言い方をしてるね。『言質』ということは、『正式な契約』はしてないの？　具体的な指示は出してるの？　誰にいつ？　何時何分何曜日？」

「ああ、もううるさいわね。ワクチン班がファイザーの日本法人の社長と連絡を取り合っていると言っているから、契約はできているはずよ」

「『できてるはず』ということは、ちゃんと確認はしてないんだね、本田さんてば。僕に責任をなすりつける前に、まず自分の領域の仕事ぶりを確認する方が先決だよね」

白鳥技官が言うと、本田審議官は彼を睨みつけた。

「そんな悠長なことは言ってられないのよ。厚生労働省の面子が丸潰れになってもいいの？」

白鳥技官は、両方の掌を真っ赤なマスクに当てて、くすくすと含み笑いをした。

「大袈裟だなあ。厚労省の無能さは遍《あまね》く知れ渡っちゃってるから、今さらワクチン手配ごときに疎漏があったって、厚生労働省の評判は地に墜ちたまま、ビクともしないと思うよ」

「ああ、もうめんどくさい人ね。あんたを抜擢する理由を言えばいいんでしょ。酸ヶ湯首相は厚労省をすっ飛ばし、ワクチン大臣を創設するの。しかもよりによって豪間《ごうま》議員を抜擢するのよ」

「うわあ、酸ヶ湯さんってば、そこまで追い詰められてるんだ。ここで豪間さんかあ。こりゃあワクチン問題は滅茶苦茶になるな。でも本田さんのミスも帳消しになるのか。観察していると、『嚙みつき太郎《たろう》』は嚙みつく相手は見極めているもの。大胆不敵に見られたがってるけど、実は小心者だもん。厚労省も嚙みつかれるだろうけど、全方位的に嚙みつくはずだから、ほとぼりはすぐ冷めると思うよ。何しろ『歩く不祥事ルーレット』だし」

「不祥事ルーレット」とは官僚機構の自己防御システムだ。

官僚組織の中枢、霞が関の不祥事は多数ある。それが暴露された非常事態対応のために創設されたのが「省庁横断的組織防衛会議」、通称「マルショウ」だ。

致命的な重大不祥事が発生した時、猥雑《わいざつ》で下劣で、だからこそ一般大衆の興味を惹くような、ちゃちな不祥事を公表する。目眩《めくら》ましのデコイ（おとり魚雷）のようなものだ。

ごまかすためだから、新たに公表するのは、重大事案を起こしたのとは別の省庁のセコい不祥事でなければならない。それを供出する省庁を決めるのが、通称「不祥事ルーレット」だ。

白鳥が言わんとしたのは、豪間という政治家は、ささやかな不祥事で目を逸らすようなことを自然体でやれてしまうような人物だ、ということだった。

本田審議官は目を細め、白鳥技官を睨んだ。そして低い声で言う。

「これを聞いたら、そんな他人事みたいなことは、言っていられなくなるわ。事務次官の辞令を伝達します。あんたの新しい肩書きは、ワクチン大臣連絡担当官よ」

一瞬、驚いた表情になった白鳥だが、すぐににんまり笑う。

「それって、貧すれば鈍するってヤツだね。あの喧嘩太郎ちゃんの許にぼくを派遣するなんて、喩えて言えば、燃えさかる火を消そうとして、水の代わりにガソリンをぶちまけるようなものなのにね。でもまあ、これは最善ではないけど次善の策かな。しょうがない。無能な厚労省幹部を救うのではなく、国民のためにやるっきゃないのか。やれやれ、だな」

吐息をついた白鳥は直立不動の姿勢になり、敬礼する。

「白鳥圭輔技官、ワクチン大臣連絡担当官の辞令、拝命しました」

そう言うと、本田のことなど眼中にないように振り返り、すたすたと部屋を出て行った。

あっけにとられた本田は、そんな白鳥に掛ける言葉が浮かばないまま、彼の退室を見送った。

白鳥の洞察は概ね正しかったが、ある部分は根本的に間違っていた。

泉谷と偕老同穴《かいろうどうけつ》の本田は七月、ワクチン開発の進展具合を見て、契約を締結した方がいいと泉谷に進言した。だが当時安保首相は酸ヶ湯を干そうとし、酸ヶ湯の腹心の泉谷も疎まれていた。

本田も本省に戻され、泉谷との公然密会もままならなかった。

なのでここで二人の妄念がよからぬ判断をさせる。

年末には泉谷は官邸から放逐されているだろう。ならば進言したというアリバイだけ作っておいて契約は進めず、今川に報せずにおけば、ワクチンが必要になった時パニックになるだろう。

そんな埋設地雷のつもりだったから、ファイザー日本法人社長にはワクチン供給の打診をしただけで、その後は放置していた。

だが八月末、安保首相はあっさり政権を投げ出し、都落ち寸前だった酸ヶ湯が返り咲き、首相に就任した。これで流れは一変し、酸ヶ湯の放逐を画策していた今川首相補佐官は官邸を追われ、棚ボタで泉谷が官邸の大番頭の座を射止めた。

泉谷は再び本田を呼び寄せると、ヴィタ・ドルチェ（甘い生活）を満喫した。だがあまりにも唐突な急展開だったために、二人は大切なことをいろいろ忘れてしまう。

そのひとつが、中途で放り出していたワクチン契約だ。

酸ヶ湯は「Ｇｏｔｏキャンペーン」に血道を上げたため、ワクチン話は完全に忘却の底に沈んだ。だが年末から感染者数が急増し、小日向都知事の奇襲に遭い、うろたえた酸ヶ湯がワクチンについて泉谷に尋ねた時にようやく、今川を貶めるためのサボタージュが、自分たちの身に降りかかってきたことに気がついた。あわてて対応を考えたものの、妙案は浮かばない。更に霞が関の「ハカイダー太郎」にワクチン行政を任せるという仰天ニュースを耳にした。「嚙みつき太郎」がこの状況を見たら、鬼の首を取ったかのようにメディアに吹聴しまくるに違いない。

そうなったら身の破滅だ。

絶体絶命のその時、本田の脳裏に浮かんだのが、「毒を以て毒を制す」という箴言《しんげん》だった。

＊

辞令を受けた白鳥はすぐさま、ある人物と連絡を取った。

白鳥別働隊（と彼が勝手に名付けている）彦根新吾だ。

スカラムーシュ（大ボラ吹き）の異名を持つ彦根は今、浪速で白虎党退治に勤しんでいる。

連絡を受けた彦根は直ちに上京した。こういうフットワークの軽さが彦根の真骨頂だ。

十一ヵ月前の二月、横浜港に豪華客船ダイヤモンド・ダスト号が着岸した時から、白鳥の暗躍が始まった。その時も、白鳥は彦根をフル活用した。

だが内心では、年末に彦根が上京した時は、彼の願いを叶えてやったから、今度は僕の番だ、と思っていた。これがフィフティ、フィフティの関係というもんでしょ、と白鳥は思っていたが、そんな考えが相手の彦根に伝わったら、思い切り反論されたに違いない。

これまでのことを考えたら、どう考えても彦根がコキ使われる方がはるかに多いのだから。

白鳥は、彦根と東京駅構内のレストランで打ち合わせをし、とんぼ返りさせるつもりだった。

打ち合わせの店は、ご無沙汰していた牛タン屋に決めた。人気店だが回転が早いので、さほど待たずに済むだろう。

待ち合わせ場所の駅構内の新幹線改札口に佇《たたず》むと、豪間太郎《たろう》の経歴をネットで検索し始める。

元衆議院議長の豪間洋太《ようた》の長男。息子の彼は、米国の大学を卒業し英語はペラペラ、真の国際派ということになっている。外相の時には百二十三ヵ国を訪問しているが、特に目立った業績はなく、「スタンプラリー外遊」と揶揄されていた。

経済感覚には乏しく、外相に就任して最初に予算計上したのが「外務大臣専用機」の購入だ。もちろんこれは激しい非難に晒され、即座に却下されてしまったのだが。

小さな政府をめざし、年金は消費税から出す、消費税支持者である。

防衛相の時は詐欺同然にトランペット大統領に売りつけられた「イージス・アショア」を米国に対して完全撤回する、という大変な残務処理をした。

ツイッターを活用するが、意に染まないツイートは即座にブロックするため、ついたあだ名が「ブロック太郎」。米国のトランペット前大統領の熱烈な信奉者でもある。

元々自保党員には珍しく反原発主義者でリベラリスト風で、民友党《みんゆう》とも親和性があると言われていた。だが安保政権に入閣を打診されると自身のツイッターから反原発ツイートを完全削除し、安保前首相の忠犬になった。

反原発の頃は自保党の重鎮から馬鹿者や共産主義者と罵られたが、一向に堪える様子はない。基本姿勢を百八十度転換してもケロリとしているあたり、ポリシーなき政治家の部類に入る。

首相になるのが最大の目標で、無役の頃インタビューで「人気政治家だから、お父さまのように新党を作り、そのトップでやりたいことをやればどうですか」と問われると「私は自保党は離れません」と断言し「だって自保党にいれば、長老たちはいつか退場するから、総理になるのに一番早道なんだもん」と答えている。その意味でガードが甘い三世政治家だとも言える。

「政治家三世のボンボンって、こんなのばっかだな」と白鳥は呟く。

「こんなの」とは、規制緩和主義者の新自由経済主義者で、その代表格は大泉元首相の跡継ぎの三代目ポエマー、大泉丹二郎《たんじろう》だ。

酸ヶ湯にすれば自由奔放に振る舞う豪間は、むかつくと同時に羨望の的だった。

酸ヶ湯と豪間は衆議院議員としては同期だった。同期を部下としてぶん回すのは、派閥を持たない酸ヶ湯にしてみたら、快感なのだろう。

なので豪間は、酸ヶ湯には信任されているようにも見える。

「なんだか、しちめんどくさそうな御仁だな」と白鳥がぶつぶつ呟いていると、新幹線の改札口に彦根が姿を現した。

天馬が同行していたので白鳥は、牛タン屋をやめて喫茶店にした。三人並んで座ったら、密談ができないからだ。店に入るなり、彦根が言う。

「先日は、アドバイザリーボードの会議にオブザーバー参加させてくださり、ありがとうございました。おかげでこちらは順調です。別宮さんも、首相記者会見の件で感謝してましたよ」

「潜入動画は僕も見たよ。別宮さんて、とんでもない人だよね」と白鳥は大して憤慨した様子もなく言った。そして更に続けた。

「なんか最近、近江さんが少しはっちゃけているから、どうせ彦根センセの差配なんだろうとは思っていたけどね。まあ、いいことなんだけど、あまりやり過ぎるとスカちゃんの機嫌を損ねて外されちゃうから、ほどほどにしておいた方がいいよ」

「そのあたりは僕にもコントロールできないんです。近江先生って、予想以上にラディカルな方のようです。それにしてもワクチン大臣の新設と、豪間大臣の抜擢とは大スクープですね。別宮さんに教えてあげたいなあ」

「それは絶対にダメダメだよ。この人事は厳しい箝口令《かんこうれい》が敷かれているんだから」

「当然でしょうけど、発表されたら大騒動になりますね。そうか、それが酸ヶ湯首相の狙いか」

「その通り。おとそ気分の三が日に小日向都知事から食らった一撃は、酸ヶ湯さんにとって痛恨だっただろうからね。豪間さんは毀誉褒貶《きよほうへん》のある人で、次の首相には早いというのが自保党内の意見だから、ここでコキ使ってやろうという魂胆が見え見えだよね。うまく行けば自分の手柄、失敗したら責任転嫁って、あれ、このセリフ、最近どこかで聞いた気がするな」

それはついさっき、本田からこの難題処理を命じられた白鳥が、彼女に言った言葉だったが、すでにそんなことは綺麗さっぱり忘れていた。

「それで、僕をわざわざ東京に呼び出して、一体何をさせたいんですか」

「うん、それなんだけど、天馬君も同行させるとは相変わらず勘がいいね、彦根センセって」

そう言うと白鳥は声を潜めた。その話を聞いて、彦根と天馬は思わず絶句した。

それからしばらく、三人はぼそぼそと密談を続けた。

小一時間の会合が終わると白鳥は二人に浪速にとんぼ返りを命じた。

「とりあえず、浪速のケリをつけちゃって。そうしないと虻蜂《あぶはち》取らずになっちゃうからね」

「相変わらず人使いの荒い人だなあ」とぶつぶつ言いながら、彦根と天馬は店を出た。

ケーキセットはさすがに白鳥持ちだった。それは大層珍しいことだったのだが。

だがこれくらいなら電話でもよかったじゃないか、という文句は、彦根は言わなかった。

超合理主義者の白鳥がわざわざ呼び出すからには、それなりの理由があるということを、彦根は納得していたからだ。

21章　ワクチン大臣・豪間太郎

二〇二一年一月
東京・霞が関・首相官邸

二〇二〇年九月、酸ヶ湯政権の行政改革大臣を拝命した豪間太郎は不満だった。防衛相、外相と重要閣僚を担い、下馬評では巨大省庁の主要官庁、総務相候補に挙げられていたからだ。

豪間は結局、行政改革大臣という臨時設置の格下の閣僚に押し込められた。

彼の不満の根源は、浪速白虎党の元党首の横須賀守と同列に扱われたことだ。だがそれに言及したらそれこそ同格と思われかねないので、ガン無視した。

結局、総務相には豪間が洟《はな》も引っかけない小物の酸ヶ湯のポチ、保地《ほち》議員が任命された。

前職の防衛相時代、突然ハンコ撤廃を言い出しハンコ業界の怒りを買うが押し通し、その勢いを買って、カタカナ用語の撲滅を目指した。「クラスター」は「集団感染」、「ロックダウン」は「都市封鎖」、「オーバーシュート」は「感染爆発」とせよと提言したのだ。

これが酸ヶ湯のお気に召した。カタカナ用語で世間の耳目を集めるのは「キャッチコピー知事」小日向美湖の得意技だ。だが小日向知事は豪間が苦手らしく、直接触れない。

コイツは魔除けになるかもしれない、と酸ヶ湯は思ったのだ。

行政改革担当大臣に就任した豪間は、できることを思いつくまま、ぶん回そうと思い、手当たり次第に「改革」を断行しようとした。就任翌日、自分の公式サイトに「行政改革目安箱」を設置すると、書き込みが殺到し、たちまちパンクして翌日停止した。

十日後、今度は内閣府ＨＰに規制改革・行政改革ホットラインを再設して役所に対応を丸投げするが、こちらも書き込みの勢いは止まらず、十一月末に再び停止してしまう。

こうして「クラッシャー豪間」、「嚙みつき太郎」の人気と、調整手腕の未熟さが露呈した。

だがそんなことでめげる豪間ではない。その調子で既存システムの破壊活動に勤しんでいたら、年が明けると同時に、新設のワクチン担当特任大臣に任命された。

この辞令に豪間は満足した。前例打破が旗印の豪間にすれば前例のない任所はうってつけだ。加えて首相官邸に部屋があるので将来、首相になる豪間には、絶好の下見になる。

だがその新設は政権の機能不全を示していた。本来ワクチンは医療行政だから当然、厚生労働省が対応すべきだ。それに内閣には新型コロナ対策担当大臣もいるのだから、彼が担当すべきだ。そこに新たにワクチン大臣を任命するのは、屋上屋を架すの愚だ。だがみんな口先だけの形骸大臣なので、そこに生じたのは縄張り争いだけだった。それは幼稚園のゴッコ遊びに似ていた。

ここまできたらいっそ呼称を「病院大臣」、「コロナ大臣」、「ワクチン大臣」と幼稚園レベルで揃えるべきだろう。

酸ヶ湯政権は新型コロナ対策本部として三ツ頭の地獄の魔犬、ケルベロス体制を敷いた。

昔からの「病院大臣」、なぜか衛生対策を経産大臣にやらせる「コロナ大臣」、ワクチンが来るから慌てて拵《こしら》えた「ワクチン大臣」の三ツ頭は互いに相手を敵と認識し、攻撃し合った。

政界の魔犬・ケルベロスは出生直後から傷だらけで、瀕死《ひんし》状態になった。

その中では新参の豪間が一番元気だった。就任挨拶で「私の担当業務は、厚労省など所轄官庁の他、製薬会社、医師会、物流業者など多くの関係者との調整役のロジ担であります」と防衛相時代に覚えた軍事用語を使って、得意満面だった。

豪間は容赦なく、ライバルたちに斬り掛かった。

「コロナ大臣」は人使いが荒く、スタッフが次々に体調を崩していた。月の残業が三百時間を超えるという、想像を絶するブラック企業だ。彼は朝令暮改、しかもせっかちで思うように資料が揃わないと激怒した。モラハラ、パワハラの権化の彼は、豪間行改相の格好の標的になった。そのブラックぶりが天下に晒され、威勢の良かった「コロナ大臣」はおとなしくなった。

「病院大臣」はコロナの担当部署で雑事に忙殺され、発信力も弱く、手柄を口先で横取りすればいいだけなので、豪間はあえて攻撃しなかった。発信力では官房長官がライバルになるはずだが、彼はステレオタイプの対応しかできない、酸ヶ湯のミニチュア版なので、所詮敵ではない。

かくして豪間は就任二週間で、ワクチン覇権を確立した。

白鳥が豪間とサシで話をしたのは、そうした躁《そう》状態の豪間劇場が一段落した頃だった。


「豪間大臣、お久しぶりです」と挨拶した目の前の男を、豪間はまじまじと見た。

快晴の空のように青い背広、黄色いシャツ、真っ赤なネクタイの三原色そろい踏みのその姿は、利《り》休鼠《きゅうねずみ》の背広がスタンダードな霞が関には場違いだ。しかも口元には真っ赤な炎のマスク。

大人気アニメ「仏滅の剣」のロゴ入りではないか、と羨ましく思いつつ、本能タイプの豪間の胸にアラームが鳴り響く。なぜか脳裏に、ゴキブリのイメージがよぎった。

——キケン、キケン。総員、厳戒態勢ニ入レ。

「何者だ、君は。名を名乗れ」

「実は大臣が就任直後にお目に掛かっているんですが、僕なんか目に入らなかったんでしょう。改めてご挨拶を。厚労省から派遣された、シンコロワクチン供給担当大臣担当の白鳥圭輔です。

短い間ですが濃ゆいお付き合いになると思いますので、よろしくお願いしますね、大臣」

「厚生労働省は、ワクチン・ロジの最重要パーツだ。それが今頃のこのこと顔出しするなんて、一体どういうつもりだ」

「豪間大臣の見せ場の足を引っ張ったら申し訳ないので、お披露目が一段落するまで待ってたんです。厚生労働省の連絡員として大臣にお伝えしておかなければならないことがありまして。ウチの本田がドジしまして、ファイザーとのワクチン契約は正式には締結されていないんです」

「何だと」と豪間大臣は立ち上がると、そのまま数十秒、固まった。

「そんなスチューピッドなことがあるはずない。ワクチン輸入は何を置いてもアージェントな、最優先事項のはずだ。本田審議官というのはアレだな、泉谷さんの……ごにょごにょ」

「配役の詳細をご存じなら説明しやすいですね。本田審議官は担当部署にワクチン確保を命じたんですが、担当官は日本法人の社長への打診で止まっていたんです。責任は確認を怠った本田審議官にあるので、そんな無能なヤツは、豪間大臣の豪腕で更迭しちゃってくださいよ」

「むう。それは私の職責のエリアではない。私はワクチンのロジ担だからな」

「兵站《へいたん》線の瓦解は、戦地では許されざる重罪です。日本の伝統的な欠点で、そのせいで日露戦争でも相手にとどめを刺せず戦争が長引いたことくらい、戦争オタの大臣ならご存じでしょ」

「いや、知らなかった。私の興味は近代戦争で、過去の戦争研究には手を伸ばしていない」

すると白鳥は人差し指を立てて、左右に振りながら「ちっちっち」と言う。

「ほんとに防衛省の連中を心服させたければ、彼らが固執する太平洋戦争や満州経営に対する旧日本陸軍の戦略を攻撃するため、明治の二つの大戦と、それを支えた明治陸軍のシステムを教えることで抑制しないと、またぞろ連中は暴走しますよ」

宗像博士の言葉の受け売りである。豪間大臣は腕組みをして考え込む。

「補給物資の確保ができなければ、わが師団は壊滅する。それには真っ先に対応しなければならん。だがそんな重要事態を把握しながら、なぜ貴君の報告はこんなにもトゥー・レイトなのだ」

「だからさっきも言ったように、豪間大臣の見せ場を台無しにしたくなかったからですよ。もし大臣がこの情報を知っていたら、あんな歯切れいい記者会見をやれましたか？」

う、と言って豪間は絶句するが、すぐに立ち直る。この復元力が豪間の強味のひとつだ。

「ならば、これから私はどう振る舞えばいいのだ？」

「この劣勢の挽回には豪間大臣自らファイザーと直接交渉するしかないです。ワクチン担当大臣が出馬すればファイザーも多少は慌てふためくでしょう」

「むう。それはエキサイティングな提案だ。わかった。直ちに手配しろ」

「え？　僕がやるの？」

「当たり前だろう。貴君は提案者である上に、担当官庁のエージェントではないか」

さすがの白鳥も、ぐうの音が出ない。他に振ろうにも、隣には誰もいない。

「豪間大臣の人使いが荒いっていうウワサはほんとでしたね。以後気をつけようっと。けど、これだけは言っておきます。僕ができるのは大臣とファイザー本社の上層部をつなげることだけで、交渉の成否は豪間大臣の手腕ですから」

「わかってる。そんなことはオフコースだ」と言って、豪間は、くしゃっと笑った。

白鳥にそう答えた豪間大臣だが、その約束は守られなかった。

ファイザーの重役は「ゴッコ遊び大臣では相手にならぬ、首相を出せ」と高飛車に回答し、恥を掻《か》かされた形になった豪間大臣が激怒したからだ。だが、白鳥はどこ吹く風だ。

「だから言ったじゃないですか。交渉結果は豪間大臣の手腕ですって。それが気にくわないなら、どうぞ記者会見で僕の無能さを詰って、クビにしてください」

瞬間湯沸かし器のように沸騰していた豪間は、そのひと言で冷静さを取り戻す。

熱しやすく冷めやすいのは、豪間の美点でもあり欠点でもあった。

「むう。貴君の言う通り、現状は一歩改善されたのは間違いない。次はどんな手がある？」

「貶しておいて言うのもなんですが、豪間大臣でダメなら他の閣僚ではどうしようもないです。先方の言う通り、酸ヶ湯さんに出張ってもらうしかないですよ」

「かりそめにも一国の宰相ともあろうお方に、ワクチン如きの入手のため一企業詣でのため渡米しろと進言するのか。そんなスチューピッドなことができるはずないだろう。このたわけめ」

「『ワクチン如き』という、その認識を改めないと、この先も酷い目に遭いますよ。これは外相を歴任した豪間大臣にしかできない離れ業で、たぶん成功の確率が極めて高いギャンブルです。達成できれば酸ヶ湯首相の覚えがめでたくなり、首相への最短距離を突っ走れますよ」

豪間大臣の顔がぱあっと明るくなる。なんてわかりやすい人なんだ、と白鳥は呆れたが、その単純さは善良さに裏打ちされている。

この場合の「善良さ」とは「浅薄さ」の別表現であったのだが。

「でもこれは豪間大臣の業績を、酸ヶ湯首相に献上することになりますが、いいんですか？」

「内容次第だな。取りあえず聞いてやるから、話してみろ」

「豪間さんが大好きなトランペット大統領からガーデン大統領に変わったばかりなので、日米首脳会議の開催を持ちかけて、そこにファイザーのトップを呼びつければいいんです」

「なるほど。だがそれでは、ワクチン供給の遅れは解消しないではないか」

「そこは豪間大臣が口八丁手八丁で、うまくごまかしちゃえばいいんです。どのみちファイザーに断られちゃったんですから、どうやっても遅れは解消できないんですから」

白鳥の無遠慮な物言いにむっとしながらも、豪間はなおも訊ねる。

「だがコロナが蔓延しているシチュエーションで、先方が首脳会談に応じてくれるかどうか」

「そこは外相歴が長く、米国の政治家と太いパイプを持つ豪間大臣の腕の見せ所でしょ。ただし成果は酸ヶ湯首相のものになり、骨折り損のくたびれもうけになるかもしれませんけど」

「それはノー・プロブレムだ。外相の時は安保さんを支えて縁の下の力持ちで働いた。安保さんが外交の安保と言われたのも、私が裏で支えていたからだ。安保さんはそのことを自分の手柄のように言いふらし、私の貢献についてはひと言も口にしなかったが、日本国のためだから、それはちっとも構わない」

「では、酸ヶ湯首相に進言をしてあげるといいですよ。酸ヶ湯さんは今、小日向さんに一方的に押し込まれて、相当へこんでいますから、きっと感謝感激アメアラレだと思いますよ」

「うん、そうか、そうだな。よし、今すぐお伝えしよう」

豪間大臣は勢いよく立ち上がると、白鳥を残して姿を消そうとした。

「あ、ちょっと待って。あとひとつ。ワクチン接種後の死亡事例は、きちんと調べられる仕組みを作っておいてください。厚労省はそういうとこ、全然わかってないんですから」

「貴君は厚労省の技官なんだから、自分でやればいいだろう」

「恥ずかしながら、僕の力では無理なんで、大臣の豪腕をお借りしたいんです」

「わかった。考えておく」と言い残し、豪間大臣はあっという間に姿を消した。

白鳥は、その性急さにあっけに取られたが、その後でにんまり笑う。

「いろいろ問題はあるけど、強度はある。使い勝手のいいモビルスーツみたいな人だな」

実際、豪間大臣は白鳥の思惑以上にうまく世間を韜晦した。

ワクチン供給量の絶対的不足は、ロジ情報を適宜提供してごまかした。

だが現場は悲惨だった。

ワクチンをいつ、どのくらい提供されるかという情報が欠落していた。

ファイザーのワクチンは超低温保存が必要で、一度解凍したら使い切らなければならない。

だが中央からどのくらいの量が供給されるかわからなければ予定も立たない。それこそまさにロジ担の業務だったはずだが、豪間大臣はそこには触れず、ひたすら自己賛美に終始した。

それは芸術的ですらあった。ワクチンの供給量が追いつかなくなると「ワクチンの必要性が周知されオーバーフロー状態だ」と言って誤魔化した。要するに供給不足なのだが、そうとは思わせない発言を繰り返す。そもそも物資不足なのに、オーバーフロー、つまり過剰というのだから、論理破綻にもほどがある。正確には「物資ショート」だろう。

その意味で豪間大臣は、安保前首相と瓜二つだった。

だが肌触りは真逆で「柔の安保、剛の豪間」だった。

そんな豪間の物言いを、羨望のまなざしで見つめていたのが「朧《おぼろ》の酸ヶ湯」だ。

この頃、酸ヶ湯の答弁はメディアに叩かれた。目を見ずにぼそぼそ喋るのでこころに響かない、原稿の棒読みで言葉が死んでいる、などと酷い言われようだ。

挙げ句の果てに「ゾンビ答弁」などと、許し難いあだ名までつけられてしまう。

中身がない点では豪間だって大して変わらないではないか、と酸ヶ湯は内心不満だった。

言葉には人間性が現れる。

酸ヶ湯は強権的に他人を威圧し、官房長官の職責を全うしてきた。

言うことを聞かない人間は、人事権を駆使して排除した。

結果、酸ヶ湯の周りには、彼に阿る連中だけが残った。

耳障りのいい阿諛追従ばかり聞かされ、手の届く範囲のものを思うがままにしてきた酸ヶ湯が、他人のこころに響く言葉を発せられるはずがない。

一方、豪間は、自分が思うところを思うままに発し、時に世間や仲間の顰蹙《ひんしゅく》を買った。自保党の古老から「アレはアカだ」などと誹謗《ひぼう》されたが、豪間は思うところを主張し続けた。

だから彼は、言葉だけは鍛えられていた。

酸ヶ湯にないものを、異端のプリンスは持ち合わせていたのだ。

豪間がのらりくらりとワクチン不足の現状をやり過ごしているうちに、酸ヶ湯は緊急事態宣言を撤回した。

「安保→酸ヶ湯マトリョーシカ政権」の悲願、東京五輪の聖火リレーを開始するためである。

識者は当然、時期尚早だと猛反対した。

人流を止めなければならないのに、火吹き棒を持ち日本中を隈無く走り回るなど、反理性的な愚挙の極みだ。

だが酸ヶ湯にとって、聖火リレーの断行は必須の事案だった。

唯一の誤算は小日向都知事が出発会に出席すると、早々に言明したことだ。

開催都市の首長だから出席して当然なのに、なぜか酸ヶ湯はむかっ腹を立てた。

目立つ場面に必ず顔出しする小日向都知事に対する感情はもはや憎悪に達していた。

そこで小日向知事の目論見《もくろみ》を粉砕すべく、国会対応という理由で出席を見送り、その時間に官邸からメッセージを発した。

総務省の認可が命綱の各テレビは酸ヶ湯の行動を見て、彼の意向を忖度した。

華やかな出発式の中継は首相のメッセージで分断され、現場の音声は流れず、小日向美湖・東京都知事の一世一代のスピーチもマスキングされてしまった。

こうして日本では、世界中が呆れ果てる、世紀の空騒ぎの幕が開いた。

もはや誰のための、そしてなんのためのオリンピックか、わからなくなっていた。

22章 後藤男爵、現代医療を一刀両断す

二〇二一年一月
桜宮・蓮っ葉通り・喫茶「スリジエ」

俺が久々に、喫茶「スリジエ」に足を運んだのは、年末年始のコロナ対応に疲弊し、気分転換をしたかったからだ。新型コロナウイルス対策本部、略して「シンコロタイホン」の本部長に任命された俺が、感染症対策の実働部隊としては役立たずだということは、東城大の誰もがわかっているはずだ。ところがそんな俺すら最前線にかり出される事態になった。

これは俺自身の危機であると同時に東城大の危機でもある。ワーカホリックの速水ならともかく、横着者の俺が前線に立つということは、非常事態というより異常事態だ。

破綻の兆しはコロナ専門病院として知名度が上がった時から始まっていた。

東城大に、隣の湘南県からの患者搬送がやたら増えた。ベッド数が限られているので断らざるを得ない。だが救急車で五件以上たらい回しされて、と救急隊員に泣きつかれると救命救急部の責任者、お人好しの佐藤部長は受けてしまう。彼を支える如月師長も文句を言わないから、なし崩しに県外の患者が増える。当の湘南県では「PCR検査をしたら医療崩壊します」と主張し、コロナ対策の初動の間違えたイメージを植え付けた湘南県医師会会長や、カジノ誘致にしか興味がない老齢の大林《おおばやし》市長、元テレビキャスターで目立ちたがり屋だが小日向知事や鵜飼知事の格下に見られてしまう赤岩《あかいわ》知事など、救い難い為政者が参集し、医療崩壊が進展していた。

政治家も三代目プリンス・ポエマー大泉にヤンキー女優三方ヶ原《みかたがはら》が雑居する動物園状態で、彼

らのバックには妖怪「油すまし」こと酸ヶ湯首相まで控えている。湘南県は魔物の伏魔殿だ。

この前、突然白鳥技官がやってきて「湘南県の実情が表沙汰にならないのは、ジャーナリストが県政に籠絡《ろうらく》されているからだ」と喚《わめ》き散らして帰っていったが、俺も全面的に同意したい。

二〇二一年の年始に二度目の非常事態宣言が出されたが、感染者は一向に減らない。

加えてじわじわ広がり始めたのが、英国変異株だ。感染力三倍、致死率四倍などと恐怖を煽る言葉が広がっているのに、市民の危機感は水のように薄い。

医療現場でコロナ患者と接する医療従事者、特に看護師の疲弊が激しい。退職者が相次ぎ、本院から補充するので本院も疲弊する。腹黒タヌキの高階学長もさすがにお手上げの感がある。最前線のオレンジ新棟・コロナ重症者受け入れ病棟の凄惨《せいさん》さは目に余る。救命救急センターを復活させていないのに、ICUの佐藤部長がスタッフの半分を引き連れ運営に当たっていた。いきおい、本部棟のICUは機能不全となり、術後管理が限定され予定手術の延期が続いて、通常医療も破綻しかけている。

現場があまりに気の毒なので、責任者として獅子奮迅の活躍をしている如月師長を誘って、お茶をすることにした。彼女には、喫茶「スリジエ」に連れていってほしい、と言われていたので、約束を果たす意味もあった。如月師長はランクルを出してくれた。

「この車なら蓮っ葉通りまで五分ですから」と言って鼻歌交じりにアクセルを踏む。

強い加速にのけぞりながら俺は、普通の運転なら二十分は掛かるはずだが、と思ったが、そのことには触れないでおいた。

如月師長の運転は滑らかながらも猛スピードが出ていて、宣言通り、五分で「スリジエ」近くの駐車場に着いてしまった。

かつて、知り合いの警察官僚の加納《かのう》警視正に、東京から桜宮までの約百五十キロを、たった一時間で送ってもらったことがあるが、あの時の運転に匹敵するワイルドさだった。

蓮っ葉通りの入口の駐車場に車を止めた如月師長は、自動キーを掛けながら言う。

「それにしても、しみったれと田口先生が奢《おご》ってくれるなんて、雪が降るんじゃないかしら」

「なぜ私をしみったれと認識している認識しているんですか?」

「こんなに長い付き合いなのに、奢ってくれるのはこれが初めてなんですもの」

「誤解を招く言い方は避けてほしいですね。私は如月さんとお付き合いしているわけではないので、奢る必然性がないから、しみったれと認識されるのはさすがに不本意です」

「そんな細かいこと、どうでもいいでしょ。そんなだから、いつまで経っても彼女が出来ないんですよ」

いきなりすぱーんと急所を一撃され、俺は黙り込む。だが見かけほどダメージはない。

十年前ならともかく、俺くらいの年になれば、枯淡の境地というヤツだ。

それに、しみったれというのはあながち的外れでもない。何しろこの店では俺は特別会員で、生涯無料パスがある。自分の分は無料だから如月さんにご馳走《ちそう》しても懐は痛まないわけだ。

扉を押し開けると、カラン、とドアベルが鳴った。

店内を見た俺は呆然とした。床には原稿用紙がまき散らかされ、奥のテーブルで鬼の形相をした編集の女性の隣で、泣きそうな顔をした和服姿の男性が髪の毛をかきむしっていた。

まずい、河岸《かし》を変えよう、と思って回れ右しようとしたが、一歩遅かった。

如月師長が脱兎の如く、店内に駆け込んでしまったからだ。

「わあ、別宮さん、お久しぶり。それにそこにいらっしゃるのは終田千粒先生ではありませんか。

ひょっとして新作の執筆中ですか？」

「ひょっとしなくても、見ればわかるでしょ。申し訳ないけど、邪魔しないでください」

いつもと違い別宮さんが殺気立っている。すると如月師長は俺の腕を取って言う。

「あら、田口先生との記念すべき初デートですもの。終田先生をお構いしているヒマはありませんことよ」

奥のカウンターから出てきた藤原さんが驚いた表情で俺を見たので、俺はあわてて言う。

「あ、いや、あの、如月さん、誤解を招くような言動は……」

「だって田口先生があたしを息抜きさせてくれようと、ご馳走してくれるんですもの、これって立派な初デートでしょ」

「まあ、如月さん、よかったわね。難攻不落の田口先生を籠絡するなんて大したものだわ」

俺は言い訳を諦め、如月師長の隣に座る。すると終田師匠がすがりつくような目で俺を見た。

「わが弟子よ、いいところに来てくれた。おぬしの師匠は今、存亡の危機の瀬戸際に立たされて、猫の手も借りたい気分なのだ。まさに干天の慈雨だ」

「いや、私はまだショートショートも書けていないので、とても先生のお手伝いなど……」

忘れかけていた仕事を思い出す。年末予定のショートショートのアンソロジーの出版は、原稿が揃わないので半年刊行を延期するというメールが担当から届いた。俺が作品を提出しなかったせいかな、とちらりと考えたが、もしそうなら矢のように催促されるだろうから複数名、それもおそらく半数を超える執筆者が原稿を提出していないのだと推測した。それが的外れな推測でないと思われるのは、俺がメールにノーレスでいても催促メールがなかったからだ。

なので以後、この件は綺麗さっぱり脳裏から消し去っていた。

「そんなことはない。書き出しさえ出来ればあとはサラのラーだ。儂の中で後藤男爵が滾り、明治パートは書き終えた。だが現代にきた後藤男爵の姿が茫洋《ぼうよう》として、いまいち摑めんのだ」

向かいに座る如月師長は「セイロンティとオレンジタルトのセットをお願いします」と告げた。「〜を頼んでもいいですか?」などと形式的な手順を踏まないあたり、いかにも如月師長らしくさばさばしている。

「あ、私も同じもので」と俺が言うと藤原さんは、ちろりと俺を見て言った。

「田口先生は永久無料会員パスポートを持っているからお代が掛からないの。だから如月さんには昔の部下のよしみで、今日はあたしがご馳走してあげようかな。それでもいい?」

「もちろんです。うわあ、嬉しいなあ」と答えた如月師長は、俺との初デートという設定をいともあっさりすっ飛ばしてしまう。文句はないが、それはそれで、なんだか釈然としない。

そんな俺に自称師匠が「不肖のわが弟子よ、どうか儂に稲妻のようなインスピレーションを」とへばりついてくる。あまりにもカオスな状況にバカバカしくなった俺は、この難局を切り抜ける逃げ道を見つけ出すと、電光石火で選択した。

「如月さん、終田先生は現代の医療状況に怒りを感じる後藤男爵の気持ちが摑めないそうです。それは現在の医療状況に対する認識が甘いからでしょう。今、如月さんの胸の内に渦巻いている思いを、ここで思い切りぶつけてみたらいかがでしょうか」

運ばれてきたタルトにかぶりつこうとした如月師長は一瞬、動きを止めた。

そしてフォークを置くと、終田師匠に向き合った。

「あたしの怒りに満ちた現場の愚痴なんて、本当に聞きたいですか?」

すると水に落ちた子犬のような目で、終田師匠は如月師長を見つめた。

「もちのろんだ。儂の中では、先日見学させていただいたオレンジ新棟での惨状が、今もこの目に焼き付いて、不完全燃焼を起こし、ぶすぶすと燻《くすぶ》っておる。だが情報の絶対量が足りなすぎる。如月師長の怒りの炎をわが胸に焚きつければ、我が筆は天を穿ち、地を裂き、雷鳴となり響き、この汚穢《おわい》に満ちた世界を切り裂いて、焦土と化すであろう」

　それを聞いた如月師長は、カップの紅茶を一気に飲み干すと、立ち上がる。

「わかった。これはあたしと部下たちの魂の叫びよ。覚悟はいい？」

　終田師匠はごくりと唾を飲む。如月師長はすうっと息を吸い込むと、一気に思いを解き放つ。

「あたしたち看護師は、病気の人たちの笑顔を見たくて毎日業務に励んでる。でもあたしたちは天使じゃない。生身の女だから綺麗な服を着て美味しいものを食べ綺麗な風景を見て、スパで思い切り寛《くつろ》ぎたい。白馬の王子さまと恋もしたい。でも全部後回しにして重い防護服を身に着けコロナの患者さんのベッドサイドを這いずり回る。ベッドサイドに溢れるうめき声、鳴り響くアラーム。防護服は一度着たら使い捨てだからできるだけたくさん仕事をこなさなくちゃならない。分厚い防護服の中、限界線はとっくに超えてる。コロナでボロボロになった患者さんの手が、まとわりついて離れない。防護服を脱ぎ家に帰っても、幻影が追いかけてくる。看護師は患者の気持ちになって考えるから、患者さんの絶望に引きずり込まれてしまうの。それでもなんとかやっているのは、元気になった患者さんの笑顔を見たいから。でもコロナ看護は蟻《あり》地獄、底なし沼に引きずり込まれるよう、終わりが見えない。世の中で一番辛いのは、ゴールの見えない我慢をすることよ。それなのに一歩外に出たら能天気な人々は居酒屋でどんちゃん騒ぎ、あの患者さんはキャバクラに行って感染したなんて聞かされると気持ちが萎《な》える」

　如月師長の咆哮《ほうこう》に、咳一つ起こらない。如月師長は、ふう、と息を吐いた。

「首相はオリンピックは絶対やると言い張るけど、ぶっちゃけどーでもいい。そんなヒマがあるなら、あたしたちを休ませて。身を削って仕事をしてもお給料はダダ下がり。こんなんじゃあ、とてもやってらんない。一生懸命患者さんのことを考える、真面目な若い子が次々に倒れていく。みんな一生懸命、だけどいつも百二十パーセントの力を延々と求め続けられたら看護師だって壊れるわ。あたしたちは天使じゃない。ライフポイントを半分使って仕事をして、残り半分で人生を楽しみたいのに、世の人たちはあたしたちにライフポイントを二百パーセント使えと言う。バカバカしくてやってられないわ。いい加減にして」

天を仰いで、最後の言葉を吐くと、如月師長はすとん、と椅子に座る。

そんな彼女の肩に藤原さんが手を置く。如月師長はその手にすがりつくように胸に抱いた。

終田師匠は何かに耐えるように、動かずにいた。

やがて両手で髪をかきむしると、天井に向かって「許せん」と吠えた。

そして別宮さんに「筆と紙」と言う。

別宮さんがボールペンを渡し、机の上に原稿用紙を置いた。

むしり取るようにその筆を執ると、わが師・終田千粒は一気に原稿を書き始めた。

——俺が作り上げた衛生行政は跡形もなくなってしまった。なぜだ。

俺は日清戦争帰還兵の検疫をする医官や看護師に、兵士と同じ給与を出せと児玉中将に直談判《じか》し、閣下は即座に許諾した。あの阿吽の呼吸こそ明治の政治家、軍人の心意気だ。なのに令和の政治家は実のない言葉ばかり。かくなる上は俺が、敵陣に乗り込み魍魎《もうりょう》どもを退治してやる。

「後藤新平、いざ参る」と後藤は天に吠えた。

終田師匠は顔を上げると、「いかがでござるか、別宮殿」と言った。

しばらく黙っていた別宮さんは、やがて静かに言った。

「トリミングはしてもらいますが、このラインで掲載させていただきます」

その後も終田師匠は執筆しながら音読し、九時を回ると現代パートは一段落した。

気がつくと隣では如月師長が机に顔を伏せ、すやすやと寝息を立てていた。

そんな彼女に、藤原さんはそっとカーディガンを掛けてあげた。

終田師匠は、書き損じた原稿用紙の山を見回し、大きく吐息をついた。

「ここまでくれば、あとはサララのラーだ。来週頭から連載は行けるぞ」

「早速、局長に報告しますが、それなら今晩中に最初の一週間分を仕上げてしまいましょう」

「なんと、今からか」と驚く終田師匠に、別宮さんはあっさり言う。

「ええ、時刻は夜九時でまだ宵の口、編集部は通常業務時間内です」

「やむを得ん。次なる問題はタイトルだな。タイトルは作品の顔であり物語の一行目だ。それは作家の専権事項だ。頭の中には次のタイトルが執筆中、鳴り響いておった」

そう言うと終田師匠は原稿用紙を取り上げ、すらすらと一行書いた。

——タイムスリップ後藤男爵、現代日本の医療を一刀両断す。

「どうだ、一行で全てを現した、見事なタイトルであろう」

「よくないです。あたしは流行りのラノベ形式で『ヘタレで落ちこぼれの俺が、第三魔界に転生していきなりスーパーエリートになっちまった』風に『豪放磊落《らいらく》豪傑後藤新平男爵が後世に転生して現代政治と医療をメッタ斬りしまくりの巻』にしようかと思っているんですけど」

「前回は短ければよいと言っていたくせに、真逆ではないか」と終田師匠は憮然とした顔で言う。

「でもタイトルを任せてくれたら、続編を検討します。次は北里先生を現代に転生させましょう」

「になる北里柴三郎先生と同志だから是非、次は北里先生を現代に転生させましょう」


「うむ、その企画をやらせてくれるならタイトルは別宮殿に一任しよう。いや、待てよ、それなら陸軍軍医総監、森鷗外も登場させよう。実は北里と森は、内務省と陸軍省でそれぞれ、明治時代の衛生行政を司った双璧で、二人の間には秘められた深い因縁が横たわたっているからな」

北里と森という、その二人の組み合わせはとても意外だったので、俺は医師として、その物語はいつか読んでみたい、と思った。

話が一段落したのを見て、俺は紅茶を飲み干すと、眠っていた如月師長を起こした。

如月師長はランクルで他の三人を家まで送り届けてくれた。ハンドルを握った如月師長は、行きとは違い穏やかな運転だ。夜の闇の中、ヘッドライトが照らし出す街並みを通り過ぎる。

別宮さんと終田師匠は時風新報の編集部前で車を降りた。如月師長が二人に声を掛ける。

「終田先生、胸がすっとするような、痛快な物語を読ませてね。すっごく期待してる」

終田師匠は胸を張り、拳でどん、と胸を叩いて言う。

「任せておけ。物語さえ立ち上がれば、もはや怖いものはない。ところで怖いものといえば不肖の弟子よ、『怖い話』のショートショートはちゃんと書いておるだろうな」

不意打ちを食らった俺は目を白黒させ、「え、ええ、今やってるところです」と答えた。

「蕎麦屋の出前か」と終田師匠は苦笑する。

「うわあ、古すぎ。今はウーバーイーツじゃないと」と如月師長は、バッサリ斬り捨てる。

「ぐむ」と呻《うめ》いた終田師匠は、何も言い返せずに、すごすごと車を降りた。

ランクルが発進し、バックミラーに映った二人の姿が闇に消えると、車中に沈黙が流れた。

如月師長がスイッチを入れると、静かなジャズが流れ始める。

「田口先生、今日は楽しかった。正直言うともういっぱいいっぱいで、いつ折れるかわからないくらい追い詰められていたの。でも思っていることを思う存分吐き出せて、すっきりしたわ」

如月師長の弱音を吐く姿は初めて見た。

俺が黙っていると、如月師長は朗らかな声で続けた。

「でも今日は結局、藤原さんの奢りだったから、初デートの権利は次に延期してもらうわね」

いつもの如月師長だった。

俺はほっとして「ええ、いつでもどうぞ」と言う。

「じゃあコロナが収まったら、豪華なフレンチを奢ってもらおうかな。それでもいいですか？」

「もちろんです、その時は私も徹底的に飲みますよ」

車は闇の中、車はまだ見ぬ未来に向けて疾走した。

翌週、時風新報で終田千粒師匠の大ベストセラー「コロナ伝」の続編が二週間遅れで始まった。

そのタイトルを見て、あの晩「スリジエ」に集まった人々がみな、ほっこりと微笑したことは間違いない。

新連載のタイトルは「ゴトー伝」だった。

連載開始直後、政府の愚策「Ｇｏｔｏキャンペーン」を袋だたきにするものではないか、という期待感から、時風新報の定期購読者数が跳ね上がったという。

23章　夢見るマンボウ

二〇二一年二月
東京・霞が関・首相官邸

首相に就任した酸ヶ湯は「国民のために働く内閣」を標榜し、「自助、共助、公助」を訴えた。できる限り自力でなんとかして、公的補助に頼らないでほしいというメッセージだ。

そうすれば国家の負担が減り、国家財政が救われるという理屈だ。

だがその「原則」には例外があった。自分の親族である。

酸ヶ湯は総務大臣に就任した時、定職に就かない息子の大地《だいち》を大臣補佐官にし、総務相を辞める時、東北で衛星放送をしている「陸奥《むつ》放送」に押し込んだ。大地は地方の衛星放送局で出世し、このままいけば「陸奥放送」の頂点になれるかもしれないと思われた。

酸ヶ湯大地の仕事は、放送局の監督省庁である総務省と「陸奥放送」のパイプ役だった。

そんな中、首相になった酸ヶ湯は、人目を惹く成果を上げようとした。

その目玉が携帯電話料金の値下げだった。

携帯電話の通信費は馬鹿にならない額だから、料金を引き下げれば国民は賞賛するはずだ。

そう考えた酸ヶ湯は強引に携帯料金値下げに突っ走り、巨大携帯会社はしぶしぶ料金の値下げに応じた。

だが、携帯電話事業は総務省の中でもビッグ・ビジネスだ。当然、官僚の中には携帯電話会社の幹部と親しい者もいて、その一派は強大な力を有していた。

酸ヶ湯は彼らの虎の尾を踏んだ。

携帯電話料金値下げを断行する一派は主流派となり、長年、無邪気にやってきた接待を堂々と受け続けた。そこに炸裂したのが天敵、「新春砲」である。

「陸奥放送」の社員の大地が、担当部署の局長たちを高額な飲食店で饗応《きょうおう》し、タクシー券を渡し土産物までもたせた違法接待をすっぱ抜いたのだ。最初は許認可に関する会話はなかったとぼけようとしたが、翌週の新春砲で会話の録音が出て全面陳謝に追い込まれ、事務次官目前だった局長は更迭された。

新春砲の次なるターゲットは、首相広報官の出山だった。

彼女の接待疑惑は、国会で問題ないと答弁させたが、翌週の続報で大企業の通信会社との接待の詳細を報じられ、お決まりの体調悪化での入院、辞職となる。

防波堤を失った酸ヶ湯首相はぶらさがり会見に応じたが、長男の接待問題に食い下がる記者に怒り醜態を晒してしまう。故意か偶然か、その様子をＴＨＫが7時のニュースの冒頭で連続放映してしまった。苛立った「パフェおじさん」の高圧的な素顔を見て、国民はドン引きした。

だが総務省内の反酸ヶ湯勢力は攻撃の手を緩めず、大地が勤める「陸奥放送」が、外国人株主比率の限度を超えていたという不備までリークした。

これは、外国人がメディアを牛耳ると、国益に反する流れが醸成されることを危惧して策定された法律だった。大地の接待にはこの比率オーバーを糊塗《こと》するため、総務省に善処してもらうということが主目的だった。

その法律違反は、総務省の高級官僚の高級ワインの飲み比べと引き換えに看過された。

そうした全体図を把握していた新春砲は、攻撃の手順を決めていた。

「陸奥放送」はやむなく社長と大地を更迭した。すると酸ヶ湯は会社の放映権を剝奪した。従順だった「陸奥放送」もさすがに怒り、大テレビ局のサクラテレビとフジサンテレビも外国人株主比率を超過していた時期があったと暴露した。反酸ヶ湯連合もこれには肝を潰した。法の観点からすれば、ふたつの大テレビ局も放映権を剝奪してしかるべきだが、そんなことができるはずがない。酸ヶ湯は子飼いの保地総務大臣に「両テレビの問題は現在解消している」と強弁させて、かろうじて問題を収束した。

「前例打破」を掲げ行政改革の使徒ぶった酸ヶ湯は、自分の都合で法をねじ曲げる自己中心主義者だということを天下に晒して、一連の問題は収束した。

リーク犯捜しが行なわれたが、総務省内の一大派閥による組織的戦略なので、犯人は特定できなかった。ここにきて酸ヶ湯の金城湯池だった総務省は、酸ヶ湯に対する謀反の巣窟と化した。どれもこれも、酸ヶ湯の狭量さと不見識が招いた、自業自得だった。

それ以後、酸ヶ湯は、おとなしくなった。

そんな酸ヶ湯が、昨年の前半、楽しみに読んでいた新聞連載小説があった。

終田千粒という作家のベストセラー小説「コロナ伝」だ。

そこには酸ヶ湯が嫌った東京都知事、小日向美湖の悪口が、歯切れ良く書き連ねられていた。「魔女か聖女か」なんて、結論はわかりきっているのに、と、もどかしく思う時もあった。

俺ならもっとえげつなくあの魔女のことを書けるのに、と思い、作者を「パフェ茶会」に招いて、ネタを提供しつつ存分に語り合いたい、などと思ったりもした。

その続編の連載が、年明けから始まると聞いた酸ヶ湯は、朝刊を読むリストに時風新報を加えた。だが元旦から開始予定だった連載は延期され、一月中旬にやっと始まったと思ったら、その内容はまったくの期待外れどころか、不愉快ですらあった。

そこには期待していた小日向美湖の悪口はかけらもなく、後藤新平という歴史上の人物が主人公だった。そして彼の発言は、酸ヶ湯政権のコロナ対策を徹底的に糾弾していたのだ。

毎朝、憂さ晴らしで読もうとした連載小説は毎朝、酸ヶ湯のストレス源となった。

酸ヶ湯はいつものように、総務省を通じ警告を与えようとした。だが時風新報は記者クラブに属さない地方紙連合なのでコントロール不能、という答えが返ってきた。

酸ヶ湯は、黒原東京高検検事長が叩き落とされた原因に「新春砲」と「地方紙ゲリラ連合」のタッグがあったことを思い出し、背筋が寒くなった。

コロナ感染者は減少するどころか、増加の一途を辿っている。

やむなく酸ヶ湯は新たな法律を成立させ、強力な対策でコロナ抑え込みを決意する。

かくして酸ヶ湯が満を持して前線に投入した切り札こそ、正式名称「まん延防止等重点措置」、通称「マンボウ」だった。

年明けに発出した二回目の緊急事態宣言は、思うような効果を出していなかった。

一回目の緊急事態宣言は前例がなく人々も緊張感を持っていたが、その後政府は「Ｇｏｔｏ」の浮かれ政策を打ち出し、自粛要請後も代議士や官僚は会食や深夜の飲み会をしていた。

これでは自粛する気がなくなって当然だろう。

二回目の緊急事態宣言解除は先延ばししたが、解除日は三月二十日前後と決めていた。

理由は簡単、聖火リレーが二十五日に始まるからだ。

この非論理的な決定を正当化するため、酸ヶ湯は泥縄式に「マンボウ」を策定した。

正式名称「まん延防止等重点措置」は、「新型コロナウイルス対策における特別措置法」の改正案によって、二月十三日に成立した。

「緊急事態宣言」には法的強制力がないから、都道府県知事に罰則つきの命令をくだせる新しい法律が必要だという声が上がり、それに対応した立法だった。

だがその違いは、あやふやで曖昧だった。「緊急事態宣言」は首相が都道府県に発出するが、「マンボウ」は首相が都道府県知事に発出後、対象地域を都道府県知事が決定する。

「緊急事態宣言」はステージ4で出るが、「マンボウ」はステージ3で適用される。

だがそもそもステージ分けは非科学的で、1は「感染ゼロ散発段階」、2は「感染漸増段階」、3は「感染急増段階」、ステージ4は「感染爆発段階」だ。

「マンボウ」が設定された四月に改訂された、新たな「五つの指標」では、「①医療の逼迫具合」「②療養者数」「③PCR検査の陽性率」「④新規感染者数」「⑤感染経路不明な人の割合」で分類され、しかもそのひとつの「①医療の逼迫具合」は「a．病床使用率」、「b．入院率」、「c．重症者用病床の使用率」の三項目に細分されていた。

こうなるとその都市のステージが何なのか、一目ではわからなくなってしまう。

もっともそれが政府の狙いだ、という陰謀説もまことしやかに囁かれていたのだが。

おまけに緊急事態宣言と「マンボウ」は、感染拡大地域への移動自粛、店舗の時短営業要請等の中身がほとんど変わらない。命令を拒否したら、「緊急事態宣言」下で三十万円、「マンボウ」では二十万円の過料くらいしか違いはなかった。「緊急事態宣言」は店舗へ時短要請と休業要請ができるが、「マンボウ」では、午後八時までの時短営業だけで休業要請はできないとされたが、これも大差はない。

マスク未着用者の入店拒否、飲食店の見回り実施、カラオケ設備の利用自粛などと細々としたことが決められたが、所詮はどれも、感染防止対策としては枝葉末節のことばかりで、一回目の緊急事態宣言の時に浮上した問題の穴埋めをしただけにすぎない。

この新法案は、私権制限をするので憲法違反になる可能性もあるため、十分に討議すべきだ、と野党は主張したが、酸ヶ湯はろくに議論せず、強引に可決してしまう。

こうして三月二十一日、第二次「緊急事態宣言」は解除され、翌日から末日まで段階的緩和期間として、不要不急の外出の自粛、飲食店の時短営業、イベントの開催制限が実施された。

そんな中で、聖火リレーが強行された。

「マンボウ」は、そのほのぼのとした語感の故か、緊張感を欠いた。誰もが水族館の水槽でぷかぷかと漂う、丸い魚の姿を思い浮かべたのは仕方がないことで、「マンボウ」に罪はない。

それなのになぜか不謹慎だという声が上がり、「マンボウ」の呼称は使用を控えられた。

官庁の面々は「新型コロナウイルス」を「シンコロ」と略するのは問題ないのに「まん延防止」を「マンボウ」と略するのはダメだという、非合理的な決定には承服しかねた。

だが世の流れで、「マンボウ」という呼称は海の底に沈められてしまった。

そんな中、自保党本部でコロナ感染者が出た。

すると酸ヶ湯は直ちに党本部の全職員にＰＣＲ検査実施を命じた。

それは感染蔓延を防ぐ、衛生学的に正しい対応だ。だが一年前にコロナが上陸した時の施策と真逆だった。政権支持者でＰＣＲ抑制論者の「イクラ」連中は自保党の変節をスルーした。

自保党員だけ十分なコロナ対策を受けられるのは不公平だ、という声が巷に満ちた。

その抗議はもっともだった。間が悪いことにその直前に、厚労大臣が「ＰＣＲの広範な実施は『費用対効果の問題』であまりよくない」とテレビ番組で公言したばかりだった。

十ヵ月前の二〇二〇年四月、安保前首相は「一日二万件の検査実施を達成する」と宣言した。だがこの時、感染対策の総本山の厚労省は即座に、ＰＣＲ広範検査の枠組みに反対する内部文書を作成していた。

「不安解消のため希望者に広く検査を受けられるようにすべきとの主張について」という文書は翌五月、政府に提出された。それは「ＰＣＲには誤判定があり、検査しすぎれば偽陽性者が増え、医療崩壊の危機がある」という趣旨で、その文章は政府の御用達学者であるダブルＯの片割れで、厚労省のアドバイザリーボードに属し、酸ヶ湯内閣の内閣官房参与も務める大岡弘・湘南健康安全研究所所長から、彼の盟友の湘南県医師会会長に伝達された。

それをかみ砕いて、湘南県医師会のＨＰ上にその主張を展開した。それを御用メディアが世に散布し、ＰＣＲ検査は信頼できないという誤情報を蔓延させたのだ。

これが日本のコロナ感染予防対策にもたらした害悪は、一年後に判明した。図らずも自保党の全職員へＰＣＲを実施するという、手前勝手な判断が、ＰＣＲ抑制論者の欺瞞を白日の下に晒したわけだ。政府は宗旨替えを正当化するため、不特定多数を対象としたＰＣＲ検査を、特に感染者が多い東京や浪速などの都市部で三月から無料実施して、市中感染の状況を把握するとして、辻褄《つじつま》を合わせようとした。だが五月の連休が終わっても、その無料実施は実行されなかった。

コロナに感染した自保党議員が、無症状なのに入院できたという事例もあった。その議員は、所謂名家出身で、俳優崩れの弟はワイドショーに出演し、政権擁護の発言を繰り返していた。だが兄の自己本位な行動に対しては弁明も謝罪もせず、誤魔化した。

政治家と官僚は、自分たちを特権階級扱いし、身勝手な政策を決定し、信頼を落とした。日本社会は官僚と政権、メディアが一体化し、正しく情報を伝えず国民を騙し、その力を削ぎ続けた。その結果、日本の国力は徐々に衰え、今や後進国に落ちぶれていた。

そのうちに「マンボウ」の効果がほとんどないことが判明し、緊急事態を解除した東京や浪速といったメガロポリスの首長が、緊急事態宣言を再発出するよう、要請した。そうなると、科学的原則を踏み外した酸ヶ湯政府は、歯止めを掛けられず、各都道府県の首長の言う通りにせざるを得なかった。こうして「緊急事態宣言」と「マンボウ」を発出しまくったために入り交じり、どこがどうなっているのか、わけがわからなくなり、日本中がわやくちゃになった。

日本は酸ヶ湯の政策によって、細かく分断され、混乱を極めた。

この頃、政権の御典医・ダブル０の片割れ、近江俊彦座長は、自分の思うところを、思うままに発信し始めていた。政府がコロナ感染症対策分科会に「マンボウ」と「緊急事態宣言」発出について諮問した時が、転換点だった。

酸ヶ湯は五輪実施を睨んで、北海道に緊急事態宣言を発出することを渋ったが、分科会は北海道に緊急事態宣言を出すという方針を撤回しなかった。

仕方なく酸ヶ湯は折れて、「分科会の先生がそうおっしゃるのであれば、そうすれば」と投げ遣りに言い、北海道に緊急事態宣言を発出した。

それは政治主導、首相アズ・ナンバーワンと考える酸ヶ湯にとっては深い屈辱になった。

24章　聖火隊、発進

二〇二一年三月二十五日
福島・Jビレッジ

二〇二一年三月二十五日。東日本大震災の時、福島県での避難所だったアリーナで聖火出発式が行なわれた。その様子を、小日向美湖・東京都知事はうつろな目で眺めていた。

緊急事態宣言を解除して、かろうじて聖火リレーは始められたが、あちこちの地方で、首長が異論を唱えていた。だが広告代理店の電痛に五百億円の委託費を支払うため、強行された。

聖火リレーをしたら感染が広がる可能性はある。だがやらなくてもどうせ広がる。ならば、後世に誇れるモニュメント的行事を、勇気を振り絞って実施するのが国家の心意気というものだ。

美湖は心の中で「バッカじゃないの」とバカにしているバッカIOC会長とも、表面上は良好な関係を築いていた。昨秋来日した時も、グータッチで開催を誓い合った。だが一昨年、美湖に無断でマラソン会場を東京から札幌に変更した、あの恨みは忘れていない。

一年の延長で都の予算からも莫大な額が支出されている。ここで五輪が中止になったら、拠出責任を問われるのは必定だ。だが五輪が開催できれば全てごまかせる。

私はそうやって生きてきた。そしてそれはこれからも変わらないんだから、と美湖は呟く。

それにしても、呪われた五輪だった。

美湖も追い詰められていた。正月早々に発出した、二回目の緊急事態宣言のせいだ。

美湖は仕掛け人だった。他の知事の尻を叩き、正月三が日のど真ん中という異様なタイミングで、緊急事態宣言の発出を、首都圏の知事の総意として酸ヶ湯首相に突きつけた。目を白黒させている酸ヶ湯を見て胸がすっとした。あとは三週間後に予定される緊急事態宣言の解除を待って、聖火リレー実施に舵を切るつもりだった。

だがここでいくつか、誤算があった。

まず、緊急事態宣言を実施しても、感染拡大の勢いが弱まらなかったことだ。人々の自粛姿勢が甘くなったことはやむを得ない。

第2波が収まらないうちに政府は世紀の愚策「Ｇｏｔｏキャンペーン」を強行し、一部の国会議員が深夜のクラブで飲食したり、酸ヶ湯自身が煮貝幹事長と「ステーキ会食」をした。

これでは、真面目に自粛する気は失せて当然だろう。

第二の誤算は大会組織委員会会長で元首相の毛利《もうり》が、女性蔑視発言をしたことだった。もともと失言癖のある人物なので周囲はあまり気にしなかったが、市民が反発した。

毛利元首相はしぶしぶ謝罪し、ＩＯＣはそれを受け容れて幕引きを図ったものの、世論は収まらなかった。結局、辞任を余儀なくされ、それでも影響力を残そうと後釜を手配したものの、その密談を後釜の当人がメディアにバラしたため、白紙に戻った。

やむなくアスリート出身の橋広厚子《はしびろあつこ》・五輪担当相をスライドし、会長に就任させた。

五輪憲章では政治的中立を言明し、政治介入に厳しい姿勢で対しているので、閣僚が大会会長に就任するのはＩＯＣの理念に反していた。だが、そんな綺麗事は言っていられなかった。

女性理事の比率が少ないという非難には、新たに女性を十名理事に任命して取り繕った。まさに焼け太りである。

五輪相の後任は、安保前首相に阿り「この無礼者」と時代劇めいた一喝で名を馳《は》せた、だがそれが唯一の政治的業績の女性代議士、泥川丸代《どろかわまるよ》が着任した。

五輪実施は主催地の代表者・東京都知事の小日向美湖、急遽大会組織委員会会長に就任した橋広厚子、辞任した橋広の後任の五輪担当相・泥川丸代という三人官女の手に委ねられた。

世間からカシマシ娘と揶揄されなかったのは、三人が直接絡む場面が皆無だったからだ。

唯我独尊の美湖、負けず嫌いの泥川、おとなしいだけが取り柄の橋広のトリオでは、面白おかしい話題を提供できるはずもない。

その点では、「ナニワ・ガバナーズ」のサービス精神を少しは見習え、という声もちらほら聞こえてきたが、その声が広がることはなかった。

おまけに美湖と泥川は合口が悪かった。それは似たもの同士の近親憎悪だ。

だが、二人の衝突はなかった。美湖が泥川をまったく歯牙に掛けなかったからだ。

二人の貫禄には、明らかに大差があった。

五輪プランナーは「目標が生きる希望になります」と女優に言わせ、「聖火の灯火は希望の光」というフレーズでムード一新を目論んだが、却ってその空疎さを露わにしてしまう。

美湖が連発するキャッチコピーも、すっかりマンネリ化していた。

昨年三月「ロックダウン」「オーバーシュート」「三密」を打ち出した時が頂点で、以後四月に「ステイホーム」、五月に「ウイズコロナ宣言」、六月に「東京アラート発動」と立て続けに発表した頃はかろうじて好調を維持していた。

だが、七月の「感染拡大特別警報」や八月に出した「この夏は特別な夏」になると空回りした。

そして今の「とことんステイホーム」は失笑すら買っている。

しかし美湖には、他にやるべきことが全く思いつかなかった。

伝統芸能「出陣太鼓」保存会が懸命に演奏しているが、見物人は関係者だけだ。

空しい出発会が終わると、まばらな拍手が起こった。

東日本大震災直後の女子ワールドカップで優勝して、国民を元気づけた女子サッカーチームのメンバーが、トーチを掲げて、肩を寄せ合った団子状態で、しずしずと走り始めた。

感染対策のために、走る距離も短縮されたため、時間稼ぎで足踏み状態を続けた。

だが一歩アリーナの外に出た途端、大音響でポップな音楽を流すスポンサーのトレーラーカーが車列を組み、聖火ランナーを先導し始める。

それは、主役が交代したかのように見えた。

沿道では有名ランナーを一目見ようと地元民が詰めかけ、五輪関連グッズをばらまくスポンサーカーの周りには大勢の地元民が集まった。

そこは、美湖が昨年の流行語大賞受賞を目論んだ、「三密」状態になっていた。


本当に呪われた五輪だった。

初日に聖火の火が消えた。予備の聖火で再点火したが、その炎がギリシャから運ばれた聖なる炎だという保証は失せた。挙げ句、聖火リレーの発祥が、忌むべきナチス政権下のベルリン五輪で、平和祈念の行事でないという歴史蘊蓄《うんちく》まで発掘されてしまう。

天帝は、幾度も愚挙を思いとどまらせようとしたが、ヒトは警告に耳を傾けなかった。

正確には、こころある人たちはその警告を受け取ったが、決定権を持つ餓鬼道に落ちた魑魅の耳には届かなかっただけだった。

天帝は、天誅を降すつもりで、状況を傍観している。

毛利・元大会組織委員会会長の置き土産もまた強烈だった。

聖火リレーが密になると批判されると、「有名人は田んぼの真ん中を走ればいい」と暴言を吐いた。これで著名人ランナーが次々に辞退した。

リリーフに指名された著名人は逆張りし、笑顔で聖火を掲げ、はしゃいでみせた。

緊急事態宣言とマンボウが発出され、モザイク模様になった日本を、北から南まで隈無く、聖火が走っている。リレーの先頭を走る、企業の巨大スポンサーカーは大音量で音楽を流しながら、リレーに集まってきた地域の住民に、五輪関連グッズを配っていた。

そんな中、鵜飼府知事が突然「浪速市内の聖火リレーは中止すべき」と卓袱台《ちゃぶだい》返しをした。

寝耳に水の話だったが、大会組織委員会は「公道を走らなくても聖火はつながる」と取り繕い、公道を走らず競技場のトラックをぐるぐる回るという、奇天烈な「聖火リレー方式」を考案した。

鵜飼府知事は、得意のカメラ目線で緊急事態宣言の発出を促しつつ、次のテレビ番組で万博跡地をぐるぐる回る聖火ランナーに声援を送った。

中止を宣言した某知事は中止を撤回した。なんらかの圧力があったというウワサが囁かれた。

別の知事は、到着した聖火を前に涙ながらに中止したことを謝罪した。だがネットのコメント欄は「よくやった」と賞賛する声で埋まった。

御用メディアTHKは警備員のコロナ感染を取り上げず、聖火リレーの様子を延々と流した。

聖火の搬送中に沿道から上がった反対の声をカットし、福島県の原子力発電所のメルトダウン汚染地区や、放射線汚染の未整理品が山積する地区を避けてコースを設定した。それでも残った未処理物はコースから排除し、全世界に偽りの福島地区の現状を発信した。

だが海外から突風が吹き寄せてきた。

自由闊達なジャーナリズムと、衛生対応のグローバル・スタンダードという、二艘《そう》の黒船を前に、酸ヶ湯政府は右往左往した。その様は徳川《とくがわ》幕府が黒船来訪に茫然とした姿と瓜二つだった。安保＝酸ヶ湯政権の八年間は、精神的な鎖国状態だったのだ。

橋広大会組織委員会会長はあわてて、アスリートには毎日ＰＣＲを実施すると発表した。

だがそれは従来の日本の方針と違った。ここでも、国民にやらないことをアスリートに適用するのはなぜだ、という当然の不満が、市民から噴出した。

国際水連は国際大会実施を見合わせ、米国メディアからは「聖火リレーの火を消すべきだ」という意見記事が出た。

選手の行動規範を示す「プレイブック」は感染対策がまったくなっていない、ということを、英国の権威ある論文誌が指摘した。

すると泥川五輪相は、「その批判は当たらない」と即答した。

泥川は衛生学のかけらも理解していない、ズブの素人だった。

海外の報道は「日本は変異ウイルスによる感染を抑制できず、高齢者施設や若者への検査数が不十分で、ワクチンも人口の一パーセントしか接種できていない」という、国内のメディアがひた隠しにしてきた「真実」を露わにした。

こうして市民は、外国の報道で自国の真の姿を知った。

それでもテレビのワイドショーでは、前首相から寿司をご馳走になったことが唯一のウリの評論家が、政権のスポークスマンのような立ち位置で政権擁護の言辞を弄《ろう》し、元官僚の女性や俳優や元スポーツ選手が、専門外の医療の実態について裏付けもなく感想を囀《さえず》った。

二十代の男女の半数以上はテレビを見ていない、という衝撃のアンケート調査が発表された。テレビに関わる人間たちは驚愕したが、それは自業自得だろう。大メディアと市民感覚の乖離は、もはや修復できるレベルを、とうに超えていたのだから。

八年前、安保前首相は「原発の放射能汚染水はアンダーコントロールにある」と、五輪招致の席で、全世界に発信した。

だが、聖火リレーが始まった二週間後、突如政府は原発事故で発生した百五十万トンの放射能汚染「処理水」を海洋放出すると発表した。地元の水産業者や世界中から反対意見が噴出したが、酸ヶ湯はスルーした。

こうして「復興五輪」の旗は泥にまみれた。その暴挙に対しては、崇徳大学公衆衛生学教室の冷泉講師が痛烈な批判文を「地方紙ゲリラ連合」の企画で執筆した。

真実を報道するのが報道人だという、当たり前の原則がジャーナリストに適用され始めた。地方新聞やスポーツ紙といった、報道に関しては弱小メディアと目されていた媒体が、コロナと五輪と政府対応について、疑問を発するようになった。

嘘つき宰三が植えて、ぶくぶくに肥え太らせた、五輪という大樹の果実を、耳なし酸ヶ湯が収穫せんとしている。だがその果実とは何なのか、果たして食して美味なのか、誰も知らない。

それでも聖火リレーは続けられた。

その真の目的が、政権広告代理店の電痛に約した五百億円の業務委託金を恙なく支払うための「儀式」だったからだ。

日本では、変異株が蔓延し、英国株を追い越すようにインド株が増え始めた。

そんな日本を、不良品混じりの一本五万円のジュラルミン製の聖火トーチを掲げたランナーが足踏み歩行を続けた。

リレーを先導するのはＩＯＣに巨額資本を投下したスポンサーの、大音響の音楽を垂れ流す大型の宣伝カーだ。そして準国営放送ＴＨＫは深夜、聖火トーチを持ち微速前進するランナーが、細々と聖火をつないでいく様を、延々と垂れ流した。

気がつくとそこには、暗黒のディストピアが出現していた。

25章　白虎党ファクトチェッカーの自爆

二〇二一年四月
浪速・天目区・菊間総合病院

聖火隊が出発した時、浪速では鵜飼府知事が、得意のカメラ目線で滔々と持論を述べていた。

「浪速の医療が逼迫《ひっぱく》しています。一段と厳しい統制を掛けなければ、浪速の医療は崩壊します。そこで新幹線で府外からやってくる人に対する検温を実施することにしました」

これは例によって鵜飼寄りの関西メディアから発信され、瞬く間に全国へ拡散された。だが浪速の医療逼迫は、十年近い白虎党の治世で丹念に医療資源を削り取り続けた結果だ。

聖火が東日本から西下する間に、浪速で医療が崩壊しているのが露わになった。

救急搬送されたコロナ患者が、受け入れ先がなく一日半、救急車の車中で待機させられた。

「医療崩壊を招いた責任をどう思うか」と問われた鵜飼知事は「極めて厳しい医療状態だと申し上げた。医療従事者のみなさんは命を守る活動をしてくださっている。僕自身が医療崩壊だと言うべきではない」と逆ギレした。要は「僕の責任じゃないもん」ということを回りくどく言っただけだ。人々はようやくこの知事は「サギ師」なのではないか、と気付き始めた。

「イケメン知事」を支持したキャバクラのお姉さんが「鵜飼のアホ、嫌いや」と声を上げた。これが意外にダメージになったようだった。昨年三月、のべつまくなしにテレビに出てメッセージを発信した時は「鵜飼、寝ろ」という激励ツイートが溢れた。なのに今では「鵜飼、引っ込め」とか「鵜飼、仕事しろ」などという、真逆のツイートが溢れた。

二〇二一年の年明けから、鵜飼府知事の「規制と緩和」の振り子運動は、激しさを増した。一月四日に「感染の急拡大は抑えられているので、緊急事態宣言を要請する気はない」と断言した。だが翌日、新規感染者数が三日で二倍の六百人に跳ね上がり、前言を翻し九日に京都、兵庫と合同で政府に宣言の再発令を要請した。一月十三日、関西の二府一県に二度目の緊急事態宣言が出たが、感染者が減少し始めるとすぐに方針転換し二月一日、「緊急事態宣言は短期集中にすべき」と主張し、政府に宣言の解除を要請する新基準をまとめた。

これは感染症対策の専門家や医療関係者に反発され、宣言解除は三月一日になった。

するとたちまち人出が戻り、焦った鵜飼知事はコロナ大臣に「マンボウ」適応を要請した。浪速市内の飲食店への「見回り隊」活動を始めたが、「誰でもできる、気軽で稼げる仕事！」という求人広告が暴露され、そんな余裕があるなら病院や保健所に人を回せ、と批判が殺到した。

コロナ新規感染者数は東京を超え、四月十三日に初めて四桁に達した。重症ベッドは常に満床で、自宅待機の患者が溢れ、自宅で死亡する症例が頻発した。にもかかわらず鵜飼は、少し患者が減ると、すぐにコロナ病床を削減した。そのマメさは異常なほどで、彼は広く遍く住民に医療を提供するという行為を憎悪しているのではないか、とすら思わせた。

鵜飼知事は「医療体制は危機的状況だ」と強調し「マンボウの効果が不十分であれば、緊急事態宣言を要請する」と明言した。負けじと東京都の小日向美湖都知事も、適用条件を満たしていないにも拘《かか》わらず、東京に緊急事態宣言の適用を要請し、空疎なキャッチコピーを連発した。「変異株と素手で闘う」というのは医療関係者を呆然とさせ、人流抑制で「東京に来ないで」と言えば、五月に来日しようとしているＩＯＣ会長の「バッカに言え」とツッコまれる。

挙げ句、テレワークに消極的な職場に「上司の説得は都が手伝います」と言いながら、受付窓口を設定しないとなると、もはや何をしたいのか、わけがわからない。

こうして東西のワイドショー的キャッチコピー知事の競演は、極点に達した。

この頃になると、鵜飼府知事の表情にも、珍しく一抹の陰りが見え隠れするようになった。

白虎党は前門の虎、後門の狼に挟まれ、勢いを失いつつあったのだ。

乾坤一擲の大博打、二度目の「都構想の住民投票」に敗れた白虎党の変調は、東からの大嵐で更に明白になった。ある現代美術展にネトウヨが「左翼の天皇蔑視だ」と言いがかりをつけて、尾張《おわり》県知事にリコールを仕掛けたが、署名の八割が捏造《ねつぞう》だとバレてしまったのだ。

リコールは定数に達しなければ署名は返還されるというルールを逆手に取り、大量の反対署名を捏造したのだ。だが内部のゴタゴタで、蟻の一穴から実情が漏れた。九州でバイトを雇い、大量の署名を偽造させたことが明らかになり、大事件になった。

「ネトウヨは百人みたら一人だと思え」と笑われ、猛威を振るったネトウヨは意気消沈した。

安保長期政権で暴威を振るい、憲政史上最長の内閣を底支えした陰の功労者、ネトウヨは壊滅した。それは上書き修正主義者の断末魔でもあった。

同時に、浪速白虎党は、彼らを下支えしていた支持層をごっそり失った。

実はこの署名偽造の一件では、尾張白虎党が一肌脱いでいた。白虎党にしてみれば、他県での火遊びが山火事になって、地元に延焼してきたようなものだ。

そしてとどめが浪速の医療崩壊だ。メディアでも、鵜飼知事に対する賞賛は影を潜めていく。

そして、ツイッター上の白虎党政策への抗議デモが出現した。

苛立った白虎党の上層部は、お得意の無思考の脊髄反射的企画を立ち上げてしまう。

「白虎党ファクトチェッカー」の創設だ。

だがその浅はかな企画は、白虎党を更なる混乱と衰退に導く、自滅の一手となった。

＊

彦根と天馬は午前中、菊間総合病院で病理診断の業務を終え、午後は、ウイルスの変異株について、紙片に整理した変異株の一覧を見ながら、鳩村に最新の知見を教わっていた。

○英国型（α株）【Ｂ．１．１．７】［Ｎ５０１Ｙ］
○南アフリカ型（β株）【Ｂ．１．３５１】［Ｎ５０１Ｙ］＋［Ｅ４８４Ｋ］
○ブラジル型（γ株）【Ｐ．１】［Ｎ５０１Ｙ］＋［Ｅ４８４Ｋ］
○インド型（δ株）【Ｂ．１．６１７．２】［Ｌ４５２Ｒ］＋［Ｔ４７８Ｋ］

「変異株ってたくさんあるんですね」と天馬が言うと、「これはＶＯＣと呼ばれる危険なタイプで、他にもＶＯＩというのがあるんです」と鳩村に言われ、天馬は更に驚いた。

その一覧表を指さしながら、鳩村が説明する。

「［Ｎ５０１Ｙ］はウイルスの５０１番目のアミノ酸がＮ（アスパラギン）からＹ（チロシン）への変異を意味します。英国型変異株は二十三ヵ所の変異と十七ヵ所のアミノ酸変異があり、Ｓ蛋白は八ヵ所の変異があり、［Ｎ５０１Ｙ］のように同じ箇所に変異が起こります。コロナに長期感染した免疫不全患者の体内のウイルスは、免疫逃避と選択圧進化で感染増強します」

「この表を見ると、変異株には、共通した変異があるんですね」と天馬が言う。

「インド型の［E484Q］は484番目の蛋白がE→Q（グルタミン酸からグルタミン）に変化し、［L452R］は452番目の蛋白がL→R（ロイシンからアルギニン）になります。この二ヵ所の変異はS蛋白領域ですが、変異は他にも多数あります。インド型変異［L452R］は「HLA-A24」という日本人の六割が持つ白血球抗原が作る、免疫細胞の認識から逃れる可能性が示唆されています。抗体が認識する抗原部分を変化させ免疫防御から抜け出す免疫逃避で、選択圧で変異型が蔓延してイタチごっこになります。ですから先進国が自国だけ防御してもダメなんです。発展途上国での流行が変異型の発生母地になるので、ワクチン配布は全世界的にやらないとダメなんです。ましてワクチン後進国、日本での五輪なんて論外です。変異株の一大交流市になって、五輪発で世界中に多種多様な変異株がばらまかれてしまうことにもなりかねませんから」

「喜国さんが提唱した『レッセ・フェール』の集団免疫戦略は失敗した。人口二百二十万のブラジルのマナウスでは、人口の七十六％が感染し、二〇二〇年十一月に『コロナ集団免疫の街』と認識された。だが今年一月に変異株で感染爆発が起こり第二次のロックダウンをしなければならなくなった。住民の大多数が感染したにもかかわらず、大流行を防げなかった『マナウスの悲劇』だ。ボロボロナ大統領はトランペットの盟友で『コロナは風邪』の信者だからね」

彦根がそう言うと、鳩村がうなずいた。

「個人免疫が半年で減弱したか、免疫逃避型の変異株が流行したか、の二つの可能性が考えられます。回復者血清の存在下でコロナウイルスを培養したら南ア・ブラジル変異株［E484K］の変異がインビトロで誘導されたという実験報告があります。南ア変異株は従来株に感染したヒトの半数以上の血清が中和できない、つまり再感染の可能性があるそうです。今、世界で多発している［E484K］と［N501Y］は、ウイルス自体の進化の結果なのかもしれません」

「すると、感染者が増えれば増えるほど発現の可能性が高くなるわけか。だからワクチン接種で感染者を減らすことは絶対に必要なわけだ。免疫逃避型変異がこんなに早く出現するとなると、変異株は別種のように振る舞い、ワクチン集団免疫戦略も破綻し、随時ワクチンのアップデートが必要になりそうだね。こうなると発展途上国への支援は必須だな」

「因みに英国のワクチンプログラムは、集団免疫は目指さずワクチン接種をしても生活制御は続け、健康な若年者の重症化を防ぎ社会流行の抑制をめざすことを目的にしています。ただし問題はワクチンが無症状者からの感染を止められるかどうか、不明だという点です。変異株は従来株より重症化率が三割も高いと言われていますから」

　彦根と鳩村の議論を聞いていた天馬が、ぼそりと言った。

「この変異株ってほんとに英国やインドから入ってきたものなんですか。感染経路が追えていないのは日本の検疫システムの不備ですけど、それにしてもいきなり広がりすぎです。そうすると試験管内で同じ変異が誘導されたという、鳩村先生の説明が引っ掛かるんです」

「つまりこれは日本国内で独自に変異を遂げた、日本型だと言いたいのかい」

　彦根の言葉に天馬はうなずく。

　しばらく考え込んだ鳩村が、言う。

「天馬先生の仮説は否定できません。ということはその可能性がある、ということです」

　鳩村の言葉を聞いて、彦根と天馬の背筋が寒くなる。

　それでは検疫強化で変異株の蔓延は防げないということになり、絶望的ではないか。

　ここで冷泉か別宮がいたら、気が晴れるようなことを言ってくれたかもしれない。

だが、二人はもういない。冷泉はサバティカルが終わり、年明け早々に崇徳大に戻った。別宮も年明けから連載を始めた終田の担当で桜宮から離れられなかった。

三人は同じことを考えていたらしく、変異株のリストを眺めながら天馬が言った。

「もしここにハコがいたら、ウイルスの名前に土地名をつけるのはおかしいと言っていたのに、変異株は地域名を冠するなんて、ＷＨＯは一貫してませんとか言いそうですね」

すると彦根は、にっと笑ってうなずいた。

「そのことを知人の、ＷＨＯ上席研究員のパトリシアにちくりと皮肉を言ったら、ムキになって反論していたから、近いうちに解消してくるかもしれないよ」

そんな軽いやりとりにほっとしたのか、鳩村は明るい声で言った。

「どのみち、国内で感染予防を徹底するシステムを確立すればいいんです。その変異株が外国から来ようが国内で発生したものだろうが、やることは一緒なんですから」

鳩村の清々しい言葉に、彦根も天馬も、勇気づけられる思いがした。

年明け、白鳥技官に東京駅に呼び出されて以後、彦根と天馬は多忙を極めていた。四月中旬に白鳥の特命に対応するには、四月上旬に白虎党の始末をつけなければならないからだ。

だが天馬の表情は明るかった。ガーデン新大統領が、トランペット前大統領が推進した有色人種差別を厳しく罰する、ヘイトクライム法案を通そうとしていたからだ。

「エマがメールをくれました。ＮＹの雰囲気もずいぶん変わったようで、大喜びしてます」

天馬の話を聞いた彦根は、こういうところが無防備なんだよな、と呆れつつ、天馬にとって、今はここに別宮と冷泉がいなくてよかったな、と心の中で思った。

二人が鳩村の許を辞して菊間総合病院に戻ると、三つ編みの女性が部屋にやってきた。別宮の協力者、菊間総合病院の事務員の朝比奈春菜《はるな》だ。

「わたしの友だちの『佐保』が面白そうな情報を送ってきたので、よろしければ別宮さんに伝えてください。白虎党の都構想の住民投票の否決にお力を貸してくれたお礼です、と『佐保』から伝言されたんです」

それは浪速白虎党の子泣き爺・皿井市長の、公用車私的流用疑惑に関するものだった。

「多忙で飛び回ってます、とテレビで喋る皿井市長を見て、市役所の職員が『皿井市長は公用車でホテルに行き、サウナで寛いでいる』とツイッターで呟いたのを見て、『佐保』が公用車の使用記録を調べてみればわかるのではないか、と思いついて資料請求したんです。そうしたら、着任して二年近くの膨大な公用車使用記録が届けられ、そこには公用車でホテルに通っている様が記録され公務時間内のケースまであったそうです。明日、ネットにアップするそうなのでご自由にお使いください、とのことです」

「別宮さんは喜ぶし、村雨さんの梁山泊の追い風にもなります」と彦根は感謝した。

翌日、その記事は「佐保」のサイトにアップされ、同時に「地方紙ゲリラ連合」を通じて全国に配信されたのだった。

＊

東の首都・東京で酸ヶ湯首相が「新春砲」の爆撃で火だるまになっていた時、西の浪速では、「ナニワ・ガバナーズ」にとって「開示請求クラスタ」が鬼門になっていた。

こうした中、「白虎党ファクトチェッカー」が開設された。

そもそも、ファクトチェックとは何か。「ファクトチェック・イニシアティブ」という団体のホームページ上には、その定義や実体が詳述されている。

世に影響を与える言説や情報で、真偽の定かでないものや正確さに疑いがあるもの、事実かどうか検証されていないものを対象とし、それがファクトかどうかチェックすることだ。

目的は、社会に広がる情報、ニュースや言説が、事実に基づいているかどうかを調べ、そのプロセスを記事化して、正確な情報を人々と共有する営みである。

それをひと言で言えば、言説、情報の「真偽検証」ということになる。

その定義は「公開された言説のうち、客観的に検証可能な事実に関して言及した事項に限定して、真実性・正確性を検証し、その結果を発表する営み」になる。

ここで明確に区別されるのは「事実」と「意見」である。そして「事実」というのは、何らかの「証拠」によって、第三者が確認できる事柄を言う。なのでファクトチェックの際は、その言説が、「事実言明」か「意見表明」かを区別することが重視される。

ファクトチェックは一般的に、調査により収集、入手できる証拠、即ち公開情報や文書、客観的証拠に基づいて「事実言明」を取り上げる。

それは次の三ステップで成立する。まず対象となる言説、情報の選択。次に、事実や証拠の調査、明示。そして対象言説の真偽、正確性を判定する「レーティング」である。

ただし、最後のレーティングをしないタイプのファクトチェックも存在する。

本来、政党は「ファクトチェック」はできないことになっている。

国際ファクトチェック・ネットワーク（ＩＦＣＮ）は二〇一六年、「ファクトチェック綱領」

を制定し、五原則のひとつに「非党派性・公正性」を掲げている。浪速白虎党は政治団体だからその原則から外れている。

しかも「白虎党ファクトチェッカー」は一番重要な、内容のレーティング（真偽の判定）をせずに誤情報と決めつけた。事実に基づいた正当な批判を、「ファクト」に基づかずにデマと決めつけ、印象操作をしたのだ。「白虎党憎しで匿名のデマが出回り、リツイートされ、本当かのように出回るのはよくない」と鵜飼府知事は強弁した。

ファクトチェッカーが取り上げた第一号は、次のツイートだった。

——今日で濃厚接触者の自宅隔離は終わり。この間ＰＣＲ検査結果の検査調整センターからの連絡のみで、浪速市から食料支援やその他の手続き情報もなし。浪速市の保健所からは一度も連絡なし。正に放置。浪速市、終わってる。

このツイートに対する「白虎党ファクトチェッカー」の「調査結果」は酷かった。

「浪速市では保健所から毎日電話連絡にて健康状態の聞き取りをしていたが、感染者数の爆発的増加に伴い保健所等の業務量が膨大化し、業務の優先順位を検討した結果、保健所等が聞き取る方式から本人が異変を感じた際に、保健所等に申し出て頂く受動型に切り替えている」

市政の停滞を、「同規模の他市もやっていない」と言い訳し、行政の怠慢を正当化しただけだ。

だがツイートの内容は「ファクト」だった。

「ファクトチェッカー」に「ナニワ・ガバナーズ」が発信した「フェイク」情報をチェックしろ、という批判が殺到し、鵜飼のポピドン話と皿井の雨合羽物語に集中したのは当然だろう。

「ファクトチェッカー」第二弾は、ＰＣＲ検査の推進通達を皿井市長がスルーした、というツイートを取り上げ、「浪速では全国に先駆けて大規模ＰＣＲ検査をした」と反論した。

だがそれすらもフェイクだった。

ここに至り「開示請求クラスタの佐保姫」が立ち上がる。

彼女はこの問題で情報開示請求をしていて、資料を解析中だったのだ。

「佐保」は、浪速市が大規模PCR検査を始めたのは、今年の第3波以後だと断定した。

更に緊急事態宣言直後、月の半分も公務に出ていないと非難された皿井市長が、ひそかに公用車でのホテル通いを再開したことまで暴露するという、追撃弾も炸裂した。

鵜飼府知事は、「浪速は感染を抑えすぎたから変異株が流行した」などという、医学的根拠のない妄言をまき散らした。そのエビデンスがないことも、「佐保」が証明した。

「規制と緩和」の振り子運動で目先を誤魔化してきた鵜飼府知事にとって、「佐保」は目の上のたんこぶだった。そこで思いついたのが「白虎党ファクトチェッカー」を使って「佐保」の情報攻撃に応戦しようという馬鹿げた一手だ。

思いつきで企画を上げる白虎党党首が、公文書に記載されている「事実」だけを積み上げてきた「情報開示クラスタの佐保姫」の城砦に特攻を掛けるなど、愚かなこと甚だしい。

結局、「佐保」のツイートを「フェイク」と断じようとして、「白虎党ファクトチェッカー」の「フェイク」が却って、公文書によって「ファクト」だと裏付けられてしまうという逆転現象が生じ、大いに醜態を晒した。

白虎党が口先でぶち上げた虚飾の政策が次々に報じられ、「白虎党ファクトチェッカー」は、失態をごまかすために、更に「フェイク」を積み上げ、自己矛盾の袋小路で立ち往生した。

かくして「白虎党ファクトチェッカー」は自爆した。

ようやく遅まきながら勝ち目がないと察した「白虎党ファクトチェッカー君」は白虎党の党是

である、「敗北したら釈明せずに、証拠隠滅して逃亡せよ」に従い、QRコードをリンク切れページに接続して逃亡した。

それは白虎党の通常運行だった。

ここに至って、人々は「情報開示クラスタ」の実力を知った。

彼らがやったことは、ファクトチェックが定義した三段階の①対象となる言説、情報の選択。②事実や証拠の調査、明示。③対象言説の真偽、正確性を判定する「レーティング」のうちの、第二段までで、その調査情報を公開すれば、容易く「ファクトチェッカー」になる、ということが、誰の目にも明らかになったのだった。


白虎党ブームの十年の中で、白虎党は根腐れしていた。

白虎党の政治家の不祥事が次々に発覚した。殺人未遂や市の行政の私物化など、トンデモぶりを書いたら、ちょっとしたジャーナリストなら、誰でも簡単に一冊の新書が書けそうだった。

そんな中、更にとんでもない背信行為が行なわれた。

三月末、二度の住民投票で拒否された都構想を、外側だけ掛け替え「一元化条例」として浪速市議会、浪速府議会で可決してしまったのだ。

それは白虎党が誘導した予算の白虎党費化計画の総決算だった。

その先には五年後の浪速万博での予算流用という目論見が丸見えだ。

市議会では「住民投票結果の否定で民主主義の蹂躙《じゅうりん》」という反対意見が続出した。それに対し皿井市長は「三度の選挙で二重行政を解消し府市が連携することについては民意を得ている」と強弁し、住民投票で二度、否決された内容を条例にして、可決した。

一元化条例の可決を急いだ背景には、浪速府の財源不足があった。カジノと万博という、二つの大型事業推進はコロナ禍で中断していた。浪速湾に人工島を造成し地下鉄を通すという計画も、建設費二百億円の捻出ができずにいた。浪速万博も六百億円を増額し、政府と府市と民間で三等分で負担するが、民間はコロナ禍で寄付金の激減が必至なので、民間の追加負担分も府市が補塡しなければならない。だが浪速府は財政余力が乏しいので、大半を浪速市に穴埋めさせなければならないわけだ。

こうした愚挙が可決されたのは、風見鶏の公迷党《こうめい》が日和ったためだ。

公迷党の判断基準はただ一点、「選挙に勝てるか」だけだ。

なので白虎党は「公迷党議員の小選挙区に対抗馬を立てるぞ」と脅した。浪速で絶大な支持を誇る白虎党の恫喝に屈したのだ。

白虎党が条例化を急いだのは、秋までに必ず行なわれる解散総選挙前が、公迷党に圧力を掛けられるラスト・チャンスだったからだ。

二度目の都条例住民投票に敗北した白虎党は、その欺瞞が市民に知れ渡り、次の選挙で惨敗するというシミュレーションがされていたのだ。

市役所に私物のサウナを持ち込み、部下を恫喝しモラハラ、パワハラの権化のような市長の不信任案採決も、公迷党が日和って否決された。

都構想の住民投票の時も公迷党代表が現地入りしたが、票をまとめきれず、都構想否決の一因になった。

議席死守のために白虎党に屈した結果、支持者の公迷党離れを招いた。しかも浪速では、自保党浪速支部の決定が、中央政府の判断とバッティングしたので状況は一層、混沌とした。

かくして浪速の政治モラルは崩壊した。

ここに至り、浪速の地に潜む臥竜、村雨弘毅《ひろき》・梁山泊総帥はついに出陣を決意し、浪速の復権を賭けた闘争が狼煙《のろし》を上げる。

だがとりあえず四月中旬、彦根と天馬に降された特命を終えてから、連休明け以後の旗揚げとしたため、浪速ではしばし、小康状態が続いたのだった。

26章　ワクチン狂騒曲

二〇二一年四月
東京・霞が関・首相官邸

「私はワクチンのロジ担、令和の運び屋です」と威勢良くぶち上げたものの、豪間太郎ワクチン大臣の「任務」は完全に目詰まりしていた。全ては肝心のワクチン供給の目処が立っていないことが原因だ。ワクチン接種率は、主要先進三十七ヵ国が加盟するＯＥＣＤ（経済協力開発機構）では六割超えのイスラエル、四割の英国、三割の米国どころか、インドネシアの三パーセントにも遠く及ばず、一パーセントとぶっちぎりのドンケツだった。

政府はワクチン接種を安易に考えていた。人口二十万人の地方都市でワクチン接種の民間委託の見積もりを取ると、人材派遣会社の説明では医師二、看護師五、一般事務七、事業管理者一の計十五名のスタッフが計上された。市役所の担当者は頭を抱えた。そんな費用はどこにもない。しかも供給スケジュールが何日に何人分のワクチンが保健所に届くかわからなければ、人員確保もできない。期日までに接種せよとの指令に、末端の行政機関があたふたして対応すると、ワクチンは届かず延期になる。行政と医療ですりあわせようにも、どちらも時間がない。

そんな中、テレビニュースは東京の端っこの市区に、いち早く届けられたワクチンの接種会場の様子を延々と流し、ワクチン供給がうまくいっているという印象操作に余念がなかった。

だが予約受け付けが始まると、申し込みが殺到して電話がつながらなくなり、接種券配布を見合わせる自治体が相次ぎ、ネットのシステムがダウンする。

現場が混乱した理由は、ワクチン不足と複雑なシステムの相乗効果だ。

国が主導するコロナワクチンに関するシステムは、三系統あった。

「HER-SYS」は保健所と自治体が利用する陽性者数把握システムで、「V-SYS」は自治体や病院が使う。この二系統は厚労省の所管だ。そして「VRS」は内閣官房所管で自治体や病院が利用する接種記録システムで、豪間ワクチン大臣が号令一下、作製させたものだ。

混乱の元凶は厚労省のシステム設計にある。保健所は前近代的で、感染者集計作業は手書きのFAXがベースだったため、集計ミスや数字の誤読が相次ぎ、スピード、クオリティ共にレベルが低かった。そこで厚労省は「陽性者数把握システム」の「HER-SYS」を開発した。だがこれは入力項目が百二十もあり煩雑で、評判が悪かったので「V-SYS」を開発した。すると一月、豪間ワクチン大臣の内閣官房で、ワクチン接種予約システム「VRS」を開発した。

各自治体が管理する予防接種台帳では実態把握に時間が掛かりすぎると考えた豪間の独断だ。

かくしてワクチン接種状況の把握システムは分散し、情報の一元管理ができず、地域毎の感染状況をリアルタイムで捉えたワクチン供給体制の構築は不可能になった。

そこに見切り発車でワクチン接種を始めたものだから、現場はガタガタになったのだ。

鼎立《ていりつ》システムは「粗悪なシステムの押し売り」で全国からコールセンターへ電話が殺到するがつながらず、コールセンターも詳細を把握していない。大混乱の中、豪間大臣は現場に責任転嫁するような「ワクチンは必要数を確保できるが、いつまでに接種が完了するかは自治体次第だ」という発言をして、各自治体から怨嗟《えんさ》の声が上がる。

豪間はワクチン供給スケジュールを気軽に変更し、その都度、現場は練り上げた接種計画を一から組み立て直し、感染者の激増で混乱した現場は一層、疲弊した。

それはまさしくロジ担の失策であり、戦争なら敗戦を決定づけるものだろう。

ここに「第3波」と「第4波」が襲い、感染者数が激増し保健所業務が膨れあがる。にもかかわらず他の業務と並行して、保健所員に感染者一人あたり四十項目も手入力させていた。

厚労省のデジタル失策は他にもある。前年六月に運用開始した接触確認アプリ「タピオカ」は初日に不具合が生じ、運用を停止した。七月頭に修正したが、再び不具合が見つかり修正版を提供した。だが「タピオカ」利用者の三割の八百万人が、陽性者と濃厚接触しても「接触なし」と表示される不具合が、四ヵ月間も放置されていたことが、二月に判明した。

不具合が放置された原因は、委託企業が多く、責任の所在が曖昧になったためとされた。だが、不具合の原因を調査した厚労省は「どの企業の作業がどう影響したのかわからない」と結論づけた。原因がわからずに委託先を変えても、混乱が収まるはずはない。

そして政府は四月から委託先を切り替えたが、新規委託先は六社から七社に増えた。

こうしてこのアプリは、本家の「タピオカ」同様、社会から忽然《こつぜん》と姿を消した。

日本の感染対策はアジア諸国中で最低レベルだった。人口百万人当たりの死者数は韓国やインド、中国より多かった。更にモンゴロイドには罹りにくいというコロナ神話も崩壊した。その頃、インドで二重変異株が発見され、インドの死者は十八万人に達した。酸ヶ湯はゴールデンウイークにアジア外遊をして寛ぐつもりだったが、行き先のインドで感染爆発が起こった。

ＰＣＲ抑制を声高に主張した政権寄りの「イクラ」連は、「ワクチンを打とう」キャンペーンに乗り換え、ワクチンに否定的な記事を攻撃し悦に入った。ワクチン消極論の記事を削除させ、そこに取り巻きに賞賛されたが、それはひとりよがりの対応だ。間違えた記事の見出しは残り、そこに飛ぶと「４０４　ｎｏｔ　ｆｏｕｎｄ」というメッセージが見られるばかりで、情報は修正されない。「ワクチン推進イクラ」連中は、「ＰＣＲ検査拡充」は口にせず、「検査し隔離する」という衛生学のグローバル・スタンダードに触れない。狭いサークル内でマシュマロ・メッセージを投げ合う彼らは、豪間大臣を賞賛し、その賞賛を背に豪間は心地よく発言した。

豪間は「ブロック太郎」の異名通り、批判的な相手は即座にブロックした。だがその偏狭な姿勢は政治家失格だ。公益を担う政治家は、全ての国民に奉仕しなければならないからだ。

そんな豪間大臣が頼りにしていたのが、厚労省から連絡員として派遣された変人官僚、白鳥技官だ。なぜこんな優秀な人材が冷や飯を食わされているのかと不思議に思い、ボンクラ省庁だから優秀な人材を冷遇していたのだと考え、ボンクラに冷遇されているが故に白鳥の優秀さは証明されたと、曲がりくねった人物評価を下した。

要は「変人相通ず」なのだが、それを豪間太郎は英明な大抜擢だとひそかに自画自賛した。

実際、白鳥技官が裏でこそこそ動くと、二日後には豪間のネタになった。

二人は癒着を深め、ではなく、親密度を増し、白鳥は豪間大臣の信頼を勝ち得た。

中でも厚労省老健局の深夜宴会と、それによるクラスターの発生という大スクープは凄かった。

これを聞いた豪間大臣は、さすがに薄気味悪そうな顔で白鳥を見た。

「自分の職場をこんなあからさまに攻撃していいのか？」

すると白鳥技官はキョトンとした顔で言った。

「聖域なき構造改革を目指す豪間さんにしては、お優しい発言ですね。僕の原則はダメなものはどんな所でもどんな人でもダメ、です。これは不当な誹謗じゃなくて、正当な内部告発でしょ」

豪間ワクチン大臣は、はっと目が覚めたような顔をした。

「うん、その通りだ。貴君がよければ、私も容赦はしないぞ。よし、ゴーしよう」

豪間は直ちに子飼いの記者に一報し、そのニュースは紙面の一面を飾った。

【速報】厚労省職員がコロナ陽性、深夜の宴会部署　四月七日（水）
東京・銀座で深夜まで二十三人の大人数で送別会を開いた厚労省老健局の職員が新型コロナウイルスに感染していたとわかりました。他にも感染が確認された職員がいるということです。

【続報】厚労省、深夜宴会参加者が感染し、飲食店へ謝罪　四月九日（金）
二十三人で深夜まで宴会を開いた厚労省老健局で、参加者三人を含む職員六人のコロナ感染が確認されました。午後九時に終われず、大人数で宴会をしたことに対し、会場の飲食店主は、非常に申し訳ないと謝罪を受けた、とのことです。厚労省は「宴会との関連は不明」としています。

【続々報】厚労省送別会部局 感染者十七人 クラスター発生の可能性　四月十五日（木）
三月に厚労省職員二十人余りが送別会を開いた問題で、新たに二人の感染が確認されました。同部局では十七人の感染が確認され、厚労省はクラスターが発生したと見て、出勤者を三割に抑え感染対策を強化しています。今回新たに感染が発覚した二名の職員が会食に参加していたかどうかについて、厚労省担当者は「現在、詳細をとりまとめている最中」としています。

この一撃で厚労省の評判は地に墜ち、ケルベロスの三ツ頭のひとつの「病院大臣」は生き残りのチキン・レースから脱落した。白鳥はますます豪間大臣のお気に入りになった。
今日もまた派手な手土産を持参した白鳥は、鵜飼府知事の細々とした悪口を滔々と述べた。すっかりメッキが剝がれ、今ではナニワの医療崩壊の下手人とされ、夜の街のお姉さんたちからも総スカンを食らっているという情報は生々しく、豪間を喜ばせた。

次の首相は自分だと信じて疑わない豪間にとって、次の首相候補ナンバーワンと持ち上げられる鵜飼は、小日向美湖・東京都知事と並んで目障りな存在だったのだ。

「鵜飼の野郎は生意気だからシメちまいましょうぜ」という白鳥のセリフが耳に心地よい。

「ところで大臣、例の件は進展がありましたか」

「ああ、バッチリだ。酸ヶ湯首相は大乗り気だ。そっちの手配は大丈夫なんだろうな」

「それは保証できませんよ。でもどっちに転んでも、それなりに形がつくようにしますからご心配なく。それより僕のお願いは叶えてもらえるんでしょうね」

「シュア、だ。かつて外相専用機を誂《あつら》えようとして実現一歩手前まで行った私にとって、貴君の願い事など、チープすぎて涙が出るよ」

「よ、さすが太っ腹大臣、ネクスト首相候補ナンバーワン！」

白鳥のヨイショに豪間は、まんざらでもない顔をした。

「ところで大臣、もうひとつのお約束の方はいかがなもんでげしょう。ほら、ワクチン接種後の死亡事例の検討の件ですよ」ともみ手をする白鳥は、悪代官にすり寄る越後屋のようだ。

「ああ、あれか。あれも一応ワクチン大臣の業務範囲だから、厚労省に命令しておいたぞ」

豪間は机の上をかき回し、「新型コロナワクチン接種後の死亡として報告された事例の概要」と記された書類の束を白鳥に手渡す。冊子をぱらりと眺めて白鳥は言う。

「ここではワクチン接種が始まった二月から四月までの死亡例は十九例が報告されていますが、全例、『ワクチンと症状名の因果関係が評価できないもの』としていますね」

「つまりワクチンは安全だ、ということなんだろう。結構ではないか」

するど白鳥は人差し指を立てて、左右に振りながら、「ちっちっち」と言う。

そして『報告医が死因等の判断に至った検査』というページを開いて豪間大臣に見せる。

「それは全然違いますよ、大臣。これは全例が死因が不明だから、ワクチンの安全性は保証されていません。たとえばここに基礎検査が記載されているんですが、これもメチャメチャなんです。十九例はCT：六例、死亡時画像診断：二例、MRI：一例とありますが、死亡時画像診断というのはAi（オートプシー・イメージング）のことで、死体を画像診断することなんです。そして賢明な大臣はご存じだと思いますが、CTもMRIも、どちらも画像診断なんです」

「つまり『死亡時画像診断＝Ai』は6＋2＋1で計九例になるわけだな」

白鳥はヒュー、と口笛を吹こうとしたが、それはふう、という吐息にしかならなかった。

「その通りで正しくは『Ai：九例、不明：七例、解剖：二例』です。厚労省は解剖重視で、解剖以外は絶対認めない、と言い張ってきたので、連中のルールに従えば、解剖の二例以外は死因究明がされておらず、しかも解剖をした二例も、ワクチンと死因の因果関係は不明とされている、つまりワクチンと死亡は全く無関係とはいえない、というのが、本当の結論なんです」

「つまり解剖二例しかやっていないから、死亡例とワクチンの因果関係は全く不明で、死因究明ではAiとやらが九例と、解剖よりずっと多く実施されているから、医療現場ではAiを死因究明の基本的な検査にした方がいいに決まっている、というわけだな」

白鳥は手を叩いて、「ふう、ふう」と、できそこないの口笛を吹きながら、言う。

「ブラボー！　聡明《そうめい》な豪間大臣にお仕えできて、僕は嬉しいです」

白鳥の大袈裟な賞賛を聞いて、豪間大臣は照れ笑いを浮かべた。

翌日、酸ヶ湯首相は、二泊四日の日程で米国を電撃訪問し、ガーデン大統領と日米首脳会議を行なうと発表した。だがこれは大不評だった。

「のこのこ外遊している場合か」という攻撃は、紋切り型なのでさして気にならなかったものの、「帰国後の二週間の隔離期間で、補選の敗戦をごまかすつもりだな」というのは肺腑《はいふ》を抉《えぐ》った。

「ワクチンの優先接種を受けたくて米国に行くのはズルいです」というコメントには脱力した。

俺は総理大臣だぞ、ワクチンの優先接種をする言い訳のネタなんて、いくらでもひねり出せるのだ、と思ったが、反論する機会は与えられなかった。

挙げ句の果てに、出発前日の四月十五日夕、とんでもない爆弾発言があった。

「コロナ蔓延の場合は五輪中止もやむを得ない。それは当たり前です」と、テレビの対談番組に出演した煮貝幹事長が、キャスターの質問に対して歯切れよく断言したのだ。

それは煮貝の観測気球だった。だが五輪忌避の空気が充満しているところに上げた観測気球は、ツェッペリン号よろしく爆発、炎上して、五輪号の墜落を予感させた。

酸ヶ湯は暗澹《あんたん》たる気持ちで、夕闇迫る羽田《はねだ》空港に駐機した政府専用機のタラップを上った。

彼の搭乗姿を収めたカメラが撤収すると、同乗する太鼓持ち記者たちと、内閣府や関連省庁の役人がわらわらと乗り込んだ。

最後に、スカイブルーの背広を着た派手ないでたちの官僚と、緑のジャケットでヘッドホンをした銀縁眼鏡の医系技官風の男性、そしてオレンジのウインドブレーカーにジーンズの軽装で、どこか遠くをぼんやり見ているような茫洋とした青年という、三色トリオが乗り込んだ。

こうして夜の帳《とばり》が降りてくる中、不穏なメンバーを乗せた首相専用機は、ワシントンに向けて離陸したのだった。

27章　酸ヶ湯首相の米国弾丸ツアー

二〇二一年四月
米国・ワシントンD．C．

酸ヶ湯が政府専用機を使うのは、二度目だった。

特別仕様の機内には総理居室に加え事務作業室、会議室の他、同行記者等の座席も用意されている。

一号機には酸ヶ湯首相と精鋭スタッフ、お気に入りの報道記者たちが乗った。

普通、首相外遊に同行するのは記者にとって勲章だ。機内の懇親会に参加することで記者も格が上がり、閉鎖空間で長時間一緒に過ごせば、親しさも増すからだ。

訪米が決まると酸ヶ湯は、「ガーデンは英首相より俺との会談を優先させた。俺はガーデンと共に世界の中心になる」と言ってはしゃいだ。

そんな彼は水面下の事前折衝で首脳会談の「特別感」を出す「演出」に腐心し、会談に先立ち訪米した局長に「とにかく見せ場を作れ」と命じた。

トランペット前大統領とゴルフをした安保前首相、スプラッシュ元大統領とキャッチボールをした大泉元首相のような、派手なパフォーマンスを最優先で求めたのだ。

他には大統領との晩餐会《ばんさんかい》、大統領とポトマック河畔の桜を見ながら散策など、いくつか候補があったものの、成立したのは大統領との短時間の二人きりの「テタテ」会談だけで、そこでランチが出るらしい、というのが唯一の救いだった。

なぜこんなことになったんだ、と酸ヶ湯は嘆いた。それはホワイトハウスの意向だった。

高齢のガーデン大統領はコロナ感染をとても怖れていた。だから酸ヶ湯政府からの申し出も、実は、ZOOM会談でいいではないか、と考えていた節がある。

その時、ポン、とチャイムが鳴り、シートベルトを外す許可が出た。

すると客室乗務員が側に来て、「首相、支度が整いました」と告げた。

これから会議室で、食事会を兼ねた記者懇談会を開くのだ。

そこで好意的な記事を書いてもらえるよう、同行記者にサービスしなくてはならない。

前回の外遊時には、そうした周囲への配慮を忘れてしまった。そのせいかどうかは不明だが、会議の時にマイクの付け方を間違えたという、ささいなミスが大きく取り上げられてしまった。

首相付けの記者の中には安保前首相に忠誠を誓っている輩もまだ残っていたので、ひょっとしたら前任者の意向を忖度した嫌がらせだったのかもしれない。

だが周囲を高圧的に従わせることに長《た》けた酸ヶ湯は、その後はたちまち首相付けの記者を手懐《てなず》けた。

けれどもそんな努力も無駄になりつつある。いくら記者たちが酸ヶ湯を持ち上げようとしても、世間の空気は冷ややかだったからだ。だが今さら愚痴を言っても仕方がない。

会議室には立食形式の軽食が用意され、記者が五名、スタッフが七名、食事を始める。

——酸ヶ湯総理大臣は四月十五日（木）に羽田を出発、ワシントンD．C．に向かいます。同日、米合衆国ガーデン大統領と対面で首脳会談を実施します。ガーデン大統領の対面実施は初めてです。会談では日米同盟の強化を確認し、強固な日米関係を広く世界に発信する機会になります。

酸ヶ湯は配布文書をちらりと見て目を逸らす。

予定はスカスカだ。

機内の記者懇談会も盛り上がらなかった。

弾丸ツアーのメイン行事は首脳会談だけなので、記者会見しか記事になりそうにないし、酸ヶ湯の長男の不祥事もあったばかりなので、それを避けて、腫れ物に触るようだった。

するとその静かな湖面にいきなり、大岩のようなひと言が投げ込まれた。

「酸ヶ湯さんは、本気でファイザーがワクチンを出してくれるなんて思ってないですよね?」

スカイブルーの背広を着た人物の、突然の発言に場の空気が凍り付く。

「ば、バカな。いきなり何を言うんだ」

酸ヶ湯は、動揺を隠しきれず、思わず大声を出す。

それはとっておきの秘策だった。極秘で滞米中に達成し、帰りの機内で大いに褒めそやされるという目論見だった。それなのに事前に漏らされたら、驚きが半減してしまう。

記者たちが、互いの肚《はら》を探り合うような目になった。

「記者懇談会は、到着前にもう一度開催しますので、それまでみなさんお休みください」

気を利かせた泉谷首相補佐官が言うと、記者たちがばらばらと退室する。

今の話は特ダネには違いない。だがこの二泊四日の強行ツアーで達成されることであり、同行記者はいつも一緒なので、出し抜くこともできない。加えて、うまくいったら記者会見で発表され、日本でもテレビがあっという間に報道するだろう。

だから、のこのこ米国についていく記者たちにとって、特ダネの価値はなかった。

そのせいか、解散を聞いた後で、酸ヶ湯首相に食いついて質問する記者はいなかった。

記者たちが姿を消すと、後には酸ヶ湯首相と泉谷補佐官、過激な発言をした人物を入れた三色服のトリコロール・トリオが残った。

泉谷首相補佐官が、男性に向かって小言を言う。

「また君かね、白鳥君。一体全体、どうして君は、酸ヶ湯首相を苛立たせるようなことばかり口にするのかね」

「それは違いますよ、泉谷さん。ぼくが酸ヶ湯さんを苛立たせる発言をしたのは、今回が初めてです。以前怒らせたのは、安保さんですから」

そう言って白鳥技官は、にっと笑う。

酸ヶ湯は顔を灼熱《しゃくねつ》の鋼のように真っ赤にして、そんな白鳥をじろりと睨みつける。

「さっきの発言は、一体どういうことかね。ああしたことをできると豪間君が推薦したから、専用機に乗せてやったのだ。できないというのであれば、今すぐに、この機を降りなさい」

「そんなに怒らないでくださいよ。そもそもこんなことになったのも、泉谷補佐官のお気に入りがドジして契約を詰めなかったせいなんですから。でも帰国した時に僕を連れていってよかったな、と思える程度の工作はしてあげます。それよか今は、ガーデン大統領との首脳会談に集中した方がいいと思うんですけど」

「そんなことは言われなくてもわかっておる」と酸ヶ湯はぶっきらぼうに応じた。

だが隣の泉谷補佐官が、ばつが悪そうな顔をしてだまり込んでしまったので、それ以上は何も言えなくなってしまった。

「向こうに着いたら、すぐに首脳会談だ。私は休ませてもらう」

「どうぞどうぞ。それよりお願いしておいたことは、ちゃんと手配してくれてますよね？」

「スタッフが対応しているはずだ。現地で自分で確認したまえ」

「アイアイ・サー」と言って白鳥は敬礼した。

だが敬意がまったく感じられない動作を、果たして敬礼と呼べるのか、という疑問は残った。

六時間後、機内の灯りが点いて、酸ヶ湯は目を覚ました。

その後は早朝懇談会で精力的に喋った。ワシントンが近づいてきた興奮もある。事前のロジは充分と言えないが、俺の力でひっくり返してみせる、という根拠のない自信があふれてきた。

白鳥が率いる三色トリオが顔を見せなかったことも、気分をよくさせた。

懇談会を終えて後方を見ると、例の三人は頭を寄せ合い、何か熱心に相談していた。

その時、ぽん、とシートベルト着用のアラーム音が鳴り「間もなく当機は着陸態勢に入ります」というアナウンスが流れた。

機体は徐々に降下を始めた。


幻滅の日米首脳会談だった。

最大の見せ場だったはずの「テタテ」はわずか二十分程度しかなく、通訳時間を加味すると、実質は十分くらいだった。というわけで、ほぼ自己紹介だけで終わった。

広いテーブルにはぽつんとハンバーガーの皿が置かれた。その寒々しさは領主が、お気に召さない領民に、いやいや振る舞った貧相な食事のように見えた。とても食べる気にならなかったが酸ヶ湯は、会話が盛り上がり食事をするヒマがなかった、と負け惜しみを言った。

ガーデン大統領は台湾認定を共同声明に盛り込んだ。これで外交政策の対中国の前線基地に日本を設定できる。そのことを事前交渉で通告された酸ヶ湯は、安保前首相に相談した。

酸ヶ湯自身は完全な外交音痴で、ろくに判断ができなかったからだ。加えて後見人の煮貝幹事長は親中派だから台湾明記が気に入らないに決まっているからだ。

だからこそ煮貝は、釘を刺すために訪米直前に「オリンピック中止の可能性」を言明したのだ。

そんな酸ヶ湯首相は、日米首脳共同記者会見で、いくつも重大なミスを重ねた。

酸ヶ湯首相は東京五輪について、「世界の団結の象徴として開催を実現する決意」を伝えたが、「人類が新型コロナウイルスに打ち勝った証し」という、これまでの表現は使わなかった。

一方、ガーデン大統領も「決意に対する支持」は表明したが、開催について明言は避けた。

こうして酸ヶ湯首相は、米大統領の五輪出席の確約取り付けに失敗しただけでなく、共同記者会見では、外国メディアの記者からド直球の質問を食らってパニックになる。

「衛生の専門家が準備できていないと指摘する中、五輪開催に突き進むのは無責任ではないか」

それは日本では絶対にありえない質問だった。だから回答はスルーした。

しかしその手法は、日本では通用するが、ガーデン新大統領が世界初で対応した首脳会談という、世界のメディアが注目する大舞台では大失敗になった。酸ヶ湯は一瞬で、誠実な応答をしない未熟な政治家だと烙印《らくいん》を押されてしまったからだ。三ヵ月後に全世界からゲストを招くと豪語するなら、五輪招致の際に安保前首相が「原発事故の汚染水はアンダーコントロールにある」と大見得を切ったように、たとえ嘘でも、ここは正面から「大丈夫です」と、断言すべきだった。

酸ヶ湯の対応に一瞬、驚愕の表情を浮かべたガーデン大統領は次の瞬間、微笑した。

これで、五輪出席を確約しなかったことを米国民も容認するだろう、と確信したからだ。

そんな酸ヶ湯を、更なる打撃が襲う。ワクチン供給の最大手、ファイザー製薬の最高経営責任者（CEO）との面談を拒否されてしまったのだ。一国の首脳の要請にNYからワシントンまでの短距離の足労すらせず、粘った末に電話会談がやっと、という事態に酸ヶ湯は怒り狂った。

しかもワクチン確保の口約束も取れなかった。ネット民は、日米首脳会談は製薬会社への電話を国内通話で費用を浮かせるために行なわれた、と嘲笑した。

反論ができなかったのは、まさにおっしゃる通りだったからである。

これが意に染まぬ官僚を排斥し続けた「安保＝酸ヶ湯長期政権」下で、生き残った茶坊主官僚の実力だった。

加えて国際情勢に対する、酸ヶ湯の無理解も重なった。ビオンテック＝ファイザーの実質上の社長はトルコ移民のドイツ人で、レイシストのトランペット前大統領を嫌悪していた。

そして酸ヶ湯は、そんなトランペットの一の子分、安保前首相の忠犬だと見なされていた。

これではファイザーのCEOに冷たくあしらわれたとしても、やむを得なかった。

意気消沈した酸ヶ湯一行が帰国機に乗り込むとそこに、別行動をしていた、青・緑・橙の服を着た三色《トリコロール》トリオが、機内に飛び込んできた。

酸ヶ湯は当然、「でかい口を利いたくせに、結局できなかったではないか」と詰った。

疲れ切った様子の白鳥は、両手を合わせて頭を下げた。

「ごめんね、スカちゃん。委任されたのは渡米直前で、ろくに根回しができなかったんです。でもご安心を。スカちゃんはレスキューできなかったけど、日本は救えましたから」

その言葉が理解できず、更に問い詰めようとした時、着座を促す放送が流れた。

帰りの機内は通夜のように静まり返っていた。記者懇談会も「質問スルー」に関してはタブーだったので、盛り上がらないこと甚だしかった。

実はあの質疑応答には、同行記者たちも傷ついていた。全世界の嘲笑が、自分たちにも向けられているということは、いくら飼い慣らされていた彼らでも、さすがに肌で感じていた。

別行動の三色トリオは、座席で泥のように眠っていて、記者懇談会には顔を出さなかった。

こうして日米首脳会談の空疎な成果を乗せ、二機の政府専用機は一路、日本を目指した。

帰国後、全国民接種対象者一億一千万人分のワクチンを、九月末までに同社から追加調達できるめどが立った、と成果をアピールした。だが、国会で野党議員から質問された正直者の厚労相は「合意書を交わしたわけではなく、詳細については申し上げられない」と、ぽろりと本音で答弁してしまった。

合意書を交わしていなければ、正式な契約になっていないことは明白だ。

その発言を裏付けるように、ファイザー社のＣＥＯはツイッターで、酸ヶ湯首相との電話協議は認めたが、ワクチン供給を約束したことはきっぱり否定した。

酸ヶ湯はその場凌ぎをしたため、嘘をつく度胸もないクセに、結果的に国民と世界に大嘘をついてしまうという、身の丈に合わないことをしてしまったのだった。

28章　第三回緊急事態宣言

二〇二一年四月
東京・霞が関・首相官邸

大量のワクチンと共に凱旋帰国して、一躍スターになるという目論見が打ち砕かれた酸ヶ湯が気息奄々《きそくえんえん》で、羽田空港に降り立つと休む間もなく、凶報が立て続けに届いた。

訪米の翌日、米国務省は渡航情報を改定して「レベル４：渡航してはいけない」を世界の八割の国に拡大した。世界約二百ヵ国のうち三十四ヵ国に百三十ヵ国を加え欧州の大部分、ブラジル、中国等の滞在者ほぼ全員の入国を制限したのだ。次は日本だ、と言っているかのようだった。

更に週末の衆議院議員三補選の世論調査の結果が芳しくないとの報が入った。

北海道は元農水相が大臣室で業者から現金を受け取るという、前代未聞の汚職による議員辞職後なので、候補者を立てず不戦敗を選択した。長野は野党の有力議員が年末にコロナ死した弔い合戦で相手の地盤が強く、勝てる見込みはなかった。

残る広島は、安保前首相が自分を批判する有力議員を落選させるため、通常の十倍の選挙費用を出した落下傘候補が買収で逮捕され、議員辞職をした後なので逆風が吹きまくっていた。

しかも党本部が出した一億五千万円という法外な選挙資金は、当時の自保党幹部の安保前首相、酸ヶ湯官房長官、煮貝幹事長の三役が決定したもので、その原資は税金だ。

酸ヶ湯は、すごすごと煮貝詣でに出掛けた。煮貝はなぜかご機嫌だった。

「安保君とよりを戻した酸ヶ湯君は、儂なんぞお見限りかと思っておったが」

「とんでもございません。私など、煮貝先生のご加護がなければこの座にいられません」

「口先ではどうとも言えるわな。まあ、いい。さすがに三連敗したらダメージが大きいが、すでに手は打ってある。小日向君に、浪速でうろたえている鵜飼君に同調して緊急事態宣言発出要請を出させることを言い含めておいた」

「東京に非常事態宣言、ですか？　それは無理筋というものではないでしょうか。東京都の病床使用率は三十パーセント台で国の指標でステージ3、都の独自基準による重症患者の病症使用率は十五パーセントで首都圏の医療は逼迫していないという判断になっておりますし、政府の基本的対処方針とも矛盾していて、東京都は緊急事態宣言発令の要件すら、満たしておりません。その上、私は渡米前の国会で『全国的な大きなうねりとまではなっていない』と発言しているので、帰国した途端、百八十度方針を転換するのは、さすがにいかがなものかと……」

「マンボウ」のような半端な手を小刻みに出したのは、あんたが望む「東京五輪」がネックなんだ、と言いたかった。だが強く言えなかったのは、煮貝に断りなしに「無観客開催」に言及したという負い目があったからだ。無観客ではインバウンド需要が誘起できず、煮貝にとっては五輪はどうでもいい行事になってしまう。

　それがまさに、酸ヶ湯が渡米する直前の煮貝の爆弾発言につながったわけなのだが。

「儂には小難しい理屈はようわからんが、今、自保党にとって東京に非常事態宣言を発出することは、これしかない解決策だ。その点、君のように屁理屈をこねない分、小日向君は為政者として有能だ。儂が、東京都に緊急事態宣言発出をお願いするよう発言したらどうか、と言ったら、それなら八時以降、ネオンサインを消すように、など過大な要求も一緒にしますと、打てば響くように言いおった。あの反射神経は、酸ヶ湯君も見習った方がいい」

酸ヶ湯は唇を噛んだ。よりによって、あの小日向の方が首相向きだと言うのか。

「緊急事態宣言の発出は二十三日の夕方にするといい」と煮貝は付け加えた。

「なぜですか」と酸ヶ湯が訊ねると、煮貝は深々と吐息をついた。

「一から十まで説明しないとわからんのかな。金曜の夜に緊急事態宣言を発出したら、土日は街は大騒ぎになる。メディアは安直だから、緊急事態宣言であたふたする街の様子を垂れ流しにして、宣言を無視して飲んだくれる若者を非難することに夢中になる。すると自保党三連敗の扱いは小さくなり、月曜日の朝に惨敗ニュースがテレビに溢れかえるのを防げるだろうて」

煮貝は酸ヶ湯の目をじっと見つめて言った。

「酸ヶ湯君は小日向君を毛嫌いしているようだが、その見識は改めたまえ。今は未曽有の国難の時だ。過去の確執など水に流す大度量でなければ、この難局は乗り切れないぞ」

「ははっ」と酸ヶ湯は平伏し、後ずさりしながら幹事長室を退出した。酸ヶ湯の胸中には、投票はこれからだから、どう転ぶかわからないだろうに、という微かな反発があった。

だがそうした甘い予断にすがりついてしまうところが、彼が政治家として三流の証だった。

結局、週末の衆院補選三連戦は、大方の予想通り、自保党の三連敗に終わった。だが月曜朝のワイドショーは緊急事態宣言とコロナウイルスの蔓延状況の報道に終始したため、自保党三連敗には一瞬も触れなかった。それは見事な目眩ましだった。酸ヶ湯は、ぞっとした。

煮貝は、国民生活をあえて混乱させることで、自分たちの敗戦を覆い隠したのだ。

この頃、世界中で「キャンセル・オリンピック」のツイートが溢れ始めた。

酸ヶ湯首相はワクチン供給に対し、裏付けのないブラフを発信し続け、七月に必要量の供給を終えると豪語した。これは三千六百万人の六十五才以上の高齢者全員で、医療従事者四百万人と合わせて七月までに接種を終えるということで、大多数の一般市民は含まれていない。

そんな中、変異株が蔓延し、若年層の重症化症例が増え始めた。すると酸ヶ湯政権が展開している、高齢者重視のワクチン接種計画の前提は、根底から崩れてしまう。

だが、もはや方向転換はできない。

緊急事態宣言の期限を五月十一日までと区切った理由も、見透かされていた。

ＩＯＣのバッカ会長が五月十七日にヒロシマの聖火リレーを見学に来て、東京でメッセージを発する予定だったのだ。その時に緊急事態宣言下では政府の面子は丸つぶれだ。

そこから逆算すると五月十一日には、緊急事態宣言を解除しておかなければならない。

そこは小日向君もわかっているはずだ、と煮貝に言われた酸ヶ湯はほっとした。

だが東京都からは、実施に向けた情報発信が途絶えていた。苛立った酸ヶ湯は、泥川五輪相に「都が発信しないのは無責任だ」と言わせた。泥川の発言は、ヒステリックな調子になった。

だが美湖は、そんな要望に応じるつもりなど、さらさらなかった。

女性二人の確執をメディアは面白おかしく報じたが、格の違いは明白だった。

酸ヶ湯のパペット如《ごと》きに云々《うんぬん》されるほど、美湖は甘くない。

そんな中、組織委員会が看護協会に五百人の看護師派遣を要請したと、野党系の新聞が報じた。

するとスポーツ紙が「そんな要請に対応しているヒマはない」「そんな仕事はしたくない」という現場の看護師の声を報じた。

そのような中で始まったのが、高齢者と医療従事者へのワクチン接種だ。ワクチン行政は予算規模がしょぼかった。「Ｇｏｔｏ」キャンペーン予算は三兆円で、うち二兆三千億円が未執行なのに、ワクチン開発予算は二〇二〇年五月に、わずか六百億円を計上するに止まっていた。

米国は二ヵ月前の三月にコロナ対策費に十倍以上の八千七百億円を計上していた。

ＩＯＣも、五輪関係者七万人に毎日ＰＣＲ検査を要求した。それは過大な要望ではなく、感染症対策のグローバルスタンダードだ。

だが日本のＰＣＲ検査能力は一日七万件で、人口あたりのＰＣＲ検査実績は世界二百ヵ国中で百四十五位と、アフリカの最貧国レベルだった。

連休明けからワクチン千八百万回分を用意したが、自治体の要望は二千三百万回分だった。

四月半ば、首相官邸は特設ホームページで都道府県別の「医療従事者等」と「高齢者」の接種状況を公表した。四百八十万人の医療従事者で一回接種を終えたのは百二十万人で進捗率二十五パーセント。高齢者接種は四月十八日時点で九県で接種ゼロ。全国七十四自治体のうち五月に接種が始まったのは十三市区。それは一年前の愚策「アボノマスク」とよく似た経過だった。

焦った酸ヶ湯は、子飼いの保地総務大臣から全国自治体の担当者宛てに督促メールを発信させた。自治体の六割から七月末の高齢者接種完了は不可能という回答を得ると、「とにかく何とかしろ」と厳命した。だが保地総務大臣にできることは、自治体の担当者を叱咤《しった》激励することだけだ。「ワクチンが届くスケジュールがわからなければ、医療関係者を集められない」と担当者が訴えると、「ガッツと熱意でなんとかして」と懇願するばかり。ネット音痴の高齢者にはネット予約はハードルが高く、電話してもつながらず、直接役場に出向けばここでは予約できないと追い返された。ワクチンは届かないのに予約は殺到し、システムはダウンし担当部署は殺到するクレーム対応に忙殺され、そこに総務省のポチ大臣の邪魔臭いメールが届く、という地獄絵図だ。

四月二十五日、全世界のワクチン接種は累計十億回を突破したが、日本では累計二百七十万回に止まった。米国では一日でその二倍弱の四百万回のワクチン接種が行なわれていた。

惰眠を貪っていた日本が後進国になっていたことが、ワクチン行政の遅滞で明白になった。

湧き上がる五輪中止論に「五輪開催の決定権はＩＯＣにある。できることをやり対応するのが政府だ」と酸ヶ湯は答えた。

そんな酸ヶ湯政権に真っ向から異論をつきつけたのが、日本医師会の川中会長だった。

彼は感染拡大の理由に、感染力が強い変異株が広がったこと、新規感染者数が増加していたのに二回目の緊急事態宣言が解除されたこと、繰り返しの要請に切迫感がなくなっていること、の三点を挙げた。そして緊急事態宣言解除は陽性者減少や病床使用率改善の達成の「成果型」にすべきとした。「医学的根拠に基づく医療」（エビデンス・ベイスト・メディスン＝ＥＢＭ）を標榜する現代医学なら当然の提言だ。

手術延期や脳卒中患者の受け入れ病院が見つからない等、通常医療への深刻な影響もあり、感染指標全てがステージ2になる段階を解除基準にすべきだという従来の主張を繰り返し、二回目の緊急事態宣言をステージ3で解除した結果、リバウンドを招いたので、新規感染者が百人以下になることを解除の目安にすべきだと断言した。また連休中は検査数が減り正確な状況を把握できないので、連休明けの判断は不適切とした。

しかも変異株は凶暴で、健全な若者も罹患した。現場医師の声は悲痛だった。

変異株の重症化率は五パーセント、従来型は二パーセントなのでその差は歴然としていた。

医学的にきわめて妥当な建言だったが、酸ヶ湯首相には飲めないことばかりだった。

そこで「医師会の判断ミスがこの事態を招いた」とネットニュースのコメント欄に偏向意見を掲載させるべく、久々にネトウヨのネット投稿団パンサーズを動員した。

だが彼らのパワーは落ちていて、以前ほどの影響力は期待できなかった。

「ＯＥＣＤワーストの一パーセントの接種率」という厳然たる事実を伝えるフレーズが闊歩し、会談後一週間が経過しても契約書もない。そうした談話が官邸関係者から出てくる時点で、すでに酸ヶ湯政権は死に体だった。

それでも酸ヶ湯は、日米首脳会談は大成功を収めたと信じ込んでいた。

泉谷首相補佐官を始めとする取り巻きが、褒めそやし続けたからだ。もはや酸ヶ湯に真実を伝えるスタッフはいなかった。耳に痛い諫言《かんげん》をする者を排除し続けた結果だ。

首相官邸の一室で、酸ヶ湯はひとり、浮遊していた。

政府、東京都、ＩＯＣの三者のリモート会談で、観客数の上限を決める予定だったが、四月から六月に延期された。ここへ来て政府はワクチン接種でアスリートを優先すると言い出した。

更に、看護師五百名、医師三百名、指定病院三十ヵ所の確保を要請し反発を食らう。ここまで五輪中止をやんわり意見していた国民は、もはやそんな対応では生ぬるい、と悟った。

ネットニュースのコメント欄には、政府とＩＯＣを非難するコメントが溢れた。

テレビの情報番組に出演した泥川五輪相の応対も、酸ヶ湯に匹敵するほど酷かった。

「五輪開催と感染対策、どちらが優先事項と考えていますか」とキャスターに問われると、泥川五輪相はアナウンサー上がりらしく、滑らかな口調で答えた。

「感染対策について一番の現場を持っているのは東京都。その東京都はまさに五輪の主催者でありますので、どのような大会を実施すれば実際に医療の現場を預かる東京都として、どのような負荷が医療にかかるのかというのは一番よくご存じだと思います」

キャスターが彼女自身の認識を再度問いただすと、今度はにこやかにはぐらかす。

「私も組織委員会が観客の規模に応じ、どの程度の医療が必要か精査しています。観客の規模を決めるのは少し先になりますが、それに応じて必要な医療も変わってくると思います」

その発言は、頭と尻尾をつなげた輪になっていて、中身は空っぽだ。

「ＩＯＣのバッカ会長が、緊急事態宣言発出と五輪開催は無関係だと発言したが、それについて同じ認識ですか」というキャスターの質問に、泥川大臣は次のようにして明言を避けた。

「主催者としての考えは主催者としての考えであろうと思います。ただＩＯＣと東京都が話をした上で、ＩＯＣ会長がそう言ったかどうかは申し上げられません」

その言葉は何を言いたいのか、まったく意味不明で、彼女は恫喝や野次は得意だが、自分の見識を語れない政治家であることを露呈した。

五輪開催が近づくにつれ、様々な問題が明白になっていく。

小中学校のスポーツ大会を自粛させておきながら、一方で国際的な大規模運動会を実施するという支離滅裂で手前勝手な論理に、おとなしく従順だった市民も、ついに本気で怒り始めた。

29章　奇跡の病院、崩壊す

二〇二一年五月
桜宮・東城大学病院・不定愁訴外来

その朝、不定愁訴外来にいた俺は、思い詰めた表情の如月師長と若月師長の訪問を受けた。

「東城大の二つの名月」と呼ばれた二人は、コロナ対策の象徴的存在だった。

コロナ対策のヘッドクオーターの二人が、揃って俺を訪問するなど尋常ではない。

ついに来るべきものが来たか、と俺は覚悟をした。

「昨日の件ですね」と俺が言うと二人はうなずいた。

昨晩、東城大でコロナ感染者が十名発覚し、クラスター認定されたとニュースが報じた。

ネットニュースに「奇跡の病院、落城」という見出しが躍った。

院内感染は予期せぬ形で起こった。感染者を受け入れているオレンジ新棟や黎明棟ではなく、一般病棟に入院した患者が発熱したのだ。そしてPCR検査の結果は陽性だった。

患者はCT検査でも新型コロナ特有の所見はなかったので、虚を衝かれた形になった。

新型コロナの場合、無症候性の感染者がいるため、患者が感染しているかどうかがわからなくなった。この感染は周囲の患者、さらに医師や看護師へと密やかに拡大していた。

それはコロナの軽症患者受け入れのバックヤードである黎明棟を直撃した。

普段は物静かな若月師長が、淡々と言う。

「もともと、黎明棟の病床使用率は昨年十一月頃が一番落ち着いていて三割程度でした。でもその後徐々に増加して、二月には五割を超え、今は七割です。田口先生もご存じの通り、ベッドは空いています。でもスタッフがいません。なので空床に患者を受け入れることは不可能です」

見かけの受け入れ病床というヤツか、と俺は内心で呟く。如月師長が言う。

「黎明棟が機能しなくなれば、オレンジも機能不全になります。現場はもう限界です」

救命救急の虎、速水の愛弟子の彼女が言うのだから、説得の余地はない。

「わかりました。では、高階学長のところへ行きましょう」と俺は立ち上がる。

俺は不定愁訴外来の居室を出て、外付けの階段を上った。

二人の看護師は俺の後に続いた。

アポなしの訪問にも、高階学長は驚いた表情は見せなかった。

俺たち三人にソファを勧め、俺たちの向かいに座る。

「ご相談がおありのようですね。お話を伺いましょう」

高階学長が、この三人が揃ってやってきた理由を、察していないはずがない。

「昨日のクラスター発生でオレンジからも一名の看護師の感染者が出ました。これまでなんとかやりくりしてきましたけど、もう限界です。東城大のコロナ患者受け入れを停止してください」

如月師長の言葉を聞いた高階学長は、煙草を取り出すと、俺たちに許しを求めて火を点けた。

久しぶりに学長が煙草を吸うのを見た気がする。気がつくと学長の手はかすかに震えていた。

「これも職責なのでお許しください。東城大がコロナ患者受付を停止すると公表することは、日本中における影響がとても大きいのです。たとえば本棟のＩＣＵを全面停止し、オレンジに補充する、という判断をしても継続は無理でしょうか」

如月師長と若月師長は、驚いたような表情で黙り込む。

言葉を出せない二人に代わって、俺が言った。

「この状況で、本当にそんなことができるとお考えなのですか」

本棟のＩＣＵのスタッフをオレンジに投入するということは本棟のＩＣＵを閉鎖するということで、すなわち通常手術を停止することになる。

それは、東城大の通常の医療機能を全停止するという判断に等しかった。

高階学長は俺をじっと見つめると、ふっと微笑を浮かべた。

「私としたことが、うろたえてしまったようです。そんな選択、できるはずがありませんよね。すみません、今言ったことは忘れてください」

それから目を閉じて、深く紫煙を吸い込み、ゆっくりと吐きながら、言う。

「東城大がコロナ患者の受け入れを停止するというコメントを、本日正午に発表します。申し訳ありませんが、現在入院中の患者が退院するまでは継続してください」

「もちろん、そのつもりです。新規患者の受け入れを停止してくだされば、今の人員で現状維持できます。でも今回、私たちの心が折れたのは、クラスターが発生したことに加えて、看護協会から五輪に人員を出せないかと打診されたからです。中央は現場のことをわかっていないんだ、とわかりました。そんな中であたしたちが頑張るとむしろ医療現場の破壊につながってしまうのではないか、と若月師長とも相談しました。ですから看護協会からの要請も断ろうと思います。よろしいでしょうか」

「看護部門のことは決めていただいて結構です。因みに医師も同じような要請があったようですが、医師会が峻拒《しゅんきょ》したようです。看護協会の上層部も、相当苦悩されていると仄聞《そくぶん》しています」

「それなら上層部が打診を断ってくれればよかったのに」と如月師長がぽつんと言った。

「おっしゃる通りかもしれませんね。ところで田口先生にはまだお伝えしていなかったのですが、実は本院も大騒ぎになっています。昨日からの問い合わせが殺到して回線がパンクして、先ほどから三船事務長から悲鳴のような報告が来ています。このままでは特定機能病院としての機能が失われ、救急診療や予定手術を中止せざるを得ません。どうせ機能不全に追い込まれてしまうならば、いっそのこと、コロナ対応に専念したらどうか、などと考えてしまったのです」

電話が鳴り、高階学長は受話器を取り上げる。

受話器の向こうから切迫した三船事務長の声が聞こえてきた。その背後で絶え間なく電話のベルが鳴り響き、「申し訳ありません」と謝罪する他のスタッフの声が重なって響いている。

病院でクラスターが発生しようものなら、恐怖のあまり市民を守る病院を責めるために電話することも、市民は厭《いと》わない。高階学長は冷静な声で言う。

「わかりました。その方針で結構です。外部からの問い合わせの対応は大変でしょうが、よろしくお願いします。とりあえず病院の全機能を停止し対応に専念することにしましょう。正午に学長として記者会見を開きますから、準備してください。それと院内感染調査については、ここに新型コロナ対策本部長がお見えになっていますので相談の上、お知らせします」

受話器を置いた高階学長に、俺は様子に驚いて言う。

「コロナ感染症に関するクレーム処理は本来、シンコロ対策本部長である私の仕事なのでは」

「その通りですが、田口先生のように相手の訴えを懇切丁寧に聞いていたら、人格が崩壊してしまいます。これは故なきクレーム処理ですから、三船事務長の業務範囲内なのです。そういうわけで、正午までにコロナ患者をこれ以上広げないようにするため、シンコロ対策本部を設置して、感染の広がりを追跡し、情報共有してください。ここから先の対応は田口先生に一任します」

「了解しました。直ちにシンコロタイホン（新型コロナ対策本部）を緊急招集します。新たな感染者と濃厚接触者を割り出すため、全職員のＰＣＲ検査が必要です。とりあえず保健所に協力要請しますが、基礎部門の先生にＰＣＲ対応をお願いすることになるかもしれません」

「お任せします。しかし参りました。東城大全体をコロナ受け入れ専門病院にするというのは、窮余の一策だと思ったのですが、田口先生の指摘で正気に返りました。それには多数の入院患者を外部に転院させなければなりません。そんなことは桜宮では不可能です。万策尽きましたよ」

こんなに憔悴《しょうすい》しきった高階学長の姿は、初めて見た。どんな時も余裕綽々《しゃくしゃく》で、へらへらしながら物事に対応してきた腹黒ダヌキの面影は、そこにはなかった。

俺の中から、強烈な想いが湧き上がってきた。

「高階先生が、私をこき使いもせずにギブアップするなんて、らしくありません。これは東城大の危機である以上に、桜宮の医療の危機です。東城大が倒れたらドミノ倒しで桜宮の医療は全壊します。どんなにボロボロになっても、東城大は医療の砦を守り続けなければならないんです」

高階学長は俺を見つめた。やがて立ち上がると窓際に向かい、外の景色を眺めやった。

新たに煙草に火を点け、紫煙を吸い込む手元は、もう震えていない。

「田口先生ともあろう人が、大口を叩くようになったものです。先生如きに説教されなくても、そんなことはわかっています。そんなことを言うのなら十一時半までに、桜宮市民が安堵《あんど》できるような提案を取りまとめ、報告してください」

ああ、またいつものパターンだ、と俺は思ったが、いつもと違い、後悔は微塵もなかった。

俺は立ち上がると、高階学長の側に寄った。

「了解しました。しばしお待ちを」

そう言って身を翻した俺の後を、二人の名月が付き従った。

午前十時。不定愁訴外来に戻ると別宮記者に連絡し、東城大学医学部付属病院でのクラスター発生、並びに院内対応に関する取材と、如月師長と若月師長の取材を依頼した。

別宮記者からすぐに返事が返ってきた。ニュースを見て取材を申し入れようと考えていたところだったという。終田師匠を同行していいかと言うので、二人の師長の確認を取って了承した。

続いて十時半に新型コロナウイルス感染対策委員会に招集を掛けた。返事を待たず問答無用、ただしZOOMによるリモートなので問題はないはずだ。その間、シンコロタイホンで検討する書類を作成した。だが検討ではなく「通告」するつもりだった。

文書を作成していると携帯が鳴った。

このクソ忙しい時に、と思ったが、通話者の名前を見て、あわてて電話に出る。

とっておきの疫病神、白鳥技官からだった。

——ハロー、田口センセ、大変そうだね。

「ええ、病院中、大騒ぎです」

——だろうね。別宮さんには連絡した？

「一時間後にお見えになります」

——ふんふん、まあ第一関門は合格かな。でもって今は何してるの？

「三十分後に招集する、シンコロタイホンで検討する書類の作成中です」

こっちの事情を察して、さっさと切れよ、という気持ちを込めて、気ぜわしく報告する。

——グッドだねえ。で、「通告」のキモは？

思惑を見抜かれてぎょっとしたが、俺は平静を装って答える。

「本院の病棟を再編し対応にあたる専用のエリアを新設、ゾーニングを徹底し、職員と入院患者全員にPCR検査を行ない、新たにウイルス・フリーのエリアを構築し直すつもりです」

——ブラボー！　これなら免許皆伝かな。僕からのアドバイスは何もないよ。さすが名村センセの愛弟子だけのことはあるね。

名村茫・蝦夷大学感染症研究所教授は、黎明棟にコロナ病棟を立ち上げた時に、懇切丁寧に感染防止対策をレクチャーしてくれた恩人だ。

「免許皆伝してくださり、ありがとうございます。もう電話を切ってもいいですか？」

白鳥技官にしては珍しく、あっさり「うん」と素直な返事が返ってきた。

——僕からプレゼントがあるけど、当人から連絡させる。僕が言ったらズルだからね。それと、もうひとつ。珍しく参っていると思う高階センセに伝言して。高階センセが桜宮の医療をひとりで背負って立つ必要なんて、ないんだからね。「責任は取れません」と宣言すれば済む話だよ。全力を尽くせばそれは「無責任」ではなくて「非責任」で、誠実な対応なんだから。

俺の返事を待たず、電話はぷつん、と切れた。「非責任」という聞き慣れない言葉について考えていると、また携帯が鳴った。今度は彦根だ。

——田口先生、大変なことになりましたね。さっき白鳥さんから電話があって、たぶん東城大で大規模PCRをやることになるから協力してやれって言われちゃいました。僕だってそれくらい考えていたのに、頭ごなしに指図されるとむっとしますよね。

「まさか、お前のところで大規模PCRをやってもらえるのか？」

——そのまさか、です。これはまだ内緒なんですが、村雨さんが浪速で動くことになり、第一歩として浪速ワクセンを拠点に浪速の医療を立て直そうと考えています。当然、大規模PCR検査構想も包含しているんですが、現状は白虎党の『ナニワ・ガバナーズ』が頑張っていて、浪速の行政には食い込めません。ですから大規模PCR検査をできる体制だけがあるんです。それを東城大のためにちょろっと転用すれば、こちらもいい宣伝になって、一石二鳥というわけで。

目の前にいない彦根を、抱きしめたくなった。たぶん目の前にいないから抱きしめたくなったのだろうけれど。

「通告書」を書きながら、まさに大量のPCR検査が、果たして可能なのかどうか、そこだけが懸念材料だったのだ。

俺は彦根に最大級の感謝の気持ちを伝え、電話を切った。これで「通告書」は完璧になった。

俺は書類をまとめると、シンコロタイホンのメンバーにメールで送った。

意見があれば返信で、意見がなければ賛同の返信を、と書くと、十分以内に全委員から賛同の返信が来た。これでZOOM遠隔委員会も開催する必要がなくなった。

メールで高階学長にシンコロタイホンの対応策を送った。十一時、締め切り三十分前だ。

二週間と期限を区切り、東城大医学部付属病院の医療行為を全停止して、医療資源を再配分してゾーニングを立て直し、段階毎に再開していくという包括的かつ漸進的な対応する、というのがその骨子だ。正解かどうかはわからない。だがこんな風に目の前の問題をどんどん潰していき、強引でも独断で医療資源や人的資源を適宜、適切に投入していかないと間に合わない。

先は読めないが、医療のニーズがある限り、立ち向かわなければならない。

逃げることは許されない。できる範囲で地域医療への貢献を続けなくてはならない。

だが誰のために？　そして何のために？

病院に殺到している抗議電話の対応に忙殺されている三船事務長の姿を思い浮かべた俺は、その問いに対する答えを見つけることができなかった。

十一時ジャストに不定愁訴外来にやってきた別宮記者は、俺の通告書、もとい、東城大シンコロタイホン対策案を読んで、記事にしたいと申し出た。もちろん二つ返事で了解した。

その後、ふたりの名月の話を聞いて、別宮記者は泣き出してしまった。

「ごめんなさい。お二人のお話を聞いたら、本当にギリギリのところで踏ん張ってくださっていたことが身に染みて、涙が止まりません。でもあたしが泣いたりしたらダメですよね。今すぐに『地方紙ゲリラ連合』のネット記事にアップして、お二人の想いを、必ず日本中に届けます」

隣で、いつもは饒舌《じょうぜつ》な終田師匠が、黙って二人の看護師を見つめていた。

翌日、時風新報一面に「『奇跡の病院』を壊したのは誰か」という記事が掲載された。

連載小説「ゴトー伝」が最終回を迎えようとしていた作家、終田千粒の寄稿記事だった。

「一年前、コロナ対策に万全を期した東城大学医学部付属病院は賞賛された。あれから一年、彼らは黙々とコロナ患者に対応していたがついに、東城大でコロナ患者のクラスターが発生した。メディアは『奇跡の病院、落城す』と揶揄する記事を掲載し、病院に抗議の電話が殺到した。東城大学医学部付属病院は全機能を停止し、コロナ対応病棟も受け入れ停止を決断した。市民は自分の不安を東城大に、抗議電話という形でぶつけた。だが市民は知らない。東城大がどれほどの無理を強いられてきたか。コロナ対策に必要な改修費や諸経費は全て病院負担だ。外来患者が激減し収益が落ち込むなか、身を切りながら対応してきた。その頃、我々は無責任な政府の口車に乗って「Ｇｏｔｏトラベル」だ、「Ｇｏｔｏイート」だと浮かれていたその間も、医療現場の人たちは防護服の中、コロナ感染患者病棟という深海の底でもがいていたのだ。

そんな人たちを、コロナに関わっているということで、差別する連中もいる。小市民のエゴと無関心、それが「奇跡の病院」を破壊した下手人である。

こんな状況下で五輪開催に固執する連中から、五輪に看護師を派遣してほしいという要請が届き、その一報で、現場で懸命に働き、ギリギリで業務に携わっていた看護師のこころが折れた。

彼らは『五輪かいのち』か、という二者択一の問いを、突きつけてきたのだ。

我々はそうした無神経な人々を黙過してきた。我々も医療人のこころを折った共犯者だ。

今こそ我々は、彼らにノーを突きつけよう。そうしないと反対者はいないとして、彼らは欲塗れの行為を完遂する。日本のコロナ対策は周回遅れと言われるが、それどころではない。

これでは逆走である。

誰も彼もが無責任だ。そのツケを現場の医療人に押しつけるのは厚顔無恥である」

その文章を読み終えた時、自分たちの気持ちを代弁してもらえた気がした。

その日、オレンジ新棟はコロナ感染患者の新規受け入れを中止した。

そして東城大学医学部も、静かにその全機能を停止したのだった。

30章　後藤男爵の帰還

二〇二一年五月
桜宮・蓮っ葉通り・喫茶「スリジエ」

二週間後、俺たちは喫茶「スリジエ」に集まった。その日、店は貸し切りだった。

東城大学を揺るがした大騒動がようやく収束しつつあった中、終田師匠の招待だった。

まもなく連載小説の最終回を迎えるので、執筆に協力した東城大のメンバーにお礼をしたいという。招かれたのは店主代理の藤原さん、高階学長、俺、如月師長、若月師長、別宮記者だ。

中央の円卓に、アクリル板のついたてが立てられ、各自の前に紅茶のケーキセットが置かれると、和服姿の正装の終田千粒師匠は立ち上がり、咳払いをした。

「近日中に私の連載小説、『ゴトー伝』が最終回を迎えるにあたり本日、最終回の朗読会を行ないたい。この作品はここにおられる方々の協力なしには完成しなかった。感謝の意を込め、みなさんを招待させていただいた。ご多忙の中ご参集いただいたことを感謝する」

「こちらこそ、終田先生と別宮さんには感謝しています。あたしたちの気持ちを伝えてくれて、ありがとうございました」と如月師長が言うと、終田師匠は照れくさそうに微笑する。

「宗像博士にはご報告されたのですか」と俺が訊ねる。

「もちのろんだ。昨日、浪速のご自宅に伺い、原稿を読んでいただいた」

「私も同行して、コメントをビデオ撮影させていただいたのでお見せします」と別宮記者が言う。

居住まいを正した宗像博士の姿が、店内のモニタ画像に映し出された。

「先生のおかげで、ゴトー伝を書き終えることができました。本当にありがとうございました」

と終田師匠の声がすると、画面の中の宗像博士は厳かにこう言った。

――終田君には、史実を綴《つづ》る、という大いなる任が課せられた。今を書き残し後世の評価に身を委ねなさい。安保＝酸ヶ湯政権は公文書を破棄した。これは歴史への冒瀆《ぼうとく》だ。だが終田君は対抗する手法を打ち立てた。小説の形にすれば政府も撲滅できぬ。むろん三文文士が書いた胡散臭い小説に歴史的価値はない、と攻撃する輩もいるだろう。だがそうした声も含め、君の作品は後世に残り、上書き歴史修正主義者への蟷螂《とうろう》の斧《おの》になる。君のような弟子を持って幸甚に思う。


藤原さんが、カウンターの後ろから花束を取り出した。

「世紀の大傑作の完成をお祝いして、終田先生の一ファンから心からの花束を贈ります」

はにかんだ終田師匠は、受け取った花束を机の上に置くと、原稿を取り出した。

そして咳払いをして、最終回の原稿を読み上げ始めた。


――この時代に転生した俺は、日本が途方もなく根腐れしたことを、思い知らされた。

だが俺は現場を見て、思ったことを吠え、少しだけ世の中を変えた。

そうしたら昨晩、俺の夢枕に神が立った。

男爵、ご苦労だった。昨年、余はひとりの人間にチャンスをやったが、彼は余の好意を生かし切れず、人類滅亡のミッションは継続している。余の軍勢は無敵ぢゃ。人類が武器を作り上げても、今回の精鋭部隊は、変幻自在に姿を変え、側に忍び寄り、彼らに宿り、軍勢を増殖させる。

ヒトが欲を捨て去らなければ、余の軍勢は必ずや、彼らを滅ぼすであろう。

だが、余は彼らを愛してもいる。彼らが足るを知り、地球に害悪を及ぼすまで貪欲でなければ、愛で続けたいのだ。今回、男爵はベストを尽くしてくれた。これで変わらなければ本当にお終いだ。

だが男爵の声に耳を傾け、貪欲な魑魅《ちみ》魍魎の妄念に背を向ける人々が増え始めている。

余は今しばし、彼らを滅ぼすのを猶予しよう。

男爵は安心して、自分の世界に帰るがよい。

神の言葉を告げた後藤男爵は、穏やかな微笑を浮かべた。

その姿は次第に薄くなり、大気に溶けるようにして消えた。


物語が終わると、別宮記者が「これしかないんですよね」と言った。

「うむ。最後に夢枕に立った神の言葉は実話なのだ。神は前回の失敗を許してくださった上に、ファイナルチャンスをくださった。この作品で五輪を止められなければ、本当に人類は終わりだ。

別宮殿は『コロナ伝』の時も拙者を信じていなかったが、あえて言いたい。これは真実なのだ」

「確かに『コロナ伝』の時は妄想だと思っていました。でも今は違います」

別宮記者の言葉に重ねて、藤原さんが言う。

「終田先生の一ファンとして、今回の作品は大傑作だと太鼓判を押させてもらいます」

大絶賛の嵐の中、終田師匠は胸を張って、意気揚々と言う。

「今、いいことを思いついたのでござる。日本に災厄をもたらした『ダイヤモンド・ダスト号』を国で買い取り『ナイチンゲール号』と名を変え、毎回二千人の看護師さんを招待して日本一周クルーズをすればいいのでござる。船内で看護師さんは飲み放題食べ放題に歌い放題踊り放題、もちろん費用は全部国持ちで一ヵ月に一回の定期便にすれば、看護師さんたちもリフレッシュできて、やりがいを持てるだろうと思うのでござる」

如月師長は涙をこらえて、くしゃっと泣き笑いの表情になる。

「それって素敵すぎます。ミリオン・ダウンロードを達成したら、お願いしますね」

「あ、いや、あの作品は単価が安いから、これは公費で……」

「終田先生、医者は仲間はずれですか」と高階学長が突っ込む。

「いや、そんなつもりは決して……」

うろたえる終田師匠の姿を見て、その場にいた人々はみな、笑い転げた。

＊

五月中旬、連載小説「ゴトー伝」は最終回を迎えた。下旬、前作と同形式で緊急出版されると、発売週でミリオン・ダウンロードを達成した。

記事に連動した「#五輪派遣困ります」という看護師発のツイートのリツイートは、二週間余りで五十万件を超える大反響となった。

聖火リレーは全国の自治体が経費を負担し、税金が投入されているが、全国四十七都道府県の総額は約百二十億円に達し、この税金が全て、巨大広告代理店である「電痛」に流れる、ということを「新春砲」がすっぱ抜いた。

こうした動きと相俟《あいま》って、聖火リレーも変容し始めた。

讃岐《さぬき》県の聖火リレーで交通規制した県警の警察官が、新型コロナに感染したと発表された。

聖火リレーの交通規制でマスクをして、人とも距離を取っていたのに感染したのだ。

五輪本戦でもこのような事態は考えられ、中止を望むコメントが目立ち始めた。

大いなる転換点は、聖火リレーが鹿児島県に来た頃だった。

午後のワイドショーのMCが、聖火リレーに参加するために番組を欠席したのだ。

中立のフリをして五輪報道をしていた彼は、隠れ五輪支持者だった。

それ以後の彼は生彩を欠いて、次第に視聴者の支持を失っていった。

その鹿児島では、聖火リレー関係者六名のコロナ感染が報じられた。

やがて、聖火リレーに対する批判が、公然と溢れ始めた。

彼らは無責任な政府に煽動され、五輪を消極的に支持していた。だが聖火リレーを走り終えると、自分が待望していたのはこんなことだったのかと、我に返った。

果たしてこれは、日本の感染リスクを増大させてまでして、やるべきことなのだろうか。

辺り構わず大音響で音楽を垂れ流す、スポンサーの巨大な宣伝カーを見ると、そうした気持ちはますます強くなっていく。

それは民主政治を踏み潰す、軍事政権の戦車のようにも見えてきた。

市民の目に、五輪とは何か、政府とは何か、その実相が見え始めた。

こうして聖火リレーを走るまでは熱烈な支持者だった人たちが、走り終えた途端、贖罪《しょくざい》のように強力な反対者になった。

聖火リレーが終盤に近づくにつれ、オセロの終盤に黒が一気に白にひっくり返るようにして、五輪支持者は減り、反対者が指数関数的に増えていった。

「聖火リレー」はいつしか「聖火伝達式」と名を変え、外部をシャットアウトしたスタジアムの中でリレーすらされず、聖火のトーチを隣の担当者に手渡しする、「トーチ・キス」という面妖な言葉を生みだした。

それは、単なる「焚《た》き火の移動」にすぎなくなっていた。

31章　大山鳴動

二〇二一年五月
東京・霞が関・首相官邸

五月六日。暦の関係で、史上最短に終わったゴールデンウィークが明けた。

連休直前に発出された三度目の緊急事態宣言は、再延長された。飲食店に協力金の支払いを約束したが、前回の協力金も未払いだった。アルコール提供の自粛で、居酒屋やバーが潰れた。

東京では映画館の閉館も要請されたが、この一年で映画館で発生したクラスターはなかった。

ゴールデンウィーク中の旅行も制限した。それは「Ｇｏｔｏトラベル」を強行した時に酸ヶ湯が強弁した、「移動は感染と関係ないと伺っています」という、過去の言動と矛盾していた。

国際的アンケート組織で「五輪中止を求めます」という署名活動が始まり、三日で三十万筆の署名を積み上げた。五輪強行派が「五輪実施を求めます」と逆の署名活動を始めた。主唱者は五輪誘致の買収疑いでフランス当局の捜査を受け辞任した元実行委員の子息だ。票数は三日で二万人に届かず、反対派の十分の一に止まった。その数は尾張でリコール署名を捏造した時に得られた署名数とほぼ同数で、ネトウヨの実数と言われた数と一致していた。

そんな中、全国各地で五輪のテスト大会が行なわれた。

水泳の飛び込み競技では練習の飛び込み台で、大勢の選手が順番待ちで「密」になった。

北海道のハーフマラソンは、バッカ会長が突然言いだした札幌《さっぽろ》への移転後に初めて行なわれた大会で、初めての本コース走行でもあり、世界のトップランナーが集結してもおかしくなかったが、外国人参加者は二番手の選手六人だけだった。競技が終わった夕方、札幌市に「マンボウ」が、一週間後には、北海道全域に緊急事態宣言が適用された。

国立競技場で行なわれた陸上国際大会では、大会会場の外で五輪反対のデモが行なわれ、百人のデモ隊に三百人の警官が動員された。日本ではデモの時に事前申請が必要だが、世界的にそんな民主主義国家はなく、軍事独裁政権以外にありえないということを市民は知らない。

いつの間にか日本は、市民が自由にデモをすることすらできない国になっていた。

その後、公安警察が五輪反対運動の中心人物に捜査をかけていたことが明らかになった。抗議活動と関係ない「免状等不実記載」という微罪で家宅捜査が入り、女性のパソコンやスマホを押収した。「安保＝酸ヶ湯政権」は、強権警察国家を構築していた。加えて五輪開催は、ひそかな強権を発動してまでも実施したい、政府の妄執だということも露呈した。

国会論戦で「ステージ3の感染急増、ステージ4の感染爆発の状況でも五輪を開催するのか」と問われた酸ヶ湯首相は「選手や大会関係者の感染対策を講じ、安心して参加できるようにし、国民の命と健康を守っていく」と十二回、同じ答弁を繰り返した。テレビは「野党と首相の議論が嚙み合わない」と報じたが、事実は「酸ヶ湯首相は問いに明確な回答を避けた」ということだ。

緊急事態宣言は「全責任は私にある」と言うが「責任を取る」とは言わない。かけ声だけは勇ましく、一日百万人にワクチン接種し七月末までに高齢者への接種を終えると宣言したが、一万人の接種をする大会場を東京と浪速に設置する案は結局、人材の打ち出の小槌、自衛隊に頼った。

全国でワクチン接種予約が始まる五月中旬、予約の電話通信量の増大を見越し、通信各社は通信制限を掛けた。それはロジ担が、接種の順番や対象を明確に指示すれば済む話だった。

しかも会場設置を委託したのは、煮貝の支持母体の旅行系代理店だった。

この期に及んでなお、政府は利権を貪り続ける構図を、崩そうとはしなかった。

そしてコロナ対策と五輪遂行は、「大臣多くして日本、地獄へ向かう」の様相を呈した。

だがそんな中、ささやかな市民の反乱は、各地で小さな勝利を上げ始めていた。


その日、時風新報編集部の別宮のスマホが鳴った。

発信者は「有朋学園事件」の、赤星哲夫氏の未亡人の民事訴訟担当の日高正義《ひだかまさよし》弁護士だ。

「お久しぶりです」と挨拶すると、受話器の向こうから、興奮した声が流れてきた。

「やりましたよ、別宮さん。財務省が『赤星ファイル』の存在を認めたんです」

日高弁護士が何を言っているのか理解できずに、別宮は思わず「え？」と聞き返した。

「ですから、『赤星ファイル』があるって、財務省が正式に回答したんですよ」

別宮は呆然とした。赤星未亡人は民事訴訟で、夫の自死は財務省に改竄を強制されたことを苦にしたからだとし、当時の上司の理財局長や国を相手取り、一億二千万円の損害賠償を求めて、桜宮地裁に民事提訴していた。その過程で精神的苦痛を証明する「赤星ファイル」の提出を命じる「文書提出命令」を出すよう、桜宮地裁に申し立てていた。

これに対し国は五月初旬までにファイルの存否について文書で回答するとした。それまで国は「ファイルは裁判の争いに関係せず、存否を回答する必要がない」と、存否の回答すら拒んできた。だがその後、裁判手続きの中で国は「ファイルについては探索中」と回答を変えていた。

財務省が不実な対応を一転させた理由は不明で、日高弁護士も不思議がっていた。

「最近、国会議員が調査権を使って、いろいろ調査をし始めたようです。私も何度か議員に呼ばれ状況を説明しましたが、議員たちはかなり内情を知っていました」

「とにかく大きな一歩ですね。緊急事態宣言が解除されたら、祝杯を上げましょう」

いいですね、と言って日高は電話を切った。別宮はしばらく考えて番号をプッシュする。

「鎌形《かまがた》法律事務所ですか。鎌形先生をお願いします。……お久しぶりです。突然電話をしてすみません。実はビッグニュースで、財務省が『赤星ファイル』の存在を認めたそうです。……ええ、そうなんです。日高先生から直電で……これって鎌形事務所が関わっていないんですか？　そうですか。議員が何人か聞きに来たんですね。わかりました。進展がありましたらまた連絡します。……そうだ、これは私が言っていいかどうかわからないんですけど、浪速で梁山泊が復活しました。村雨さんが白虎党の狼藉ぶりに我慢できずにとうとう……、ええ、近いうちに鎌形さんにも声を掛けるつもりだって言ってました。ではでは」

電話を切ると、別宮は吐息をつく。あんな興奮した鎌形さんは初めてだ、としみじみ感じた。

同時に今回の裏の仕掛け人が鎌形ではないか、という予想が外れたのは意外だった。

「赤星ファイル」の存在が明らかになったのは、市民運動で三十八万筆もの署名を集めたことが大きな力になったのは間違いない。だがそれだけでは、こうはならないだろう。

一体何が起こっているのだろう。ひょっとしたら新たなる地殻変動で、メディアと政府、行政に覆い隠されていた真実が露わになり始める予兆かもしれない、と別宮は思った。

別宮は「地方紙ゲリラ連合」の特集記事としてネットに掲載すべく、執筆を始めた。

別宮がキーボードを叩く音が、時風新報の編集室に高らかに響いた。


市民の意思が時代の流れを作りつつあった。

その象徴が五輪問題に集約されていた。

「マンボウ」と「緊急事態宣言」を恣意的に適用しながら、五輪開催には執着する酸ヶ湯政権の混迷した対応に、市民は完全に怒り始めた。

国内で反対機運が醸成されると呼応するかのように、五輪に対する逆風が海外で吹き荒れた。多数の国の多様なメディアが一斉に、東京五輪開催について疑念を表出した。極めつけは米国の新聞がIOCバッカ会長を「ぼったくり男爵」と罵倒したことだ。日本のネットニュースは、その胸のすく啖呵《たんか》をこぞって転載し、早くも二〇二一年の流行語大賞の最有力候補になった。

だが五輪の大スポンサーのテレビや大新聞は、この件に触れなかった。

「ぼったくり男爵」は、緊急事態宣言が延長されると来日を延期し、ヒロシマで平和のメッセージを発し、東京で酸ヶ湯首相と小日向知事と会見し、五輪実施へ気炎を上げるという計画を放り投げた。五月中旬、五輪開催に対する風向きが完全に変わった。政権支持新聞と目される読捨新聞が、アンケート調査で国民の六割が五輪中止を希望するという結果を報じたのだ。

アスリートにワクチンを供給する、というIOCバッカ会長の弥縫策も国民を激怒させた。おまけに必ずしもワクチン接種は義務づけない、と言う。つまり日本に入ってくる感染者に関し、そして日本人が感染するかどうかに関し、IOCは無関心だった。

五輪推進派の打つ手は、尽く国民の反感を買った。そしてついに五輪強硬派の最後の拠り所が瓦解し始めた。彼らは日本が五輪中止を言ったらIOCに巨額の賠償金を請求される、と脅した。だが東京都とIOC間の開催都市契約が公表されると、「本大会参加者の安全が理由の如何を問わず深刻に脅かされると信じるに足る合理的な根拠がある場合は、IOCの裁量で大会を中止できる」と定められていることが明らかになった。「開催都市の知事として選手の安全を保障できない」と小日向知事が中止を求めれば、IOCも受け入れざるを得ない。しかも開催都市契約に中止＝違約金の規定はなく、日本の判断で中止になった場合、開催都市契約では保険加入が義務づけられているので、損失は保険金でかなりカバーされるという。

組織委員会の事務総長は、五輪が中止になった場合、ＩＯＣから違約金を賠償請求されるかどうかについて「考えたことがなく、あるのかどうかも見当がつかない」と語った。彼は、事務総長という地位でありながら契約について無関心、無責任、無頓着だと認めたわけだ。

そんな中、東京五輪に出場する米国陸上チームが安全面への懸念から事前合宿を中止した。

一方、選手団を受け入れる「ホストタウン」は、全国で五百二十八の自治体が登録していたが、五月の連休明けまでに四十の自治体が、交流事業や選手の事前合宿の受け入れ中止を決めた。

今や、五輪を愛する人たちは、白い目で見られていた。

酸ヶ湯首相、泥川五輪相、橋広組織委員会会長などの当事者が、右往左往する中でただ一人、不気味な沈黙を守り続けていたキーマンがいた。小日向美湖・東京都知事である。

＊

浪速の梁山泊の拠点となった菊間総合病院のカンファレンス・ルームで、彦根、天馬と共に最後の詰めをしていた村雨の携帯が鳴った。電話に出ると、女性の声がした。

「村雨さん、お久しぶり」

村雨は彦根と天馬に目配せをすると、通話をモニタにする。

「私が前回の都知事選に出馬する前に、貴方が言ったことは覚えていらっしゃる？」

「ええ、なんとなくうっすらと、ですけど」と村雨が口ごもる。

「それなら思い出させてあげる。私が、五輪開催より都民の命の方が大切です、と答えた時、貴方は『我々は、小日向美湖都知事を日本国首相に推戴すべく、協力します』とおっしゃったの」

「そうでした、かね」

「ええ、そしてこう言ったわ。『貴女は五輪が終わり安保首相が後継者に禅譲したタイミングで次の仕掛けを考えている。でも本当のチャンスはその前に訪れます。安保内閣は五輪を切れない。その瞬間、五輪開催からコロナ禍から都民を守るという方向に舵を切れば、貴女の政治家としての資質が多くの都民に認められ、圧倒的な支持を得るでしょう』。ね、凄い慧眼《けいがん》よね」

「は、驚きましたね。まるで会話を録音していたかのような再現性の高さですね。それにしても両極端相通ず、究極の強欲は無私に見え、極度な自己中心を極めると大徳に見えるものですね」

「あら、なんだか手厳しいわね」

美湖が微笑している様子が目に浮かんだ。村雨はきっぱりと言う。

「確かに安保さんを酸ヶ湯さんに入れ替えれば、一年前の言葉がそのまま成立するように思えるかもしれません。でも登場人物が変わり、時が過ぎたら、それは全く別のストーリーなんです。あの頃、私は舞台を降りていました。でも今は、新たに舞台に立とうとしています。すると条件はがらりと変わり、本質的な部分も変質します。でもそれは貴女も同じでしょう」

「それってどういう意味かしら」

「あれから一年経ち、貴女は安定した地位を手に入れた。にもかかわらずその安定を捨てるような言動をしている。それはつまり、貴女は今の地位に安住するつもりがない、ということです。それが何を意味するのか、聡明な貴女には、全て言う必要はないでしょう」

受話器の向こうで、女帝がうっすらと笑みを浮かべている姿が脳裏に浮かんだ。

「怖いひと。それなら、さっきの質問に、改めてお返事はいただけるのかしら」

「私の返事は一年前と変わりません。五輪を中止したら全面的に貴女を支援します。たぶん私は、浪速の小僧っ子よりは頼りになると思いますがね」

「その言葉を聞けてよかったわ。これからもよろしくお願いしますね」

艶然《えんぜん》と、媚びを含んだ言葉に、村雨は冷ややかな言葉を突きつける。

「その前に事実を確認しておきます。一年前、貴女は五輪の中止を表明しませんでした。そして今も、そのことには全く言及しません。全ては二ヵ月後に明白になるでしょう」

ぷつん、と電話が切れた。

村雨は、彦根と天馬を見て、肩をすくめる。

「どうやら我々の動きは女帝のレーダーに探知されてしまったようです。こうなったら潜行を続けるのは無理ですね。やむを得ません。急速浮上し、戦闘開始のZ旗を掲げましょう」

「そのお言葉を待っていました」と言って、彦根はにっこり笑った。

ついに浪速の臥龍、村雨弘毅・梁山泊総帥の出陣の銅鑼《どら》が打ち鳴らされたのだった。

32章　ナニワ事変

二〇二一年五月
浪速・「どんどこどん」Aスタジオ

「浪速は医療崩壊寸前」とテレビや新聞は報じたが、実は「寸前」ではなく「崩壊」していた。

ワイドショー知事・鵜飼はテレビ番組をハシゴ出演し、首都圏の知事に直接支援を訴えた。看護師の派遣をお願いしたが、首都圏の知事は重症患者を搬送しろと、つれない返事だった。

そんなことをしたら、浪速の医療の惨状が詳《つまび》らかになってしまうので、猫なで声で、あくまで医療スタッフの派遣をお願いした。だが、首都圏にもそんな余裕などない。

すると浪速府知事と市長は目眩ましのため、浪速市役所や浪速府庁の職員が、大人数の会食をしていたという調査報告を出した。常に誰かを攻撃することで、我が身の安泰を図るのが白虎党のスタンダードだが、深夜の宴会に関しては、中央で厚労省の面々がもっと酷いことをやっていたので、思いのほか効果はなかった。


「鵜飼知事は最近、お疲れに見えますけど、どうなんですか」とずけずけと言ったのは、デカい顔をして東京のワイドショーに出演している、若手の社会学者だった。

それを受け、白虎党の元党首・横須賀守は断固とした口調で言う。

「あれだけ出ずっぱりで人々に説明し、その厳しい視線に晒されていたら、そりゃあ疲弊もするでしょうよ。ですから私は彼に、少しは完全休養日を取れ、と忠告しているんですがね」

すると若手の社会学者はにやにや笑いながら、言った。

「その方がいいですよ。双頭の白虎党は、鵜飼知事が休まない分、皿井市長は休みっぱなしらしいですから。浪速の医療が崩壊しているのに、登庁日は週の半分だそうですね」

「いや、彼はコミュニケーターですから、そうやって街の声を拾っているんでしょう」

「公用車を使ってホテルのサウナ通いをしていて、街の声って拾えるものなんですか」

腕組みをした横須賀は黙り込む。こんなぶしつけな発言を許すなんて、番組スタッフは何をしているんだと憮然としたが、ひょっとしたら風向きが変わりつつあるのかも、と思った。

「締めるべき所は締めないといけませんね。先日も浪速市役所の職員が、千人以上も大規模会食をしていたことを公表し、身を切った改革をしようと努力してますからね」

「上がたるんでいたら、下だってバカバカしくて、言うことは聞かないですよ」

この若手社会学者は安保前首相とべったりだ。そんな彼が浪速白虎党をしつこく攻撃するということは、政権内の権力構造が変化しているのかもしれない、と横須賀はひやりとする。

酸ヶ湯は日米首脳会談を強行したのに、ちっとも評判がよくならないことに苛立っている。そこへきて浪速で感染爆発状態になり、医療破綻が起こってしまっている。

酸ヶ湯にしてみれば、白虎党に足を引っ張られていると感じているのかもしれない。

今日のところはおとなしく様子を見るか、と横須賀は考えた。

そして腕組みをしながら、浪速の惨状に思いを馳せた。


同時刻、鵜飼府知事は、ナニワテレビのAスタジオのメイク室にいた。

府知事になった直後は、男前の鵜飼は、番組のメイクさんたちに大人気だった。

若々しく端正なマスクに七三分けのヘアスタイル、強い目力を持つ鵜飼は自分のルックスに絶大の自信を持っていた。「知事のお肌ってすべすべで、目もぱっちりでメイクし甲斐があります」などと言われて喜んでいたが、最近は、メイクさんの扱いもおざなりな感じがする。

そんな微妙な変化を感じていると、番組のディレクターがやってきた。

いつもはぶっつけ本番なので、珍しいことだった。

「鵜飼知事、今日はサプライズ・ゲストが登場しますので、お楽しみに」

「ほう、誰でしょうか」

「内緒です。鵜飼知事を驚かせたいので」

「それなら僕も楽しみにしておきます」と言って、うっすらとアイシャドウを引いてもらうため、鵜飼は目を閉じた。ひょっとして自分のファンだと公言していたあの美人女優かな、などと密かに妄想して、ひとりニヤついた。

「どんどこどん」は「そこまで言ったら圧巻隊（あかんたい）」と並ぶ、関西の人気番組だ。討論番組で固い後者と比べ、「どんどこどん」は気安いのでお気に入りだった。

Aスタジオも馴染みで週に三回は出演している。だがさすがに最近の逆風は身に染みた。

連日テレビ出演していると「そんなヒマがあったら仕事をしろ」と反発の声が上がり、府内の小中高校に部活の自粛を求めると「子供にばかり無理を強いるな」とブーイングが湧く。

この前の番組では街の声で「言葉が軽い」と言われた。居酒屋に「酒なし営業をやったら」と提案すると、「テレビや新聞で見出しになるようなことばっか狙っとるんちゃう?」と居酒屋の店主に一喝されてしまった。

人気があり視聴率が取れるため、中身もないのにメディアに持ち上げられてきた、という真実をコロナ禍が炙《あぶ》り出した、という評論家も出てきている。

「東の三代目ポエマー大泉・西のポピドン鵜飼」などと、ありがたくない比較もされ始めた。

人気が先行した反動だろうか。そう考えた鵜飼は首を振り、ネガティブな気持ちを振り払う。

するとモヤモヤは、つるんと胸から滑り落ちて、跡形もなく消えた。

番組のオープニング・テーマが終わると、鵜飼は拍手に迎えられ、着席する。

朝九時からのバラエティ形式の番組は、局アナウンサーとお笑いアイドルのペアだ。

「鵜飼知事、浪速の医療が大変なことになっていて、医療崩壊と言われている現状については、どうお考えですか」と男性アナウンサーのぶしつけな質問に、鵜飼はむっとした。

「確かに大変な状況ですが、医療崩壊までは至ってはいません。そのためにできることを精一杯、努力させていただいているところです」

「でも、あたしの友だちのおばあちゃんがコロナに罹って自宅待機していたんですけど、具合が悪くなって救急車呼ぼうとしたら、八十才以上の方はご遠慮してくださいって言われちゃったんですけど。それって医療崩壊ってゆうんじゃないんですか？」

痛いところを突かれて、鵜飼は一瞬黙り込む。

「そうしたことも起こりうる状態に近づきつつありますが、なんとか持ちこたえています」

「でも、友だちのおばあちゃんは、持ちこたえられなかったわけで」

鵜飼の眉間に皺が寄りまばたきが増えた。それは鵜飼が不快に思った時の特徴だ。

以前の番組で何回か、その徴候を見ていたアナウンサーが、すぐさま話題を変える。

「そんなご苦労をされている鵜飼知事を励ますべく、本日はサプライズ・ゲストをお招きしています。どなただと思いますか？」

「控え室で聞かされてからずっと考えていたんですが、まったくわかりません。まさか皿井市長だなんて、逆びっくりのガッカリ・ゲストじゃないでしょうね」

「いえいえ、『どんどこどん』はそんなドッキリみたいなことは致しません。正真正銘のサプライズ・ゲストは、浪速で人気の高い、この方です」

スポットライトが当たった舞台袖から、背筋を伸ばした男性が大股で歩み出てきた。

白髪交じりの髪の老年だが、身のこなしは若々しい。

アナウンサーが朗々とした声で言う。

「元白虎党党首の横須賀さんの師匠筋にあたる、村雨広毅・元浪速府知事です」

鵜飼は一瞬、頭の中が空白になる。彼には頭を下げなければならない人物が三人いる。

ひとりは白虎党党首の皿井照明《てるあき》市長、いや、今は鵜飼が党首だから元党首、もうひとりは白虎党の創始者の横須賀守元府知事、そして酸ヶ湯儀平首相だ。

村雨のことは横須賀から聞いていたが面識はなく、自分の中には置き所のない人物だった。ただし横須賀さんの師匠なら、とりあえず丁重に対応しておくか、と鵜飼は即座に計算する。

もし先輩風を吹かせたらその時は容赦なく、きっちり自分の立場を思い知らせてやる。

「横須賀元党首から、村雨さんのお噂はかねがねお聞きしていました」

「そうですか。横須賀君は不肖の弟子だから、君は不肖の孫弟子ということになりますね」

いきなりマウンティングをかましてくるとは、これだからロートルは困るんだ、と思いつつ、鵜飼は慇懃《いんぎん》に応じる。

「確かに、横須賀さんが不肖の弟子であるのなら、私など道端の石ころみたいなものです。どうか今後ともご指導ご鞭撻《べんたつ》を賜りますよう、お願いします」

「なかなか殊勝な心がけですね。では早速、石ころ君に指導鞭撻をさせてもらいましょう。君は『政治は結果責任』という言葉はご存じですか？」

一瞬、目を泳がせた鵜飼知事だが、「もちろんです」と力強くうなずく。

「では、『公約は実現させなければならない』ということは？」

「当然のことです」と今度は、動揺の色を見せずに即答した。村雨は微笑する。

「素晴らしい。実は知事に敬意を表し、番組スタッフに鵜飼府知事ツイートをフリップにしてもらいました。これまでの中で、私が一番感銘を受けた言葉です」

村雨が掲げたのは、昨年四月十四日、鵜飼の絶頂だった時のツイートだった。

──ワクチンができればコロナとの戦いを一気に形勢逆転できる。浪速の力を結集し治験、実用化に乗り出す。浪速府市、大学、病院機構。早ければ七月治験、九月実用化、年内量産。最前線の医療関係者から治験。浪速医学は、コロナに打ち勝つ力があることを証明する。

鵜飼は唇を噛む。村雨は爽《さわ》やかに言う。

「この公約は未達ですね。今の浪速の医療崩壊状態を、石コロ君はどうするつもりですか」

「あ、いえ、先ほど申し上げた通り、浪速の医療は崩壊していると考えていません。ただし、危険水域に足を踏み入れたとは感じております」

「では質問を変えます。この新型コロナの感染爆発に対し、どんな対策を取っていますか」

「そうしたことはひと言では言えず、その都度こうして説明を申し上げているわけでして」

「何を説明しているんですか」

「ですから、こうしたひとつひとつの対策について、毎日こうしてご説明申し上げていまして」

「説明している、ということを説明しているわけですね。では具体的に聞きます。昨年四月、石コロ君は国産ワクチン開発に着手し、七月に治験を終え、九月に府民全員に接種を開始すると発表しました。あれから一年、浪速のワクチンは影も形もありません。現状はどうなっていますか」

「その件に関しては、随時『エンゼル創薬』の三木代表から状況説明を受けておりますが、正確を期すために本日、府庁に戻りましたら調べて、改めてお答えします」

「それは無用です。当方で調査済みですので。『エンゼル創薬』は七月に形ばかりの少数の治験を実施後は、開発研究は滞っています。国から百十億円の研究費を取得し、増資を繰り返して、百七十億円を資金調達しました。巷では株券印刷会社だと揶揄されているようです」

コイツは自分に敵対するためにやってきたのかもしれない、と鵜飼はうっすらと思い始めた。

「三木代表からは、日本の治験制度が未熟で外国のように大規模治験が不可能だ、と聞いております。これは日本社会の構造的な問題で、酸ヶ湯政府は、規制緩和を進めているそうです」

「確かに従来、日本のワクチン開発は反対が強く、思うように進められませんでした。それに新型コロナ患者は多くなかったので、大規模治験が不可能だったのは仕方がありません。でも今、これほど患者がいるのに治験の話を耳にしないのはなぜでしょう」

「彼らは、ベストを尽くしてくれているはずです」

「石コロ君は状況を把握せずに発言なさるクセがありますね。だから『ポピドンのウガイ知事』だなんて言われてしまうんですよ。『エンゼル創薬』の研究開発は二相の治験段階で止まっていて、その先のロードマップは示されていません」

鵜飼はここでようやく、状況を把握した。コイツは完全にエネミー（外敵）だ。

ちくしょう、騙し討ちしやがって、もう二度と「どんどこどん」には出てやらないからなと、ほんわか顔をしたディレクターを内心で罵倒する。

「ところで石コロ君は私の孫弟子だそうですが、ならば私の『機上八策』はご存じですよね」

「ええと、それはその……」

「まあ、八つもあったら、石コロ君の頭では覚えきれないのは仕方ないでしょう。でもせめて、第一条くらいは、言えませんか」

「申し訳ありません。次までに勉強しておきます」

「それなら今、教えてあげます。『医療最優先の行政システムの構築』が第一項です。だが横須賀君は真っ先にこの第一項を無視した。新自由経済主義の利益追求にはもっともそぐわないからです。彼は都合のいい時だけ私の弟子を名乗り、私が政界を去ると浪速に君臨しました。私は早いうちに彼を矯正しなくてはいけなかった。でも失意の私は腑抜けて浪速の惨状を見過ごしてしまいました。そして失われた十年の間に浪速の医療は破壊されてしまった。痛恨の極みです。今の浪速の医療崩壊は、君たち白虎党の十年の統治の結果です。そもそもワクチン開発も、浪速には浪速大ワクチンセンターという、ワクチン生産と開発研究で日本トップクラスの組織があるのになぜ、そこに委託しなかったのですか」

「それは……ワクチンセンターからの提案がなかったからです」

「それは嘘です。二年前、あなた方白虎党の上層部がワクセンの予算を削ろうとした時に、当時の宇賀神元総長が、ＲＮＡワクチンを開発中で、あと一息で完成すると報告して、抗議しています。その提案を却下したのは鵜飼府知事、あなただったんですよ」

シルクハットを被った禿頭の老人の顔が、ぼんやりと浮かんだ。

クソ、あのジジイか。

「そ、それは当時は、やむを得ない判断でしたので……」

「でも状況が変わった今、なぜあの時の判断のままなのですか。ワクチン業界で浪速ワクセンがトップランナーだということは、『エンゼル創薬』の三木代表も当然ご存じのはずです」

「あの時点では意欲がある分『エンゼル創薬』の方が上だったんです」

「では今から、一年の周回遅れでワクセンがワクチンを開発できたらどうします?」

「仮定の話にはお答えしかねます」

「政治家が仮定の話をしなくて、何を語るんですか。この世界の森羅万象はなにひとつ、確定したことはありません。仮定の上で針路を取る、それが政治家の仕事のはずです」

「先輩と私は政治観が違います」

「では一年前の君と同じように、私も宣言しましょうか。ゴールデンウィーク明けの来週から、新たに開発したワクチンの治験に入り、九月には浪速に国産ワクチンを配ります」

「それは、行政的な裏付けのない、夢物語でしょう」

「そんなことありません。私は浪速の市政に復帰しますので」

「無理です。皿井市長の任期は来年四月までで、あと一年ありますから」

「皿井市長はこの状況下でも週の半分は登庁していません。また公用車を私用に使うなど、市政を私物化しています。なのでリコールを掛けます。成立すれば市長選に立候補し、このワクチン開発を、市政の中心事業に据えるつもりです」

鵜飼府知事の足許がぐにゃりと歪む。そんなことをされたら、自分ひとりで白虎党を支えていかなければならない。だが浪速のヤンキー共を無理やり政治家に仕立て上げたツケが噴出している今、ヤンキーの親玉のような皿井抜きで白虎党を維持するなんて、とうていムリだ。

鵜飼は震え声で言う。

「リコールなんてムリですよ。それは、画に描いた餅ですね」

「リコール、すなわち解職請求権については、白虎党が尾張県の知事を解任しようとして、とんでもないことをやったばかりだからよくご存じでしょう。浪速市の人口は現在二百七十五万人。市長の解職は地方自治法第八十一条第一項で『選挙権を有する者は、その総数の三分の一以上の連署を以て、その代表者から選挙管理委員会に対し、解職の請求をすることができる』とありますから、有権者の三分の一の署名を集めればいい。都構想を住民投票で二度も否定されながら同様の中身の政策を議会で強行に通した白虎党に、市民は不信感を持っています。提案したら住民の三分の一の九十二万人の連署など、すぐに集まると思いますよ」

鵜飼は唇を噛む。確かに今、浪速の医療を崩壊させた白虎党に反発が集まっている。

そこに、今なお根強い人気を保つ村雨が煽動したら、リコールなんて簡単に成立しそうだ。

加えて今、市長選で国産ワクチンの作成を公約に掲げられたら、対抗するのは不可能だ。

だが鵜飼はあるポイントに思い至り、落ち着きを取り戻す。

「先輩は、一年先行している『エンゼル創薬』を後から追い抜けると思っているのですか？」

「それは逆にお聞きしたい。『エンゼル創薬』はこの一年、真摯にワクチン開発に勤しんでいたんですか？　基本的なワクチン作成だけなら費用は数十万円、期間は二週間でできます。ワクセンの研究主任はすでに厚労省の承認を取ったので、来週から大規模治験に入ります。開発母体は浪速大ワクチンセンターで、治験の人員は、今の浪速なら、すぐにたくさん集まりますよ」

青ざめた鵜飼に向かって、村雨は朗々と続けた。

「現在のファイザーやモデルナのワクチンは、新型コロナのスパイク蛋白構造の二ヵ所をプロリン置換した『2P』タイプがベースですが、我々は次世代『6P』モデルで新ワクチンを開発し、インフルエンザワクチンと同様に、鶏の有精卵システムによる大量産生も視野に入れています。すると後進国へのワクチン供給も可能になります。もちろんまずは世界最大のワクチン後進国、日本への供給を優先します」

「ハッタリだ。そんな話、『エンゼル創薬』の三木代表からは、一度も聞いたことがないです」

「三木博士は、研究者としては三流だそうですよ。これは先の日米首脳会談で手配した、現政権の酸ヶ湯首相と豪間ワクチン大臣の、隠れたファインプレーです。新ワクチン用のスパイク蛋白の雛形を持ち帰れと命じるなんて、彼らの慧眼はどうしてどうして、大したものです」

「ワクチン生産の費用はどこが出すんですか」

村雨は天井を見上げて、目を閉じた。そして祈りの言葉のように言う。

「モナコ公国と提携し、モンテカルロのエトワールが残したA資金の一部を使わせてもらいます。と言っても石コロ君には、ちんぷんかんぷんでしょうけど」

鵜飼は、状況を完全には理解できないまま、屈辱に震える指で村雨を指さした。

「浪速では、府知事の僕に断りなしに、勝手なことはさせませんからね」

村雨は薄目を開けた。

鵜飼を睨みつけると、低いバリトンでドスを利かせる。

「いい加減にしろよ、小僧」

その声の変わりように、鵜飼はぎょっとした顔になる。村雨は続けた。

「お前の話は『お願い』ばかりで、市民に命じるだけだ。市民のため何かするのが政治家だ。もう口先坊主に浪速を任せておけない。お前は知らないだろうが先日、浪速の保健所のナンバー2が高齢者入院を後回しにしろ、というメールを担当部署に発信した。そこのお嬢さんが言ったことが浪速の実情だよ。その発言を聞いて実情を汲み上げないお前は、政治家失格だ。浪速は医療が破綻して、お前がペラペラ謳っている間も、市民はバタバタ倒れている。お前は、感染対策に主権制限が必要だ、などとたわけたことを言っているらしいが、その前に今の法律でやれることをやりつくせ。お前の言葉は軽すぎる。喋ってばかりいずに動け。働け。汗をかけ」

歯切れよく啖呵を切ると、村雨は立ち上がり、肝を潰している鵜飼府知事を見下ろした。

それからふと、気がついたというように、カメラ目線で言う。

「私としたことが、大変お見苦しいところをお見せし、失礼しました。私の出演はここまでです。七月、今度は浪速市長として、お目見えいたします」

テレビカメラに向かって一礼すると、村雨は颯爽と画面から姿を消した。

画面には鵜飼府知事の、剝げ落ちたアイシャドウ姿が延々と映し出されていた。

33章　天下無双の情報開示クラスタ

二〇二一年五月
浪速・天目区・朝比奈宅

スタジオを出た村雨は、玄関で待機していた彦根と、タクシーに乗り込みながら訊ねた。

「まあ、こんな感じでしょうか」

「パーフェクトです。相変わらず舌鋒《ぜっぽう》鋭いですね。十年のブランクを感じませんでした」

「相手は小僧っ子ですからね。それより新ワクチンは本当に実現するんでしょうね。そうでないと私はあの小僧っ子と同じ詐欺師になってしまいます」

「その点はご心配なく。天馬君と鳩村君が頑張ってくれています。天馬君はNYから戻って以後、宇賀神さんにしごかれ、ひいひい言っています。でも、同年代の鳩村君と天馬君が一緒に働くことで、互いにいい刺激になっているようです。まあ、若者は働け、ということです」

「それは頼もしいですね」と村雨は微笑する。

「ええ。でも今回は本当にギリギリでした。ここで乗り遅れたら、日本のワクチン開発は世界に追いつけなくなってしまったでしょう。その意味では白鳥さんの慧眼にはつくづく感服します。本当は敬服なんて絶対にしたくないんですけど」

彦根は目を閉じて、半月前の強行ツアーを思い出す。

政府専用機でワシントンに到着した直後、白鳥、彦根、天馬の三人は首相一行から離脱し、待

33章　天下無双の情報開示クラスタ

機させていたプライベートジェットでNYへ飛び、天馬が所属したマウントサイナイ大学病院へ向かった。そこで構造生物学者の第一人者、ジェイソン・マクレラン教授と面談し、最新の六つのプロリン置換を有する、新型コロナウイルスのスパイク蛋白をベースにした「ヘキサプロ」、通称「6P」の設計図の供与を受けたのだ。

一国家に一施設という縛りは、厚労省技官の白鳥が同席したことでクリアできた。そこに至る伝手は二つあった。ひとつは天馬の元同僚のハンナがマクレラン教授のラボに勤めていたこと。もうひとつは彦根が手配した、WHO事務局長秘書官で感染症対策部長を兼任しているパトリシア女史の口利きだ。彦根は、マクレラン教授の言葉を思い出す。

――ドクター・ヒコネがプレジデント・スカユの名代だったらお断りするつもりでした。アボとスカユはトランペット大統領のパペットですから、そんなポリティシャンにこの重要情報を託したくありません。一国家に一施設といっても、独裁国家には情報供与をお断りしています。でもドクター・ヒコネは、アボ＝スカユ独裁政権に叛旗を翻しているドクターだと、WHO感染症対策部長のパトリシアが保証してくれました。ですからこのデータをお渡しするのです。もちろんドクター・テンマもわがラボのスタッフ、ハンナの友人なので信頼しています。

そしてマクレラン教授は、mRNAワクチンの基礎になる「ヘキサプロ」のデータを供与してくれたのだった。

天馬は同僚たちと九ヵ月ぶりの再会を果たし旧交を温めた。マウントサイナイ大学病院はほぼ正常に復帰していた。壊れる寸前だったERのナンシーも、救急外来のナースのエマも、病院の状況が落ち着いたので、生気を取り戻していた。

そこまでは彦根の描いた絵図で、その実現のため白鳥を飛び道具として利用したと言える。

327

だがその後の白鳥の動きは、彦根の想定を完全に凌駕《りょうが》していた。

白鳥はマクレラン教授に頼み、ガーデン大統領との直接ＺＯＯＭ会見をねじこんだのだ。

マクレラン教授は、ワクチン開発に関してガーデン大統領に何度も諮問を受けていたので、太いパイプがあったのだ。そこで白鳥は米国大統領を向こうに回し、巨大製薬会社が持つワクチンの特許権を放棄すべし、という申し出に支持を表明すべきだ、と滔々と主張したのだ。

「プレジデント・ガーデン、特許に関する協定を定めるＷＴＯ（世界貿易機関）に、ＷＨＯ事務総長が、途上国でもワクチン生産ができるよう、ワクチンの特許権を持つ企業に一時的な放棄を求めてます。ここは各国で独自に生産させた方が絶対お得ですよ。レーガノミクスの象徴であるパイ・ドール法からの解脱を宣言すれば、ガーデン大統領の持ち味を世界にアピールできます。それに製薬会社は、もう十分儲けたでしょ。ファイザーは二月の時点の売り上げ予想の二兆八千億円の三倍近い七兆八千億円になる見込みだそうですから」

さすがに即答はもらえなかったが、米国大統領にズケズケ進言する様を見て彦根は、この人にはとても敵わない、と脱帽するしかなかった。


彦根は回想から我に返る。そうした話し合いをベースにして今、浪速で独自のコロナワクチン生産が幕を開けようとしているのだ。すると村雨が、思い出したように、ぽつんと言った。

「浪速での復権を目指す前に、彦根先生に謝っておかなければならないことがあります。かつて浪速大にＡｉセンターを設置する構想があった時、私は彦根先生との約束を破り、Ａｉセンターを司法の手に渡してしまったことです」

彦根は、ふっと笑う。

「なんだ、そんなことですか。その程度の裏切りには慣れています。あの時、村雨さんは僕ではなく鎌形さんをチョイスしたんでしょう？　その選択は当然です。為政者にとって死亡時医学検索なんかより、検察の力の方が重要なんですから」

しかし、となおも言い淀む村雨に、彦根は言った。

「それに執念深い人がＡｉの重要性を主張し続けてくれています。厚労省の白鳥技官なんてその筆頭です。先日も豪間大臣に、ワクチン接種後死亡例調査でＡｉを重視するように進言し、最初が『ＣＴ：６例、死亡時画像診断：２例、ＭＲＩ：１例、不明：７例、解剖：２例』という表記だったのを、次の36例では『Ａｉ：14例、不明：20例、解剖：２例』と、Ａｉの汎用性を示す表記法に変え、Ａｉも９例から14例と着実に増えていることも明らかにしてくれたそうです。Ａｉは綿毛になって世界に広がっているので、ご心配なく」

白鳥の顔を思い浮かべたのか、村雨は苦笑して言う。

「それを聞いてほっとしました。私が浪速市の市長になったら今度こそ、画像診断中心のＡｉセンターを創設します」

「期待してます」と彦根は微笑した。

そんな会話を交わしているうちに、タクシーは浪速大に到着した。

車を降りると浪速大学付属疫学センターに異動したばかりの八割パパこと喜国忠義教授が玄関先で出迎えた。

喜国は彦根にスカウトされていたのだ。

「結局は、このフォーメーションに戻りましたね。喜国先生、またご苦労をお掛けします」

村雨が頭を下げると、喜国は険しい表情で言う。

「浪速はコロナの主戦場になってしまいました。その時に浪速に戻ってくるなんて天命のような気がします。計算ではマスク着用などの感染対策をまったく行なわない場合で、従来型の実効再生産数は2・5でした。これは一人の感染者が平均して2・5人にコロナを感染させる状況です。ところが英国型はその1・5倍で、インド株は英国型の更に1・5倍で、インド型の実効再生産数は5・6と計算できます。つまりインド型では一人の患者から五人に感染するということで、凄まじい感染力だと考えられるため、予断を許しません」

そこで喜国教授は、ふっと表情を緩めた。

「でも、そんな絶望的な状況でも、今は、晴れやかな気持ちです。わからんちんの安保前首相や耳なし芳一《ほういち》の酸ヶ湯首相に説明する虚しさを思えば、村雨さんにアドバイスするのは極楽です。やることは単純化されています。まずは新ワクチンの開発現場を見学してください。エース研究員の鳩村・天馬の両名が現場でお待ちしています。もちろん彼らの親分の海坊主、宇賀神元総長も待ち構えていますよ」

彦根は一瞬、遠い目をした。十年前のインフルエンザ・キャメルの騒動を思い出す。

あの時のリベンジが、これから始まるのだと思うと武者震いした。市政を司れば、司法関係も絡んできて、電光石火のカマイタチ、鎌形さんの出番も増えるだろう。そして画像診断の女神で、彦根の比翼連理の鳥、桧山《ひやま》シオンを、いつ浪速に呼び寄せようか、と考えた。

見上げた初夏の青い空を、一羽のツバメがすい、とよぎった。

＊

その日、有休を取った朝比奈春菜は、村雨が出演している情報番組「どんどこどん」を、自宅の居間で見ながら、「佐保」と電話で話していた。

「やっぱり村雨元府知事って、かっこええわあ」

しみじみと春菜が言うと、受話器の向こう側から、からかうような声が響く。

――春菜はファザコンだから、昔からああいう渋いオッサンに弱いのよね。

「やめてよ、そんなんやないんやから。でも村雨さんのお役に立てたのは嬉しいわ」

――そうだね。そんなことより春菜、本当にこれでいいの？　「佐保」は二人のユニットなのに、このままだと私が独り占めすることになっちゃうよ。

「それはどうでもいいよ。『佐保』は覆面アバターやもの。それよりコロナが落ち着いたら浪速に遊びにおいでよ。一緒にご飯しよ。真魚《まお》は浪速で何したい？」

――そうだなあ。天保山《てんぽうざん》の水族館で、ジンベエザメを見たいかな。

「ほんとに真魚は水族館好きねえ。天保山にはクラゲもたくさんいるもんね」

――うん、楽しみ。早くコロナが収まるといいね。

「せやね。天保山水族館も閉館中やし。その時はカイザーも誘ってみようか？」

――それは止めとこ。説教されそうだもん。

カイザーこと甲斐冬樹《かいふゆき》は同じゼミの先輩で情報開示請求についての指導者で、その界隈では「情報開示請求クラスタの帝王」と呼ばれている人物だった。

「佐保」は、大学時代の同級生、沢村《さわむら》真魚と春菜のユニットだった。

二人は東京の大学のゼミで「平家物語」を一緒に研究した間柄だった。卒業した時は就職氷河期で、二人とも就職できずに故郷に帰った。

真魚は讃岐で浪速からそう遠くないので、ご飯を一緒に食べようと言いながら、なかなか会えずにいた。そんなある日、鵜飼府知事がうがい薬でいい加減なことを言ったのに怒った春菜は、電話でそのことを愚痴った。黙って聞いていた真魚は、話が一段落すると、「それなら情報開示請求っていうのをやってみない？」と提案した。

公組織は情報開示を求められたら請求に応じなければならない。だが組織防衛のため黒塗りでごまかそうとする。けれども地方自治体は危機感は乏しい上、市民の請求に篤実に応じようという気質もあるので、意外に面白い情報が得られるという。

真魚は、尻込みする春菜に、親友のツボを心得たやり方でささやきかけた。

——情報請求は誰でもできるけど、お役所の膨大な書類を読み解いて、奥深い情報を抜き出すには相当の読解力と忍耐力が必要なんだって。それにお役所言葉は独特の方言みたいなものだから、ある程度その世界と縁がないと読み解けないけど、春菜は病院の事務員で浪速府の通達なんかを読み慣れているから、お役所言葉は馴染みがあるし、大学で平家物語の研究をしていた私たちは、古文書を読み解く忍耐力があるから、役所の文書も解読できるんじゃないかなあ。

「確かに私たちって、歴史の記録文書の重要さもわかっているし、公文書も一種の歴史文書だと考えれば、案外向いているかも」と春菜は真魚の提案に乗ってきた。

するとひょんなことから、ゼミの先輩の甲斐冬樹がその道のプロだと知った。

そうしたことを趣味でやる人たちを「開示請求クラスタ」と呼ぶということも教わった。

資料を請求すると、たくさんの文書が送られてきた。二人であぁだこうだ言いながらつなぎ合わせていくと、鵜飼知事の矛盾点が、ジグソーパズルの絵柄のように浮かび上がってきた。

最初はそんな風に、真魚と二人で古文書を読み解くようにして楽しんでいた。

それは大学のゼミで、平家物語を研究しながら、卒論を書いた時の気持ちと似ていた。うんざりするような単調な仕事だが、真魚と二人で分担するとなぜかすいすいと進んだ。

結果をネットにアップするといい、とカイザーにアドバイスされた。春菜は消極的だったが、ハンドルネームを好きに決めていいと真魚に言われて、「佐保」と名乗ることにした。

春の女神、佐保姫を意識したものだった。

そこで鵜飼知事のポピドンヨード会見のいきさつを解き明かし、アップした。するとアクセスが殺到し、「佐保」サイトは華々しいデビューを飾った。賞賛のコメントが満ち、これからも白虎党の問題を追及してください、応援してます、などと激励の言葉が多数寄せられた。

この調子で過去の鵜飼知事の言動をチェックしてみたら、彼の発言の九割がテレビカメラの前で口にした思いつきだったということが判明する。

そしていつしか二人は「佐保姫」と呼ばれるようになった。

「佐保」の実体は、社会の変革を目指す気持ちなどない、無味乾燥に思える書類を読み解いて血を通わせ、そこから真実を見つけるのが趣味の、学究肌の女子二人のユニットだった。

だがそれこそがまさに、開示請求クラスタのエースとなりうる素質だったのである。

「佐保」は、鵜飼府知事が医療領域でいい加減なことを言うのは我慢できなかった。なのでその次は、鵜飼知事が得意げに発表した「新幹線で浪速にやってくる人を検温する」という企画について、まとめた。資料でそれが事務方に全く諮られることがなく、単なる思いつきでその場で口にしたことが明らかになった。それは鵜飼知事の、いつものやり口だった。

「佐保」を煩わしく思い始めた浪速白虎党上層部は「白虎党ファクトチェッカー」を使い、その指摘が「フェイク」である、と言いくるめようとした。

だが、リアルの開示情報を持っている「佐保姫」に、鎧袖一触《がいしゅういっしょく》で叩き潰された。

世人は「佐保」の指摘に対し「白虎党ファクトチェッカー」がチェックを断念したことを以て、名実共に「佐保」のウェブサイトが、真の「ファクトチェッカー」になったと認知した。

それは、「似非」が「本物」に取って代わられた瞬間だった。

そこで「佐保」は「地方紙ゲリラ連合」の統領、「血塗れヒイラギ」と邂逅《かいこう》し、白虎党打倒のため立ち上がった「浪速の風雲児」村雨の「梁山泊」に全面協力することを決意する。

手土産に、皿井市長が公用車でホテルに出入りしているというウワサを聞き、役所の書類を情報開示請求し、ばっちり公私混同の証拠を摑み、発表したのだった。

こうして村雨梁山泊は、再起動に際し、遊軍の弓兵部隊「開示請求クラスタの佐保姫」を陣容に加えた。

それは「政治変容」の第一歩だった。「情報開示クラスタ」が解き明かすのは、些細な末端の事案の問題点だ。本来、政治はそうしたささやかな日常の積み重ねであるべきだ。だが従来の政治や行政は、成果をチェックされず底抜けだった。だからそれは市民社会、政治世界、行政機構の不備を補完する、本質的な仕組みになる可能性があった。

だがまだ彼女たちは覚醒しておらず、凄《すさ》まじい内容の会話を無邪気に重ねていた。

――そういえば今回はカイザーも相当頑張ったみたい。知ってた？　「赤星ファイル」関連で、野党の財務省ヒヤリングに呼ばれたんだって。もちろん、顔出し厳禁だけど。

「何よそれ、全然知らなかった。それって、有朋学園事件で公文書の捏造をさせられたのを苦にした赤星さんって官僚が、自殺前にこっそり作ったというメモよ。今回知り合った記者の別宮さんが追いかけていた事件」

──そうなんだ。でもほんとあれはびっくりしたわ。知らぬ存ぜぬと、しらを切り続けてきた財務省に、『赤星ファイル』があるって白状させちゃうんだもん。やっぱり「カイザー」は凄いわ。

「あれは財務省が悪いわ。公文書を改竄するなんて、海よりも深く原典を愛する『カイザー』の逆鱗《げきりん》に触れるもん。カイザーを本気で怒らせたら、ただでは済まないわよ。怖い怖い」

──そう言えばカイザーは「地方紙ゲリラ連合」の特集は舐《な》めるように読んでると言ってたわよ。間接的にその中心人物に役に立ったとわかったら、きっと大喜びするよ。今回、カイザーは新たなステージに入ったって言ってた。国会議員は国勢調査権があるから、彼らと組むと情報開示請求の質が格段に上がってくるんだって。

「あの緻密さで情報を突き合わせてネチネチと追及されたら、誰でも勘弁してってなるわよ。私たちもしごかれたもん。『太平記』がテーマなのに『平家物語』についても当たり前みたいな顔してすごく詳しいんだもの、やんなっちゃうわ。別宮さんに教えたら喜ぶやろうなあ」

──ダメだよ。情報開示クラスターの掟その一、むやみに素性を明かすべからず、でしょ。

「そうやね。掟その二、情報発信の前は三度、見直せ。あといくつあったっけ」

──その五までよ。そんなこと言ったら、またカイザーにどやしつけられるわよ。

「怖い怖い。でも今回はやりがいがあったわ。また面白そうなネタを見つけて、調べようよ。都構想を潰した快感は忘れられないわ」

──いいわね。春菜が大好きな村雨さんを浪速市長にするために、これからも一緒に頑張ろ。

「やめてってば。そんなんじゃないんやから」

画面の中で村雨が威風堂々と画面から退場するところだった。趣味でやっていたことがこんな風に役立つなんて思いもしなかった、と春菜は満ち足りた気持ちになった。

*

「佐保姫」が浪速白虎党の欺瞞を白日の下に晒し、浪速の復権に貢献しつつあった頃、東京では彼らの指導者、「カイザー」が野党議員とタッグを組んで、大暴れしていた。

彼は「赤星ファイル」の提出をめぐり、財務省と丁々発止のやりとりを重ねていた。

野党議員が「赤星ファイル」の国会提出を求めたのに対し、財務省は「存在が確認できない」という不誠実なゼロ回答を続けた。そのことに憤り、「赤星ファイル」の「情報開示」を請求したが、財務省は「カイザー」にも同様の塩対応をした。まあ、それは当然だろう。

だが赤星氏の未亡人が起こした民事賠償請求裁判で、裁判所から再三資料開示を要求された財務省はぽろりと、赤星ファイルが存在すると答えてしまう。もちろんこれは単純ミスではなく、二重三重の状況が重なった上で検討に検討を重ねた果ての、浅知恵だった。

そもそも財務省は、桜宮管財局が公文書を捏造したことは認めている。だがその「自白」が更に捏造、削除の塊のような、不実な代物だったことがすっぱ抜かれてしまった。

「赤星ファイル」は、捏造を実行させられたことを苦に自死した担当者、赤星哲夫氏が、捏造書類作成に関し依頼者と依頼日時、捏造内容を詳細に記録したものだ。そのファイルの存在は赤星氏の遺書で明らかにされ、弔問に訪れた当時の上司の発言によって裏付けられていた。

財務省は、かつての調査の欺瞞が明らかになってしまうから、赤星ファイルの存在をひた隠しにしてきた。ファイルが表沙汰になると再調査は必須で、財務省と政治家にとって不都合な真実が白日の下に晒されてしまう。だから財務省はその存在の有無すら答えなかったのだ。

それがなぜ今になって存在を明らかにしたのか。それには「有朋学園事件」の概要を理解する必要がある。この事件は、国有地払い下げを不当な低価格で実施しようと、有朋学園の校長が当時の首相夫人・安保明菜に口利きを頼んだことに端を発していた。安保前首相が国会の答弁で、「妻がこの件に関わっていたら自分は首相どころか、国会議員も辞める」と大見得を切ったため大事になった。明菜がこの件に関わっていた証拠が桜宮管財局の書類に残されていたのだ。

だから安保首相を守るために、桜宮管財局のトップが、書類の捏造を指令したのだ。

この契約で利を得るのは有朋学園の校長と思われたが、契約書を詳細に検討すると、学校用地として払い下げられながら、十年が経過すると自由に土地を処分できる、という条項が組み込まれていた。そして背後に白虎党の政治家の影が見え隠れしていた。この国有地簒奪《さんだつ》構造は白虎党の元党首、横須賀が浪速で活用した手法だ。指導者は新自由主義経済の推進者で日本を食い荒らすシロアリの王、大泉内閣の竹輪元総務相だと思われた。酸ヶ湯も竹輪の愛弟子《まなでし》で、同じ図式で横浜の広大な国有地を、自分を支援する会社に払い下げさせている。酸ヶ湯と元白虎党党首の横須賀は、いわば兄弟弟子で、それが酸ヶ湯と白虎党の親密さの原点だった。

酸ヶ湯は、この際、赤星未亡人の民事訴訟に一気にケリをつけてしまおうと考えた。

それは憲法記念日を前に、またぞろ浮かれ出した安保前首相を牽制《けんせい》する意味もあった。

酸ヶ湯首相と安保元首相の確執のせいで、財務省も安保前首相を守るため「赤星ファイル」を隠蔽し続けるという意欲が減衰しつつあった。なので六月末、国会の会期が終わるのを待って公表を決断したのだ。これは当然、煮貝幹事長の判断もあった。

煮貝は安保がしゃしゃり出てくることを、酸ヶ湯以上に不快に思っていた。

今や安保前首相がダメージを受けても、煮貝は痛くも痒《かゆ》くもない。

また六月末ならすぐに五輪が始まり、人々の関心を逸らすこともできるだろう。

それは年末に安保前首相の「満開の桜を愛でる会」問題にケリをつけたのと同じ手法だ。

だがそれにより従来の財務省のロジックは破綻し、野党のヒヤリングで赤星ファイルを国会に提出しろと迫られてしまう。これまでは訴訟に関わるので、ファイルの存非確認を拒否していたが、裁判所に提出するなら問題は解消し、野党議員の要求は当然になってしまったのだ。

野党主催の財務省ヒヤリングに同席した「情報開示クラスターの帝王」の質問も痛烈だった。

彼は「どのように書けば、赤星ファイルを開示してくれるのか、その書き方を教えてほしい」と質問したのだ。「個別案件への回答は差し控える」と財務省の担当者が紋切り型の回答をすると、カイザーは、朗々と、ある通知を朗読した。

「開示請求をしようとする者に対し、必要な情報の提供を積極的に行ない、開示請求をしようとする行政文書等を当該者に明確に特定させた上で事務処理を進めることを徹底すること。」とは「行政機関等の保有する情報の公開に関する法律の趣旨の徹底について」なる二〇〇五年四月の総務省の行政通知だった。

そして「財務省担当者の姿勢は情報開示法に反している」とやりこめたのだ。

おまけに野党議員には、財務省の姿勢は「すべて職員は、国民全体の奉仕者として、公共の利益のために勤務し且つ、職務の遂行に当つては、全力を挙げてこれに専念しなければならない」という国家公務員法第九十六条に反する不誠実なもので猛省を要求する、と言い放たれ、対応した役人は長い沈黙に沈むしかなかった。

その様子はユーチューブで世に発信された。これまで日本メディアの総本山THKが、総務省を牛耳る酸ヶ湯官房長官と二人三脚で、七時のニュースで国会討論を編纂し、安保首相がまともな答弁をしているかのように見せかけて長期政権を支えてきた。だが編集せずに全てを見せてしまうユーチューブは、そんなＴＨＫの欺瞞もあからさまにした。

逆らう者は左遷する、と公言した酸ヶ湯を前に、気骨ある官僚は姿を消し、有能な人材は霞関を去り、無能なイエスマンだけが残った。官僚の上層部は、政権の意向に沿うよう部下を統制した。優秀だと言われた官僚機構は劣化し、一旦腐り始めたら歯止めは利かなかった。

政治家は言葉が命だ。公約は国民との契約で、政治家の権力の源泉は国民の付託にある。

だが国会で嘘をつくことを容認した安保政権は、何でもありだった。政治権力は利権のみ追求し、抑止する者はいない。テレビを始めとするメディアは政権の言うことを垂れ流すばかり。

真実を隠し、虚偽答弁を容認した「安保→酸ヶ湯マトリョーシカ長期政権」と「浪速白虎党」は、東西で日本を、熱帯のジャングルで起こる腐敗のように、全てをぐずぐずにしてしまった。

もはや取り返しがつかないのではないか、と心ある人たちは危惧した。

だがＳＮＳでの署名、デモ、開示請求など新しい風が少しずつ古臭い日本を壊し、清新な国土を作り上げようとしていた。

特に「開示請求クラスタ」の活動は、これまでの政治・行政が決定時の審議のみ重視し、実施に際し検証を怠ってきたという、日本の社会制度の旧弊を糺す可能性があった。それがいち早く機能していれば五輪経費がここまで膨れ上がり、日本を食い潰すことも避けられたかもしれない。

だが後悔しても仕方がない。今となっては、新しい日本を作り上げていくしかないのだ。

「開示請求クラスタ」の面々は、自分たちも識《し》らないうちに、日本再生の一柱を担っていたのだ。

34章　油すまし宰相vs火喰い鳥

二〇二一年六月
東京・霞が関・首相官邸

あと一ヵ月半か、と酸ヶ湯はぼんやりと考えた。

間もなく、五輪が始まろうとしている。

首相官邸の執務室の窓から、小雨に濡《ぬ》れた青葉が風に揺れているのが見える。

今年は梅雨入りが早かった。しかし梅雨なのに水無月とは、妙な呼び方をするものだ。

ノックの音に、酸ヶ湯はぼんやりした夢想の世界から、楽しくない現実に戻る。

閣議前の打ち合わせに豪間ワクチン大臣を呼び出した時間だ。

今や、彼の言動だけが酸ヶ湯にとって、希望の光だった。

だがなにかというと酸ヶ湯の背後に、生気溢れまくりの背後霊のように映り込もうとする、日の丸や米国の星条旗をあしらったカラフルマスクのワクチン大臣は、今日はなぜか尻込みするように首相執務室を覗《のぞ》き込むと、中に入らずぼそぼそと言う。

「今日は今、酸ヶ湯首相が誰よりも直接お話しになりたいと思っているナンバーワンの人物を連れてきました。閣議までの三十分間、思う存分、おふたりで語り合ってください」

そう言うと、豪間大臣の背後から、男性がぴょこん、と顔を出し、「ども」と言った。

「お、お前は……」と言ったきり、酸ヶ湯は絶句する。

返事を待たずに部屋に入ってきたのは、深紅のマスクが悪目立ちする人物、ファイザーCEO

との面談すら設定できなかった口先男、厚労省の下っ端技官、名前は確か、白鳥だ。

「スカちゃんは相変わらず貧相な仏頂面ですね。そんなんじゃダメダメ、スマイル、スマイル」

「ふざけるな。お前のような無責任なヤツを前にして、笑顔でいられるはずがないだろう」

「それは超絶逆恨みってヤツですよ。ファイザーのCEOとの直談判や大量のワクチンのお持ち帰りなんて、日米首脳会談の下ごしらえに参加していなかった僕には無理かもしれませんよ、でもベストは尽くしますよって、渡米前に言いましたよね。不満があるなら泉谷さんの失楽園パートナー、本田審議官に言ってください」

怒濤の口撃に酸ヶ湯は黙り込む。

そう言われてしまうと、確かに白鳥技官に、非はなかった。

「豪間君も無責任だな。一体どういうつもりで、君なんぞを寄越したんだね」

「それはこうゆう進言をしてみたらどうですかって提案したら、ゴーちゃんはびびってしまって、僕に言わせようとしたからです。このことはふたつのことを意味してます。ひとつはスカちゃんにこんな進言をできる腹心がいないということ。もうひとつはゴーちゃん自身、僕の提言は至極もっともで、唯一の打開策じゃないか、と思ってるってことです」

酸ヶ湯に興味が湧いた。今の酸ヶ湯は藁《わら》にもすがりつきたい、溺《おぼ》れる者だった。

酸ヶ湯はわらしべ白鳥にソファを勧め、自分はその正面に座る。

「豪間君もビビったという、その提案は聞いてやる。話せ」

「そうやって改まられると照れちゃうくらい他愛もないことなんですけど。スカちゃんはそろそろ五輪中止をブチ上げてみたらどうですか、なんて言おうと思ったんですけど」

「たわけたことを言うな。それができるくらいならとっくにやっとるわ」

酸ヶ湯は顔を真っ赤にして怒った。

「どうどう、怒らない、怒らない。スカちゃんができないと思い込んでいるから、意表を衝いて正面攻撃に出てみたわけ。まあ、これは『アクティブ・フェーズ』の極意その六、『敵が想定しないところをついて本音を引っ張り出せ』の応用篇なんですけど」

「アク、なんとかフェスだと?」

「『アクティブ・フェーズ』、日本語で『能動的聞き取り法』っていうんですけど、無理に理解しようとしなくていいです。で、本音はどうなんですか。なんで五輪中止と言えないワケ?」

「当たり前だろう。五輪は私の切り札で命綱だからな」

酸ヶ湯がぽろりと本音をこぼすと、白鳥はへらりと笑う。

「でもなんだか、命綱で首をくくりそうに見えるんですけど。それに切り札っていうのは、ここぞという時に一撃必殺で使うものです。スカちゃんお気に入りの『仏滅の剣』の第二の必殺技、『全散乱』ってヤツですよ。え? 知らないんですか? スカちゃんってニッチなオタク知識も乏しいんですね」

なぜこんなヤツに、ここまで言われなければならんのだ、とむかつきつつも反論する。

「ここまで五輪開催を言い続けてきたんだ、止めるなんて言ったら国際的な信用問題になる」

すると白鳥は人差し指を立てて、左右に振りながら、ちっちっち、と言う。

「それは全人類に対する責任じゃなくて、IOCのバッカ会長に対する個人的な信頼関係でしょ。あんなゲタ親父のことなんか、気にする必要なんて、全然ないですよ」

「そうはいかん。二人三脚で五輪を成功させようと、固く誓い合ったんだからな」

「でも一緒にグータッチで誓い合った小日向知事は、いつ寝返ろうか、虎視《こし》眈々《たんたん》とタイミングを見計らっていますよ。これは言い出しっぺが総取りの大勝利になりますからね。でもってそんなことに気がついている人は大勢いる。議員にもいる。でもスカちゃんに進言する人はいないんです。僕が得た裏情報によれば、煮貝さんが小日向さんと連絡を取り合って、発言のタイミングを調整しているっていう、採れたてほやほやのウワサもあるんですけど」

驚天動地の情報だった。

煮貝幹事長が自分を見限り、後継に小日向美湖を考えている、ということではないか。

その瞬間、酸ヶ湯にもその構図が見えた。

小日向知事は五輪中止を訴え、人気が最高潮に達した中で七月、都議会選をすれば自分が率いる「都民一番大切党」は大躍進する。バカな都民は一年前の都知事選で、小日向知事が公約したことが何一つ実現されていないということを思い出しもしないだろう。

すると次は五輪中止後の衆議院選挙に打って出て、小政党の党首として合従連衡、妥協の産物で首相の座を射止める。

それは決して絵空事ではない。現に煮貝幹事長はかつて小政党を渡り歩き、そうした連合政権が成立した場に、何度も居合わせているのだ。

確かに今、五輪中止を打ち出せば、世の賞賛を集めるだろう。そしてそれを言い出せるのは、この世に二人しかいない。酸ヶ湯と美湖だ。

悶々《もんもん》と悩み始めた酸ヶ湯を前に、白鳥は更に驚愕情報をさらりと口にした。

「実は、日米首脳会談に相乗りさせてもらった時、ワクチン開発の重要情報を入手していたんです。ニュータイプのワクチンの設計図の大本になる情報ですよ」

「なんだと。そんな重要情報を黙っていたとは、許し難い裏切り行為だ」

「でも報告したらスカちゃんは皿井さんに教えるでしょ。そしたら鵜飼さんが『エンゼル創薬』に渡しちゃう。一年間『エンゼル創薬』は何もしなかったんですよ。一年の時間と百億円の研究資金をドブに捨てたのは、スカちゃんと鵜飼知事の共同正犯なんです」

滔々と言われ、酸ヶ湯は黙り込む。白鳥は続けた。

「だから僕は、本当にワクチンを作れる実力とメンバーが揃ったワクセンに一任したんです。そのエース研究員は飛び上がって喜んでいました。実はあの時に同行したぼんやりした若造は、日本製のワクチン開発のキーマンです。スカちゃんが大好きな『イクラ』連中と経歴は似てるけど中身は全然別物で、今回のスパイク蛋白のブループリントを持ち帰るのに貢献した殊勲者です。アイツはワクセンのエース研究者と協力して、国産ワクチンの開発に取りかかっています」

口調は軽いが、話す内容はずしりと重い。白鳥は腕時計をちらりと見た。

「そうそう、ちょうど今頃、浪速テレビの情報番組で浪速の風雲児、村雨さんが、九月までに国産ワクチンを開発して頒布するという、この計画をぶち上げているはずです。閣議が終わる頃にはネットニュースを席巻しているでしょうから、読んでみてくださいね。治験に全面協力するよう、スカちゃんが豪間大臣を通じて、厚労省を指導したということにしてあります。これが今の僕にできる精一杯だけど、スカちゃんの顔も立ててあげたから、文句はないですよね」

ぐむ、と酸ヶ湯は言葉を失った。

「あ、きょとんとしてる。こんな簡単な話もわからないなんて、スカちゃんってほんとにバカなんですねえ」

「一国の首相に面と向かってバカとはなんだ、バカとは。無礼者め」

「そうですね。でも僕はもう遠慮するのは止めたんです。バカをバカと言わないと、そのバカは図に乗って周囲にバカをまき散らし、この世にバカばっかになっちゃいますからね。だからバカを選別するため、とりあえず『バカ五ヵ条』っていうのを作ってみました」

「なんだ、それは」と、酸ヶ湯は思わずつられて訊ねてしまう。

「バカの特徴のひとつはバカと言われると逆ギレすることです。スカちゃんはワンポイント追加。バカは思い上がって周囲にバカをまき散らす。コロナよりタチが悪いんです。『バカ五ヵ条』は一項目一点、四点以上でバカ確定です。その一、自分を利口と思うバカ、その二、議論で揚げ足を取るバカ、その三、バカと言われると逆ギレするバカ、その四、知恵者の話を聞かないバカ、その五、漢字が読めず教養のないバカ。さてスカちゃんは何点だったでしょう」

「バカバカ言うな。そんなくだらん採点は断固拒否する」

「うくく、スカちゃんってそういうとこがクソ真面目すぎるんですよ。最近、スカちゃんは政府分科会の近江座長が好き勝手なことを言っているって、内輪で怒りまくっているみたいですけど、あれはやめた方がいいです。感染症の専門家が、感染予防の観点で喋るのは当たり前でしょ」

　だが白鳥のその言葉が、酸ヶ湯の鋼鉄の鼓膜を震わせることはなかった。

　仕方なく、白鳥は別の角度から酸ヶ湯を攻撃する。

「そういえば、懲りないお坊っちゃまの安保前首相が再起を目指して、またぞろメディア界隈で活発に発言をし始めたみたいですが、あれって放っておいてもいいんですか？」

　すると酸ヶ湯は、ふん、と鼻先で嗤《わら》った。

「あの程度の発言をネットに載せるくらい、更迭した今川でもできる。だが賞賛のコメントは、わずかしか寄せられない。かつての好評は、私がネトウヨのネット投稿団パンサーズに依頼して書かせたものだ。今は首相として、官房機密費をそんな無駄なことに使ったりしない」

「権力の世界って怖いですねえ。一寸先は闇だもの。そういえばスカちゃんは最近、ようやく素晴らしい政策を打ち出しましたね。ほら、こども庁の新設ってヤツです。小学校一年生ならまだ知恵がないだろうと思って子ども国会をやらせたのは、面白かったです」

途端に酸ヶ湯は、苦虫を嚙み潰したような顔になる。小学一年生との質疑応答が取り上げられ、テレビで放映された忌々しい場面を思い出したからだ。

――総理大臣に質問があります。おじいちゃんやおばあちゃんにワクチンを打ってくれるのに、なぜ、パパやママには打ってくれないんですか。

「それはね、おじいちゃんやおばあちゃんを大切にしようと思ったからだよ」

――でも、おじいちゃんやおばあちゃんが助かって、おとうさんやおかあさんが死んじゃったら困るので、順番は逆にしてほしいです。

その無邪気な質疑応答は、ワクチン接種者が多数になれば五輪も実施できるとした酸ヶ湯が、国民全体を母数とせず、高齢者のみに設定した詐術を明らかにしてしまった。

更に次の質問は、酸ヶ湯の脳髄に鉄槌を打ち込んだ。

――子どもの運動会はやっちゃダメなのに、なぜ大人の運動会は、やってもいいんですか。

黙り込んだ酸ヶ湯を見て、白鳥はにっと笑う。

「子どもに判断を丸投げするのは英断かもしれませんね。昔から、王様が裸だと指摘できるのは、子どもでしたからね。いっそ、こども庁大臣じゃなくてチャイルド・シャドウ・キャビネットを作った方が、欲ボケ老人内閣よりずっとマシかもしれませんよ。ついでに優秀な子どもをどんどん飛び級させちゃえば、その子たちが落魄した日本の救世主になってくれますよ。そうだ、今度、文科省の同期に提案してみようかな」

頑迷固陋な酸ヶ湯には、白鳥の斬新で画期的な提案もブラックジョークにしか思えなかった。

そんな白鳥は、酸ヶ湯の返事がないのをいいことに、言いたい放題を続けた。

「まあ、小さな子どもでさえ気づいているんだから、そろそろ国民の洗脳は解け始めてますね。総裁選のライバル叩きばかりに血道を上げていたら、思わぬところで足を掬われますよ」

「小日向知事のことか？」と酸ヶ湯は低い声で訊ねた。

「もっとすごい強敵です。十年前、『日本三分の計』なんて素っ頓狂な大ボラを吹いたヤツが、浪速の風雲児を、再起させたんです。日米首脳会談に同行した、銀縁眼鏡の気障なヤツですよ。以前は時期尚早でしたけど、中央集権政府が自壊しつつある今、機は熟しました。村雨さんが出てきたら白虎党なんて一撃で粉砕だし、国産ワクチン開発を実現されようものなら、スカちゃんだってイチコロです」

炎のロゴ入りの真っ赤なマスクを顎に掛けて、滔々と喋り続ける白鳥の口元を、酸ヶ湯は呆然と眺めていた。

「ソイツは『空蟬の術』っていうのが得意技で、『スカラムーシュ』とか呼ばれてるんですけど、『大ボラ吹き』という異名だけあってとんでもないことを考えています。ＷＨＯの上層部に強力なコネがあるので、国連総長に『現在の世界は交戦状態にある』と宣言させるよう画策してるらしいです。『仮定の話にはお答えできない』ってのはスカちゃんの得意台詞ですけど、少しは考えておいた方がいいですよ。だって国連総長からそんな談話を出されたら、日本政府としてもコメントしないわけにいかないでしょ」

あまりにもめまぐるしく展開する白鳥のロジックに、酸ヶ湯はついていけない。

白鳥は鼻歌交じりで、スキップしているみたいな口調で続ける。

「そんなことをされたら僕だって負けてはいられません。だからワクチン設計者と面会した隙間時間に、米国の知り合いの記者に、日本をレスキューする記事を書いてもらうよう、手配しておきました。スカちゃんは、日本から中止を言いだしたら、ＩＯＣに莫大な違約金を請求されると心配しているみたいですけど、そうならないように、バッカ会長のことを『ぼったくり男爵』とあだ名をつけて糾弾記事を書いてもらえるように手配したので、そろそろ火の手があがるはずです。日本が中止を決めた時に、違約金を請求したりしたら国際世論が攻撃するっていう寸法です。これはアクティブ・フェーズその十二、『守るが攻め』ってヤツの応用なんですけど」

青ざめた酸ヶ湯は、震え声で言った。

「バッカ会長に、あんな失礼なあだ名を付けたのは、お前だったのか」

「あ、もう記事は出ましたか。でもそれは僕じゃなくて、知り合いの女流ネット小説家です。その人は小日向さんを『砂かけ婆』、白虎党の皿井さんを『子泣き爺』、スカちゃんのことを妖怪『油すまし』に喩えた張本人です。それと比べたら『ぼったくり男爵』なんてカッコ良すぎです」

そのたとえを知らなかった酸ヶ湯は、衝撃を受けた。

小日向知事に対するあだ名を高く評価していただけにその分、ダメージは大きかった。

白鳥は楽しそうに身体を揺すりながら、続けた。

「まだまだ、ぼくたち梁山泊の攻撃は続くので、心してください。特に彦根は、怒濤の波状攻撃が得意なのでご用心を。あとガーデン大統領には気をつけた方がいいですよ。スカちゃんが帰国した直後に、渡航禁止勧告を拡大したでしょ。あれってガーデン大統領の事前通告です。次は日本への渡航禁止勧告です。この前、ＺＯＯＭ会見した時、ガーデン大統領がぽろりと言っていたのでマブネタです。この情報提供は、僕たちを米国に連れて行ってくれたスカちゃんに対する、最後のツルの恩返しです」

コイツは白鳥じゃなくて、鶴だったのか、などと、しょうもないことを考えつつも、あまりにもぶっ飛んだ白鳥の通告に、酸ヶ湯は目を白黒させるしかない。

「スカちゃんの再選の目は、紙のように超薄くなったけど、万が一生き残れたら、次は誰を登用するかに気を遣った方がいいですよ。『エブリシング・イエス』の茶坊主連中は、スカちゃんが権力を失ったとたん、周りからすうっといなくなっちゃいますからね。まあ、僕の進言を採用するかどうかはお好きにどうぞ。どのみちスカちゃんの未来は、ほぼほぼ確定してますから」

言いたいことを言うと、白鳥は立ち上がり一礼し、部屋を出て行った。

酸ヶ湯には、その後ろ姿に掛ける言葉はなかった。

しばらく放心した後、これが「全放念」というヤツか、と酸ヶ湯は思った。

そうしてあの無礼者は案外、自分のために精一杯の進言をしてくれたのかもしれない、などと考えている自分に気がついた酸ヶ湯は、俺は疲れているのかもしれない、と思った。

そして、豪間ワクチン大臣を、仲良しリストから外そう、とひっそり決めた。

窓の外では五月雨が音もなく、しとしとと降り続いていた。

35章　スカラムーシュ、出師す

二〇二一年六月
浪速・天目区・ワクチンセンター

俺は、機能停止からようやく復帰した東城大学医学部で、全館の感染状況を把握し終えた。

不定愁訴外来に戻ると、自分で淹れた珈琲を口にして、吐息をつく。

先ほど、本館の外来受付を覗いてきたが、そこにはコロナ感染クラスターの発生前と少しも変わらず、大勢の患者が順番を待っていた。

この二ヵ月の騒動が、何もなかったかのような様子に、しばし呆然とした。

嵐のような日々だった。

ひっきりなしに鳴り響く抗議の電話に、同じ謝罪の言葉を繰り返す事務員。

外来停止を知らずに訪れたかかりつけ患者。薬だけでももらえないか、と窓口で粘る通院患者。

病棟では予定手術が延期され呆然とする入院患者、その患者に寄り添う看護師は、自分もコロナに感染しているのではないかと怯え、それでも患者のケアをしなければならない。

そんな中、三船事務長は不眠不休で、いつ倒れてもおかしくなかった。

対外的な対応に加え、患者のベッド移動や医療スタッフの配置など、事務的な雑事は膨大で、それが全て三船事務長に集中したからだ。俺や高階学長が補佐しようと申し出たほどだったが、却って邪魔になるから他のことをやってくれ、と三船事務長に懇願された。

コロナのクラスターが発生して以後、事務員の退職も相次いだ。実は医療職と同じくらい、事務員のコロナ接触の機会は多いが、対応は一番後回しにされた。また、コロナ禍で経済的に打撃を受けると、真っ先に彼らの手当が削られた。

それは仕方がないことだったが、納得できない気持ちまで打ち消すことはできなかった。

こうして人員不足に陥り、三船事務長には更に負担が増した。

そんな状況でも、高階学長が現場に顔を出すと、現場が活気づいた。高階学長が声を掛けると、疲労で青ざめていた看護師の顔に生気が蘇り、事務員も、潑剌《はつらつ》さを取り戻した。

これが指揮官というものか、と俺は改めて高階学長の存在感に感服させられた。

それは終田師匠が描いた、後藤男爵や児玉中将を彷彿《ほうふつ》とさせる空気感があった。

俺は彦根が伝えた最新のコロナ情報をプリントして、各病棟や事務室に配布した。

「新型コロナウイルス感染の潜伏期は五日、他者に感染させる期間は発症二日前から発症後九日まで。発症二日前からＰＣＲ陽性になり、二週間で三割、三週間で七割、四週間で九割が陰性化し、抗体は発症十日以後に陽性になる」

こうした確固たる彦根の情報は、とても有用だった。

他者へ感染させる時はＰＣＲ陽性で、濃厚接触から二週間隔離すれば、他者への感染は防げることを確信できたからだ。

科学的に明確な情報を徹底して伝えることで、看護師の動揺も防ぐことができた。ただしそれは、メディアや政府が広く伝えていた情報とかなり違っていたので、混乱したスタッフもいた。

看護師には自責の念が強く、自分がクラスターを醸成したのではないか、と落ち込む人もいて、メンタルケアも必要になった。それは神経内科で不定愁訴外来担当の俺の、ど真ん中の仕事なので、多少は寄与できたのではあるが。

そこで吐露されたコロナ対応と距離がある一般病棟の看護師の言葉も、切実だった。

それを思うと、コロナ対応の最前線で踏ん張り続けた、オレンジ新棟の如月師長と、黎明棟の若月師長の二人の名月の、メンタルの強さには、つくづく感服させられる。

オレンジ新棟と黎明棟に、ぽつりぽつりと新型コロナの感染患者が収容され始め、二人の名月は、獅子奮迅の対応を再開している。

そつのない別宮記者は二人に、クラスター発生時の看護部門の記録を、本にまとめることを提案した。その企画は、オレンジ新棟と黎明棟が一時閉鎖された時期にすっぽり嵌まり込んだ。

二人は何度も打ち合わせ、対応の記録を書き上げていった。それには黎明棟の廊下に延々と書き綴られた「クロノロジー」が役に立った。

一章分を書き上げるとその都度、終田師匠が文章を添削した。

「ゴトー伝」を出版して、一瞬腑抜けた終田師匠は、水を得た魚のように未熟な原稿に向かって罵倒しながら、別宮さんを飛び越え勝手に赤字を入れまくった。

その鬼気迫る様子は、不実な政権の衛生行政に吠える後藤男爵が乗り移ったかのようだった。

そうして完成した書籍を、先ほど、如月師長が俺に手渡しに来た。

「第4波が収まったら、『スリジエ』で出版記念パーティを開くので、出席してくださいね」と光栄にもご招待に与《あずか》った。

彼女たちの奮闘に刺激され、俺も懸案だった「怖い話」のショートショートを書き上げた。

不定愁訴外来に居座り、如月師長や若月師長の文章を添削する終田師匠の熱気と毒気に当てられて生まれた、俺の、最初で最後の創作作品だ。

幼い頃に聞いた怖い話を、記憶の底から呼び起こし書きあげた俺の作品を読んで、終田師匠は、むう、と呻いた。

「やはり拙者が睨んだ通り、おぬしはただ者ではなかったでござる。これからは師弟の縁は切り、切磋琢磨する敵同士でござる」

いや、それは過分な評価で、と言っても、後藤男爵が憑依した師匠の耳には届かない。

最後に師匠は、はなむけとして赤を入れてくれた。俺はタイトルを「真っ赤な顔」としたが、師匠は「赤い顔」とシンプルに変えた。確かにこの方が怖さが際立つ。

さすが師匠だ。

俺は、創作に関しては真っ白な灰に燃え尽きた。せっかく完成した作品だったが、出版不況の折、ショートショート・アンソロジーの出版は無期延期されたままだった。

＊

西下する新幹線の車中はガラガラだった。「のぞみ」が止まらない静岡県内から乗る「ひかり」や「こだま」は、特に空いているようだ。なので俺は自然な形で、高階学長と離れて座ることができた。新浪速まで三時間弱、その間ずっと高階学長と隣り合わせでは息が詰まる。

それにしても、距離は半分しかないのに、東京＝新浪速間よりも時間が掛かるというのは、本当にどうかしている、といつもながら思ってしまう。

東城大でのクラスター発生時、大規模ＰＣＲ実施に全面協力してもらったお礼に、高階学長と俺は、新生浪速ワクチンセンター研究所を表敬訪問して、浪速ワクセンの樋口総長と東城大学の高階学長の間で、包括的協力協定を締結することになったのだ。

その浪速では、村雨元府知事が中心になって浪速市長のリコール運動を始め、三日で三十万筆の署名を集めたという。この調子なら必要数の署名が集まるのは確実だと報じられていた。気のせいか最近、鵜飼府知事がテレビに露出する回数が若干減った気もする。

浪速の医療崩壊は凄まじいが、彦根と天馬君がそこで橋頭堡《きょうとうほ》を築き始めている。桜宮と浪速の医療は協調して、少しずつ息を吹き返しつつあった。

新浪速駅は、五年後の万博を見据えて改装され、規模も大きくなっていて迷いそうになった。なのでタクシーで浪速ワクチンセンターへ向かう。

車で二十分で、天目区にある浪速ワクチンセンターの研究センターに到着する。駅に着いた時に電話をしておいたので、玄関に彦根が迎えに出てくれた。

「遠路はるばる、ようこそ浪速へ。樋口総長、宇賀神前総長がお待ちかねです。こちらへどうぞ」

まるで自分の根城のように彦根が言う。コイツはどこでも自分の本拠地にしてしまう。総長室で顔合わせをした時、宇賀神前総長と高階学長は、互いに腹を探り合うようにして、見つめ合った。どこか相通じるものを感じたのだろう。その隣で、やはり樋口総長と俺が、どことなく近しい気持ちを抱きながら、挨拶を交わした。

研究所は小さなバラックの建屋だったが、活気に溢れていた。ニュータイプのワクチンの大量生産が軌道に乗り、隣接地に新築の研究所を建設中で、一足先に小部屋に大量にＰＣＲを実施できる大型の機械を設置し、そこで大規模ＰＣＲを実施しているという。

久しぶりに天馬君とも再会した。右眉の傷もすっかり薄くなり、元気そうだった。同年代の鳩村博士と議論を闘わせながら、手際よくＰＣＲのデータ解析を実施している。

東城大と浪速ワクセンの上層部のランチ会食が行なわれた。その席でも天馬君と鳩村博士はまさに寸暇を惜しむように、侃々諤々《かんかんがくがく》の議論をしていた。天馬君も一人前の研究者になったのだな、と感慨深かった。ちょっと見ぬ間に、ずいぶんたくましくなったようにも感じた。

天馬君も、やっと自分の居場所を見つけたのだろう。

高階学長は桜宮にとんぼ返りをしたが、俺は病院の騒動も落ち着いていたので、一泊した。

彦根と天馬君が寄宿している菊間病院の寮の部屋が空いているので、遠慮なくお邪魔した。

彦根は、自分の病院のように、いろいろと差配してくれた。

菊間院長はあいにく、医師会の会合で出張していて不在だったが、俺は彦根に、医師会御用達の「かんざし」という小料理屋で、夕食を接待してもらった。

緊急事態宣言の最中だったので酒が出ないのは残念だったが、料理は旨かった。

そこで交わした彦根との会話は、最新情報を織り交ぜたもので、とても勉強になった。

「五月末に解除予定だった東京、浪速の主要都市の緊急事態宣言は当然延長され、メディアは、感染の主力がインド株に置き換わったと報じています。けれどもこれは大間違いで、新型コロナウイルスのインド株が、新たに流行し始めたと考えた方がいいんです」

「そう言えば以前、速水に、武漢ウイルスのように地域の名前でウイルスを呼んではいけない、と説教されたことがあるんだが、変異株は地名で呼んでもいいのか？」

「よくないんですが、ＷＨＯの対応が追いつかないんです。変異株の呼称に伴い、旧来型を武漢株と呼ぼうという動きもあります。それはＷＨＯのウイルス命名法の基本精神から外れていますが、現状では黙認されているんです」

「そうなると、いろいろすっきりするんだけどな」と俺は納得する。

彦根は微笑して、首を横に振る。

「でも近いうちに、変異株の呼び名から地名を外しギリシャ文字を使う変更があるらしいです。変異株には『懸念される変異株（ＶＯＣ）』という、現在最も注目される四つの変異株と、次に警戒すべき『注目すべき変異株（ＶＯＩ）』があるんですが、その二系統にはギリシャ文字仕様の新名称を用いるらしいです」

「そうすると、今の名前はどう変わるんだ？」

「英国株はアルファ、南アフリカ株はベータ、ブラジル株はガンマで、話題のインド株はデルタ株とカッパ株の二種に改名される模様です」と彦根はなぜか得意げな口調だった。

そのあたりの事情を詳しく聞いたら、長々と内輪の自慢話を聞かされそうな予感がしたので、触れずにおいた。彦根は一瞬、残念そうな顔をしたが、すぐに続けた。

「振り返れば武漢株、つまり『ＳＡＲＳ-ＣｏＶ-２ウイルス』は日本ではさほど脅威にならず、ぬるい対策で抑え込めました。それで自信過剰になった政府が図に乗って、経済優先の促進政策『Ｇｏ　ｔｏキャンペーン』を採ってしまったんです。でも年が明け、仕切り直しのオリンピック・イヤーを迎えた途端、強力な感染力を持つ変異株が登場し、日本をパンデミックに陥れました。日本の衛生行政は衛生学の基本をサボタージュし、表面だけ取り繕ってきたので、ひとたまりもありません。正しい情報のアップデートもせず、未だにＰＣＲは不確実な検査だと言っている医師連中もいます。日本におけるＰＣＲ検査率は先進諸国の十分の一しかないというのに……」

彦根は怒っていた。ヤツの気持ちはよくわかる。

衛生学の感染予防の基本が「検査して陽性者を隔離せよ」だということは、落ちこぼれ医学生だった俺ですら知っている基礎中の基礎知識なのだから。

「天馬君の情報によれば、一年前にコロナが猖獗を極めていたＮＹでは、ワクチン接種率が五割を超え、『コロナ封じ込め宣言』が出て、地下鉄も二十四時間運行を再開し、タイムズスクエアに祝賀する人々が溢れているそうです。それはトランペット元大統領と交代したガーデン大統領が、衛生学の基本に忠実な対応を徹底した結果です」

「なるほど」と俺は相づちを打つと、憤懣やるかたない様子の彦根は更に続けた。

「一方の大国の中国でも、ワクチン接種は合理的なデジタル化で推進されています。日本だけが、世界の潮流から取り残され、コロナ流行にどっぷり嵌まったままです。日本では差し迫った五輪をいかに安全に実施するか、ということばかりが議論されていますが、完全に市民感情と乖離しています。賢明な市民は、愚鈍な政府や鈍感な大メディアとは違い、ここで膨大な世界的人流を発生させる大規模スポーツイベントが、どんな惨事になるか、直感しているんです」

「五輪の後に日本が酷い状況になったら、政治家はどうやって責任を取るつもりなのかな」

俺が、答えがわかりきっている、無意味な問いをすると、彦根は吐息をついた。

「政治家連中は、端から責任を取るつもりはありません。だから後始末を押しつけられる医療現場から、続々と五輪開催に反対意見が寄せられ、世界中のメディアにも五輪中止の論説が溢れています。でも酸ヶ湯首相は市民の声、外国からの勧告から目を逸らし、壊れたテープレコーダーのように『安心安全な大会開催を目指す』と繰り返すばかりです。五輪が終わった後に日本国民は、この時期に空費された時間と経費を見て、絶望するでしょう。市民を守る医療の旗を、政府と官僚とメディアという、三位一体の利益共同体が、ないがしろにしているんです」

彦根は遠くを見遣るような視線になる。

「俺たちは、そんな選択をしてないんだが」と言った俺は、最近耳にしたニュースを思い出す。

コロナ患者に対応する医療機関に患者が殺到し、受け入れきれず病院から溢れ出した。

東京都は五千六百床のコロナ病床を確保し、使用中は二千三百で余裕があると報じる一方で、スタッフが足りず、収容できる残り病床は十分の一しかないという詐術のからくりが暴露された。浪速ではインドより酷い状況になっている。二ヵ月で自宅待機患者が十七名死亡し、一日の死者も五十五名に達した。鵜飼知事は例によってツルン顔で屈託なく、予定入院や手術を延期して重症者用病床を更に確保してほしい、とカメラ目線で訴えた。

彼の要請に対応した病院は重症者用ベッドを五床、七床、十床と増やしたが、それでも重症患者はあふれてしまう。彼は何のため、そして誰に向かって、どういう意図で頼んでいるのだろう。

神戸では老健施設で、百三十四人のクラスターが発生して、二十四人が死亡した。だが、保健所のクラスター調査は手が回らない。それでも浪速に隣接した兵庫県の、年老いた知事は断固、聖火リレーは実施すると言い張っている。

「酸ヶ湯首相の公約通り、七月末までに六十五才以上の高齢者全員にワクチン接種を終えても、国民の大半はワクチン接種されずに五輪を迎えます。老人優先のワクチン接種なんて、国際的には全く評価されていません。老人介護にあたる介護士やコロナ患者に直面する救急隊員が後回しにされているのは明らかにおかしいんです」

そう言って彦根は深々と吐息をついた。

「ワクチン接種の三ツ頭大臣体制は機能不全に陥り、総務相はキャンキャン吠えるばかり、やむなく酸ヶ湯首相は、虎の子の自衛隊を投入し、大規模接種センターの開設を打ち出したものの、自衛隊もボンクラぶりが感染し、予約登録システムはデータベースと紐付けができず番号、生年月日がデタラメでも入力できるわ、同じ番号を入れると先に予約した人の分がキャンセルになるわ、ミスをあげたらマシンガン・ラップみたいで『史上、最も使えない予約システム』として世界中の笑いものです。おまけに不備を指摘した雑誌の取材行為を防衛相が、不正な手段で予約を実施した悪質な行為だと非難しました。これが日本の国防の砦となる省庁の業務だというのですから呆れます。日本を蚕食し続けた政商・竹輪元総務相の会社が開発した、できそこないの入力ソフトのように、全てが根腐れしていくのを、見守るしか術はないんでしょうか」

その問いに、俺が答えられるはずもない。彦根は続けた。

「ここに来て厚労省は、病床逼迫率の計算方法を変更しました。変更前は『（コロナ用病床数＋一般病床数＋入院待機数）／百床』だったのを、『（コロナ用病床数）／百床』としました。これは入院待機者を数に入れないことで、医療機関の負担を少なく見せかける詐術です」

「それは酷いもんだな」と俺は呻いた。彦根はぼそりと続ける。

「田口先生にはお伝えしておきます。相手がここまでするのなら、仕方ありません。『空蟬の術』を発動し、医翼主義者に動員を掛け医療現場からゲリラ活動を始めます」

「何を企んでいるんだ、お前？」と俺は恐る恐る訊ねた。

「さほど無茶なことではありません。救急学会に働きかけ五輪会場で医療責任者を務めるＶＭＯ（オリンピック会場医療者統括責任者）に一斉に辞退してもらいます。政府は医療現場の大変さを理解していません。医療の危機を思い知らせるには、実力行使するしかないんです」

「相変わらず、医師ストライキの焼き直しか。果たしてそれは有効かな」

「もちろん、それだけでは不十分です。ですから時風新報の別宮さんとコラボして、現場の看護師にツイートで声を上げてもらい、医師専用ネットのアンケートで、五輪反対が圧倒的多数だと示します。とどめに近江先生に、アドバイザリーボードの医学専門家の総意として独自に、五輪実施に関する提言を中止の可能性も仄《ほの》めかして、公表してもらうことにしました」

「それはムリだろう。近江座長は、政府御用達の医者なんだから」

「多少時間が掛かりましたが、白鳥さんと二人で説き伏せました。近江さん自身も、デルタ株が出現した今年になってからは、ヤバいと思っていたらしいです。まあ、僕と白鳥さんの説得は、東尋坊《とうじんぼう》の崖の上に立った近江先生を、背中から押したような感じになりましたけど」

「自殺の名所で背中を押すなんて、お前って……」と、俺が絶句すると、彦根はにっと笑う。

「近江さんに、内閣官房参与を勤める大岡弘・湘南健康安全研究所所長と同じイエスマンに見られて、五輪後の感染爆発の戦犯に見られてしまいますよ、と言ったら、一発でした」

「六月に入って近江座長が『ステージ4の感染爆発状態で五輪を実施するなど、通常あり得ない』と至極真っ当な意見を口にしたのは、お前が裏で糸を引いていたのか。近江さんの発言を聞いて厚労大臣が、『個人的な研究成果だ』と言ったが、とんでもない話だよな。夏休みの小学生の自由研究じゃないんだから、あんまりな言い方だ」

「泥川五輪相も相当なタマですよ。近江さんが『何のためこの時期に五輪をやるのか、目的が明らかでない』と指摘したら、『全く別の地平から見てきた言葉を言われても通じづらい』と宣《のたま》いましたからね。『近江を黙らせろ』と怒鳴り散らしている酸ヶ湯首相の名代らしい発言です。でもコロナ対策では、あの幼稚なトランペット元大統領でさえ、ＣＤＣのファウル所長の言う通りにしてましたし、中国の独裁者と言われる古今東主席も、国家的英雄の衛生学者・鍾南山博士に絶対服従してます。日本だけが、医学を尊重しないおバカ国家だと外国から笑われているんです。というわけでトンチンカンで的外れな首相と政府にはこの際、ご退場いただきます」

「本当にそんなことをやれると思っているのか？」と俺が訊ねると、彦根は、にっと笑う。

「もちろんです。まずＷＨＯの緊急事態統括ディレクターに『危機管理の保証ができない場合は、大規模スポーツ大会の開催を再考すべし』という提言を出してもらいます。並行して別宮さんの『地方紙ゲリラ連合』を全面発動してＩＯＣ資金の闇を暴き、闇の政商・竹輪元総務相を暗がりから引きずり出し、醜悪な姿を晒します。これは強力な調査能力を持つ『情報開示クラスタ』の全面協力で可能になりました。これで、医療防衛の全面戦争に突入することになります」

「そんな闇に手を突っ込んだりしたら、お前の身が危なくなるかもしれないぞ」と俺が言う。

「まあ、大丈夫ですよ。僕は小物ですから。それにこれは一番過激な上策で、現実的な次善策を、同時進行してもらいます。アドバイザリーボードの非公式提言を、無観客開催のラインで推進してもらいつつ、喜国先生に感染者数予測カーブを出してもらいます。喜国先生によれば今、緊急事態宣言を『マンボウ』に格下げすれば、五輪直前に新規感染者が千名を超えるそうです。このデータで、無能で無策な酸ヶ湯政権と無責任な五輪関連者を挟撃しようと思います。これがぼくの『空蝉』戦術、すなわち『虚を実に、実を虚に』、です」

そう言うと、彦根は立ち上がり、杯を高く掲げた。

「そうしたことをすれば体制側の反発を食らいます。きっと、多くの狙撃兵が僕を狙うでしょう。でも僕は、あえて医療の城砦の上に立とうと思います。ゲリラは闇に隠れてこそ力を発揮できる。だから姿を見せるのは御法度ですが、ひとつだけ、姿を現すことが有効な場合があります。それは囮として機能する時です。でも、田口先生は反対しませんよね。東城大最大の危機を切り抜けた現場責任者であれば、僕の行動を支持するしかないはずですから」

そう言って杯を干した彦根に、俺は何も言えなかった。

36章 「無責任」で行こう

二〇二一年六月
東京・霞が関・首相官邸

二〇二一年六月。

五輪開会まで一ヵ月を切っているというのに、何ひとつ確定していない。

開会式のスケジュールも演出も、観客を入れるかどうか、そして参加国すらも。

事前の目論見は全て崩れ去り、形骸化している。

大会前に海外選手団を迎えるホストタウンから、次々に返上の報が届き、事前キャンプ会場はワクチン接種会場に振り替えられる。街角で観戦するパブリックビューイングも壊滅した。

前乗り合宿を予定していた海外チームの来日は二百以上、中止になった。

第一陣の豪州のソフトボールチームの来日を、メディアは必死になって盛り上げた。

だが第二陣で来日した九名のウガンダの重量挙げチームに、コロナ陽性者が出た。

チームはノーケアで宿泊地の浪速に到着し、そこで新たに一名の陽性者が見つかった。

その結果、濃厚接触者は一気に十五名に増えてしまった。挙げ句、濃厚接触者の選手がひとり、帰国前に行方をくらましてしまう。「安心安全な大会」は、わずか九名の海外選手団にも対応できないザル状態だと判明した。紋切り型でそう表現したら、「日本の検疫をザルに喩えるのは、ザルに対して失礼だ。ザルはそうめんを取りこぼさないのだから」と、あるお笑い芸人が適切な発言をして、全国ザル協会の人たちから拍手喝采を浴びた。

この問題に対し官房長官は、「発見された濃厚接触者に対しては、各都道府県の保健所の対応」だとした。それは空港検疫は機能していない、と言ったに等しかった。

彼はかつて、「三十七度五分以上が四日続くまでは、PCR検査せずに自宅待機」と繰り返し、撤回した時には、「そんなことは言っていない」と強弁して顰蹙《ひんしゅく》を買った人物だ。

大会運営ボランティアの辞退者が一万人を超えた。穴埋めに求人を掛けたら高額バイト募集となり、もとからのボランティアが激怒した。それでも求人枠は埋まらない。

するとIOCの古参委員が「日本が緊急事態宣言下にあろうと、ハルマゲドンでも来ない限り、いかなる犠牲を払っても東京五輪は開催される」と言い、日本人の反感の火に油を注いだ。

昨年、日本ではコロナの感染状況はさほど酷くなかったが、欧米のコロナ蔓延が猖獗を極めていたため、五輪は延期された。そして今年、状況が入れ替わって欧米の蔓延が消退すると、五輪貴族たちは極東の国の現状など気にせず、日本がパンデミックになっているのに、強引な開催を主張した。彼らにとって日本国民の行く末など、どうでもいいことだった。

五輪強行後、日本がどんな惨状になるか、真面目に想像しているのは医療従事者、そして感染患者とその家族だ。

五輪開催か中止か、という命題を、有観客か無観客での開催か、との議論とすり替えることはわりと容易くやれた。それはメディア、特にテレビが共犯者だったからだ。だが視聴者の多くは、なぜそこに「中止」という選択肢がないのか、ということを不審に思った。

そんな中、とんでもないことが起こった。医療アドバイザリーボードの忠犬だった近江が突如、「こんな状況下では、そもそも五輪を行なわないのが常識だ」と公言し、叛旗を翻したのだ。

なので酸ヶ湯は分科会への諮問をやめた。気に入らない言葉は耳に入れないのが彼の流儀だ。

医療代表のイエスマンはひとりでいい。忠犬は、内閣官房参与も務める大岡だけで十分だ。近江はお気に入りから除外しよう、と酸ヶ湯はこっそりと決めた。

気配を察したのか、近江も「五輪中止」から、「徹底予防して無観客開催」に日和った。

だがそれすら酸ヶ湯には、容認し難かった。おまけに近江座長は、国民の支持を集め始めて、独自に発した提言をＩＯＣに届ける、などと言い出した。

近江のヤツ、首相にでもなったつもりか、と酸ヶ湯は激怒した。

俺が五輪をやると言ったらやるんだ。酸ヶ湯の気持ちはその一点に凝り固まっていた。

酸ヶ湯は国会でもしつこく、パンデミック下での五輪開催の意義を問われ続けた。躱《かわ》すのは限界で、酸ヶ湯はついに「国民の安全を犠牲にしてまで五輪をやるつもりはない」との言質を取られてしまった。だが同時に「自分は主催者ではないので、決定はできない」という責任逃れの言葉をペアにすることは忘れなかった。

あまりに逆風が強いので、酸ヶ湯は最後の切り札を使った。酸ヶ湯の経済政策の師匠、政商の竹輪元総務相に、浪速の討論番組「そこまで言ったら圧巻隊」に生出演してもらい、反論を封殺してもらおうとしたのだ。だがこれは逆効果だった。竹輪は「世論が間違っている」と言い放ち、市民の反感を招いた。彼が会長を務める企業は、コロナと五輪で利益が十倍になっていた。

日本にも「ぼったくり男爵」がいることを、市民は知った。小悪党が暴利を貪る、末世だ。「五輪で絆《きずな》を強くする」と泥川五輪相が連呼するたびに、日本の傷は深くなった。

その渦中、組織委員会の経理部長が電車に飛び込み自殺をした。だが、それを報じようとしたあるテレビ局のニュースでは、南アフリカで象が暴走したというトピックと差し替えられた。

閣僚は専門家の意見を参考に開催を決定すると言いながら、専門家集団が五輪中止を訴えると、今度は諮問しないと言い出し、その声を聞こうとすらしなかった。

国会の党首討論でも、酸ヶ湯は「国民の命と健康を守る」という決まり文句を繰り返すばかりだった。そこには、対話も説明もなかった。

その後六月十一日から十三日まで、酸ヶ湯は、英国のコーンウォールで開催された先進七ヵ国の政治フォーラム、G7に出席した。

そこでは東京五輪は、主題にならなかった。先進国の首脳たちは内政だから、五輪開催にノーなど言いはしない、という酸ヶ湯の読みは的中した。これならG7の賛同を得た、と言っても嘘にはならない。だが、自分は五輪の主催者ではない、と公言していた酸ヶ湯が国際政治の場で、「五輪の安心安全な開催」を公言するのは明らかに、論理破綻していた。

六月十六日。コロナ問題や五輪案件が山積する中、国会は閉幕すべきでないという野党の訴えを無視し、政権与党の幹部は数を恃んで、第二百四回通常国会の閉会を、強引に決定した。

それは国政担当者の責任放棄であり、国会を貶め、国民を愚弄する暴挙だった。


国会閉幕の二日後の六月十八日。アドバイザリーボードのメンバーのうち、有志二十六名が、「東京五輪開催に伴うコロナ感染拡大リスクに関する提言」をまとめ、政府と大会組織委員会に提出した上で近江俊彦・新型コロナウイルス感染症対策分科会会長が、記者会見を行なった。

事前に「五輪の無観客開催」を勧告する、という内部情報を得ていた酸ヶ湯は、アドバイザリーボードには諮問しないことにしていた。

だから酸ヶ湯はあくまで「正式な勧告」ではない、として聞こえないふりをした。

だが感染症の専門家の意見は強烈だった。開催方式は「無観客開催がリスクが低く望ましい」とし、「市民が協力する感染対策にとって、矛盾したメッセージになる」として、有観客開催は止めるべきだとした。そして「感染拡大の予兆があれば、たとえ大会開催中でも、緊急事態宣言など、躊躇せず必要な対策を取るべきだ」と、かなり踏み込んだ勧告をしていた。

五輪とは無関係に首都圏の人流は増加しており「七月にかけて感染が再拡大する蓋然性が高い」とし、「五輪観戦で人流、接触機会が増大し、全国に感染が拡大する」と予想した。

そして五輪リスクに、①選手村や大会会場など、主催者が責任をもって制御すべきリスク、と②大会主催者、政府、開催地の自治体が連携して制御すべきリスク、の二通りがあり、特に後者は制御困難で、リスクがより高いとした。仮に有観客にするとしても、人流を避けるために、たとえば地元住民に限定する、なども提案していた。

実効再生産数は、アルファ株（英国株）が四十五パーセント、デルタ株（インド株）が七十七パーセント増しだと示し、七月中旬にデルタ株が半数を超えるだろうと指摘して、提言を結んだ。

そしてこのまま行けば七月中旬には、五輪の直前に東京の新規感染者が千名を超えるだろう、という、不気味な予言をしていた。それは予言ではなく科学的推測だったが、酸ヶ湯と彼が率いる政府の閣僚に、その区別がつく者はいなかった。

国会閉幕の八日後の六月二十四日、衝撃のニュースが駆け巡った。

「陛下は、五輪で感染拡大を懸念していると拝察する」と宮内庁長官が、定例の記者会見で爆弾発言をしたのだ。五輪組織委員会の会長は、問題はないと強弁し、無責任な官房長官は、宮内庁長官の個人的な意見だとした。

だがそんなはずはないことを、国民は理解していた。

今上天皇が、誰よりも国民の「安心安全」を気に掛けていることを、国民は知っていた。

そして酸ヶ湯首相の発言が、口先だけのものだ、ということも。

「ご懸念」発言のきっかけは、その二日前に酸ヶ湯が今上天皇に行なった「内奏」だった。

それを聞いて天皇は、酸ヶ湯の感染対策に「懸念」を覚えたのだ。

だが酸ヶ湯は、今上天皇のご意志を無視し、聞こえないふりをした。そんな中、敢然と声を上げたのが、酸ヶ湯が日本学術会議委員の任命を拒否した学術界の重鎮、宗像壮史朗博士だ。

「酸ヶ湯首相が重用する御用学者は、天皇が政治に関わるのは憲法違反だと非難している。確かに憲法上、天皇の政治介入は禁止されている。だが五輪は政治的中立を謳っているので、政治ではない。従って陛下が、国民の安全を案じてご意見を述べることに問題はない。誰よりも国民の心情を慮《おもんぱか》る陛下のお言葉を、国民の声を聞こうとしない政府が無視する。その不遜にメディアが追随する。彼らは亡国の売国奴である」

宗像博士の激烈な正論の前に、メディアと政府は沈黙した。

＊

六月下旬。合同庁舎三号棟の厚生労働省の一室に、会議中という札が掛かっていた。

部屋の中ではスカイブルーの背広に真っ赤なマスク姿の男性と、落ち着いたグレーの背広姿で、白の不織布マスクの男性二人が、モニタに向かっていた。

厚生労働省の白鳥技官と新型コロナウイルス感染症対策分科会の近江会長だった。

二人が覗き込んでいる画面には、他に三人の顔が映っていた。

浪速からは彦根と喜国教授、桜宮からは時風新報社会部副部長の別宮葉子が参加していた。

「近江先生、大役、お疲れさまでした。お見事でした」と彦根が口火を切った。

「アドバイザリーボードは、五輪の開催の是非を論じる立場にはありませんが、感染拡大や医療逼迫のリスクに関して、リスク評価やリスクのミニマム化について、専門家として意見をまとめ、社会に公表すべきだ、という彦根先生のひと言には納得させられました。でも案の定、酸ヶ湯首相や政府閣僚は耳を貸そうとしません。果たしてこれで、効果があるんでしょうか」

すると、近江会長の隣に座っている白鳥技官が言う。

「それは心配ないよ。政府がシカトしたって、この提言がネット上にあり、誰でも見られることが重要なんだ。そのプラットフォームとして最適だったのが、別宮さんの『地方紙ゲリラ連合』のウェブサイトさ。そこに置いておけば、それだけで地雷なみの効果が期待できるよ」

「あたしも特ダネを頂戴して有り難かったです。閲覧数は毎日うなぎ登りです。添付された喜国先生の資料を見れば、このままだと感染爆発するのが、素人にもよくわかりますからね」

「スカちゃんはすっかりお冠で、喜国センセを『予言者気取りか』なんて罵っているらしいよ」

白鳥の合いの手に、喜国教授が苦笑する。

「いえ、私は予言者ではなくて、科学者なんですけどね」

「それって言わない方がいいよ。たぶんスカちゃんがすごく気分を害するからね。スカちゃんのスタンスって、自分に刃向かう者は飛ばして、自分の視野から外すんだけど、今回もいつものやり方に固執してるね。医療現場の声を何度も無視して自分がやりたいようにやって、その都度失敗して尻尾を丸めて、すごすご言うことを聞く、ということの繰り返しなのに、何も学習していないんだからなあ。ぼくが作った『バカ五ヵ条』にすっぽり嵌まり込んでいるんだけど、そのことを忠告してくれる取り巻きはいないいんだろうね」

「それにしても、近江先生には大変な重責を追わせることになってしまいました。本当なら僕が矢面に立つつもりだったんですけど、すみません」と彦根が言う。

「いえ、これは会長である私の責務です。五輪を開催し、日本発の世界的なメガ・クラスターを発生させたら、医学者として万死に値します。適切なアドバイスのおかげで、アドバイザリーボードのメンバーも救われました」

「そうそう、彦根センセはそんなに心配する必要はないよ。近江センセは政府とズブズブなんだから、まさに適役だし、こう見えてこの人は、自分の保身に関しては鉄壁なんだよね」

白鳥の言葉に、紳士然としている近江会長も、さすがに顔をしかめた。白鳥は続ける。

「まあ、政府とメディアは、近江さんが後で非難されないために、予防策でやった保身だとして、火消しに躍起だけど、そのうちにこの提言の真価を思い知ることになるよ。でもこれって、実は田口センセに泣きつかれて、思いついた一手だったりするんだよね」

「田口先生に？　どういうことです？」

「彦根センセがひとりで突っ走って、悲劇のヒーローになろうとしているから、安全装置をつけてほしいって頼まれちゃってさ。不肖の弟子の頼みだから、仕方なく対応したんだよ」

「田口先生が、そんなことを……」と彦根が言葉を詰まらせると、白鳥が言う。

「なにを泣きそうな顔をしているんだよ。まったく、ヒーローごっこにはつきあいきれないよ。それにこの程度で、彦根センセを殉教者にはさせないよ。僕はセンセを、手下として、まだまだコキ使うつもりなんだからね」

「僕は白鳥さんの直属の部下じゃないんですから、『手下』じゃなくて、せめて『切り札』くらいにしてくださいよ」と彦根が興醒めした顔で言う。

そうしたやりとりを聞いていた別宮が、哀れみを含んだ口調で言う。

「なんだか彦根先生っていつも、行くも地獄、退くも地獄、みたいなところに落ち込みますねえ」

「まあ、仕方ないです。どうせ僕なんて、白鳥さんには逆立ちしたって敵いっこないんですから。米国ではガーデン大統領に遠慮なく直言し、日本では最高の権威、天皇陛下にお言葉を言わせるなんて、僕にはとても思いつきませんでした」

「彦根センセに手放しで褒められると、なんだか薄気味が悪いね。でもこれも近江センセに提言をさせるという、センセのアイディアの上に積み重ねただけだから、あんまり威張れることでもないんだ。スカちゃんが提言を受け取って握り潰すのが最悪の事態だったんだけど、公開されてしまえば、こっちのもんさ。今上陛下は、誰よりも国民の幸せを考えていて、科学者としての素養もある。だから近江先生が内奏すれば、絶対にああなると予想できた。センセは惜しいんだ。僕の境地までもうちょっとなんだ。でもまあ、その一歩が限りなく遠いんだけどね」

珍しく相手を褒めても最後は我褒めになってしまう辺り、相変わらずだなと彦根は苦笑した。

「彦根センセの『空蟬』の術に近江センセの直球提言、喜国センセの驚愕データを取り混ぜて、別宮さんの『地方紙ゲリラ連合』で公開するという四天王部隊を、僕が司令官になって仕切って進軍させる、これってまさに、『医療ゲリラ部隊』の情報戦だよね」

「白鳥さん、締めは僕に言わせてください。これこそが『メディカル・ウィング』、医翼主義者の、イノセント・ゲリラの戦いです。これで少なくとも『無観客開催』が社会に認知され、最悪の事態は忌避できました。あとは更にベターの『五輪中止』を目指して、活動を続けます」

「ああ、はいはい。まあ、その調子でお気張りなはれ。この後の指揮は彦根センセに任せたよ。僕は少し働きすぎたから、しばらくバカンスさせてもらおうかな」

なぜか付け焼き刃の関西弁でそう言うと、白鳥は遠隔モニタ会議の画面から退場した。

その後、他のメンバーは互いに挨拶を交わして三々五々、ルームから退出した。

*

酸ヶ湯政権が死に体になったと見て、三たび、安保前首相が復権を目指し、阿蘇《あそ》などのお友だちと蠢《うごめ》き始めた。そこに「赤星ファイル」が開示され、裁判所が証拠採用を決めた。

当時の政権と官僚が全力を挙げて蓋をしたスキャンダルが、のっそりと世の中に蘇った。

酸ヶ湯首相を置き去りにして、背後で安保前首相と煮貝幹事長の暗闘が始まった。

37章　平和の祭典

二〇二一年七月
東京

二〇二一年、ついに運命の七月がやってきた。

首都東京では、秋の衆議院選の前哨戦といわれる、都議会議員選が始まった。

「都民一番大切党」を率いる小日向美湖・東京都知事との初の直接対決か、と思い、自保党党首として、酸ヶ湯は武者震いした。

だが選挙戦が始まる直前に、小日向知事は「過労」で体調を崩し、入院してしまった。

すると低迷していた彼女の支持率は一気に上昇し、五割を超えた。

驚くべき、そして恐るべき「小日向マジック」だった。

そんな中、安保前首相ははしゃいで応援演説に駆け回った。しかも「五輪の反対者は反日だ」などと意味不明の持論を、自分の支援雑誌に掲載して、市民から大顰蹙を買った。

彼にとっては、自分の支持者だけが国民なのだろう。

酸ヶ湯に、応援演説の依頼は一件もなかった。官邸は自粛したと言うが、誰も信じなかった。

彼はお膝元の帝都の都議会選で、一度も応援演説しなかったという、稀有《けう》な首相になった。

自保党総裁として何もできないまま、都議会議員選で自保党は大敗した。

酸ヶ湯は呆然とした。シードされ不戦勝のはずだったのに、闘わずして負けた気分だった。

だが酸ヶ湯は偶然の天災に救われる。その前日、熱海で大規模な土石流が発生したため、報道番組はこの大惨事に集中し、都議会選の結果報道は二の次にされた。

危機管理が売りだったはずの、酸ヶ湯の対応も鈍かった。都議会議員選挙応援の最後の追い込みと重なったためだ。そこに更に、九州を豪雨が襲った。

運命の文月《ふづき》はこうして、日本各地を襲った天変地異から始まったのだった。


都議会議員選が終わると、全ての封印が解かれた。

いきなり感染爆発が起こったのは、東京都の恣意的な検査手法によるものだ。

たとえば六月二十七日、東京都のコロナ検査数は千九百人弱で陽性者は四百人弱だった。

この時、浪速の検査数は一万人と少々で、陽性者は百人弱と、検査数は五倍以上あった。

この東京の検査数の少なさは、明らかに際立っていた。

都議会選を終えた小日向都知事は、翌日の七月五日に三百四十二人、六日には五百九十三人と、徐々にコロナ感染者数を積み上げた。そして七月七日、七夕の日の東京都のコロナ感染の新規感染者は、いきなり三倍近くに跳ね上がり、九百二十人になった。

酸ヶ湯は常々、開催の内容に対する決定権は、開催都市の東京都にある、と明言していた。

そして自分に決定権はない、とも。それは責任逃れには最適の対応だったが、肚をくった相手の要請は無条件で呑む、ということでもあった。

ここで小日向都知事は、アドバイザリーボードの近江座長と、一対一のサシで面談した。

その会談後、近江座長は会談の内容について何も語らなかったが、提言の内容は既に公表されていたので、誰もが知っていた。

そうした手順を踏んでから、小日向都知事は政府に、緊急事態宣言の発出を要請した。

しかも老獪な小日向知事は、酸ヶ湯の後見人の煮貝幹事長まで押さえていた。

「安心安全な大会実施のためであれば、緊急事態宣言の発出も厭《いと》わない」と発言していた酸ヶ湯は、東京都に緊急事態宣言を発出せざるを得なくなった。

またも酸ヶ湯は小日向都知事の軍門に降ったが、これで何連敗か、数える気にもならなかった。


都議会選の直後のどさくさに紛れて、ワクチンのロジ担を自称する豪間は、とんでもないことをカミングアウトした。この頃、ワクチンの供給がストップしたが、そうなることは五月の連休前に知っていた、というのだ。これはとんでもない背信行為だった。

七月に弾切れになると知りつつ突撃をさせたのは、太平洋戦争の最大の悲劇、インパール作戦に匹敵する愚挙だ、といわれた。それはまさしく、ロジ担の失態である。

だが豪間の表情には、一片の陰りもなかった。

すべては、酸ヶ湯の意を阿吽の呼吸で汲んだ、豪間の献身だったからだ。

五輪開催がほぼ確実となった今、もはやそうした見せかけをする必要はなくなったのだ。


翌日、ＩＯＣのぼったくり男爵・バッカ会長が、ついに来日を果たした。

当日、小日向美湖・東京都知事、橋広厚子・組織委員会委員長、泥川丸代・五輪担当大臣と、バッカ国際オリンピック会長と国際パラリンピック会長での五者会談が開催された。

その席でバッカ会長は「ついに日本に来ました。今はアスリートのように興奮しています」と上機嫌で挨拶した。延期後の一年間、「五輪が、暗いトンネルの先を照らす光となる」という、お得意のフレーズを繰り返したバッカ会長は、発出された「緊急事態宣言」とは如何なるものか、と無邪気に問い、臨席した三人官女を絶句させた。

バッカ会長は日本のことなど、毛筋の先ほども考えていなかった。彼にとって日本とは、五つ星ホテルのスイートに滞在し、ミシュランの星のあるレストランで会食する、大名旅行の立ち寄り先でしかなかった。そんなバッカ会長に、泥川五輪相が、東京に緊急事態宣言が発出された、と口火を切った。小日向都知事は悠然と、開催都市として無観客開催にしたい、と発言した。

バッカ会長はしぶしぶ、無観客開催を認めた。譲歩したのは、自分たちは莫大な放映権料を確保していたからだ。だがそれでもバッカ会長は不満を口にして粘った。

「他のプロ競技が開催されているのに、五輪だけ特別扱いなのはおかしい」と発言し、「感染状況が大きく変わったら、有観客も検討する」という一筆を入れた。

大会実行委員会は、首都圏の一都三県の競技を無観客開催としたが北海道、福島、宮城、静岡、茨城の一道四県では有観客で実施しようとした。

だが首都圏からの人流を止め、地域住民のみの観戦にできないとわかった北海道の益村《ますむら》知事は、有観客開催の発表の数時間後、無観客開催を決断した。それを聞いた福島県知事も、無観客開催を選択した。こうして「復興五輪」を謳った東京五輪は、最も重要なシンボルを失った。


酸ヶ湯は、「安心安全の大会を目指す」と、壊れたレコードのように繰り返した。

「安心安全」は、酸ヶ湯が捻《ひね》り出した、キャッチコピーの傑作だった。

「安心」かと問われれば「安心できない」と言われ「安全」だと主張すれば「安全ではない」と反駁される。だが「安心安全」と重ねれば、輪郭は曖昧になり論理的に判定できなくなる。

安全とは客観的な事象で、安心は主観的な気持ちだ。

このふたつをごちゃ混ぜにすれば、見たくないことから目を逸らし、取らなければならない責任を逃れることができる。酸ヶ湯は無理やり、そう信じ込もうとしていた。


四度目の緊急事態が発出されたが、もはや市民は政府の自粛要請に従おうとはしなかった。

政府は、飲食業のアルコール提供を抑えるため、内閣官房コロナ対策推進室と、国税庁酒税課から、酒類業中央団体連絡協議会に「酒類の提供停止を伴う休業要請に応じない飲食店との酒類の取引停止について（依頼）」という要請文書を出した。だがこれは経済活動の自由を侵す憲法違反、少なくとも独占禁止法違反で「優越的地位の濫用」だ、と猛反発を受けた。

集中砲火を浴びたコロナ大臣を、酸ヶ湯首相はあっさり見捨てた。聞いていない、と知らん顔を決め込んだが、コロナ大臣は酸ヶ湯の意向に沿って、少し先走っただけだった。

その証拠に、内閣官房から正式の要請文書が出されていた。

これは主権侵害にもなり得るため、実施には国会の承認が必要になる。だが国会は閉幕していたので、酸ヶ湯政権は恣意的に、法律上の根拠もなく、国民の主権を制限しようとしたのだ。

グルメサイトで、感染症対策をしている店舗を監視させせよう、というのも陰湿だった。

それは江戸時代の五人組の通告制度の、現代のデジタル版だった。

結局、あまりの反発に恐れを成した自保党は、この文書を破棄扱いにして撤回した。

全ては、行政権の拡大解釈による、法律に基づかないご都合主義の対応で、官僚が発案したことだった。内閣官房は、機能不全に陥っていた。ここに官僚の劣化が露呈していたのだ。

来日して三日の隔離期間が明けたＩＯＣのバッカ会長は、精力的に活動を開始した。

だが大会組織委員会の橋広会長と面談した時、「一番重要なのは『中国国民』の安心安全です」と、いきなり痛恨の言い間違いをしてしまう。

翌日、酸ヶ湯首相との面談で「日本は立派な大会を準備している」とリップサービスした。

だが、五輪関連業務で来日した英米人が、深夜に飲酒し大暴れした上に、コカインをやっていて麻薬取締法違反で逮捕されたことと、プレイブック違反が横行している、と記者会見で指摘され、「私には報告はない」と顔を引きつらせながら、強弁した。

天皇陛下はおひとりで開会式に出席される、と報道された。皇后と上皇夫妻は出席されないとのことだったので、出席が陛下ご自身のお気持ちに反した決定であることは明白だった。

その日、東京の新規感染者は、医学者の「予言」通り、千人を超えた。

翌日、バッカ会長は東京都の小日向知事と面談し、誕生日のお祝いに花束を贈った。

だがもはや二人の会話は、白けた三文芝居のようになった。

バッカ会長は、ヒロシマの表敬訪問を望んだ。だが、被爆関係者から拒絶の声が上がった。

ノーベル平和賞受賞を狙う下心が、あまりにもあからさまだったからだ。

それでも、市民の猛反発を蹴散らし、ヒロシマに赴いたものの、そこで肝心の「核兵器廃絶」という、一番重要なメッセージを発することはなかった。

五輪は経済を回すために必要だ、というロジックは、とっくの昔に崩壊していた。

逆に、五輪実施のために、日本経済は破綻しつつあった。

強力なデルタ株は若者や四十代、五十代の働き盛りの人たちを直撃した。政府は六十五歳以上の高齢者への接種にのみ前のめりで、その層へのワクチン対応はできていなかった。

開幕が近づくにつれ、五輪は一層、ボロボロになっていく。

大会実行委員会が安全だと豪語していた、五輪参加者を市民と完全隔離する「バブル方式」も穴だらけだった。実態は「バブル」ではなく、イリュージョンとなって弾け散った。

そんな中、ついに選手村で五輪選手の感染者が出た。大会実行委員会は、プライバシー保護の観点から、感染者情報を非公表とした。だが当該の国が取材に応じメディアに公表した。日本の初戦の対戦相手の南アフリカチームだった。日本のサッカーチームにとって、不戦勝の可能性も出るという、「幸先のいい」スタートになった。

バブルの内部で感染者が出れば、それは培養器《インキュベーター》になってしまう。それは第二の「ダイヤモンド・ダスト」号になりかねない事態だった。

選手村でメガクラスターが発生し、日本発のパンデミックになるという、衛生学者の危惧が現実化しそうだった。ＮＹのマウントサイナイ大学の衛生学者が医学ジャーナルを通じて発信したが、日本の五輪関係者で、その警告を受け止める人材はいなかった。衛生学的観点からすれば、政府、そして大会実行委員会の基本方針は「クソミソ一緒」というものだった。

国民の反発が高まる中、迎賓会でバッカ会長率いる、ＩＯＣ貴族の歓迎会が強行された。迎賓館の外では、「ノー・オリンピック」のシュプレヒコールが上がった。

大会三日前、開会式の音楽担当者の、過去の障害者虐待が発覚し、国内外の世論の激しさに、辞任した。組織委員会は自らの判断で更迭しなかった。全てが後手後手だった。

最高位スポンサーから、開会式出席辞退の表明が相次いだ。驚かされたのは、五輪を誰よりも楽しみにしていたはずの安保前首相までもが、開会式の欠席を表明したことだった。

東京五輪の主導者は敵前逃亡し、五輪を支持しない「非国民」になった。

東京に到着した聖火は公道を走らず、外部の観客を入れない「トーチキス・イベント」という名の「焚き火のバケツリレー」が実施され、一般市民の目に直接触れることはなかった。最初から最後まで徹頭徹尾、呪われた「聖火」だった。

東京都の新規感染者数が四桁に達し、減少する傾向は見られなかった。

四度目の緊急事態宣言の発出は、人々に届かなかった。繁華街の人流は減らず、誰も政府や識者の言葉に耳を傾けなくなった。それはおとなしい日本国民の、消極的な暴動だった。

レミングの群れはハーメルンの笛吹きに従わず、各々の判断で、面白おかしく過ごし始めた。

だが、誰がそのことを非難できただろう。

誰もが無責任だった。そして、誰も決められなくなった。

もう、どうなろうと知ったことか、と酸ヶ湯はひとり嘯《うそぶ》いた。

今や彼は、蝉の抜け殻のように固い殻だけで、中身のない、虚ろな存在になっていた。

官邸執務室で、ソファに沈み込んだ酸ヶ湯の周囲を、闇のように深い孤独が押し包む。

誰かが言った。首相官邸に入ると国民の声が聞こえなくなり、自分の姿が見えなくなるという。

酸ヶ湯は、狭い牢獄に引き籠もり、「どす黒い孤独」の中で目を瞑《つむ》る。

華々しいオリンピック開幕のファンファーレが、彼の耳に聞こえてきた。

日本の国威と日本人の生命を、賭けのテーブルに載せた、古今未曽有の祝祭が今、始まる。

〈謝辞〉
左記のお二方に、免疫学、ワクチンの記述部分のご教示をいただきました。
深謝いたします。（敬称略）
小野《おの》昌弘《まさひろ》
インペリアル・カレッジ・ロンドン　生命科学科　准教授
河野《こうの》修興《のぶおき》
学校法人古沢《ふるさわ》学園　広島都市学園大学　学長

〈参考文献・資料〉

『別冊「呼吸器ジャーナル」 COVID-19の病態・診断・治療 現場の知恵とこれからの羅針盤』小倉高志編集 医学書院 二〇二一年
『新型コロナ対応民間臨時調査会 調査・検証報告書』一般財団法人アジア・パシフィック・イニシアティブ ディスカヴァー 二〇二〇年
『永寿総合病院看護部が書いた 新型コロナウイルス感染症アウトブレイクの記録』高野ひろみ・武田聡子・松尾晴美 医学書院 二〇二一年
『ドキュメント 感染症利権――医療を蝕む闇の構造』山岡淳一郎 ちくま新書 二〇二〇年
『後藤新平 第一巻』鶴見祐輔 勁草書房 一九六五年
『後藤新平 日本の羅針盤となった男』山岡淳一郎 草思社文庫 二〇一四年
『傳染病研究所 近代医学開拓の道のり』小高健 学会出版センター 一九九二年
『戦争論』マリー・フォン・クラウゼヴィッツ著・淡徳三郎訳 徳間書店 一九六五年
「院内感染 その時病院は 困難極めた現場と教訓」NHK 二〇二〇年七月二十二日放送
「コロナが突然やってきた 緊迫する医療現場 密着・平成立石病院」NHK 二〇二〇年十月八日放送
「コロナの医療崩壊を阻止せよ 密着・平成立石病院」NHK 二〇二〇年十月二十二日放送
○第58回厚生科学審議会予防接種・ワクチン分科会副反応検討部会、令和3年度第5回薬事・食品衛生審議会薬事分科会医薬品等安全対策部会安全対策調査会

新型コロナワクチン接種後の死亡として報告された事例の概要　二〇二一年五月十二日
○2020年東京オリンピック・パラリンピック競技大会開催に伴う新型コロナウイルス感染拡大リスクに関する提言・及びデータ編　二〇二一年六月十八日　阿南英明、今村顕史、太田圭洋、大曲貴夫、小坂健、岡部信彦、押谷仁、尾身茂、釜萢敏、河岡義裕、川名明彦、鈴木基、清古愛弓、高山義浩、舘田一博、谷口清州、朝野和典、中澤よう子、中島一敏、西浦博、長谷川秀樹、古瀬祐気、前田秀雄、脇田隆字、和田耕治
○「コロナ禍で露呈した『医療』と『政治』と『メディア』の関係性――『大阪維新』の医療政策に基づく解析」海堂尊／『月刊保険診療』二〇二一年一月号　医学通信社

https://www.ncbi.nlm.nih.gov/pmc/articles/PMC7402631/
https://www.ncbi.nlm.nih.gov/pmc/articles/PMC5584442/
https://berthub.eu/articles/posts/reverse-engineering-source-code-of-the-biontech-pfizer-vaccine/
https://www.prweb.com/releases/mount_sinai_develops_a_safe_low_cost_covid_19_vaccine_that_could_help_low_and_middle_income_countries/prweb17778276.htm
https://github.com/NAalytics/Assemblies-of-putative-SARS-CoV2-spike-encoding-mRNA-sequences-for-vaccines-BNT-162b2-and-mRNA-1273/blob/main/Assemblies%20of%20putative%20SARS-CoV2-spike-encoding%20mRNA%20sequences%20for%20vaccines%20BNT-162b2%20and%20mRNA-1273.docx.pdf
https://ourworldindata.org/covid-vaccinations

海堂 尊（かいどう たける）
1961年、千葉県生まれ。作家、医師。2006年、『チーム・バチスタの栄光』（宝島社）で第4回『このミステリーがすごい！』大賞を受賞し作家デビュー。著書は「桜宮サーガ」と呼ばれるシリーズを成し、本作および前作の『コロナ黙示録』（宝島社）も連なっている。他にはキューバ革命のゲバラとカストロを描いた「ポーラースター」シリーズ（文藝春秋）がある。最新作は『医学のひよこ』『医学のつばさ』（ともにKADOKAWA）。

『このミステリーがすごい！』大賞　https://konomys.jp

本書は書き下ろしです。
この物語はフィクションです。作中に同一の名称があった場合でも、実在する人物・団体等とは一切関係ありません。

コロナ狂騒録《きょうそうろく》

2021年9月17日　第1刷発行

著　者：海堂 尊
発行人：蓮見清一
発行所：株式会社宝島社
〒102-8388 東京都千代田区一番町25番地
電話：営業　03(3234)4621／編集　03(3239)0599
https://tkj.jp
組版：株式会社明昌堂
印刷・製本：中央精版印刷株式会社

ISBN 978-4-299-01939-4